천일야화

천일야화 2
Les mille et une nuits

앙투안 갈랑 엮음　**임호경 옮김**

LES MILLE ET UNE NUITS
by ANTOINE GALLAND (1704~1717)

일러두기

1. 이 책은 앙투안 갈랑의 『천일야화 *Les mille et une nuits*』를 대본으로 하여 번역하였습니다. 이는 갈랑이 14세기의 아랍어로 쓰인 사본을 토대로 작업한 여덟 권(1704~1709)과 알레포 출신의 마론파 교도인 한나가 들려준 이야기에 기초해 추가된 네 권(1712, 1717)이 합쳐진, 총 열두 권으로 구성되어 있습니다.

2. 『천일야화』는 아랍의 설화로 구성되어 있으나 앙투안 갈랑의 번안을 존중하여 인명, 지명 등의 고유명사는 프랑스어 발음을 따랐고, 관행적으로 굳어진 일부 용어(예: 알라딘←알라뎅Aladdin)의 경우에만 한글 맞춤법에 준하여 표기하였습니다.

3. 프랑스어판에서 갈랑과 편집자의 각주가 구분되지 않았으므로, 이 책에서도 구분 없이 모두 〈원주〉로 표기하였습니다. 그 외의 각주는 모두 옮긴이가 단 것입니다.

4. 본문 일러스트는 조판공 달지엘Dalziel 형제가 1864년 발행한 *Dalziel's Illustrated Arabian nights' entertainments*에 수록되어 있던 것으로, 이는 J. Millais(1829~1896), A. Houghton(1836~1875), T. Dalziel(1823~1906), J. Watson(1832~1892), J. Tenniel(1820~1914), G. Pinwell(1842~1875) 등 여섯 삽화가의 공동 작업입니다.

이 책은 실로 꿰매어 제본하는 정통적인 사철 방식으로 만들어졌습니다.
사철 방식으로 제본된 책은 오랫동안 보관해도 손상되지 않습니다.

바다 사나이 신드바드 이야기
333

첫 번째 여행
340

두 번째 여행
351

세 번째 여행
361

네 번째 여행
375

다섯 번째 여행
391

여섯 번째 여행
401

일곱 번째이자 마지막 여행
414

세 개의 사과
425

살해된 여인과 그녀의 젊은 남편 이야기
435

누레딘 알리와 베드레딘 하산 이야기
444

조그만 꼽추 이야기
525

기독교도 상인의 이야기
541

카슈가르 술탄의 납품상의 이야기
569

유대인 의사의 이야기
596

재봉사의 이야기
620

바다 사나이 신드바드 이야기
Histoire de Sindbad

폐하! 이전 이야기에서 말씀드린 칼리프 하룬알라시드가 세상을 다스리고 있던 시절, 바그다드에 힌드바드라는 이름의 가난한 짐꾼이 살고 있었습니다. 몹시 무더운 어느 여름날, 그는 허리가 휘도록 무거운 짐을 도성 한끝에서 반대편 끝으로 나르고 있었습니다. 지금까지 걸어온 고된 길에 벌써 녹초가 되었건만, 아직도 갈 길이 한참 남아 있어 막막하기만 했던 힌드바드는 서늘한 산들바람이 불고 포석에 장미수를 시원하게 뿌려 놓은 어떤 거리에 이르렀습니다. 잠시 쉬면서 힘을 재충전하기에는 더없이 좋은 장소였죠. 그는 커다란 저택 근처 땅바닥에 짐을 내려놓고는 그 위에 걸터앉았습니다.

그는 휴식 장소로 이곳을 택하기를 잘했다고 생각했습니다. 저택의 창문들 틈으로 새어 나오는 알로에와 유향의 은은한 향기가 장미수 냄새와 섞여, 주위의 공기가 몹시 상쾌했던 것입니다. 그뿐이 아니었습니다. 저택 안에서는 꾀꼬리 등 바그다드 지방 특유의 갖가지 새들이 고운 목소리로 지저귀고 있었고, 여러 악기들이 연주하는 흥겨운 음악 소리도 들렸습니다. 여기에 여러 종류의 고기가 익는 냄새까지 맡은 힌드바드는 안에서 큰 잔치가 벌어지고 있나 보다고 생각했습니다. 그러고 있자니, 그다지 자주 다니는 길이 아니어서 이제야 처음 본 이 으리으리한 저택에는 과연 어떤 사람이 살고 있을까 하는 생각이 들었습니다. 이 궁금증을 풀기 위해 그는 화려한 옷차림을 하고 대문 앞에 서 있는 하인들에게 다가갔습니다. 그리고 그들 중 하나에게 이 저택의 주인의 이름이 무엇인지 물어보았습니다.

「뭐라고요?」하인이 대답했습니다.「아니, 당신은 바그다드에 산다면서 여기가 신드바드 선생의 저택이라는 사실도 모른단 말이오? 태양이 비치는 이 세상 모든 바다를 다 여행했다는 그 유명한 바다 사나이 말이오!」신드바드의 어마어마한 재산에 대한 소문을 익히 들은 바 있었던 힌드바드로서는 너무도 부럽기만 한 이 행복한 사나이와 한심한 자신의 꼬락서니를 비교해 보지 않을 수 없었습니다. 이런 생각에 울분이 치민 그는 하늘을 올려다보며 크게 소리쳤습니다.「만물을 지으신 전능한 창조주님! 신드바드와 저 사이에 얼마나 큰 차이가 있는지 한번 내려다보십시오! 저는 매일같이 등골이 빠지도록 일을 하건만, 저와 저의 가족은 형편없는 검은 빵으로 연명해 가기도 힘듭니다. 그런데 이 운 좋은 신드바드는 엄청난 재산을 펑펑 쓰며 이런 신나는 삶을 즐기고 있지 않습니까? 대체 그자가 무슨 일을 했기에 이처럼 늘어지는 팔자를 허락하신 건가요? 그리고 제가 대체 어찌했기에 인생이 이리도 고달프단 말입니까?」그는 마치 고통과 절망의 화신과도 같은 모습으로 땅바닥을 발로 쾅 하고 굴렀습니다.

이렇게 처량한 생각에 빠져 있는데 저택 문이 열리더니 종복 하나가 나와 그의 팔을 잡으며 말했습니다.「자, 저를 따라 오십시오! 우리 주인이신 신드바드 선생님께서 당신을 보

고 싶어 하십니다.」

이 대목에서 날이 밝아와 셰에라자드는 이야기를 계속할 수 없었다. 하지만 다음 날 그녀는 다음과 같이 이어 나갔다.

일흔 번째 밤

폐하! 하인이 이렇듯 깍듯이 말해 오자 힌드바드가 얼마나 놀랐을지 가히 상상이 되지 않습니까? 조금 전에 자신이 한 말을 기억한 그는 신드바드가 자기를 혼내 주기 위해 부르는 것이라고 생각했습니다. 그래서 길 한가운데 짐을 놔두고 들어갈 수는 없으니 양해해 달라고 말했습니다. 하지만 신드바드의 종복이 짐은 알아서 맡아 줄 터이니 걱정 말고 어서 들어가자고 하도 간청하는 바람에 힌드바드는 더 이상 거절할 수가 없었습니다.

종복이 인도한 큰 홀에는 산해진미가 차려져 있는 식탁이 있었고 그 주위에는 수많은 사람들이 앉아 있었습니다. 중앙의 주빈석에는 흰 수염을 길게 늘어뜨린 당당한 풍채의 노인이 앉아 있었는데, 그 뒤에서는 수많은 관리들이며 하인들이 시중을 들고 있었습니다. 이 인물이 바로 신드바드였습니다. 이처럼 많은 사람들과 호화로운 연회를 보고 더욱 당황한 힌드바드는 떨리는 목소리로 좌중에게 인사를 했습니다. 신드바드는 그를 다가오게 하여 자기의 오른편에 앉힌 뒤 손수 먹을 것을 덜어 주는가 하면, 옆의 서빙 테이블에 가득 실려 있는 최상품의 포도주를 따라 주며 권했습니다.

식사가 끝나 갈 즈음, 신드바드는 더 이상 아무도 먹지 않는 것을 보고 입을 열었습니다. 그는 힌드바드를 아랍에서 친밀한 사람끼리 쓰는 호칭인 〈형제〉라고 부르면서, 그의 이름은 무엇이며 무슨 일을 하고 있느냐고 물었습니다. 「선생님!」 그가 대답했습니다. 「소인의 이름은 힌드바드라 하옵니다.」 「그대를 만나게 되어 참으로 반갑소.」 신드바드가 말했습니다. 「그리고 여기 계신 분들도 그대가 여기 있어 다들 즐거워하시는 것 같소. 한데 한 가지 알고 싶은 것은, 아까 길거리에 혼자 계실 때 뭐라고 말하셨소?」 신드바드는 식탁에 자리를 잡기 전에 창문을 통해 밖에서 힌드바드가 하는 말을 다 들었고, 그래서 그를 이 자리에 불렀던 것입니다.

이 질문에 힌드바드는 크게 당황하여 고개를 푹 숙이고 대답했습니다. 「선생님! 아까 제가 좀 피곤하여 기분이 언짢았나 봅니다. 그 바람에 쓸데없는 말을 몇 마디 지껄인 것뿐이니 용서해 주시기 바랍니다.」 「아니, 오해는 마시오!」 신드바드가 손을 저으며 말했습니다. 「나는 앙심을 품고 있을 만큼 그렇게 속 좁은 사람이 아니오. 나는 그대의 처지를 이해하오. 그대가 중얼거린 말을 책망하기는커녕 오히려 동정하고 있단 말이오. 하지만 그대는 나에 대해 뭔가 잘못 생각하고 있는 것 같소. 그대는 내가 즐기고 있는 이 부유하고 안락한 삶이 아무런 고생과 노력 없이 저절로 얻어졌다고 생각하고 있는 듯하오. 그런 착각에서 깨어나시오! 현재의 행복한 상태에 이르기 위해서 나는 인간이 상상할 수 있는 가장 힘든 육체적, 정신적 고통을 오랜 세월 동안 겪어야 했소……. 그렇소, 여러분!」 그는 좌중을 둘러보며 덧붙였습니다. 「내가 겪은 고통들은 너무도 엄청난 것이어서, 그 이야기를 한 번만 듣는다면 아무리 부에 대한 욕망이 강렬한 사람이라 할지라도 이를 얻기 위해 모험을 떠날 생각은 싹 사라져 버릴 것이오. 아마도 여러분들은 내가 겪은 기이한 모험들과, 또 내가 일곱 번의 여행 중에 바다에서 겪은 위험들에 대한 이야기를 얼핏 풍문으로 들은 적이 있을 것이오. 그런데 오늘 마침 기회가 허락되었으니, 내 그 이야기를 소상히 들려드리리다. 그리고 그다지 따분한 이야기만은 아닐 것이외다.」

신드바드가 이 이야기를 하는 주된 목적은 짐꾼을 위한 것이었으므로, 이야기를 시작하기 전에 그는 길에다 두고 온 짐을 힌드바드가 원하는 곳에다 갖다 놓게 했습니다. 그런 후에 신드바드는 다음과 같이 말했습니다.

첫 번째 여행

나는 집안에서 많은 재산을 물려받았습니다만, 대부분을 젊은 날의 방탕한 생활 가운데 탕진했습니다. 하지만 정신을 차린 나는 재산이라는 것은 없어질 수 있는 것이며, 내가 경험했듯 아껴 쓰지 않으면 곧 바닥이 난다는 것을 깨닫게 되었습니다. 그리고 세상에서 가장 귀중한 것인 시간을 무절제한 생활 속에서 허비하고 있는 나 자신을 발견했습니다. 나는 세상에서 가장 비참하고도 한탄스러운 일은 노년에 가난하게 되는 것이라고 생각했습니다. 이때 내게 위대한 솔로몬 왕의 말씀이 떠올랐습니다. 〈가난한 것보다는 차라리 무덤 속에 누워 있는 게 낫다!〉 과거 아버님께서도 종종 하시던 말씀이었죠.

이 모든 생각에 정신이 번쩍 든 나는 조금 남은 재산을 닥닥 긁어모으고, 가구는 경매에 부쳐 팔았습니다. 그러고 나서 해상 교역을 하는 몇몇 상인들과 접촉하면서, 내게 가장 좋은 충고를 줄 수 있을 것 같아 보이는 사람들에게 조언을 구했습니다. 결국 내게 남은 얼마 안 되는 재산을 투자하여 이윤을 남기기로 했고, 이런 결심이 서자마자 지체 없이 실행에 옮겼습니다. 나는 발소라에 가서 여러 상인들과 공동 비용으로 의장한 배에 그들과 함께 승선했습니다.

우리는 돛을 펼치고 페르시아 만을 통해 동인도 제도[18] 쪽을 향해 나아갔습니다. 이 페르시아 만은 우편으로는 〈행복한 아라비아〉[19]의 해안, 좌편으로는 페르시아의 해안으로 둘러싸여 있으며 가장 폭이 넓은 곳도 칠십 리외[20]에 불과하다고들 합니다. 이 만을 빠져나가면 〈동쪽 바다〉 혹은 〈인도 바다〉라고 하는 드넓은 바다가 펼쳐져 있는데, 이는 아비시니아 해안으로부터 시작하여 저 멀리 박박[21]의 섬들까지 길이가 사만 오백 리외나 되는 광활한 대양입니다. 처음에 저는 〈배멀미〉라는 것 때문에 무척 고생했습니다. 하지만 곧 건강이 좋아졌고, 이후로는 한 번도 이런 증상이 없었습니다.

항해를 해나가면서 우리는 여러 개의 섬에 들렀고, 거기서 상품을 팔거나 그 지방의 산물과 교환했습니다. 어느 날, 순풍에 돛을 활짝 펼치고 항해하던 우리의 배는 갑자기 바람이 잦아드는 통에 바다 한복판에 멈춰 서게 되었습니다. 그런데 이렇게 정지한 우리 눈앞에 조그만 섬 하나가 나타나는 것이었습니다. 수면 위에 살짝 떠 있는 그 섬은 푸르스름한 것이 마치 아름다운 풀밭과도 같았습니다. 선장은 돛을 접은 후, 원하는 사람은 내려가 봐도 좋다고 했습니다. 나 역시 상륙

---

18 유럽인들이 당시 알고 있던 인도의 동쪽에 위치한 섬들을 막연히 총칭하는 말. 이 책에서는 말레이 제도, 인도차이나 남부뿐 아니라, 중국, 일본까지 포함하고 있다.
19 〈아라비아 펠릭스 *Arabia Felix*〉라고도 하며 현재의 예멘 근방에 해당하는 아라비아 반도의 남부 해안 지방을 말한다.
20 프랑스의 거리 단위로 1리외는 약 4킬로미터에 해당한다.
21 아랍인들은 이 섬이 중국 너머에 있다고 생각했으며, 그곳에 〈박박 열매〉를 맺는 나무들이 자라고 있다고 하여 〈박박〉이라는 명칭을 붙였다. 현재의 일본으로 추정된다 — 원주.

한 사람 중의 하나였죠. 하지만 우리가 그 섬에 앉아 먹고 마시며 항해 중에 쌓인 피로를 풀고 있는데, 섬이 갑자기 진동을 하면서 우리를 세차게 흔들어 댔습니다……

날이 밝아 오고 있었기 때문에 셰에라자드는 여기에서 이야기를 중단했다. 그리고 다음 날 밤이 끝날 즈음, 그녀는 다음과 같이 이야기를 계속했다.

일흔한 번째 밤

폐하! 신드바드는 이야기를 계속했습니다.

배에 탄 사람들도 섬이 진동하는 걸 느끼고 신속히 승선하라고 소리쳤습니다. 안 그러면 모두가 죽을 형편이었습니다. 우리가 섬으로 착각한 것은 커다란 고래의 등이었던 것입니다. 동작 빠른 사람들은 잽싸게 거룻배에 올라탔고, 다른 이들도 물에 뛰어들어 헤엄을 쳤습니다. 나는 아직 섬 위, 아니 고래 등 위에 있었는데, 그것은 이미 물속으로 들어가고 있었습니다. 나는 불을 때려고 배에서 가져온 나뭇조각 하나를 간신히 붙잡을 수 있었습니다. 하지만 선장은 거룻배를 타고 온 사람들과 헤엄쳐 온 몇몇 사람들을 배로 끌어 올리고 나서 때마침 일어난 순풍을 받기 위해 돛을 펼쳐 버려서, 나로서는 다시 배에 탈 수 있는 희망이 사라져 버렸습니다.

이렇게 바다 위에 떠 이리저리 흔들리는 신세가 된 나는 그날 오후와 밤 내내 목숨을 부지하기 위해 거친 파도와 싸워야 했습니다. 다음 날 온몸에 힘이 빠져 이제는 어쩔 수 없이 죽어야 하나 보다 하고 절망하고 있는데, 다행히도 큰 파도가 일어 나를 어떤 섬에 던져 놓았습니다. 해안은 높았고

몹시도 가팔라서, 행운의 여신이 나를 구조하기 위해 거기 놔둔 것 같은 나무뿌리 몇 가닥이 아니었더라면 그 위로 올라가는 것이 몹시 힘들었을 것입니다. 땅 위에 올라선 나는 그대로 쭉 뻗어 버렸고, 아침이 되어 해가 뜰 때까지 그렇게 반쯤 죽은 상태로 누워 있었습니다.

파도에 시달려 극도로 쇠약해진 상태였지만, 전날 이후 아무것도 먹지 못하여 몹시 배가 고팠으므로 나는 먹을 만한 풀이라도 찾아보기 위해 지친 몸을 이끌고 돌아다녀 보았습니다. 다행히 풀뿐 아니라 훌륭한 샘물까지 찾아내어 기력을 상당히 회복할 수 있었습니다. 힘을 되찾은 나는 섬 안쪽으로 나아갔습니다. 거기에는 아름다운 들판이 펼쳐져 있었는데, 멀리 말 한 마리가 풀을 뜯고 있는 것이 보였습니다. 그쪽을 향해 걸음을 내딛는 내 가슴속에는 기쁨과 두려움이 엇갈리고 있었는데, 거기서 기다리고 있는 것이 내 생명을 구해 줄 것인지 아니면 나를 멸망시킬 위험인지 알 수 없었던 까닭입니다.

가까이 다가간 나는 말뚝에 매여 있는 암말을 보게 되었습니다. 아주 멋진 녀석이어서 잠시 넋을 잃고 바라보고 있는데, 땅속에서 웬 남자의 목소리가 들려왔습니다. 그리고 잠시 후 어떤 사내가 나타나 이쪽으로 오더니 내게 누구냐고 물었습니다. 사연을 들려주자 그는 내 손을 잡고는 어떤 동굴로 인도했습니다. 거기에는 다른 사람들이 있었는데, 내 모습을 본 그들은 그들을 본 나만큼이나 크게 놀랐습니다.

나는 그들이 권해 주는 음식을 몇 가지 먹었습니다. 그러고는 그들에게 이 황량하기 그지없는 장소에서 무얼 하고 있느냐고 물었더니, 그들은 이렇게 대답했습니다. 「우리는 이 섬의 군주이신 미라주 왕의 마부들이오. 우리는 매년 같은 계절에 왕의 암말들을 데려다 그대가 본 것처럼 이곳 풀밭에다 매어 놓소. 바다에서 솟구쳐 나오는 말과 교미시키기 위함이오. 이 바다 말은 암말을 품은 후 잡아먹으려고 한다오. 그때 우리가 일제히 소리를 질러 놈을 다시 바다로 쫓아 보내는 거요. 그러고 수태한 암말을 다시 데려가는데, 이렇게 태어난 망아지들을 〈바다 망아지〉라고 부릅니다. 모두 왕께 바쳐지죠.」 그리고 그들은 다음 날 떠날 참이었으며, 내가 하루만 늦게 왔어도 분명히 죽었을 것이라고 말했습니다. 사람이 사는 곳이 너무 멀리 떨어져 있어서 안내자가 없으면 도달하기 불가능하다는 것이었습니다.

그들이 이렇게 이야기하고 있는데, 그들이 말한 대로 바다 말이 물에서 솟구쳐 나와 암말을 올라탔습니다. 잠시 후 일을 마친 녀석이 암말을 잡아먹으려 하자 마부들은 일제히 크게 소리를 질렀고, 이에 녀석은 암말을 풀어 주고 다시 바닷속으로 첨벙 뛰어들어 버렸습니다.

다음 날 그들이 암말들을 데리고 이 섬의 수도로 향할 때, 나도 그들 틈에 끼었습니다. 수도에 도착한 나는 미라주 왕에게 소개되었고, 왕은 내가 누구이며 무슨 사연으로 그의 나라에까지 오게 되었는지 물었습니다. 내가 사연을 이야기하자 그는 내 불행을 몹시 동정해 주었습니다. 그러고 나서 신하들에게 나를 잘 보살펴 줄 것이며, 필요한 것이 있으면 무엇이든지 제공해 주라고 분부했습니다. 그리고 이 명령은 너무도 완벽하게 시행되어서, 나는 다만 왕의 너그러움과 관리들의 정확함에 감사할 따름이었습니다.

나는 상인이었으므로, 같은 직업을 가진 사람들과 접촉했습니다. 특히 외국에서 온 상인들을 찾아다녔는데, 혹시 그들로부터 바그다드의 소식을 전해 듣고 함께 돌아갈 수 있는 사람을 만날 수 있지 않을까 해서였습니다. 사실 이 미라주 왕의 수도에는 적잖은 외국 상인들이 있었습니다. 바닷가에 위치한 이곳에는 훌륭한 항만 시설이 있어서 세계 각처에서 온 배들이 매일같이 드나들었기 때문입니다. 또 나는 인도의 학자들과도 어울리며 그들이 이야기해 주는 것을 즐겨 듣기도 했습니다. 저는 이처럼 다양한 사람들을 만나고 다니는 한편, 하루도 빠짐없이 궁정에 들러 왕께 문안을 드렸습니다. 왕 주위에 있는 지방 태수들과 왕에게 조공을 바치는 소왕(小王)들은 나의 나라에 대해 무수히 많은 것들을 물어 왔으며, 나 역시 그들이 다스리는 나라들의 풍속과 법제 등을 알아보면서 마음껏 호기심을 채울 수 있었습니다.

그들에 의하면, 미라주 왕의 영역에는 카셀이라는 이름의 섬이 하나 있다고 합니다. 그런데 오래전부터 이곳에서는 밤마다 북소리가 들리며 이 때문에 이곳이 데지알 무함마드[22]가 사는 곳이라는 소문이 선원들 사이에 떠돈다는 것이었습니다. 이 말을 들은 나는 이 놀라운 현상을 직접 보고자 섬을 찾아가게 되었습니다. 이 여행 중에는 길이가 이백 큐빗[23] 되는 물고기들을 보았는데, 무시무시한 모양과는 달리 그다지 위험한 놈들은 아니었습니다. 막대기를 서로 치거나 갑판을 두드려 소리를 내기만 해도 달아나 버리는 겁 많은 녀석들이었으니까요. 또 한 큐빗 남짓한 길이에 부엉이처럼 생긴 물고기들도 보았습니다.

여행에서 돌아온 어느 날, 내가 부두에 서 있는데 배 한 척이 다가왔습니다. 닻을 내리자마자 배에서 물건들이 내려졌

---

[22] 이슬람교도에게 데지알 무함마드는 우리가 말하는 적그리스도와 같은 것이다. 그들에 의하면 데지알은 세계의 종말에 나타나서 온 땅을 정복할 것이다. 오직 메카, 메디나, 타르수스, 예루살렘만이 제외될 터인데, 이는 천사들이 이 도시들을 에워싸 보호할 것이기 때문이다 — 원주.

[23] 고대 이집트, 바빌로니아 등지에서 쓰던 길이의 단위. 1큐빗은 팔꿈치에서 손가락 끝까지의 길이로, 약 50센티미터에 해당한다.

고, 상인들은 그것들을 창고로 운반하게 했습니다. 무심코 짐 꾸러미들과 소유자를 표시하는 글자들을 훑어보고 있노라니 그중에 내 이름이 보이는 게 아니겠습니까? 좀 더 자세히 살펴보니 그 짐 꾸러미들은 내가 발소라에서 탄 배에 함께 실었던 것임에 틀림없었습니다. 그리고 보니 저쪽에 그 배의 선장도 보였습니다. 하지만 그는 분명히 내가 죽었다고 확신하고 있을 터였습니다. 나는 그에게 다가가 여기 있는 짐이 누구 것이냐고 짐짓 물어보았습니다. 선장이 대답했습니다. 「내 배에는 신드바드라고 하는 바그다드 상인이 타고 있었소. 어느 날 우리는 어떤 섬처럼 생긴 것에 정박해, 그를 포함한 여러 명의 승객이 거기 내려갔소. 그런데 그건 섬이 아니라 수면에 떠올라 잠을 자고 있던 엄청나게 큰 고래였다오. 그 위에 올라선 사람들이 요리를 하려고 불을 지피자 뜨거워진 고래는 요동을 치더니 바닷속에 들어가 버렸소. 위에 있던 사람들은 대부분 익사했고, 불쌍한 신드바드도 그중 하나였소. 이 물건들은 모두 그의 것이오. 그래서 나는 그를 대신하여 이것들을 팔아 나중에 그의 가족을 만나면 원금과 이익금을 돌려주려 하고 있소.」「선장님!」제가 외쳤습니다. 「제가 바로 신드바드입니다! 선장님은 제가 죽었다고 생각하지만 그렇지 않습니다. 이 짐들은 제 것이며……」

이날 밤 셰에라자드는 더 이상 이야기를 할 수 없었다. 하지만 다음 날 다음과 같이 이야기를 계속했다.

일흔두 번째 밤

신드바드는 좌중에게 그의 이야기를 계속했습니다.

선장은 내 말을 듣더니 소리쳤습니다.「오, 하느님! 요즘 세상에 대체 누구를 믿을 수 있단 말인가? 정말이지 인간들 사이에 신의란 찾아볼 수 없구나! 신드바드가 죽는 것을 내 눈으로 똑똑히 보았고, 내 배에 타고 있던 다른 승객들도 모두 보았소! 그런데 당신이 신드바드라고? 정말 뻔뻔스럽기 짝이 없구먼! 보아하니 당신은 그리 나쁜 사람은 아닌 듯하오. 하지만 지금 당신은 남의 재산을 가로채려고 형편없는 거짓말을 하고 있는 것이오!」내가 말했습니다.「제 얘기 좀 들어 보십시오!」「좋아! 그래, 무슨 말을 하고 싶은데? 말하시오!」이에 나는 내가 목숨을 건지고 미라주 왕의 마부들을 만나 그의 궁에까지 오게 된 사연을 설명해 주었습니다.

내 말에 선장의 의심은 약간 풀어졌고, 잠시 후에는 내가 사기꾼이 아님을 확신하게 되었습니다. 왜냐하면 배에서 내린 사람들이 나를 알아보고, 이렇게 다시 만나 너무도 기쁘다고 소리쳤기 때문입니다. 결국 선장도 내 모습을 알아보고 내 목을 껴안으며 외쳤습니다.「하느님 감사합니다! 그 위험에서 살아날 수 있었다니! 당신을 다시 보게 되어 얼마나 기쁜지 모르겠소! 자, 여기 당신 물건이 있으니 가져가시오! 모두 당신 것이니 하고 싶은 대로 하구려!」나는 선장의 정직한 행동에 깊이 감사하고, 답례로 내 상품 중에서 몇 가지를 선물하려 했지만 그는 한사코 사양했습니다.

나는 내 짐 가운데 가장 귀중한 것들을 골라 미라주 왕에게 선사했습니다. 내 곤궁한 처지를 잘 알고 있던 왕은 이 귀한 것들이 어디서 났느냐고 물었습니다. 내가 이것들을 되찾게 된 우연들을 설명하자 왕은 자기 일처럼 크게 기뻐해 주었습니다. 그분은 흔쾌히 내 선물을 받고, 훨씬 더 많은 선물로 되돌려 주었습니다. 그리고 나서 나는 그분께 작별을 고한 후 같은 배에 승선했습니다. 배에 오르기 전에는 내 상품을 그 나라의 산물과 교환하여 알로에 나무, 단향, 장뇌(樟腦), 육두구, 정향, 후추, 생강 등을 배에다 잔뜩 싣고 돌아올 수 있었습니다. 우리가 탄 배는 여러 섬들을 거친 후 발소라에 닿았고, 또 거기서 출발하여 이 바그다드에 도착했을 때 내 수중에는 약 십만 세켕에 달하는 재산이 있었습니다. 다시 상봉한 나와 가족은 깊고도 진정한 가족애에서만 우러나올 수 있는 강렬한 기쁨을 느꼈습니다. 나는 남녀 종들과 좋은 땅을 사고, 커다란 저택도 지었습니다. 이렇게 정착한 나는 지금껏 겪은 고통은 다 잊어버리고 오직 인생의 즐거움만을 누리며 살겠노라고 마음먹었습니다.

여기서 신드바드는 이야기를 멈췄습니다. 그리고 악사들에게 중단되었던 음악을 다시 연주하라고 명했습니다. 사람들은 저녁때까지 먹고 마시며 즐겼습니다. 이윽고 모두들 돌아갈 시간이 되자 신드바드는 백 세켕이 들어 있는 주머니를 가져오게 하여 짐꾼에게 주면서 말했습니다. 「자! 받으시오, 힌드바드! 오늘은 집에 돌아가셨다가 내일 다시 와서 내 모험담을 계속 들어 보시오!」 짐꾼은 뜻밖의 선물에 황송하여 어쩔 줄 몰라 하며 물러갔습니다. 집에 돌아간 그는 오늘 있었던 일들을 아내와 아이들에게 이야기해 주었고, 그들 역시 신드바드를 통해 은혜를 베풀어 주신 하느님께 감사를 드렸습니다.

다음 날 힌드바드가 전날보다 단정하게 차려입고 신드바드의 집을 다시 찾았을 때, 이 너그러운 여행자는 웃는 낯으로 그를 맞으며 따뜻하게 어깨를 두드려 주었습니다. 손님들이 모두 도착하자 음식이 나왔고, 그렇게 오랫동안 풍성한 잔치가 계속되었습니다. 마침내 식사가 끝나자 신드바드는 입을 열어 좌중을 둘러보면서 말했습니다. 「여러분! 나의 두 번째 여행의 모험담을 들려드릴 터이니 모두들 잘 들어 주시기 바라오! 오늘의 이야기는 어제 들으신 것보다도 훨씬 더 재미있고 유익할 것이오!」 모든 사람들이 잠잠해지자, 신드바드는 다음과 같이 이야기를 시작했습니다.

두 번째 여행

어제 여러분께 말씀드린 바와 같이, 첫 번째 여행 후에 나는 남은 삶을 바그다드에서 편안히 보내리라 마음먹었습니다. 하지만 얼마 되지 않아 한가로운 생활이 따분하게 느껴졌고, 세상을 돌아다니면서 교역을 하고 싶은 마음이 다시 고개를 쳐들었습니다. 그래서 계획하고 있던 사업에 필요한 상품을 구입하고, 믿을 만한 상인들과 함께 다시 떠나기로 했습니다. 훌륭한 배 한 척에 승선한 우리는 하느님의 가호를 비는 기도를 드린 후 항해를 시작했습니다.

우리는 이 섬 저 섬을 돌아다니며 교역을 계속하여 많은 이문을 남길 수 있었습니다. 그러던 어느 날 우리는 어떤 섬에 상륙했습니다. 갖가지 종류의 과일나무들로 뒤덮인 곳이었는데, 인가는 고사하고 사람 그림자 하나 얼씬하지 않았습니다. 그곳에서 우리는 잠시 시원한 바람을 즐기기 위하여 풀밭 사이를 흐르는 시냇물을 따라 산책했습니다.

어떤 이들은 꽃을 꺾고 어떤 이들은 열매를 따면서 놀고 있을 때, 나는 가져온 음식과 포도주를 꺼내 서늘한 그늘을 드리운 큰 나무들 사이 졸졸 흐르는 시냇가에 앉았습니다.

가져온 것으로 한 끼 식사를 잘 하고 났더니 온몸에 졸음이 엄습하여 깜빡 잠이 들고 말았습니다. 그렇게 얼마나 잤는지 잘 모르겠습니다만, 잠에서 깨어 보니 배가 보이지 않는 것이었습니다…….

여기에서 셰에라자드는 날이 밝은 것을 보고 이야기를 중단해야만 했다. 하지만 다음 날 그녀는 신드바드의 두 번째 모험 이야기를 다음과 같이 계속했다.

일흔세 번째 밤

정말 기절초풍할 노릇이었죠! 정박해 있던 배가 온데간데없이 사라져 버렸으니까요. 나는 황급히 일어나 사방을 둘러보았습니다. 하지만 나와 함께 섬에 내려왔던 상인들은 한 명도 보이지 않았습니다. 그제야 저 멀리 돛을 펼친 배가 떠나가는 것이 눈에 들어왔습니다. 하지만 이미 너무 먼 곳에 있었고, 잠시 후 배는 시야에서 사라져 버렸습니다.

이 처량한 상황에 처한 내 머릿속에 어떤 생각들이 오갔을지는 여러분의 상상에 맡기겠습니다. 정말이지 괴로워서 죽고만 싶었습니다. 고함을 치고, 내 머리를 때리고, 땅바닥을 데굴데굴 굴렀습니다. 결국 힘이 빠져 널브려져 버린 내 머릿속에서는 고통스러운 생각들이 혼란스럽게 뒤엉켰습니다. 나는 수없이 자신을 책망했습니다. 왜 첫 번째 여행으로 만족하지 않았단 말인가! 그 고생을 겪었으면서 어떻게 또다시 떠날 생각을 했단 말인가? 하지만 이 모든 후회는 소용없었고 때늦은 것이었습니다.

결국 저는 체념하고 모든 것을 하느님의 뜻에 맡기기로 했습니다. 그리고 이제 무엇을 해야 할지 알 수 없었으므로, 그냥 옆에 서 있는 높다란 나무 위에 올라가 보았습니다. 거기서 사방을 둘러보면 무언가 희망을 가질 만한 것을 발견할 수 있지 않을까 해서였죠. 바다 쪽을 쳐다보니 거기엔 물과 하늘밖에 보이지 않았습니다. 하지만 시선을 육지 쪽으로 돌려 보니 뭔가 하얀 것이 눈에 띄었습니다. 이에 나는 급히 나무에서 내려와 남은 식량을 챙겨 들고는, 너무 멀리 있어 아직 무엇인지 잘 분간되지 않는 그 하얀 것을 향해 걸어갔습니다.

어느 정도 가까운 거리에 이르러서야 나는 그것이 엄청난 크기의 하얀 공 같은 것임을 알게 되었습니다. 좀 더 가까이 다가가 만져 보니 아주 보드라운 감촉이 느껴졌습니다. 혹시 입구가 있는지 보려고 주위를 돌아보았습니다만 아무것도 눈에 띄지 않았습니다. 또 전체가 매끄러운 한 덩어리를 이루고 있어 위에 올라갈 수도 없었습니다. 그 둘레만 해도 족히 쉰 걸음은 되어 보였습니다.

어느덧 해가 저물려 하고 있었습니다. 그러자 두꺼운 구름에 하늘이 가려진 듯 갑자기 주위가 컴컴해졌습니다. 이것만 해도 놀라운 일이었지만, 그다음에 벌어진 일에 비하면 아무것도 아니었습니다. 이 어둠을 초래한 것은 내 쪽을 향해 날아오고 있는 엄청난 크기의 새였던 것입니다! 이때 내 머릿속에는 선원들이 종종 〈로크〉[24]라는 이름의 새에 대해 말하던 것이 떠올랐고, 아까 본 그 거대한 흰 공이 바로 이 새의 알이라는 사실을 그제야 깨달았습니다. 과연 새는 흰 공으로 날아오더니, 마치 알을 품듯 그 위에 내려앉았습니다. 새가

---

24 마르코 폴로는 그의 여행기에서, 그리고 마르티니 신부는 그의 『중국 이야기』에서 이 새에 대해 언급하고 있으며, 이 새가 코끼리와 코뿔소를 들어 올릴 정도라고 말하고 있다 — 원주.

날아오는 것을 본 나는 몸을 숨기려 알 옆에 딱 붙어 있었기 때문에, 녀석이 앉고 나서는 나무둥치만큼이나 굵다란 녀석의 다리 한 짝이 내 앞에 서 있게 되었습니다. 나는 터번을 풀어 긴 천으로 내 몸을 녀석의 다리에 단단히 붙들어 맸습니다. 내일 아침 녀석이 날아갈 때 함께 실려가 이 무인도를 벗어나려는 요량이었습니다. 과연 새는 그 상태로 밤을 보낸 후, 동이 트자마자 하늘로 날아올랐습니다. 녀석은 땅이 보이지 않을 정도로 까마득한 높이로 날아오르더니, 갑자기 정신이 아득해질 만큼 엄청난 속도로 다시 내려왔습니다. 로크가 땅에 내려오자마자 나는 잽싸게 내 몸과 녀석의 다리를 묶어 놓은 매듭을 풀었습니다. 그렇게 내 몸이 녀석에게서 떨어지자마자 녀석은 어마어마하게 긴 뱀 한 마리를 쪼아 부리에 물더니 즉시 어디론가 날아가 버렸습니다.

로크가 나를 내려놓은 장소는 사방이 까마득한 절벽으로 둘러싸인 아주 깊은 계곡이었습니다. 그 절벽들은 얼마나 높은지 꼭대기가 구름에 파묻혀 보이지 않을 정도였으며, 하도 가팔라서 도저히 위로 올라갈 수 없었습니다. 그렇습니다! 나는 또다시 난처한 지경에 빠진 것입니다. 방금 내가 빠져나온 그 무인도에 비해 조금도 나을 것이 없는 장소였죠.

골짜기 안을 왔다 갔다 하던 나는 땅바닥에 엄청난 것들이 깔려 있다는 것을 알았습니다. 놀라울 정도로 굵은 다이아몬드들이었죠. 손바닥에 올려놓고 이리저리 보고만 있어도 황홀한 것들이었습니다. 하지만 이내 이 기쁨을 확 깨뜨리는 것도 눈에 들어왔습니다. 코끼리를 통째로 집어삼킬 수 있을 만큼 굵고 긴 뱀들이 저쪽에 우글대고 있었던 것입니다. 보기만 해도 소름끼치는 놈들은 낮에는 그들의 천적 로크를 피해 굴속에 숨어 있다가, 밤이 되면 기어 나오곤 했습니다.

나는 낮 동안에는 골짜기 안을 이리저리 돌아다니기도 하고, 가장 편한 자리를 찾아 쉬기도 하면서 시간을 보냈습니다. 하지만 해가 지고 밤이 찾아오면 그나마 가장 안전한 굴 속에 몸을 숨겼습니다. 입구는 낮고도 좁았지만, 그래도 못 미더워 커다란 바위로 막아 놓았습니다. 하지만 바위가 구멍에 꼭 맞지 않아 약간의 빛이 새어 드는 것까지 막을 수는 없었습니다. 나는 여기저기 어슬렁거리기 시작하는 뱀들의 소리를 들으면서 남은 식량을 조금 먹었습니다. 여러분들도 충분히 짐작하시겠지만, 놈들이 내는 쉭쉭거리는 소리에 온몸이 얼어붙어 저는 밤새 눈 한 번 제대로 붙일 수 없었습니다. 아침이 되어서야 뱀들은 물러갔고, 나는 덜덜 떨면서 굴 밖으로 나올 수 있었습니다. 이제 지천으로 깔린 다이아몬드들을 밟고 걸어도 아무런 감흥이 일지 않았습니다. 결국 나는 주저앉았습니다. 마음은 아직도 몹시 불안했지만 간밤에 한 잠도 못 이뤘던 까닭에, 남은 식량을 조금 먹고 나자 스르르 잠이 들고 말았습니다. 그렇게 깜박 잠이 들었던 나는 이내 소스라치듯 깨어났습니다. 옆에서 뭔가가 큰 소리를 내면서 떨어져 내렸던 것입니다. 자세히 살펴보니 그것은 큼직한 고깃덩어리였습니다. 동시에 절벽 위 여기저기에서 고깃덩어리들이 굴러떨어지고 있는 것이 보였습니다.

나는 전에 선원들이나 다른 사람들이 다이아몬드의 계곡과 그 안에 있는 보석들을 꺼내기 위해 상인들이 사용한다는 교묘한 방법에 대해 말할 때, 그 모든 것이 황당무계한 이야기에 지나지 않는다고 생각했었습니다. 하지만 이제는 그들의 말이 참이었음을 깨닫게 되었습니다. 과연 이 상인들은 독수리들이 새끼를 기르는 시기에 맞추어 이 계곡에 찾아옵니다. 그들은 고기를 큼직한 덩어리로 잘라 계곡 아래로 던집니다. 고깃덩어리는 다이아몬드의 뾰족한 모서리 위에 떨어지고, 보석들은 고기에 달라붙습니다. 그러면 유달리 힘이

센 이 지방 독수리들이 고깃덩어리들을 낚아채 새끼들을 먹이려 절벽 위에 걸려 있는 둥지로 가져갑니다. 이때 기다리고 있던 상인들이 일제히 고함을 지르며 둥지로 달려들면 독수리가 도망가고, 그때 잽싸게 고기에 묻은 다이아몬드를 떼어 오는 것입니다. 이들이 이런 계책을 사용하는 것은 절벽이 너무도 험하여 다른 방법으로는 다이아몬드를 꺼낼 수 없기 때문입니다.

그때까지 나는 도저히 이 구덩이에서 빠져나갈 수 없으며, 여기가 내 무덤이 되리라고 생각했었습니다. 하지만 갑자기 나의 생각은 바뀌었습니다. 방금 본 것으로 내 생명을 건질 수 있는 방법이 퍼뜩 생각난 것입니다…….

이 대목에서 날이 밝아 셰에라자드는 입을 다물 수밖에 없었다. 하지만 다음 날 그녀는 이 이야기를 계속해 나갔다.

일흔네 번째 밤

「폐하!」 그녀는 여전히 술탄을 향해 말했다. 「신드바드는 좌중에게 그의 두 번째 여행의 모험담을 계속 들려주었습니다.」

나는 눈에 들어오는 다이아몬드 중 가장 굵직한 것들을 골라 식량을 넣고 다니던 가죽 전대[25]에 가득 채웠습니다. 그러고 나서 터번을 풀어 가장 큼직해 보이는 고깃덩어리를 내 등에 붙들어 맨 후 배를 아래로 하고 땅바닥에 엎드렸습니

---

25 동방인들은 여행할 때 일종의 가죽 전대에 식량을 넣고 다니는데, 이것은 우리의 이발사들이 시내에 출장 나갈 때 대야, 수건, 면도 도구 일습 같은 것들을 넣어 다니는 주머니와 거의 흡사한 형태이다 — 원주.

다. 물론 가죽 전대가 떨어지지 않도록 허리띠에 꼭 묶어 놓는 것도 잊지 않았죠.

이런 상태로 있으려니까 곧 독수리들이 날아오더군요. 녀석들은 각기 고기 한 덩어리씩 낚아채 올라갔고, 그중에서도 가장 힘센 녀석이 내가 묶어 놓은 덩어리를 들어 올려 절벽 위에 있는 둥지로 옮겨 놓았습니다. 이에 상인들이 지체 없이 함성을 지르며 몰려들어 독수리들을 쫓아냈고, 그중 한 사람이 내 쪽으로 다가왔습니다. 나를 본 그는 마치 귀신을 본 것처럼 소스라치듯 놀라더군요. 하지만 곧 진정한 그는 내가 무슨 사연으로 거기 있게 된 것인지는 묻지도 않고, 다짜고짜 왜 자기 재산을 훔쳤느냐고 따지는 것이었습니다. 나는 그에게 말했습니다. 「만일 당신이 나에 대해 좀 더 안다면 이것보다는 좀 더 정중하게 대하실 거요. 걱정하지 마시오! 당신과 나, 우리 두 사람 몫이 여기 있는 모든 상인들 것을 합친 것보다도 많을 테니까. 또 그들의 것은 우연히 걸려 온 것들이지만, 내 것은 계곡 밑에서 가장 좋은 것으로만 골라 온 것들이란 말이오! 자, 이 전대 속을 한번 들여다보시오!」 이렇게 말하며 나는 전대를 열어 보여 주었습니다. 내가 말하고 있을 때, 다른 상인들도 나를 발견하고 내 주위에 몰려들었습니다. 우선 나를 보고 놀랐고, 그다음엔 내 이야기를 듣고 더욱 놀랐습니다. 그들을 특히 놀라게 했던 것은 내가 생각해 낸 묘책보다 그것을 과감하게 실행한 나의 용기였죠.

그들은 함께 지내고 있는 거처로 나를 데리고 갔습니다. 거기서 내 전대를 열어 보여 주었더니 다이아몬드들의 크기에 모두들 깜짝 놀랐습니다. 여태껏 이 세상의 여러 왕들의 궁정을 돌아다녀 보았지만, 이것들과 비교할 수 있는 것은 본 적이 없다고 고백하더군요. 나는 내가 내린 둥지 주인에게 — 상인들은 저마다 둥지를 하나씩 맡아 놓았죠 — 원하는 만큼 다이아몬드를 가지라고 말했습니다. 그는 단 하나만을 고르더군요. 그것도 가장 작은 것이었습니다. 괜찮으니까 더 골라 가지라고 권하자 그는 대답했습니다. 「아닙니다! 난 이것 하나로 너무 만족합니다. 이것만 있어도 큰 재산이 되니 더 이상 고생스러운 여행을 하지 않아도 됩니다.」

나는 이 상인들과 함께 밤을 보내며 아직 듣지 못한 사람들을 위해 다시 한 번 내가 겪은 일들을 이야기해 주었습니다. 이야기를 하면서도 이제 위험에서 빠져나왔다는 생각을 하면 기쁨을 억누를 수 없었죠. 현재의 상태가 마치 꿈처럼 느껴졌고, 더 이상 아무것도 두려워할 것 없다는 사실이 믿기지 않더군요.

상인들이 이곳에 고깃덩어리를 던지기 시작한 지도 벌써 여러 날이 지났고 모두가 만족할 만큼 다이아몬드를 얻었으므로, 우리는 다음 날 그곳을 떠났습니다. 우리가 지나는 산에는 엄청난 길이의 뱀들이 우글대고 있었지만 다행스럽게도 놈들을 피해 갈 수 있었습니다. 우리는 첫 번째 항구에서 배를 타고 장뇌를 추출하는 나무들이 자라는 로하 섬에 도착했습니다. 그 나무들은 너무도 높고 둥치가 굵어 그 그늘에 백 명의 사람이 들어갈 수 있을 정도였습니다. 나무 윗부분에는 구멍을 파놓고 거기서 흘러내리는 즙을 항아리에 받아 놓는데, 이것이 굳으면 우리가 말하는 장뇌가 되는 것입니다. 이렇게 즙이 모두 빠져나간 나무는 시들어 죽어 버립니다.

또 이 섬에는 코끼리보다는 작고 물소보다는 큰 코뿔소라는 동물이 서식하고 있었습니다. 놈들의 코에는 길이가 한 큐빗 정도 되는 뿔이 달려 있는데, 이 단단한 뿔은 마치 대나무처럼 한쪽 끝에서 다른 쪽 끝까지 반으로 쫙 쪼개집니다. 또 그 위에는 흰 금들이 그어져 있는데 그 형태가 꼭 사람 모양 같답니다. 코뿔소가 코끼리하고 싸울 때면 뿔로 코끼리의 배를 찔러 머리 위로 번쩍 들어 올립니다. 하지만 코끼리 몸에서 흘러나온 피와 기름이 눈에 들어가 놈은 장님이 되어 땅바닥에 쓰러지지요. 그러면 여러분 모두 놀라시겠지만, 로크가 날아와 두 짐승 모두 발톱으로 움켜쥐고 옮겨다가 자기 새끼들을 먹인답니다.

섬에는 이밖에도 특이한 것들이 수도 없이 많았지만 여러분이 지루하실 것 같아 그냥 넘어가겠습니다. 거기서 저는 다이아몬드 몇 개를 그 지방의 훌륭한 산물들과 교환했습니다. 그곳을 떠나 여러 섬들과 육지의 여러 상업 도시들을 돌아다닌 후에 우리는 발소라에 이르렀고, 거기서 나는 바그다드로 돌아왔습니다. 나는 우선 가난한 사람들에게 아낌없이 적선을 했습니다. 그리고 지금은 그 숱한 고초를 통해 얻은 엄청난 부를 영예롭게 즐기고 있습니다.

이렇게 신드바드는 자신의 이야기를 들려주었습니다. 그는 다시금 힌드바드에게 백 세켕을 주고는, 다음 날에도 와서 그의 세 번째 여행의 이야기를 들으라고 했습니다. 손님들은 모두 자기 집으로 돌아갔다가 다음 날 같은 시간에 돌아왔습니다. 물론 힌드바드도 빠질 리 없었습니다. 그는 벌써 과거의 비참했던 삶을 거의 잊고 있었습니다. 사람들은 식탁에 앉았습니다. 그리고 식사가 끝나자 신드바드는 모두들 자신을 주목해 달라고 말한 후, 다음과 같이 그의 세 번째 여행 이야기를 시작했습니다.

세 번째 여행

 안락한 삶은 나로 하여금 이전의 두 여행에서 겪었던 그 모든 위험들을 잊게 해주었습니다. 팔팔한 청춘이었던 나는 이처럼 편안하기만 한 삶이 이내 지루해졌습니다. 새로운 위험들이 기다리고 있으리라는 생각은 오히려 피를 끓게 했습니다. 그래서 나는 상품을 구입하여 바그다드를 떠나 발소라로 갔고, 거기서 다른 상인들과 함께 또다시 배에 올랐습니다. 항해는 오랫동안 계속되었습니다. 우리는 여러 항구에 들르면서 활발한 교역 활동을 펼쳤습니다.

 어느 날, 바다 한복판을 항해하고 있던 우리는 무시무시한 폭풍을 만났습니다. 여러 날 동안 계속된 폭풍에 길을 잃은 배는 어느 섬의 항구 앞으로 떠밀려 오게 되었습니다. 선장은 그 항구에 들어가는 것을 몹시 꺼렸지만 어쩔 수 없이 정박해야 했습니다. 닻을 내리고 돛을 접자 선장은 우리에게 말했습니다. 「이 섬을 비롯한 인근의 섬들에는 털북숭이 야만인들이 살고 있는데, 놈들은 필시 우리를 공격하러 올 것이오. 놈들은 모두 난쟁이들이지만 불행히도 우리는 저항할 수 없소. 그들의 숫자가 메뚜기 떼보다도 많은 데다가, 만일 잘못하여 그중 하나라도 죽이면 달려들어 우리 모두를 죽여 버릴 것이기 때문이오.」

아침이 되어 샤리아의 궁실이 밝아지자 셰에라자드는 더 이상 이야기 할 수 없었다. 다음 날 밤, 그녀는 다음과 같이 계속했다.

일흔다섯 번째 밤

선장의 이 말에 배에 탄 모든 사람은 경악했습니다. 그리고 우리는 그의 말이 너무나도 옳았음을 곧 확인할 수 있었습니다. 키는 두 자 남짓하고 온몸이 빨간 털로 뒤덮인 흉측한 야만인들이 개미 떼처럼 몰려드는 것을 보았기 때문입니다. 그들은 바다에 풍덩풍덩 뛰어들어 헤엄을 쳐오더니 순식간에 우리 배를 에워쌌습니다. 다가오면서 놈들은 뭐라고 말했지만 우리는 놈들의 언어를 알아들을 수 없었습니다. 놈들은 선체에 달라붙고 밧줄에 매달리더니 사방으로 기어 올라와 갑판에 내려섰습니다. 그 동작이 얼마나 민첩하고 빨랐던지 발이 바닥에 닿는 것이 보이지 않을 정도였습니다.

놈들의 이러한 행동 앞에서 우리가 얼마나 공포에 질려 있었는지는 가히 상상이 되실 것입니다. 놈들에게는 분명 어떤 흉악한 계획이 있는 듯했지만, 우리로서는 감히 손 하나 까딱할 수 없었고 만류하기 위해 말 한마디 내뱉을 수 없었습니다. 과연 놈들은 돛을 접어 버리더니, 닻을 끌어 올리는 수고도 귀찮은 듯 그냥 줄을 잘라 버렸습니다. 그들은 배를 끌어다 육지에 댄 후, 우리 모두를 내리게 했습니다. 그러고는 그들이 왔던 곳으로 배를 가져가 버렸습니다. 그런데 우리가 내리게 된 섬은, 앞으로 이야기하겠지만, 거기 도사리고 있는 위험으로 인해 모든 여행자들이 무슨 일이 있어도 피하려 하는 장소였습니다. 하지만 우리로서는 이 불운을 견뎌 내는 수밖에 없었죠.

우리는 해안을 떠나 섬 안쪽으로 들어갔습니다. 거기에는 먹을 수 있는 열매와 풀들이 있어서 그럭저럭 배를 채울 수 있었습니다. 얼마 남지 않은 생명을 조금이나마 연장해 보고자 함이었죠. 사실 그때 우리 모두는 죽음을 기정사실로 받아들이고 있었습니다. 그렇게 걷고 있는데 저 멀리 어떤 큰 건물이 보였습니다. 가까이 가보니 아주 훌륭하게 지어진 높다란 궁전이었습니다. 우리는 두 짝으로 된 흑단 대문을 밀어 열고서 안으로 들어갔습니다. 그러자 널찍한 실내로 통하는 현관홀이 나타났는데, 한쪽에는 사람 뼈들이 산더미같이 쌓여 있었고, 다른 한쪽에는 고기를 구워 먹는 데 사용하는 꼬챙이들이 잔뜩 널려 있었습니다. 이 광경에 우리의 몸은 사시나무처럼 떨렸습니다. 게다가 온종일 걸어 녹초가 되어 있던 우리는 다리에 맥이 풀려 그대로 풀썩풀썩 쓰러져 버렸습니다. 그렇게 끔찍한 두려움에 사로잡혀 오랫동안 마치 시체들마냥 널브러져 있었죠.

해가 저물었습니다. 말씀드렸다시피 우리 모두 가련한 몰골로 누워 있는데, 쾅 하는 소리와 함께 궁실의 문이 활짝 열리더니 거기서 키가 종려나무만 한 어떤 시커먼 사람의 무시무시한 모습이 나타났습니다. 이마에 박힌 외눈이 불붙은 숯처럼 시뻘겋게 이글거리고 있었습니다. 말 주둥이처럼 커다란 입에서는 길고 날카로운 이들이 튀어나와 있었으며, 늘어진 아랫입술은 가슴에까지 닿을 정도였습니다. 또 코끼리의 그것 같은 커다란 귀는 양어깨를 덮고 있었고, 길고 구부러진 손톱은 커다란 맹금의 발톱을 연상시켰습니다. 이토록 무서운 거인의 모습을 본 우리는 그대로 기절하여 한동안 죽은 듯 의식을 잃고 있었습니다.

　잠시 후에 정신을 차려 보니, 거인은 현관홀 한쪽에 앉아서 외눈을 뒤룩거리며 우리를 살펴보고 있었습니다. 한동안 그렇게 쳐다보던 그는 우리에게 다가와 내 쪽으로 팔을 뻗쳤습니다. 이어 목덜미 옷깃을 잡아 번쩍 들어 올리고는, 마치 푸주한이 양 대가리를 다루듯 내 몸을 이리저리 살펴보는 것이었습니다. 하지만 내가 뼈와 가죽 밖에 없을 정도로 바짝 말라 있는 것을 보고는 그냥 내려놓았습니다. 그러고는 다른 사람들을 차례로 들어 같은 식으로 살펴보았습니다. 그러다가 우리 중 가장 뚱뚱한 선장을 들어 올린 거인은, 마치 참새를 쥐듯 한 손으로 그를 잡고는 꼬챙이를 들어 몸 한가운데를 꿰뚫었습니다. 이어 불을 피워 정성껏 굽더니 궁실로 가지고 들어가 야참으로 먹어 치우는 것이었습니다. 식사를 마치고 다시 현관홀에 나온 거인은 자리에 눕더니 천둥소리보다 요란하게 코를 골면서 잠에 빠졌습니다. 그는 그렇게 다음 날 아침까지 계속 잤습니다. 하지만 그와 달리 우리는 밤새도록 끔찍한 불안감에 몸을 떨어야 했습니다. 동이 트자 잠이 깬 거인은 우리를 궁전 안에 남겨 놓고 밖으로 나가 버렸습니다.

　그가 멀리 떠난 것을 확인하자, 우리는 밤새 이어졌던 그 슬픈 침묵을 깨고 앞다투어 한탄하기 시작했고, 곧이어 궁전 안은 우리가 발하는 한숨과 신음으로 진동했습니다. 비록 우리 쪽 숫자는 많았고 적은 한 명 뿐이었지만, 그로부터 벗어나기 위해 그를 죽여야겠다는 생각은 꿈도 꾸지 못했습니다. 사실, 실행하기 지극히 힘든 이 방법이야말로 우리가 택해야 할 유일한 길이었지요.

　우리는 여러 가지 다른 방법들을 논의해 보았습니다만 뾰족한 수가 생각나지 않았습니다. 결국 체념하고 우리의 운명을 하느님의 뜻에 맡기는 수밖에 없었죠. 밖으로 나온 우리

는 전날처럼 섬의 여기저기를 돌아다니고 열매와 식물들을 따먹으며 그날 하루를 보냈습니다. 그리고 저녁이 되어 누울 곳을 찾아보았으나 발견하지 못하고, 어쩔 수 없이 다시 궁전에 돌아와야만 했습니다.

거인 역시 돌아와 우리 동료 중 하나를 잡아 식사를 한 후 잠이 들었고, 그렇게 코를 골면서 다음 날 아침까지 잔 그는 다시 일어나 전날처럼 우리를 놔두고 나가 버렸습니다. 우리가 처한 이 끔찍한 현실에 몇 사람은 이처럼 기이한 죽음을 기다리고 있으니 차라리 바다에 몸을 던져 죽어 버리려고 했습니다. 그리고 다른 사람들에게도 그들의 의견을 따르라고 충고했습니다. 그러나 어떤 분이 입을 열어 말했습니다. 「스스로의 목숨을 끊는 행위는 우리 종교의 법에 의해 금지되어 있소. 설사 이것이 허용되었다 하더라도, 우리를 잔혹하게 죽이는 이 야만인에게서 벗어날 방도를 적극적으로 찾아보는 것이 훨씬 사리에 맞지 않겠소?」

이때 내 머릿속에는 좋은 계책이 생각났습니다. 그래서 이를 동료들에게 말했더니 모두들 좋다고 찬성했습니다. 이에 나는 말했습니다. 「형제들이여! 여러분들도 알다시피 이 섬의 해변에는 목재들이 숱하게 널려 있습니다. 그것으로 뗏목을 여러 개 만들고, 모두 완성되면 나중에 사용할 때까지 해변 한쪽에다 놔둡시다. 그리고 돌아와 내가 여러분께 제안했던 그 계획을 실행하는 겁니다. 만일 이 계획이 성공하면, 우리는 구조해 줄 배가 지나갈 때까지 시간을 갖고 기다릴 수 있을 것입니다. 반대로 실패할 경우, 재빨리 뗏목을 타고 바다로 들어갑시다. 물론 나도 압니다. 이런 허술한 뗏목에 몸을 의지하고 거센 파도 속에 뛰어드는 것이 얼마나 위험한 일인지를. 하지만 어차피 죽어야 할 몸이라면, 벌써 우리 동료 둘을 잡아먹은 이 괴물의 배 속에 들어가는 것보다는 부드러운 바닷물 속에 잠겨 드는 편이 훨씬 낫지 않겠습니까?」 모든 사람들이 내 의견에 동의하여, 우리는 각각 세 사람씩 탈 수 있는 뗏목들을 만들어 놓았습니다.

우리는 날이 저물 무렵 궁으로 돌아갔고, 얼마 후에는 거인도 들어왔습니다. 그리고 또다시 우리는 동료 중 하나가 잡혀서 구워 먹히는 걸 속수무책으로 보고 있어야만 했습니다. 하지만 그다음에 우리가 어떻게 이 잔인무도한 거인 놈을 응징했는지 잘 들어 보십시오! 놈은 이 가증스러운 식사를 마친 후 벌렁 드러누워 잠이 들었습니다.[26] 놈이 평소처럼 코를 골기 시작하자, 우리 중에서 가장 용감한 사람 아홉 명이 각자 꼬챙이를 하나씩 들고 불 속에 넣어 시뻘게질 때까지 달구었습니다. 그러고는 일제히 달려들어 거인의 눈에다 쑤셔 넣어 눈알을 터뜨려 버렸습니다.

고통을 느낀 거인은 무시무시한 비명을 질렀습니다. 놈은 벌떡 일어나더니 격렬한 분노에 못 이겨 우리 중 아무라도 붙잡으려고 사방으로 두 팔을 휘저어 댔습니다. 하지만 이미 우리는 모두 놈으로부터 떨어져서 그의 발이 닿지 않는 안전한 장소들에 몸을 숨긴 후였죠. 이렇게 헛물을 켜자, 놈은 발꿈치로 대문을 차 열고는 무시무시한 소리로 울부짖으며 밖으로 나갔습니다.

이날 밤 셰에라자드는 더 이상 계속하지 못했다. 하지만 다음 날 밤, 그녀는 다음과 같이 이야기를 이어 갔다.

---

26 아랍 작가는 이 이야기를 호메로스의 『오디세이』에서 가져온 듯하다 — 원주.

일흔여섯 번째 밤

 우리도 거인을 따라 밖으로 나와서 뗏목이 있는 해변으로 달려갔습니다. 일단은 뗏목을 물 위에 띄워 놓고 날이 밝기를 기다렸습니다. 만일 거인이 동족들의 인도를 받아 달려온다면 잽싸게 뗏목에 올라 도망칠 심산이었죠. 하지만 해가 떠올랐을 때까지도 놈이 나타나지 않고 지금도 계속 들려오는 저 울부짖는 소리가 그친다면 그것은 놈이 죽었다는 뜻일 터이고, 그때는 뗏목에 목숨을 거는 일 없이 그냥 섬에 남아 있을 수 있으리라는 일말의 기대감도 있었습니다. 그러나 날이 밝기가 무섭게 우리의 잔혹한 원수는 놈과 덩치가 비슷한 다른 두 거인의 인도를 받으며 나타났습니다. 그뿐 아니라 그들 앞에는 수많은 거인들이 우리를 향해 급히 뛰어오고 있었습니다.

 더 이상 꾸물대고 있을 수 없었습니다. 우리는 일제히 뗏목에 올라타고, 해변에서 멀어지기 위해 죽을힘을 다해 노를 저었습니다. 이를 본 거인들은 제각기 커다란 바윗덩어리를 집어 들고 바다에 뛰어들더니, 물이 허리춤에 차는 곳까지 따라왔습니다. 그러고는 바윗덩어리들을 던져 대는데, 그 솜씨가 얼마나 기막히던지 내가 탄 것을 제외한 모든 뗏목이 박살나 사람들은 모두 익사해 버렸습니다. 나와 다른 두 사람은 젖 먹던 힘까지 다해 노를 저어 댄 덕에 간신히 바위가 미치지 못하는 곳에 이를 수 있었습니다.

 난바다에 이르자 우리는 뗏목을 이리저리 던지며 장난치는 바람과 파도의 노리개가 되어, 그날 내내 알 수 없는 미래에 대한 불안에 시달렸습니다. 하지만 다음 날 다행히도 뗏목은 어떤 섬으로 밀려갔고, 우리는 크게 기뻐하며 뭍에 올라섰습니다. 그곳에서는 훌륭한 과실들까지 찾을 수 있어서 그동안 잃었던 힘을 회복하는 데 큰 도움이 되었습니다.

저녁이 되어 우리는 바닷가에서 잠이 들었습니다. 하지만 잠시 후 이상한 소리에 깨어나 주위를 살펴보니, 그것은 종려나무만큼이나 기다란 뱀의 비늘이 땅바닥을 스치며 내는 소리였습니다. 이미 우리에게 바짝 다가와 있던 뱀은 내 동료 중 하나를 덥석 물었습니다. 그는 벗어나려고 비명을 지르면서 몸부림쳤지만, 뱀은 그를 몇 차례 흔들고 땅바닥에 패대기쳐 박살을 낸 후 꿀꺽 삼켜 버렸습니다. 나와 또 한 동료는 죽어라 달아났습니다. 그렇게 뱀으로부터 상당히 먼 곳까지 도망쳐 왔을 때 우리 귀에 다시 뭔가 섬뜩한 소리가 들려왔습니다. 그것은 의심할 바 없이 놈이 불쌍한 친구의 뼈를 뱉어 내는 소리였습니다. 다음 날, 우리는 실제로 그의 뼈가 땅바닥에 흩어져 있는 것을 확인할 수 있었습니다. 나는 공포에 사로잡혀 외쳤습니다.「오, 하느님! 우리는 그 어떤 위험 속에 있단 말입니까? 어제 우리는 잔인한 거인과 성난 파도를 피해 왔노라고 좋아했습니다. 하지만 그것들 못지않게 끔찍한 사지에 또다시 떨어지다니요!」

우리는 섬을 돌아다니다가 아주 굵고 높다란 나무 하나를 발견하고 밤이 오면 그 위에 올라가서 뱀을 피하기로 했습니다. 그리고 전날처럼 과실들로 배를 채운 후, 해 질 무렵에 나무에 올라갔습니다. 하지만 얼마 되지 않아 뱀이 우리가 있는 나무 밑치로 기어오면서 쉭 하는 소리를 내는 것이 들려왔습니다. 놈은 둥치를 타고 기어오르더니 나보다 아래쪽에 있던 내 동료를 한입에 삼켜 버린 후 다시 물러갔습니다.

밤새도록 나무 위에 머물러 있다가 날이 밝아서야 내려온 나는 거반 죽어 있는 상태였습니다. 조만간 나도 비참하게 죽어 간 두 동료와 똑같은 운명을 맞이할 게 뻔했으니까요. 이런 무서운 생각에 몸을 떨다가, 차라리 죽는 게 낫겠다 싶어 바다 쪽으로 몇 걸음 옮겨 보았습니다. 하지만 역시 가장 좋은 것은 가능한 한 오래 사는 일 아니겠습니까? 나는 마음속에 이는 절망의 유혹을 물리치고, 우리의 삶을 주관하시는 하느님의 뜻에 모든 것을 맡기기로 마음먹었습니다.

그렇다고 하여 손가락만 빨고 앉아 있지는 않았습니다. 잔가지, 가시덤불 같은 것들을 잔뜩 긁어모아 그것들을 한데 묶어 여러 개의 다발을 만들었습니다. 그리고 이 다발들을 오늘 밤 피신할 나무 주위에 빙 둘러 놓고 그중 몇 개는 내 머리를 보호하기 위해 위쪽 가지에다 묶어 놓았습니다. 이 모든 작업을 마치자 밤이 내려왔고, 나는 나를 위협하는 잔인한 운명으로부터 스스로를 보호하기 위해 할 수 있는 일은 다했노라고 서글프게 자위하면서 이 원 안에 숨어들었습니다. 잠시 후 어김없이 돌아온 뱀은 호시탐탐 나를 삼킬 기회를 엿보며 나무 주위를 빙빙 돌았습니다만, 내가 만들어 놓은 방벽에 막혀 내 털끝 하나 건드릴 수 없었습니다. 그렇게 놈은 아침이 될 때까지 마치 안전한 은신처에 숨은 생쥐를 지키고 앉은 고양이 꼴로 서성대고 있었습니다. 드디어 새벽이 되자 놈은 단념하고 물러갔습니다. 하지만 나는 해가 완전히 떠오를 때까지 감히 요새 밖으로 나갈 수가 없었습니다.

나는 밤새 뱀과 벌인 신경전으로 극도로 피곤한 데다가 놈이 뿜어 대는 유독한 숨결이 너무도 고생스러워, 이런 끔찍한 삶보다는 차라리 죽음이 낫겠다고 생각했습니다. 하여 나무에서 내려와, 모든 것을 하느님의 뜻에 맡기겠다고 한 어제의 결심을 잊어버린 채, 머리를 거꾸로 처박고 물속에 뛰어들어 버리자는 심정으로 바다로 달려갔습니다…….

날이 밝은 것을 본 셰에라자드는 여기서 이야기를 멈추었다. 다음 날 그녀는 이 이야기를 계속하면서, 술탄에게 이렇게 말했다.

일흔일곱 번째 밤

폐하! 신드바드는 그의 세 번째 여행담을 계속 들려주었습니다.

하느님께서 내 절망을 보고 불쌍히 여기셨나 봅니다. 막 바다에 몸을 던지려 하고 있는데, 해변에서 멀리 떨어진 저쪽에 배 한 척이 지나가는 게 아니겠습니까? 나는 목소리가 들리게끔 있는 힘을 다해 소리치며 터번을 풀어 마구 흔들어 댔습니다. 이 모든 노력은 헛되지 않아서 배에 탄 사람들이 나를 보았고, 선장은 내게 거룻배를 보내 주었습니다. 마침내 배에 오르자 상인들과 선원들이 주위에 몰려들어 대체 무슨 사연으로 이 무인도에 있게 되었냐고 물어 왔습니다. 내가 지금까지 있었던 일을 모두 설명해 주자, 그중에서 가장 나이 많은 사람들은 이렇게 말했습니다.「이 섬에 거인들이 살고 있다는 소문은 우리도 여러 차례 들은 바 있소. 사람들이 말하기를 그들은 식인종인데, 사람을 구워 먹기도 하고 날로 먹기도 한다더군.」또 뱀에 대해서도 덧붙였습니다.「그렇소! 그 섬은 뱀들이 우글대는 곳이지. 놈들은 낮에는 몸을 감추고 있다가 밤에 나와 돌아다닌다오. 아무튼 당신이 그 숱한 위험을 뚫고 살아났다니 너무도 기쁜 일이오!」그러고 나서 사람들은 내가 몹시 배고플 것이라 생각하고는, 그들이 가진 가장 좋은 음식을 가져와 실컷 먹게 해주었습니다. 또 너덜너덜해진 내 옷을 본 선장은 너그럽게도 자기 옷 한 벌을 선사했습니다.

우리는 얼마 동안 바다를 돌아다니며 여러 섬을 방문했습니다. 마지막에 들른 곳은 살라하트 섬인데 약용으로 많이 쓰이는 나무인 단향이 재배되는 지역이었습니다. 우리는 항구에 들어가 거기 정박했습니다. 상인들은 팔거나 교환하기 위해 그들의 물건을 배에서 내리기 시작했습니다. 그동안 선장은 나를 불러서 말했습니다.「형제여! 배의 창고에 상품이 좀 있는데, 그것은 얼마 동안 우리와 함께 항해했던 어떤 상인의 것이오. 그런데 이 상인이 죽고 말아서 내가 그를 대신하여 그 상품을 굴려 이문을 남기려고 한다오. 혹시 그의 상속자를 만나게 되면 장사한 결과를 돌려주려고 말이오.」그가 말한 짐 꾸러미들은 이미 갑판 위에 나와 있었습니다. 그는 내게 그것들을 보여 주면서 말했습니다.「자, 저게 문제의 상품들이오. 나는 당신이 저것들을 맡아 장사를 좀 해주었으면 하오. 물론 수고한 대가는 규정대로 드리기로 하겠소.」나는 그 제안을 받아들이며 유익한 시간을 보낼 수 있게 해준 것에 대해 감사했습니다.

배의 서기는 모든 짐 꾸러미 위에다 그것을 소유한 상인의 이름을 기입했습니다. 내가 맡은 짐 꾸러미에 누구의 이름을 기입해야 되느냐고 서기가 선장에게 묻자, 그는 이렇게 대답했습니다.「바다 사나이 신드바드의 이름을 적어 넣게!」뜻밖에 내 이름을 들은 나는 깜짝 놀랐습니다. 하여 자세히 선장을 살펴보니, 아니 이게 누구입니까? 나의 두 번째 여행 당시, 어떤 섬의 시냇가에서 잠들었을 때 나만 혼자 남겨 놓고 떠나 버린 그 선장, 나를 기다리거나 찾아보려 하지 않고 닻을 올려 버린 바로 그 선장이 아니겠습니까? 그동안 그의 용모가 많이 변해 있었기 때문에 나는 처음에 그를 알아보지 못한 것입니다.

그 또한 내가 죽었다고 믿고 있었으므로 나를 알아보지 못한 것은 당연한 일이었습니다.「선장님!」내가 말했습니다.「이 짐들의 소유자의 이름이 신드바드라고요?」「그렇소!」그가 대답했습니다. 「신드바드가 물건 주인의 이름이오. 그는 바그다드 출신으로 발소라에서 내 배에 탔소. 어느 날 우리는 바람 좀 쐬려고 어떤 섬에 상륙했소. 그런데 내가 잠시 정신이 깜빡하여, 그가 다른 사람들과 함께 다시 승선했는지 확인하지도 않은 채 돛을 올려 버린 거요. 우리는 이 사실을 출발한 지 네 시간 후에야 알게 되었소. 하지만 그때는 역풍이 너무 세차게 불어 대서 그를 찾으러 돌아가는 것이 불가능했던 것이오.」 「선장님은 그가 죽었다고 생각하십니까?」 내가 물었습니다. 「물론이오.」 그가 대답하자 저는 다시 말했습니다. 「자, 선장님! 눈을 크게 뜨고 저를 자세히 보십시오. 제가 바로 선장님이 무인도에다 버리고 간 그 신드바드란 말입니다! 시냇가에서 자고 있다가 깨어 보니 아무도 보이지 않더군요.」 이 말에 선장은 나를 뚫어지게 쳐다보더니······.

이 대목에서 날이 밝은 것을 본 셰에라자드는 입을 다물지 않을 수 없었다. 하지만 다음 날 그녀는 다음과 같이 이야기를 이어 나갔다.

일흔여덟 번째 밤

선장은 나를 뚫어져라 쳐다보더니 결국 나를 알아보았습니다. 「하느님을 찬양할지어다!」 그는 나를 껴안으며 외쳤습니다. 「행운이 내게 실수를 만회할 기회를 주어 너무나 기쁘구나! 자, 여기 당신의 물건들이 있소! 나는 이것들을 잘 보관하여, 항구에 들를 때마다 장사를 하여 이문을 남기려고 애썼다오. 자, 내가 남긴 모든 이익금과 함께 이것들을 돌려주겠소!」 나는 그것을 받았고, 이렇게 정직하게 행동해 준 선장에게 깊이 감사했습니다.

우리는 살라하트 섬을 출발하여 다른 섬에 들렀고, 거기서 나는 정향과 계피를 비롯한 각종 향료를 구입했습니다. 다시 그 섬을 떠나 항해하던 우리는 길이와 폭이 각각 이십 큐빗이나 되는 커다란 거북이를 만났습니다. 또 암소처럼 젖이 나오고, 껍질이 너무도 단단하여 방패 재료로 사용된다는 물고기도 보았습니다. 모양과 색깔이 꼭 낙타와 흡사하게 생긴 물고기도 있었습니다. 결국 긴 항해 끝에 나는 발소라에 도착했고, 거기서 다시 이 바그다드로 돌아올 수 있었습니다. 나 자신도 정확히 얼마나 되는지 모르는 엄청난 재산을 가지고서 말입니다. 이번에도 나는 그중 상당 부분을 떼어 가난한 사람들에게 나누어 주었습니다. 그리고 남은 돈으로는 땅을 많이 사서 기존에 갖고 있던 것에다 더했습니다.

신드바드는 이렇게 그의 세 번째 여행의 이야기를 끝냈습니다. 그러고 나서 힌드바드에게 다시 백 세켕을 주면서, 이튿날 다시 들러 네 번째 여행 이야기를 들어 보라고 청했습니다. 힌드바드와 다른 손님들은 각자의 집으로 돌아갔습니다. 그리고 다음 날 저녁 식사가 끝날 즈음, 신드바드는 입을 열어 그의 모험담을 계속 이야기했습니다.

네 번째 여행

 세 번째 여행 이후의 안락하고 즐거운 생활도 바다 여행에 대한 나의 욕구를 완전히 억누르지는 못했습니다. 또다시 교역을 하고 새로운 것들을 보고 싶은 열정에 사로잡혔던 것입니다. 나는 주변을 정리하고, 가려 하는 지역에서 잘 팔릴 만한 상품을 구매한 후 출발했습니다. 우선 페르시아의 여러 도시를 거치고 해안의 어떤 항구에 이르러 배를 탔습니다. 우리는 돛을 올리고 항해를 시작하여 대륙의 여러 항구와 동방의 몇몇 섬들을 들렀습니다. 그러나 어느 날 난바다를 지나고 있는데 갑자기 거센 폭풍이 불어왔습니다. 선장은 위험을 피하기 위해 필요한 모든 명령을 내렸습니다. 하지만 이 모든 신중한 조치들도 아무 소용없었습니다. 돛들은 갈기갈기 찢어지고, 통제 불능 상태가 된 배는 암초에 부딪혀 박살이 나버렸습니다. 거기 탄 수많은 상인들과 선원들은 익사했고, 짐들은 물에 가라앉아 버렸죠…….

 날이 밝아 오는 것을 본 셰에라자드는 여기에서 이야기를 중단했고, 샤리아는 자리에서 일어났다. 다음 날 밤, 그녀는 다음과 같이 신드바드의 네 번째 여행 이야기를 계속해 나갔다.

일흔아홉 번째 밤

다행스럽게도 나는 널빤지에 매달려 목숨을 구할 수 있었습니다. 나 말고도 여러 명의 상인들과 선원들이 같은 방식으로 살아남았습니다. 우리 모두는 해류에 떠밀려 앞에 보이는 섬으로 실려 갔고, 거기서 열매들과 샘물을 찾아내어 기력을 회복했습니다. 그리고 어둠이 깔리자, 앞으로의 대책을 세워 볼 생각도 못하고 그저 망연자실한 채 해변에 쓰러져 밤을 보냈습니다. 갑자기 밀어닥친 불행에 아무런 생각도 할 수 없었던 것입니다.

다음 날, 해가 뜨자 우리는 해변을 떠났습니다. 섬 안쪽으로 들어가니 마을이 보여서 우리는 기뻐하며 그쪽으로 갔습니다. 그런데 도착한 우리를 맞은 것은 엄청난 수의 흑인들이었습니다. 놈들은 우리를 에워싸 사로잡고, 자기네들끼리 몇 명씩 나누어서는 그들의 집으로 데려갔습니다.

나는 다섯 명의 동료와 한 집에 끌려갔습니다. 그들은 우선 우리를 앉히고 어떤 약초를 내놓으면서 먹으라고 몸짓으로 권했습니다. 흑인들 자신은 그것을 먹지 않았지만 이를 알아차리지 못한 동료들은 오직 배 속에서 아우성치는 배고픔에만 이끌려 탐욕스레 먹어 댔습니다. 하지만 나는 뭔가 수상쩍은 기미를 눈치채고 맛보는 것조차 거절했습니다. 그러고 잠시 후, 이런 나의 신중한 행동이 옳았음을 확인할 수 있었습니다. 왜냐하면 그것을 먹고 정신이 이상해진 동료들이 그들 자신도 이해하지 못하는 헛소리를 지껄여 댔기 때문입니다.

그러고 나서 흑인들은 우리에게 야자 기름으로 요리한 쌀

밥을 주었는데, 이미 이성을 상실한 동료들은 엄청나게 먹어 댔습니다. 나도 먹었습니다만 아주 적은 양으로 만족했습니다. 흑인들이 약초를 먼저 준 이유는 그것을 먹여 정신을 흐리게 함으로써 우리가 처한 서글픈 현실을 잊게 하고자 함이었습니다. 그다음에는 쌀밥을 먹여 우리를 살찌우려는 속셈이었죠. 사실 그들은 식인종이었고, 우리가 피둥피둥해지면 잡아먹으려 했던 것입니다. 그리고 이 일은 내 동료들에게 실제로 일어났습니다. 풀을 먹고 분별력을 상실한 그들은 어떤 운명이 자신을 기다리고 있는지 몰랐던 거죠. 하지만 여러분도 짐작하시겠지만, 이성을 잃지 않고 있던 나는 다른 이들처럼 살이 찌기는커녕 나날이 더 야위어만 갔습니다. 이걸 먹으면 죽는다 생각하니 음식물은 쳐다보기도 싫었고, 그렇게 나는 갈수록 쇠약해져 갔습니다. 하지만 바로 이 때문에 나는 목숨을 건질 수 있었죠. 왜냐하면 동료들을 다 잡아먹은 흑인들이 나만은 건드리지 않았기 때문입니다. 그네는 내가 바짝 마르고 병든 것을 보고는 나중에 죽이기로 했던 거죠.

그때 나는 많은 자유를 누리고 있었습니다. 흑인들은 내가 무얼 하든지 별로 신경 쓰지 않았으니까요. 그 덕에 나는 도망칠 기회를 잡을 수 있었습니다. 어느 날 슬금슬금 마을에서 벗어나고 있으려니까 어떤 늙은이가 나를 보고서 돌아오라고 고래고래 소리치더군요. 하지만 나는 그 말을 듣는 대신 발걸음을 더 재촉하여 그가 보이지 않는 곳까지 달아났습니다. 평소대로 다른 흑인들은 모두 날이 저물 무렵에나 돌아오게 되어 있었죠. 그때쯤이면 내가 도망친 것을 알게 된다 하더라도 뒤쫓아 올 수 없으리라 생각하면서 저녁때까지 쉬지 않고 걸었습니다. 그리고 잠시 멈춰 서서 미리 장만해 둔 약간의 음식을 먹으며 휴식을 취한 다음, 다시 출발하여 사람이 살 만한 곳을 피해 가며 이레 동안 줄곧 걷기만 했습니다. 그동안 나는 야자열매로 연명했습니다. 그것은 먹을 것과 마실 것을 동시에 공급해 주었죠.

여드레째 되는 날, 바닷가에 다다른 나는 저쪽에서 나와 같은 백인들을 보았습니다. 그들은 거기 지천으로 자라고 있는 후추나무에서 후추 열매를 따고 있었습니다. 후추를 먹는 사람들이 야만인일 리 없었으므로 저는 안심하고 그들에게 다가갔습니다…….

이날 밤 셰에라자드는 더 이상 이야기하지 않았다. 그리고 다음 날, 그녀는 다음과 같이 이야기를 이어 나갔다.

여든 번째 밤

후추를 따던 사람들은 내게 다가왔습니다. 그리고 아랍어로 내가 누구이며, 어디서 왔는지를 물었습니다. 나는 같은 언어를 사용하는 사람들을 만난 것이 너무도 기뻐 기꺼이 그들의 궁금증을 풀어 주었습니다. 어떻게 배가 난파되어 이 섬에 왔으며, 또 어떻게 흑인들에게 잡혀갔는지 모두 이야기해 주었습니다. 이에 그들은 놀라 되물었습니다. 「아니, 사람을 잡아먹는 그 검둥이들 말이오? 대체 어떤 기적이 일어났기에 당신은 그 잔인한 놈들에게서 도망쳐 나올 수 있었단 말이오?」 내가 경과를 설명해 주자, 그들은 크게 놀랐습니다.

나는 그들이 원하는 만큼 후추를 딸 때까지 그들과 함께 있었습니다. 그러고 나서 그들이 가져온 배에 함께 올라 다른 섬으로 갔습니다. 거기서 나는 그들의 왕에게 소개되었고, 이 훌륭한 군주는 내 이야기를 끝까지 경청해 주셨습니다. 사연의 기이함에 몹시 놀란 왕은 내게 새 옷을 입히고 잘 보살펴 줄 것을 분부했습니다.

그 섬은 인구가 아주 많고 각종 산물이 풍부한 곳이었으며, 왕이 거하는 고을에서는 교역도 활발히 이루어지고 있었습니다. 이 유쾌한 도시에 머물면서 나는 지난 불행을 어느 정도 잊을 수 있었고, 더욱이 내게 항상 친절을 베푸시는 너그러운 왕까지 계시니 행복하지 않을 수 없었습니다. 사실 그분이 마음속으로 가장 아끼는 사람은 바로 나였습니다. 당연히 궁정과 이 고을의 모든 사람들도 내게 잘 보이려고 애썼습니다. 이렇게 해서 곧 이곳 사람들은 나를 이방인이 아닌, 이 섬에서 태어난 사람처럼 여기게 되었습니다.

그런데 나는 한 가지 이상한 점을 발견하게 되었습니다. 왕을 포함한 모든 사람이 안장과 고삐와 등자 없이 말을 타고 다니는 것이었습니다. 그래서 어느 날 나는 왜 폐하께서는 이 편리한 것들을 사용하지 않으시냐고 왕에게 물어보았습니다. 이에 그는 그런 것들은 한 번도 들어 보지 못했다고 대답했습니다.

나는 즉시 어떤 장인의 집에 가서 도면을 보여 주고는 그대로 나무를 깎아 안장틀을 하나 만들게 했습니다. 그리고 내가 직접 그 위에다 금실로 수놓은 가죽을 씌우고 빵빵하게 속을 채웠습니다. 또 자물쇠 제조가에게 가서 내가 보여 주는 본대로 재갈과 등자를 만들어 달라고 부탁했습니다.

이 모든 것들을 완벽히 갖추어 왕에게 바치자, 그분은 이 마구들을 자기 말 중 하나에 씌워 직접 시험해 보았습니다. 그리고 그 결과에 몹시 만족하여 내게 큰 선물을 하사했습니다. 나는 같은 것을 여러 벌 만들어야 했습니다. 대신들이며 궁중 관리들이 자기들 것도 만들어 달라고 앞다투어 부탁해 왔기 때문입니다. 그들 역시 마구를 받고 몹시 좋아하며 제각기 선물을 주어, 나의 재산은 갈수록 불어만 갔습니다. 나는 이 고을의 유

력 인사들에게도 그것들을 만들어 주었고, 이렇게 나는 이 섬에서 만인의 존경을 받는 유명 인사가 되었습니다.

나는 매일같이 궁정에 들어 왕께 문안을 드렸는데, 하루는 그분이 이렇게 말하는 것이었습니다. 「신드바드! 나는 자네가 참 좋다네. 그리고 자네를 아는 내 신하들도 나처럼 모두들 자네를 아끼고 있지. 그래서 오늘 내가 자네에게 한 가지 부탁을 하려 하니, 꼭 좀 들어주길 바라네.」 「폐하!」 내가 대답했습니다. 「폐하에 대한 충성심을 증명하기 위해서라면 그 무엇이라도 할 준비가 되어 있습니다. 저는 다만 폐하의 뜻을 받들 뿐입니다.」 「자네를 장가보내고 싶다네!」 그분이 말했습니다. 「결혼하면 자네는 더 이상 고국을 그리워하지 않고, 내 나라에 정붙이고 살게 되지 않겠는가?」 내가 감히 거부할 수 없어 잠잠히 있자, 그분은 한 아가씨를 신붓감으로 소개해 주었습니다. 궁정에 출입하는 귀족 가문의 규수였는데 아름답고 현명하고 부유한, 한마디로 나무랄 데 없는 여인이었습니다. 결혼식을 마친 후 나는 아내의 집으로 들어갔고, 이렇게 얼마 동안 우리는 세상에서 가장 행복한 부부로 지냈습니다. 하지만 내가 이런 상태에 완전히 만족하고 있었던 건 아니었습니다. 비록 이곳에서 안정된 삶과 수많은 특혜를 누리고 있었지만, 기회만 된다면 즉시라도 내 고향 바그다드로 돌아가고 싶은 마음뿐이었습니다.

그런데 어느 날, 나와 아주 친밀한 우정을 맺고 지내던 이웃집 사내의 아내가 병이 들어 죽었습니다. 조문을 가보았더니 그는 혼자서 몹시 괴로워하고 있었습니다. 나는 그에게 다가가 말했습니다. 「하느님께서 선생님의 건강을 지켜 주사, 장수를 허락하시길 기원합니다!」 「아이고!」 이에 그가 장탄식을 하며 대답했습니다. 「내가 어찌 그런 걸 바랄 수 있단 말이오? 내 살날이 한 시간밖에 안 남았거늘!」 「아니, 선생님! 왜 그런 불길한 생각을 하십니까? 걱정 마세요! 그런 일은 결코 없을 겁니다. 제가 볼 때 선생께서는 아주 오래오래 사실 텐데요.」 이에 그가 다시 대답했습니다. 「당신이나 오래 살 수 있기를 빌겠소. 하지만 나는 이미 끝난 목숨이오. 오늘 내가 죽은 아내와 함께 땅에 묻혀야 한다는 사실을 모르시오? 이것은 이 섬에서 조상 대대로 지켜 오는 관습이라오. 산 남편은 죽은 아내와, 그리고 산 아내는 죽은 남편과 함께 매장되어야 하는 것이오. 아무것도 나를 구해 줄 수 없소. 모든 사람이 이 법을 따르고 있으니까.」

사내로부터 이 야만스럽고도 기이한 풍속에 대해 들은 나는 몸이 오싹해지는 것을 느꼈습니다. 이때 이 집의 친척들과 친구들과 이웃들이 장례식에 참석하기 위해 모두 도착했습니다. 그들은 마치 시집이라도 보내려는 듯 고인의 시신을 가장 화려한 옷으로 입히고 갖가지 보석들로 치장했습니다.

시신은 뚜껑이 열린 관에 넣어졌고, 운구 행렬이 움직이기 시작했습니다. 남편은 행렬의 맨 앞에 서서 아내의 관을 따랐습니다. 높은 산 위에 위치한 장지에 도착하자 사람들은 우물처럼 깊은 구덩이의 입구를 막은 바위를 들어 올린 후, 그 아래로 줄을 묶은 관을 내려보냈습니다. 시신의 옷과 보석들은 조금도 건드리지 않고 그대로 놔둔 채였습니다. 그러고 나서 남편은 친척들과 친구들과 작별 인사를 나눈 후에, 아무런 저항도 하지 않고 관 속에 들어가 눕는 것이었습니다. 그의 옆에는 물 주전자 하나와 조그만 빵 일곱 개가 놓였지요. 사람들은 여인의 관을 내린 것과 똑같은 방식으로 남편의 관을 내렸습니다. 산은 해변을 따라 병풍처럼 이어져 있었고, 우물은 아주 깊었습니다. 장례식이 끝나자 사람들은 바위로 구멍을 다시 막았습니다.

이 장례식을 본 내 마음이 얼마나 울적했는지 여러분께서도 충분히 상상하시리라 믿습니다. 하지만 거기 참석한 다른 사람들은 이런 걸 하도 많이 봐와서인지 아무렇지도 않은 듯한 표정이었습니다. 나는 이에 대한 생각을 왕에게 말하지 않을 수 없었습니다. 「폐하! 산 사람을 죽은 사람과 함께 매장하는 이곳의 기이한 풍습을 보고 저는 기절할 듯 놀랐습니다. 저는 지금까지 많은 곳을 여행했고 무수한 민족의 사람들을 만나 보았지만, 이렇게 잔인한 법은 어디에서도 들어 본 적이 없습니다.」「그래서 무슨 말을 하고 싶은 건가, 신드바드?」 왕이 대답했습니다. 「그건 이곳의 모든 사람에게 적용되는 법이야. 설사 왕인 나라 할지라도 예외는 아니지. 만일 내 아내 왕비가 먼저 죽으면, 나 역시 그녀와 함께 묻힐 걸세.」「하지만 폐하! 폐하께 한 가지 여쭙고 싶은 것은…… 이 방인들도 이 관습을 지켜야 하옵니까?」「그래야겠지!」 내 질문의 의도를 눈치챈 왕은 미소를 머금으며 대답했습니다. 「만일 이 섬에서 결혼했다면 그들도 예외가 될 수는 없겠지.」

이 대답을 듣고 집으로 돌아오는 내 마음은 더없이 우울했습니다. 혹시 아내가 먼저 죽는다면 나 역시 산 채로 그녀와 함께 매장되어야 한다고 생각하니 무서워서 견딜 수가 없었던 것입니다. 그러나 어쩔 수 없는 일이었습니다. 그저 모든 것을 체념하고 하느님의 뜻에 운명을 맡기는 수밖에 별다른 도리가 없었습니다. 하지만 그날 이후, 아내의 몸이 조금 불편하기만 해도 내 가슴은 덜컥덜컥 내려앉았습니다. 그런데 이게 웬일입니까? 우려했던 일이 현실로 나타났습니다. 아내가 정말로 병이 들어 자리에 눕더니, 얼마 안 되어 죽어 버렸던 것입니다…….

이 말을 마친 셰에라자드는 그날 밤은 더 이상 이야기하지 않았다. 이튿날 그녀는 다음과 같이 계속했다.

여든한 번째 밤

그때 내가 얼마나 괴로웠을지 한번 상상해 보십시오! 산 채로 매장된다는 것은 식인종들에게 잡아먹히는 것 못지않게 끔찍한 일이 아닙니까? 하지만 이제는 피할 수 없었습니다. 왕은 대신들을 거느리고 친히 장례식에 와주셨습니다. 그리고 수도의 모든 유력 인사들도 참석하여 내 장례식을 빛내 주었죠.

의식을 위한 준비가 모두 끝나자, 사람들은 화려한 옷을 입힌 아내의 시신을 그녀의 모든 보석과 함께 관에 넣었습니다. 그리고 행렬은 장지를 향해 움직이기 시작했습니다. 졸지에 이 말도 안 되는 비극의 조연이 된 나는 얼굴이 온통 눈물에 젖어 내 불행한 운명을 한탄하면서 아내의 관 뒤를 따라갔습니다. 장지에 도착하기 전, 나는 마지막으로 사람들의 마음을 움직이려 시도해 보았습니다. 우선 왕에게 말해 보고 다음에는 주위의 모든 사람들에게 하소연해 보았습니다. 나는 땅에 무릎을 꿇고 그들의 옷자락에 입을 맞추면서 나를 불쌍히 여겨 달라고 애원했습니다. 「여러분, 저는 외국인 아닙니까? 왜 이런 혹독한 법이 저에게 적용되어야 하는 겁니까? 저는 고국에 다른 아내[27]와 아이들도 있는 몸입니다!」 하지만 아무리 애절한 목소리로 외쳐 보아도 그들은 눈 하나 깜짝하지 않았습니다. 도리어 서둘러 아내의 관을 구덩이 속에 내리고, 잠시 후에는 나 역시 관에 넣어 물병 하나와 빵 일곱 덩어리와 함께 그 밑에 내려놨습니다. 마침내 이 지독한 의식은 막을 내렸고, 구덩이 입구는 다시 바윗돌로 봉쇄되었

---

27 신드바드는 이슬람교도이며, 이슬람교도들은 여러 명의 아내를 취한다 — 원주.

습니다. 그리고 나의 고통과 애절한 비명을 뒤로 하고 모두들 떠나 버렸습니다.

관이 구덩이 바닥에 다가감에 따라, 나는 위쪽에서 새어 들어오는 희미한 광선 덕분에 이 지하 장소의 윤곽을 흐릿하게나마 분간할 수 있었습니다. 그곳은 깊이가 약 오십여 큐빗 정도 되는 아주 넓은 동굴이었습니다. 우선 내 코를 찌른 것은 견딜 수 없을 만큼 고약한 악취였습니다. 좌우에 쌓여 있는 무수한 시체들이 뿜어 대는 냄새였죠. 또 산 채로 매장된 사람들이 발하는 마지막 한숨 소리도 희미하게 들려오는 것 같았습니다. 관이 밑바닥에 닿자마자 나는 재빨리 관에서 빠져나와 코를 틀어막고 시체들이 없는 쪽으로 뛰어갔습니다. 그리고 거기 땅바닥에 엎드려 오랫동안 흐느껴 울었습니다. 나는 내 처량한 팔자를 곱씹으면서 한탄했습니다. 「그래, 우리의 운명을 결정하는 것은 하느님의 섭리이지! 하지만 불쌍한 신드바드야! 오늘 네가 이렇게 괴이한 죽음을 맞게 된 건 모두 네 탓이 아니더냐? 지금까지 숱한 난파를 겪으면서도 끈질기게 살아남았지만, 차라리 그때 죽는 편이 훨씬 나았을 것을! 그랬다면 이렇게 천천히, 이렇게 고통스럽게 죽어 가는 일은 없었을 것 아닌가? 하지만 네 탐욕이 이 모든 것을 자초한 거야! 아, 불쌍한 놈! 그냥 집에 남아서 지금까지 벌어 놓은 것이나 편안히 즐기고 있으면 얼마나 좋았을 것이냐?」

이렇게 나는 격렬한 분노와 절망에 사로잡혀 머리와 가슴을 치면서 소리를 질러 댔고, 그 쓰라린 절규는 동굴 안에 공허하게 메아리쳤습니다. 하지만 아무리 비참한 상황에 떨어졌다 해도, 나는 결코 이것을 벗어나기 위해 죽음을 택하지는 않았습니다. 아직 내 안에는 삶에 대한 사랑이 남아 있었기 때문입니다. 나로 하여금 하루라도 더 살아 보려고 몸부림치게 만든 것은 바로 그것이었습니다. 나는 한 손으로는 코를 틀어쥐고 다른 손으로는 땅바닥을 더듬었습니다. 관 속에 있는 빵과 물을 찾아내려 함이었습니다.

동굴 속은 너무도 어두워 낮과 밤조차 분간할 수 없을 정도였습니다. 하지만 나는 결국 내 관을 찾아낼 수 있었습니다. 동굴 안은 처음 생각한 것보다도 훨씬 더 컸고, 거기에 쌓여 있는 시체의 수도 훨씬 많았습니다. 며칠 동안 나는 내 관에 들어 있는 빵과 물로 연명할 수 있었습니다. 하지만 그것마저 다 떨어져 버리자, 이제 남은 일은 죽음을 기다리는 것뿐이었습니다…….

이 말을 마치고 셰에라자드는 이야기를 멈추었다. 다음 날 밤, 그녀는 다시 입을 열어 다음과 같이 신드바드의 이야기를 계속했다.

여든두 번째 밤

이제 나는 앉아서 죽음이 찾아오기만을 기다리고 있었습니다. 그런데 입구가 열리더니 사람들이 관 하나와 산 사람을 내리는 것이었습니다. 죽은 사람은 남자였고 함께 내려진 산 사람은 그의 아내였습니다. 인간이 극한의 상황에 처하면 극단적인 결심을 하게 되는 법입니다. 사람들이 여인을 내려보내고 있을 때, 나는 관이 내려올 장소로 갔습니다. 그리고 동굴 입구가 닫히는 것을 확인하고는, 옆에서 주워 든 큼직한 뼈다귀로 불쌍한 이 여인의 머리를 두세 차례 힘껏 내리쳤습니다. 그녀는 정신을 잃었습니다. 아니, 정확히 말하자면 내가 그녀를 죽인 것이었죠. 이런 잔혹한 행위를 한 것은 말할 것도 없이 관 속에 있는 물과 빵을 차지하기 위함이었습니다. 나는 그것으로 며칠을 버틸 수 있었습니다. 그리고 다시 며칠이 지나자 이번에는 죽은 여인과 산 남자가 내려왔고, 나는 같은 식으로 남자를 죽였습니다. 당시 이 섬의 도읍에는 죽는 사람이 많았습니다. 나에게는 다행스러운 일이었는데, 그때마다 같은 잔인한 방법을 통하여 식량을 얻을 수 있었던 것입니다.

그러던 어느 날이었습니다. 그날도 어떤 여인을 막 죽이고 난 참인데, 어디선가 무언가가 숨을 쉬며 걸어가는 듯한 소리가 들려왔습니다. 나는 소리가 나는 쪽으로 가보았습니다. 다가감에 따라 그 숨소리는 더욱 크게 들리더니, 갑자기 후다닥 하며 뭔가가 달아나는 것이었습니다. 나는 그림자처럼 보이는 이것을 뒤쫓았습니다. 그것은 이따금 멈추었다가, 내가 다가가면 다시 달아나기를 반복했습니다. 얼마나 그렇게 뒤를 쫓았을까요? 꽤 멀리 왔다고 생각했을 때, 저쪽에 희미한 빛이 별처럼 깜빡이는 것이 보였습니다. 나는 그 빛을 향해 계속 걸었습니다. 동굴 속의 지형에 따라 나타나는 장애물로 인해 빛은 사라졌다가 다시 나타나기를 반복했습니다. 결국 나는 이 빛이 사람이 드나들 수 있을 정도로 넓은 바위틈을 통해 흘러 들어오고 있다는 사실을 알게 되었습니다.

이를 발견한 나는 북받치는 감격을 억제하지 못하고 한동안 그 자리에 서 있었습니다. 잠시 후 입구로 걸어가 밖으로 나와 보니, 앞에는 드넓은 해변과 광대한 바다가 펼쳐져 있었습니다. 그때 내가 느꼈던 기쁨을 상상해 보십시오! 지금 내가 보고 있는 것이 환각에 의한 것이 아닌지 의심이 들 정도였습니다. 하지만 이 모든 것이 분명한 현실이며, 내 모든 감각은 다 정상적이라는 것을 확인할 수 있었습니다. 그리고 내가 숨소리를 듣고 뒤쫓아 온 것은 시체를 먹으려고 동굴 속에 들어오는 습성을 가진 바다 동물이라는 사실을 알게 되었습니다.

나는 산을 둘러보았습니다. 그것은 고을과 바다 사이를 가로지르고 있었고, 너무도 험준하고 가팔라서 아무런 길도 나 있지 않았습니다. 나는 해변에 엎드려 은혜를 베풀어 주신 하느님께 감사를 드렸습니다. 그러고는 다시 동굴로 들어가 빵을 가지고 나왔습니다. 밝은 햇빛 아래 앉아 먹는 그 빵의 맛은 정말이지 이 어두운 굴속에 갇힌 이래 처음 느껴 보는 꿀맛이었습니다.

나는 다시 굴속에 들어갔습니다. 그 안에 있는 보물을 가져오기 위해서였죠. 손으로 관 속을 더듬어 다이아몬드, 루비, 진주, 금팔찌 등은 물론 화려한 직물들까지, 손에 걸리는 대로 다 긁어모아 바닷가에 옮겨다 놓았습니다. 그리고 그것들을 한데 묶어 여러 개의 꾸러미를 만들어 놓았습니다. 짐을 묶을 줄은 걱정할 필요가 없었습니다. 관을 내리는 데 사용한 줄들이 굴속에 얼마든지 널려 있었으니까요. 이렇게 꾸린 짐들은 좋은 기회가 올 때까지 그냥 해변에다 놓았습니다. 때는 건기였으므로 비를 맞아 상할 염려도 없었죠.

이삼 일 후에 나는 방금 출항한 배 한 척이 해변에서 그다지 멀지 않은 거리에 지나가는 것을 보았습니다. 나는 터번을 풀어 흔들면서 온 힘을 다해 소리쳤고, 그 소리를 들은 배에서는 거룻배 한 척을 보내 주었습니다. 거룻배에서 내린 선원들이 대체 무슨 일이 있었기에 이런 외진 장소에 혼자 떨어졌느냐고 묻기에, 나는 열흘 전에 배가 난파되어 이 짐들과 함께 이곳에 떠밀려 왔노라고 대답했습니다. 다행히도 선원들은 나의 대답에 만족하여, 부근을 살펴보거나 내 말이 참말인지 아닌지를 확인하려 들지 않고 그냥 나와 짐들을 배에다 옮겨 주었습니다.

배 위에 오르자, 나를 구해 준 것만으로도 흐뭇해 있던 데다가 배를 지휘하느라 정신이 없었던 선장 역시 난파당했다는 내 주장을 의심 없이 그냥 받아들였습니다. 나는 보석을 몇 가지 꺼내어 선물하려 했지만 그는 받으려 하지 않았습니다.

우리는 여러 섬들을 지나쳤습니다. 그중에는 세렌디브 섬[28]에서 정상적으로 항해하면 뱃길로 열흘 걸리며, 켈라 섬에서는 엿새 걸리는 〈종(鐘)들의 섬〉도 있었습니다. 우리가 상륙한 켈라 섬은 납과 인도 계피, 그리고 장뇌 등이 풍부하게 산출되는 곳이었습니다.

켈라 섬의 왕은 매우 부유하고도 강력한 군주였으며, 그의 힘은 〈종들의 섬〉에까지 미쳤습니다. 걸어서 이틀 정도면 횡단할 수 있는 크기의 이 〈종들의 섬〉에는 아직도 인육을 먹는 야만인들이 살고 있다고 합니다. 우리는 켈라 섬에서 장사를 하여 큰 이문을 남긴 후 닻을 올려 여러 섬들을 돌았습니다. 그리고 마침내, 나는 엄청난 부와 함께 다시 바그다드로 돌아올 수 있었습니다. 그리고 그동안 하느님이 내게 베풀어 주신 모든 은혜에 감사하기 위해, 번 돈 중 상당한 액수를 떼어 여러 모스크에 기부하고 가난한 사람들에게 적선했습니다. 그리고 이제는 모든 시간을 내 가족과 친척, 그리고 친구들과 더불어 안락하고 재미나게 즐기면서 보내기로 마음먹었습니다.

이렇게 신드바드는 그의 네 번째 여행 이야기를 끝냈습니다. 청중들로 하여금 앞선 세 개의 이야기보다도 훨씬 더 감탄하게 한 놀라운 이야기였습니다. 신드바드는 다시 힌드바드에게 백 세켕을 선물로 주면서, 다음 날도 같은 시간에 와서 식사를 한 후 그의 다섯 번째 여행의 이야기를 들어 보라고 권했습니다. 힌드바드와 다른 손님들은 작별 인사를 하고

---

28 이 섬은 우리에게 〈실론*Ceylan*〉이라는 이름으로 알려져 있다 — 원주.

각기 집으로 돌아갔습니다. 이튿날, 다시 사람들이 모여들어 식탁에 앉았습니다. 그리고 식사가 끝나 갈 즈음 신드바드는 다음과 같이 그의 다섯 번째 여행 이야기를 해주었습니다.

다섯 번째 여행

　내가 누린 안락한 생활은 너무도 즐거운 것이어서 이전의 모험들을 통해 겪었던 모든 고난과 괴로움을 까맣게 잊게 해주었지만, 또다시 새로운 여행을 떠나고 싶은 욕망까지 없애 주지는 못했습니다. 그래서 나는 상품들을 구입하고 포장하여 여러 대의 마차에 나누어 실은 후, 가장 가까운 항구로 갔습니다. 거기서 나는 신뢰할 수 없는 선장들에게 항해를 맡기느니 차라리 내가 배를 지휘하고 싶다는 욕심에, 내 비용으로 배를 한 척 건조하고 의장하였습니다. 배가 준비되자 나는 물건을 싣고 승선했습니다. 하지만 이 모든 비용을 내가 다 댈 수는 없는 노릇이었으므로, 각국의 상인 여러 명을 그들의 짐과 함께 받아들였습니다.

　우리는 불어오는 순풍에 돛을 펼치고 난바다로 나갔습니다. 오랜 항해 후에 처음 배를 댄 곳은 어떤 무인도였는데, 거기서 우리는 내가 앞서 여러분께 말씀드렸던 것만큼이나 커다란 로크가 낳아 놓은 알을 하나 발견했습니다. 알 속에는 막 부화하려는 새끼 로크가 밖으로 나오려고 부리로 껍질을 쪼고 있었습니다…….

여기서 셰에라자드는 입을 다물었다. 술탄의 궁실이 아침 빛으로 밝아 오고 있었기 때문이다. 다음 날 밤, 그녀는 다시 이야기를 시작했다.

여든세 번째 밤

폐하! 바다 사나이 신드바드는 그의 다섯 번째 여행 이야기를 계속했습니다.

나와 함께 섬에 상륙한 상인들은 도끼를 휘둘러 알을 깨 구멍이 생기자 새끼 새를 죽인 후 그 살을 조각조각 빼내어 불에 구웠습니다. 나는 그들에게 알을 건드리지 말라고 심각하게 경고했습니다만 그들은 전혀 들으려 하지 않았습니다.

그들이 새 구이로 배를 실컷 채우고 나자, 저 멀리 하늘에서 커다란 구름 두 개가 이쪽으로 오고 있는 것이 보였습니다. 내가 고용한 선장은 경험에 의해 이것이 무엇을 의미하는지 너무도 잘 알고 있었습니다. 그는 새끼 새의 아비와 어미가 온다고 소리쳤습니다. 그리고 불행을 피하고 싶으면 지체 없이 배에 오르라고 재촉했습니다. 우리는 그의 말에 따라 황급히 승선하여 즉시 돛을 펼쳤습니다.

이때 두 로크는 섬뜩한 소리로 울어 대며 섬에 다가왔습니다. 그리고 그 울음소리는 둥지와 새끼가 어떤 꼴이 되었는지 발견하고 나서는 한층 거세졌습니다. 복수의 뜻을 품은 녀석들은 날아왔던 쪽으로 다시 날아가더니 시야에서 사라져 버렸습니다. 우리는 이 틈을 이용하여 곧 닥칠 위험으로부터 벗어나기 위해 필사적으로 움직였습니다.

과연 녀석들은 다시 돌아왔고, 발톱에는 엄청나게 커다란 바윗덩어리가 하나씩 들려 있었습니다. 녀석들은 정확히 배 위쪽의 하늘에 멈추더니 들고 있던 바윗덩어리를 아래로 떨어뜨렸습니다. 하지만 노련한 조타수가 가까스로 키를 돌린 덕에 바위는 빗나가 옆의 바닷물에 떨어졌습니다. 그 충격에 엄청난 소리와 함께 바다가 입을 벌려 그 밑바닥이 보일 정도였죠. 하지만 불행히도 다른 놈이 떨어뜨린 바위는 정확히 배 중간 부분에 명중했고, 배는 박살이 나 수만 조각으로 튀었습니다. 그 통에 수많은 선원과 승객들이 압사하거나 물에 빠져 죽었습니다. 나 역시 물속 깊이 잠겨 들어갔습니다. 하지만 이내 수면에 떠오른 나는 운 좋게도 잔해 한 조각에 매달릴 수 있었습니다. 그렇게 한 팔로는 잔해를 꼭 껴안고 다른 손으로는 물살을 저어 가던 나는 해류와 바람의 도움까지 받게 되어 마침내 어떤 섬에 이를 수 있었습니다. 해안은 가파른 절벽으로 이루어져 있었지만 나는 이 어려움마저 극복해 내고 땅에 올라설 수 있었습니다.

기진맥진한 나는 풀밭에 앉아 잠시 휴식을 취한 후 일어나 지형을 살피기 위해 섬 안쪽으로 들어갔습니다. 섬은 잘 꾸민 정원만큼이나 감미롭고 쾌적한 곳이었습니다. 어디를 둘러봐도 아름다운 나무들이 서 있었고, 가지마다 풋과일이나 잘 익은 열매들이 주렁주렁 매달려 있었습니다. 또 나무 사이로는 맑은 시냇물이 졸졸 흐르고 있었지요. 나는 향긋하기 그지없는 과실들을 따먹고 시원한 물로 갈증을 풀었습니다.

밤이 되자 적당한 장소를 찾아 풀 위에 몸을 눕혔습니다. 그러나 잠든 지 채 한 시간도 못 되어 소스라치듯 벌떡 일어났습니다. 아무도 없는 이 장소에 혼자 있다는 사실이 불현듯 무서워진 거죠. 그렇게 그날 밤 대부분은 내 운명을 한탄하고, 스스로를 자책하면서 보냈습니다. 그냥 집에 머물러 있지 않고 또다시 뛰쳐나온 내가 너무도 경솔하고도 한심하게 느껴졌던 겁니다. 이런 우울한 생각을 곱씹다 보니 너무도 절망하여 스스로 목숨을 끊어 버리고 싶은 충동까지 일었습니다. 하지만 다시 떠오른 아침 햇살이 이런 절망감을 흩어 주더군요. 나는 몸을 일으켜 약간은 떨리는 마음으로 나무 사이로 걸어 들어갔습니다.

그렇게 좀 더 섬 안으로 들어간 나는 늙어빠진 노인네 하나를 만났습니다. 시냇가에 앉아 있는 그를 발견한 나는 그 역시 난파당한 사람일 거라고 생각했습니다. 내가 다가가서 인사를 건네자 그는 고개만 까딱했습니다. 이어 여기서 무얼 하시냐고 묻자 그는 대답은 않고, 몸짓으로 자기를 내 어깨에 태워 시내를 건너게 해달라고 했습니다. 건너편에 있는 열매를 따서 먹고 싶다는 것이었습니다.

나는 그에게 도움이 필요하다고 생각하고는, 그를 등에 업고 시내를 건넜습니다. 「자, 이젠 내리십시오!」 나는 그가 내려오기 쉽도록 몸을 낮추어 주며 말했습니다. 하지만 이 꼬부랑 영감은 순순히 땅에 내려오지 않고 — 그때의 일을 생각하면 지금도 웃음이 나옵니다! — 외려 쇠가죽 같은 피부로 덮인 두 다리를 슬그머니 내 목에 감더니 펄쩍 내 어깨 위로 올라타는 것이었습니다. 그러고는 마치 목을 졸라 죽이려는 듯 두 다리로 내 목을 꽉 죄었습니다. 공포에 사로잡힌 나는 그만 정신을 잃고 말았죠…….

여기서 날이 밝아 오기 시작했으므로 셰에라자드는 이야기를 멈춰야 했다. 다음 날 밤이 끝날 즈음, 그녀는 다음과 같이 이야기를 계속했다.

여든네 번째 밤

그렇게 기절해 있었지만 이 찰거머리 같은 늙은이는 여전히 내 목에 달라붙어 있었습니다. 단지 내가 정신을 차릴 수 있을 정도만큼만 다리를 벌려 주었죠. 내가 정신을 차리자 그는 한쪽 다리로는 내 가슴팍을 짓누르고 다른 다리로는 옆구리를 마구 쳐대면서 나로 하여금 몸을 일으키게 했습니다. 내가 일어나자 이번에는 나무 아래로 가게 했습니다. 그러고는 멈추게 하더니 열매를 따서 먹는 것이었습니다. 하루 종일 늙은이는 나를 놔주지 않았습니다. 밤이 되어 쉬려고 하자, 그는 다리를 여전히 내 목에 감은 채 함께 땅에 누웠습니다. 그렇게 아침마다 그는 다리로 목을 죄어 나를 일으키고 걷게 했습니다. 여러분들, 한번 생각해 보십시오! 이 도저히 떼어 낼 수 없는 짐을 지고 다니는 것이 얼마나 끔찍한 일인지를!

어느 날, 나는 길을 가다가 호리병박나무 아래 마른 호리병박 껍데기가 여러 개 떨어져 있는 것을 발견했습니다. 나는 그중 가장 큰 것 하나를 주워 깨끗이 씻은 후, 이 섬에 지천으로 널려 있는 포도 몇 송이를 따 그 속에 포도즙을 짜 넣었습니다. 이렇게 채운 호리병을 한 곳에 두고, 며칠 후 늙은이를 교묘히 유도하여 다시 그 장소로 돌아왔습니다. 물론 호리병 속에 익어 있을 포도주를 마시기 위해서였죠. 호리병 주둥이를 입에 대고 한 모금 쭉 들이켜자 달콤한 포도주가 목구멍으로 흘러 들어왔고, 그 기막힌 맛에 나를 짓누르고 있던 고통을 잠시나마 잊을 수 있었습니다. 그리고 힘도 솟아났습니다. 너무도 즐거워서 걸으면서도 노래를 부르고 펄쩍펄쩍 뛰기도 했지요.

이 음료가 내게 놀라운 효과를 가져온 것을 보고, 늙은이는 자기도 한번 마셔 보게 해달라고 몸짓했습니다. 호리병을 건네주자, 늙은이는 한 모금 마셔 보더니 꽤 괜찮았던지 한 방울도 남김없이 모두 마셔 버렸습니다. 호리병 속에는 늙은이를 취하게 하기에 충분한 양의 술이 들어 있었죠. 금세 술

기운이 오른 늙은이는 몸을 앞뒤로 흔들어 대며 나름대로 목청껏 노래를 불렀습니다. 그렇게 내 위에서 난리를 쳐대다가 결국 힘이 풀렸는지 늙은이의 두 다리가 약간 느슨해졌습니다. 나는 이 기회를 놓치지 않고 그를 땅바닥에 내팽개쳤습니다. 늙은이는 땅에 누워서도 움직이지 않았죠. 나는 커다란 돌덩이를 집어 들어 그 머리를 박살내 버렸습니다.

그 저주받을 늙은이에게서 해방되고 나니 세상에 그렇게 기쁠 수가 없더군요! 나는 즉시 바닷가로 향해, 그곳에서 물을 긷고 잠시 바람을 쐬기 위해 배를 정박하고 상륙한 사람들을 만날 수 있었습니다. 내 모습을 본 그들은 깜짝 놀랐습니다. 그리고 내가 겪은 이야기를 해주자 그들의 놀라움은 한층 커졌습니다. 그들은 말했습니다. 「당신은 바로 〈바다의 늙은이〉에게 걸렸던 겁니다. 또 당신은 그 늙은이가 목 졸라 죽이지 못한 첫 번째 사람이지요. 그는 누구든 한번 걸리면 절대 놔두지 않고 결국은 목 졸라 죽여 버리곤 했어요. 그런 식으로 수많은 사람이 죽어 갔고, 그 때문에 이 섬이 유명해졌지요. 그래서 선원들과 상인들은 여러 명이 함께가 아니면 절대로 이 섬에 들어가지 않았답니다.」

그들은 나를 배로 데려갔습니다. 선장은 사연을 모두 듣고서 따뜻하게 나를 맞아 주었습니다. 배는 다시 돛을 펴고 출발했습니다. 그리고 며칠간의 항해 끝에 훌륭한 석재로 지은 가옥들이 늘어선 큰 항구에 닿았습니다.

배에서 나와 친해진 상인 하나가 자기와 함께 항구에 내려가자고 권하여 따라갔더니, 그는 타지에서 온 상인들이 묵는 집으로 나를 데려갔습니다. 그리고 내게 큰 자루를 하나 주더니 나처럼 자루를 하나씩 들고 있는 그 지방의 다른 사람들에게 나를 소개하고는, 야자열매를 따러 갈 때 나를 데려가 달라고 그들에게 부탁했습니다. 그리고 내게 말했습니다.

「자, 저 사람들을 따라가 보세요! 가서 저 사람들 하는 대로만 하면 됩니다. 하지만 절대 저이들에게서 떨어져서는 안 돼요. 잘못하면 죽을 수도 있으니까요.」

우리는 어떤 큰 숲에 도착했습니다. 거기에는 엄청나게 높은 나무들이 쭉쭉 뻗어 있었는데, 그 둥치는 붙잡을 것 하나 없이 민둥하여 열매가 달려 있는 가지까지 기어 올라간다는 것은 불가능했습니다. 이 나무들은 바로 야자수였습니다. 우리는 그 열매를 따서 가지고 간 자루에 채워 올 계획이었죠. 우리가 숲에 들어서자 크고 작은 원숭이들이 사람들을 보고는 후닥닥 달아나더니 놀라울 정도로 민첩한 동작으로 나무 꼭대기로 올라갔습니다…….

세에라자드는 더 이야기하고 싶었지만 밝아 오는 아침 빛 때문에 그럴 수 없었다. 다음 날 밤, 그녀는 다음과 같이 이야기를 계속했다.

여든다섯 번째 밤

함께 간 상인들은 주위에 있는 돌멩이를 주워 들어 나무 꼭대기에 있는 원숭이들을 향해 힘껏 던졌습니다. 나도 그들이 하는 대로 했습니다. 그러자 원숭이들은 맹렬한 기세로 야자열매를 따더니 우리를 겨냥해 던지면서 그들 특유의 몸짓으로 분노와 적의를 표현했습니다. 우리는 야자열매를 주워 담았습니다. 가끔씩 돌을 던져 원숭이들을 약 올리기만 하면 되었죠. 이러한 꾀를 사용하여 우리는 가지고 간 자루들을 가득가득 채울 수 있었습니다. 사실은 그것만이 유일한 방법이었죠.

자루가 가득 차자 우리는 도시로 돌아왔습니다. 숲으로

나를 보냈던 상인은 내가 가져간 야자열매만큼 돈을 치러 주었죠.

그가 말했습니다. 「계속하세요! 매일 가서 이런 식으로 일하면 당신 고국에 돌아갈 비용을 마련할 수 있을 겁니다.」 나는 유익한 조언을 해준 그에게 감사했습니다. 이렇게 나는 엄청난 양의 야자열매를 가져왔고, 나도 모르는 사이에 상당한 액수의 돈이 모였습니다.

내가 타고 온 배는 우리에게서 야자열매를 구입한 상인들을 태우고 떠났습니다. 그리고 오래지 않아 역시 야자열매를 실으러 온 다른 배가 항구에 도착했습니다. 나는 그 배에 내 몫의 야자열매를 모두 싣고, 지금껏 너무도 신세를 많이 진 상인에게 작별 인사를 하러 갔습니다. 그는 아직 이곳에서 일을 끝내지 못해서 나와 함께 떠날 수 없다고 하더군요.

돛을 펼치고 출발한 배는 후추가 풍부하게 나는 어떤 섬으로 갔다가, 거기서 다시 최상품의 알로에 나무가 산출되는 코마리 섬[29]으로 갔습니다. 이곳 주민들은 술을 절대로 입에 대지 않을 뿐 아니라, 어떤 종류의 난잡한 장소도 용납하지 않는 것으로 유명합니다. 이 두 섬에서 나는 내가 가져온 야자열매를 알로에 나무와 후추로 교환했습니다. 그리고 다른 상인들과 함께 진주 어장에 가서 잠수부들을 고용했습니다. 그들은 큼직하고도 완벽한 형태의 진주들을 건져 올려 주었죠. 나는 흐뭇한 마음으로 배에 올라 아무 사고 없이 발소라에 도착하여, 거기서 바그다드로 돌아왔습니다. 나는 내가 가져온 후추, 알로에 나무, 진주들을 팔아 큰돈을 만들 수 있었습니다. 여행에서 돌아올 때마다 항상 그러했듯이, 이번에

---

29 이 섬의 말단에는 갑(岬)이 위치해 있는데, 오늘날 〈코모렝 갑〉이라 불리는 곳이다. 코마르 갑, 혹은 코모르 갑이라고도 불린다 — 원주.

도 번 돈의 십 분의 일은 빈민을 구호하는 데 썼습니다. 그리고 여행 중에 쌓인 피로를 풀기 위해 갖가지 환락을 즐겼습니다.

이야기를 마친 신드바드는 다시 백 세켕을 힌드바드에게 주었고, 선물을 받은 짐꾼은 다른 손님들과 함께 자기 집으로 돌아갔습니다. 그리고 다음 날, 이들은 부유한 신드바드의 집에 다시 모여들었습니다. 신드바드는 이전의 날들에 그러했듯이 손님들을 배불리 먹이고 자신을 주목하게 한 다음, 다음과 같이 그의 여섯 번째 여행 이야기를 들려주었습니다.

여섯 번째 여행

여러분! 어쩌면 여러분께서는 이해하기 힘드실 겁니다. 벌써 다섯 차례나 난파를 당하고 그 숱한 위기를 겪은 내가, 어떻게 또다시 운명에 몸을 맡기고 모험을 찾아 떠날 생각을 하게 되었는지 말입니다. 사실 지금 생각해 보면 나 자신도 잘 이해가 되지 않습니다. 아마 그런 팔자를 타고난 게지요. 아무튼 일 년 동안 휴식을 취한 나는 여섯 번째 여행을 준비했습니다. 친척들과 친구들이 아무리 애원하고 만류해도 소용없었습니다.

나는 페르시아 만 쪽으로 가지 않고, 육로를 통해 페르시아와 인도의 여러 지방을 거친 다음 어떤 항구에 도착했습니다. 거기서 꽤 괜찮은 배에 승선했는데, 그 배의 선장은 매우 긴 항해를 계획하고 있었습니다. 과연 항해는 아주 길었고 동시에 매우 불운한 것이기도 했습니다. 배가 항로에서 벗어나 선장과 항해사는 지금 우리가 어디에 있는지조차 모르게 되었던 것입니다. 며칠 후 간신히 현재의 위치를 알게 되었지만 승객들이 좋아할 이유는 전혀 없었습니다. 우리 모두를 깜짝 놀라게 한 일이 일어났던 것입니다. 선장이 갑자기 비명을 지르며 자기 자리에서 뛰쳐나오더니, 터번을 벗어 바닥에 내던지고 수염을 뽑고 가슴을 쳐대는 것이었습니다. 마치 극도의 절망으로 실성한 사람 같아 보였습니다. 우리는 왜 그렇게 괴로워하는지 물었습니다. 「아이고! 지금 우리는 이 세상에서 가장 위험한 바다로 들어왔소. 지금 이 배는 세찬 급류에 휩쓸려 가고 있고, 십 분 후쯤이면 모두 죽게 될 거요. 이 위험에서 우리를 구해 달라고 하느님께 기도하시오! 그분의 자비가 아니면 도저히 살아날 수 없소!」이 말을 마친 그는 즉시 모든 돛을 접으라고 소리쳤습니다. 하지만 미처 손을 쓰기도 전에 돛을 맨 밧줄들이 끊어져 버려 더 이상 통제할 수 없게 되자, 배는 급류에 휩쓸려 높은 산이 솟아 있는 어떤 섬으로 밀려가 암초에 부딪혀 산산조각이 나고 말았습니다. 하지만 간신히 목숨을 건진 우리는 침몰해 가는 배에서 식량과 가장 귀중한 상품들을 꺼내 올 수 있었죠.

선장은 우리에게 말했습니다. 「결국 이 모든 게 하느님의 뜻이오. 이제 우리의 무덤을 파놓고서 서로들 마지막 인사나 나눕시다. 왜냐하면 이곳에 왔다가 살아 돌아간 사람은 이제껏 한 명도 없기 때문이오.」이 말에 더욱 비탄에 잠긴 우리는 눈물을 쏟으며 서로를 끌어안고 불행한 운명을 한탄했습니다.

배가 난파된 곳은 꽤나 길고도 넓은 섬으로 한쪽 해안을 따라 험준한 산줄기가 이어지고 있었는데, 우리는 그 산의 발치에 해당하는 곳에 있었습니다. 해변은 난파된 배들의 잔해로 뒤덮여 있었고 가는 곳마다 사람 뼈가 발에 채였습니다. 여기서 수많은 사람들이 죽어 갔음을 알려 주는 으스스한 증거가 아닐 수 없었습니다. 또 한 가지 놀라운 것은 값비싼 상품이며 귀중품 같은 것들도 여기저기 널려 있었다는 사실입니다. 하지만 그렇게 버려진 물건들은 이 황량한 장소를 더욱 을씨년스럽게 만들었을 뿐입니다.

이 섬에는 한 가지 기이한 점이 있습니다. 이곳에는 큰 강이 하나 있는데 다른 곳의 강들처럼 육지에서 바다로 흐르는 것이 아니라 반대로 바다에서 육지 쪽으로 흘러, 엄청나게 높고도 널찍한 아가리를 벌린 어두운 동굴 속으로 빨려 들어가고 있었습니다. 더욱 놀라운 사실은 산기슭에 굴러다니는 돌들이 다름 아닌 수정과 루비 같은 갖가지 보석들이었다는 점입니다. 또 바위틈에서는 일종의 역청(瀝靑)이 솟아나 바다로 흘러 들어갑니다. 이것을 물고기들이 먹어 용연향으로 변화시켜서 뱉어 내면 다시 파도가 해변에 실어다 놓습니다. 이렇게 하여 이곳 해안에는 이 귀중한 물질이 산더미처럼 쌓여 있는 것입니다. 물론 이곳에는 나무도 많은데, 대부분은 알로에 나무로 그 품질은 코마리 섬의 것에 비해 조금도 뒤지지 않았습니다.

사실 이곳은 섬이라기보다는 하나의 수렁이라고 할 수 있을 것입니다. 한번 들어오면 헤어날 수 없기 때문입니다. 다시 말해서 어떤 배가 이 섬에서 어느 정도의 거리에 접근하는 경우, 다시는 빠져나갈 수 없다는 뜻입니다. 해풍이 불면 배는 당연히 바람과 해류에 의해 해안으로 떠밀려 옵니다. 육풍이 부는 경우라 하더라도 사정은 별반 다르지 않습니다. 육지에서 바다 쪽으로 부는 바람이 병풍처럼 서 있는 높은 산에 막혀 해안에는 무풍지대가 형성되고, 배에는 단지 육지 쪽으로 밀려오는 해류만이 작용하게 됩니다. 그래서 이 경우에도 배들은 해류에 떠밀려 와 박살이 나버리는 거지요. 설상가상으로 산들은 너무도 험준하여 올라갈 수가 없고, 따라서 그 어떤 길로도 이곳을 빠져나갈 수는 없습니다.

완전히 절망하여 넋 나간 사람처럼 된 우리는 해변에 죽치고 앉아서 죽을 날만 기다리고 있었습니다. 그런데 죽음이 찾아온 시간은 사람에 따라 달랐습니다. 어떤 사람은 일찍 죽었고, 다른 사람은 좀 더 오래 버텼습니다. 그것은 각자의 체질이 다른 탓도 있었지만, 똑같이 나누어 가진 식량을 사용하는 방식이 사람마다 달랐기 때문입니다…….

세에라자드는 날이 밝아 오는 것을 보고 이야기를 멈추었다. 다음 날 그녀는 신드바드의 여섯 번째 여행 이야기를 다음과 같이 계속했다.

여든여섯 번째 밤

먼저 죽은 사람들은 살아 있는 사람들에 의해 매장되었습니다. 그리고 마지막까지 살아남은 사람은 바로 나였습니다. 그것은 어쩌면 당연한 결과였습니다. 나는 내 몫의 식량을 아껴 먹으려고 최선을 다했을 뿐 아니라, 동료들에게 말하지 않고 따로 숨겨 둔 여분의 식량까지 가지고 있었으니까요. 하지만 마지막 동료를 땅에 묻고 났을 때는 내 식량도 거의 바닥나 있었습니다. 그래서 나는 나 자신이 누울 무덤도 파놓았습니다. 더 이상 나를 묻어 줄 사람이 없었으니까요. 그렇게 땅을 파고 있으려니까 나를 망하게 한 건 결국 나 자신이라는 생각과 함께 왜 이 여행을 했나 하는 후회가 밀려들더군요. 나의 후회는 생각으로 그치지 않았습니다. 피가 철철 나도록 팔뚝을 물어뜯어 스스로 목숨을 끊으려고까지 했습니다.

하지만 하느님께서 나를 불쌍히 여기셨나 봅니다. 퍼뜩 동굴 속으로 흘러드는 강으로 가봐야겠다는 생각을 하게 해주셨으니까요. 거기서 동굴과 강의 형태를 자세히 살펴본 나는 이렇게 결론을 내렸습니다. 〈이렇게 지하로 흘러 들어가는 이 물은 분명 어딘가로 빠져나가게 될 거야. 뗏목을 강에 띄우고 그 위에 몸을 싣는다면 어딘가 사람 사는 곳에 닿을 수

있지 않을까? 만일 그러다 죽는다면 그것은 죽음의 종류를 바꾸는 것에 불과해. 하지만 반대로 이 치명적인 장소를 벗어나게 된다면 앞서 간 동료들의 운명을 피할 수 있을 뿐 아니라 어쩌면 더 부자가 될 수 있는 기회를 잡게 될지도 몰라. 누가 알아? 이 암초만 벗어나면, 이번 난파 때문에 입은 피해를 보상해 줄 행운이 기다리고 있을지.〉

이렇게 생각한 나는 지체 없이 뗏목을 만들기 시작했습니다. 해변에 얼마든지 널려 있는 목재와 밧줄을 단단히 엮어 작지만 견고한 배 한 척을 만들고 그 위에 루비, 에메랄드, 용연향, 수정, 값비싼 직물 등을 가득 실었습니다. 짐들은 균형이 잘 맞게끔 배 위에 골고루 배치시켜 밧줄로 튼튼히 묶어 놓았습니다. 이렇게 만반의 준비를 마친 후, 나는 양손에 노를 하나씩 들고 뗏목에 올랐습니다. 그리고 모든 것을 하느님께 맡기고 흐르는 강물에 몸을 실었죠.

뗏목이 동굴 속에 들어가자 빛은 더 이상 보이지 않았습니다. 나는 물살이 이끄는 대로 몸을 맡길 뿐, 어디로 떠내려가고 있는지 전혀 알 수 없었습니다. 이렇게 며칠 동안을 한 줄기 광선도 비치지 않는 새카만 어둠 속에서 계속 흘러갔습니다. 어떤 때는 동굴 천장이 얼굴에 스칠 정도로 낮아졌기 때문에 위험을 피하기 위해 극도로 조심하지 않으면 안 되었습니다. 식량은 목숨을 겨우 유지할 정도의 양만큼만 먹었습니다. 하지만 이처럼 아껴 먹었음에도 결국 식량은 동이 나고 말았습니다. 그리고 어느 순간, 마치 포근한 잠이 찾아오듯 정신이 아득해졌습니다. 이런 상태로 얼마나 오래 있었는지 모르겠습니다. 그런데 잠에서 깨어나 보니 놀랍게도 주위에 넓은 들판이 펼쳐져 있었고, 내가 탄 뗏목은 강둑에 매어져 있었습니다. 그리고 뗏목 주위에는 수많은 흑인들이 둘러서서 나를 내려다보고 있었습니다. 그들을 보자마자 나는 몸을 일으켜 인사를 했습니다. 이에 그들은 뭐라고 대답했지만 나로서는 알아들을 수 없는 언어였습니다.

이때 나는 너무도 기뻐서 이것이 꿈인가 싶을 정도였습니다. 그리고 분명한 현실이라는 사실을 확인한 나는 환호성을 지르고 다음과 같은 아랍 시를 읊었습니다.

> 전능자의 이름을 부르라! 그분이 그대를 구원해 주시리라. 그 외의 다른 것은 신경 쓸 필요가 없느니라. 다만 눈을 감고 있으라! 그대가 자고 있을 동안, 하느님께서 그대의 불행을 행복으로 바꾸어 주실 터이니!

그런데 흑인들 가운데는 아랍어를 할 줄 아는 사람이 있었습니다. 그는 내 말을 듣더니만 앞으로 나서서 내게 말했습니다. 「형제여! 우리는 나쁜 사람들이 아니니 염려하지 마시오. 우리는 저기 보이는 들판에 살고 있다오. 오늘 인근 산에서 발원하는 이 강물을 끌어다 논에 물을 대려고 이곳에 왔다가 강물에 무언가 떠내려가는 것을 보았소. 모두 뛰어가 살펴보니 이 뗏목이었소. 우리는 곧장 물에 뛰어들어 헤엄을 쳐서 이리로 끌어왔다오. 그리고 보다시피 뗏목을 여기 매어 놓고 지금까지 당신이 깨어나길 기다린 거요. 보아하니 기막힌 사연이 있는 듯한데, 우리에게 이야기해 줄 수 없겠소? 어디에서 온 것이며, 또 왜 이 강물 위에 몸을 싣고 흘러가고 있었던 거요?」 나는 우선 먹을 것을 좀 주면 그다음에 궁금증을 풀어 주겠노라고 대답했습니다.

이에 그들은 여러 가지 음식을 주었고, 나는 배를 채우고 난 후에 지금까지 일어난 일들을 빠짐없이 이야기해 주었습니다. 이야기를 들으면서 그들은 크게 감탄하는 것 같았습니다. 그들은 통역을 통해 내게 말했습니다. 「정말로 놀랍기 그지없는 이야기요! 이 이야기는 당신이 우리 왕에게 가서 직접 들려주는 게 좋겠소. 너무도 기막힌 사연이라 겪은 사람으로부터 직접 듣지 않으면 믿기 힘들 정도니까.」 나는 그들의 말대로 할 준비가 되어 있다고 대답했습니다.

흑인들은 즉시 사람을 보내어 말 한 마리를 끌고 와 나를 태웠습니다. 그리고 몇 사람은 내 앞에서 길을 인도했고, 다른 사람들은 짐이 실린 뗏목 전체를 함께 어깨에 메고 뒤를 따라왔습니다…….

여기까지 말한 셰에라자드는 날이 밝은 것을 보고 이야기를 중단했다. 그리고 다음 날 밤이 끝날 즈음, 그녀는 다음과 같이 이야기를 이어 갔다.

여든일곱 번째 밤

우리 모두는 함께 걸어 세렌디브의 수도에 도착했습니다. 내가 있었던 곳은 바로 이 섬이었던 것입니다. 흑인들은 나를 그들의 왕에게 소개했습니다. 나는 왕이 앉아 있는 옥좌 앞으로 나아가 인도의 왕들에게 하는 방식으로 절을 올렸습니다. 즉 그의 발밑에 엎드려 땅에다 입을 맞춘 것입니다. 왕은 나를 일어나게 한 다음, 매우 상냥한 표정을 지으며 자기 옆에 앉게 했습니다. 그는 먼저 내 이름을 물어보았습니다. 나는 이름은 신드바드이고 여러 차례 바다로 여행을 한 까닭에 별명이 〈바다 사나이〉이며, 바그다드의 주민이라고 대답했습니다. 그러자 왕이 다시 말했습니다. 「그런데 그대는 어떻게 내 나라에 오게 되었소? 어떤 길을 통해서 왔느냐는 말이오.」

나는 지금까지 일어난 일을 숨김없이 이야기해 주었습니다. 내 모험담에 왕은 크게 놀라고 매혹되어서, 이 모든 이야기를 황금 글자로 적어 왕국 실록에 길이 보존하라고 분부했습니다. 그러고 나서 사람들이 내 뗏목을 가져와 그가 보는 앞에서 짐들을 풀었습니다. 그는 알로에 나무와 용연향을 보고 찬탄을 금치 못했습니다. 특히 루비와 에메랄드를 보고는 입을 다물지 못했는데, 그의 보고를 다 뒤져 보아도 이에 비교할 만한 것이 없기 때문이었습니다.

왕이 보석들을 하나하나 집어 들고 이리저리 살피며 감탄을 거듭하는 것을 보고, 나는 다시 땅에 엎드리며 말했습니다. 「폐하! 소인 온몸을 바쳐 폐하를 섬길 준비가 되어 있나이다. 뿐만 아니라 뗏목에 실린 짐 역시 폐하의 것이라 생각하고 있사옵니다. 하니 폐하께서 마음껏 취하시기 바랍니다.」 이 말에 그는 미소를 지으며 대답했습니다. 「신드바드! 이것들에 대해서는 조금도 욕심내지 않겠소. 하느님께서 그대에게 주신 것을 손톱만큼도 건드리고 싶지 않소. 아니, 그대의 재산을 취하기는커녕, 오히려 늘려 주고 싶소. 나의 너그러움을 증거하는 후한 선물 없이 그대가 이 나라를 떠나게 되는 일은 없을 것이오.」 이 말에 나는 왕의 선함과 너그러움을 칭송하고 그의 번영을 기원했습니다. 그는 한 관리를 시켜 나를 보살피게 하고, 자기 비용으로 내 시중을 들어 줄 사람들을 붙여 주었습니다. 이 관리는 왕의 분부를 충실히 이행하여, 나를 거처로 안내하고 뗏목의 짐들도 모두 옮겨다 주었습니다.

나는 매일 정해진 시간에 궁으로 가 왕에게 문안을 드렸고, 남은 시간은 고을을 돌아다니며 신기한 것들을 구경하며 보냈습니다.

이 세렌디브 섬은 주야 평분선 아래 있어서 낮과 밤의 길이가 항상 똑같습니다. 섬의 길이는 팔십 파라상주[30]이며 폭도 거의 같습니다. 섬의 중앙에는 세계에서 가장 높은 산이 솟아 있고 그 가운데 형성되어 있는 아름다운 골짜기의 끝 지점에 왕국의 수도가 위치해 있습니다. 대륙에서 뱃길로 사흘 걸리는 이 섬에서는 루비를 비롯한 여러 종류의 광물이 풍부하게 산출되며, 대부분의 바위들은 보석을 연마할 때 사용하는 금속인 에머리로 이루어져 있었습니다. 온갖 종류의 나무들과 희귀한 식물들이 자라고 있는데, 특히 삼나무와 야자나무를 많이 볼 수 있습니다. 해안과 하구 지역에서는 진주가 많이 채취되며, 어떤 골짜기들에서는 금강석도 산출됩니다. 또 어떤 산이 있는데, 사람들이 말하길 낙원에서 추방된 아담이 유배된 곳이라고 합니다. 나는 신앙인으로서의 호

---

[30] 페르시아의 거리 단위로, 1파라상주는 약 5킬로미터에 해당한다 — 원주.

기심에 이곳을 여행하여 정상까지 올라가 보았습니다.

도읍에 돌아온 나는 왕에게 고국으로 돌아가는 것을 허락해 달라고 간청했습니다. 이에 왕은 흔쾌히 허락했을 뿐 아니라 자신의 보고에서 보물을 꺼내어 큰 선물까지 안겨 주었습니다. 그리고 내가 마지막 작별 인사를 하러 가자 우리의 군주이신 신자들의 사령관께 보내는, 내게 준 것보다도 훨씬 더 많은 선물과 편지 한 통을 맡기면서 이렇게 말했습니다. 「가서 나를 대신하여 칼리프 하룬알라시드에게 이 서신과 선물과 함께 나의 깊은 우정의 뜻을 전해 주시오!」 나는 선물과 서신을 공손히 받은 후, 폐하께서 내려 주신 이 영광스러운 명을 충실하게 수행하겠노라고 약속드렸습니다. 이 군주는 나와 함께 항해할 선장과 상인들까지 찾아 주었고, 나를 특별히 돌보아 줄 것을 그들에게 분부했습니다.

세렌디브 왕의 친서는 지극히 귀한 동물의 누르스름한 가죽에 하늘색 글자로 쓰여 있었으며, 인도어로 된 서신의 내용은 다음과 같았습니다.

천 마리의 코끼리가 그 앞에 행진하고, 십만 개의 루비로 반짝이는 지붕이 덮인 궁전에서 살며, 무수한 다이아몬드가 박힌 이만 개의 왕관을 보고 안에 소유하고 있는 인도의 왕이, 칼리프 하룬알라시드에게.

귀공께 보내 드리는 선물이 비록 보잘것없을지라도 피차의 마음속에 간직하고 있는 우정을 생각하셔서, 형제와 친구로서 흔쾌히 받아 주시기 바랍니다. 귀공에 대한 우정을 표시할 기회를 얻게 되어 우리의 마음은 기쁘기 한량없습니다. 부디 우리에 대해서도 동일한 우정을 지녀 주시기 바라는바, 그것은 우리의 신분이 귀공과 동등하여 그럴 만한 자격이 있다고 자부하는 까닭입니다. 귀공의 형제로서 문안을 드리며, 안녕히 계십시오.

왕이 칼리프에게 보낸 선물들은 다음과 같았습니다. 첫째는 거대한 루비 하나를 깎아 만든 단지로 높이는 반 자 정도에 두께는 손가락 하나 정도였는데, 그 안은 무게가 반 드라크마[31] 정도 되는 둥근 진주들로 가득 채워져 있었습니다. 둘째는 보통 금화 크기만 한 비늘로 촘촘히 덮인 뱀 가죽이었는데, 그 위에 누워서 자면 만병을 예방할 수 있다고 합니다. 셋째는 가장 그윽한 알로에 나무 오만 드라크마와 땅콩 크기만 한 장뇌 서른 알이었습니다. 마지막으로는 눈부시게 아름다운 여자 노예였는데 그녀가 걸치고 있는 옷은 온통 보석으로 덮여 있었습니다.

배는 돛을 펼치고 출발했습니다. 긴 항해 끝에 우리는 무사히 발소라에 닿았고, 거기서 나는 다시 바그다드로 향했습니다. 바그다드에 도착하여 내가 처음 한 일은 내게 맡겨진 임무를 처리하는 것이었습니다…….

날이 밝고 있었으므로 셰에라자드는 더 이상 이야기하지 않았다. 다음 날, 그녀는 다음과 같이 이야기를 계속했다.

여든여덟 번째 밤

나는 세렌디브 왕의 친서를 가지고 신자들의 사령관을 찾아갔습니다. 물론 아름다운 여자 노예도 데리고 갔으며, 내 가족 몇 사람은 선물을 들고 따라왔습니다. 궁전 대문 앞에서 찾아온 이유를 밝히자 곧장 칼리프의 옥좌 앞으로 인도되

---

31 고대 그리스의 화폐 및 무게의 단위. 1드라크마는 약 4그램에 해당한다.

었습니다. 나는 땅에 엎드려 절하고 간략하게 용건을 설명드린 후, 선물과 친서를 드렸습니다. 칼리프는 서신을 읽으시더니 과연 세렌디브 왕이 이 글에 적혀 있는 것처럼 부유하며 강력한 왕인가를 물으셨습니다. 나는 다시 한 번 엎드려 절한 후 이렇게 대답했습니다. 「신자들의 사령관이시여! 이 왕이 결코 자신의 부와 위대함을 과장하지 않았음을 장담할 수 있습니다. 제가 그 증인입니다. 이 세상에 그의 궁전만큼 보는 이의 감탄을 자아내는 것은 없습니다. 그 왕이 행차할 때는 코끼리 등에 얹힌 옥좌에 앉으며, 좌우에는 문무백관이 두 줄로 늘어서 따라옵니다. 왕이 탄 코끼리에는 두 명의 관리가 더 탑니다. 하나는 옥좌 앞에서 황금 창(槍)을 들고 있으며 다른 하나는 뒤에 서서 황금 기둥을 받들고 있는데, 그 꼭대기에는 반 자 높이에 엄지손가락 두께의 에메랄드 하나가 얹혀 있습니다. 또 그의 앞에는 금실로 짠 천과 비단으로 지은 옷을 입은 천 명의 호위병이 역시 화려하게 꾸민 천 마리의 코끼리를 타고 앞장섭니다. 행차 중에는 대열의 맨 앞 코끼리에 탄 관리가 이따금 큰 소리로 이렇게 외칩니다.

여기 위대한 군주께서 행차하신다! 이분은 십만 개의 루비로 뒤덮였으며, 이만 개의 다이아몬드 왕관이 들어 있는 궁전을 소유하신 강력하고도 무서운 인도의 술탄이시다! 여기 솔리마 대왕[32]과 미라주 대왕[33]보다도 더욱 위대하신 군주가 나가신다!

---

32 솔로몬 — 원주.
33 동인도 제도에 위치한 큰 섬인 미라주 섬을 다스렸다는 옛 왕의 이름. 아랍인들 사이에서는 매우 강력하고도 현명한 군주로 널리 알려져 있다 — 원주.

그가 외치고 나면 이번에는 옥좌 뒤에 선 관리가 또 이렇게 외칩니다.

이토록 위대하고 강력한 군주도 죽어야 하노라! 죽어야 하노라! 죽어야 하노라!

그러면 다시 이 말을 받아 앞쪽의 관리가 외칩니다.
죽지 않고 영원히 사시는 그분을 찬양하라!

게다가 세렌디브 왕은 너무도 정의로운 분이어서 수도와 지방을 막론하고 그의 나라에는 재판관이 존재하지 않습니다. 그의 백성들에게는 재판관이 필요 없기 때문입니다. 그들은 누가 시키지 않아도 법을 잘 지키며, 각자의 의무에서 벗어나는 법이 결코 없습니다. 그래서 이 나라에는 법정이나 관리가 필요 없는 것입니다.」 내 말을 들으신 칼리프께서는 매우 흡족해하시고 이렇게 말씀하셨습니다. 「이 서신만 읽어 보아도 이 왕이 얼마나 현명한 사람인지 충분히 짐작할 수 있네. 그리고 그대의 말을 들으니, 그 왕에 그 백성이라는 소리가 절로 나오는군!」 이렇게 말하고 칼리프는 내게 큰 선물을 하사한 후 집으로 돌려보냈습니다.

이렇게 신드바드는 이야기를 마쳤고, 청중은 집으로 돌아갔습니다. 그리고 그 전에 힌드바드는 다시 백 세켕을 받았습니다. 다음 날, 그들은 다시 신드바드의 집에 모였고 그는 자신의 일곱 번째이자 마지막 여행 이야기를 들려주었습니다.

일곱 번째이자 마지막 여행

 여섯 번째 여행에서 돌아온 나는 앞으로 다시는 여행을 하지 않으리라 결심했습니다. 이제는 집에 들어앉아 편히 쉬어야 할 나이였고, 또 지금까지 겪어 온 그 끔찍한 고생과 위험 속으로 다시는 뛰어들고 싶지 않았던 것입니다. 남은 생을 편안히 지내야겠다는 생각뿐이었습니다. 그런데 어느 날 여러 친구들을 불러 놓고 잔치를 벌이고 있는데 하인이 와서, 칼리프가 보내신 관리 하나가 나를 보자고 한다고 전하는 것이었습니다. 식탁에서 일어나 그에게 갔더니 그가 말했습니다. 「칼리프께서 긴히 하실 말씀이 있으니 선생을 불러오라 하셨습니다.」 나는 관리를 따라 궁에 갔습니다. 칼리프의 발 아래 엎드려 절을 하고 나자 그분은 이렇게 말씀하셨습니다. 「신드바드! 그대의 도움이 필요하오. 나를 위해 한 가지 일을 해줘야 하겠소. 세렌디브 왕에게 나의 답신과 선물을 좀 가져다주시오! 그가 내게 예를 표했으니 나도 가만히 있을 수는 없지 않소?」

 나로서는 칼리프의 분부가 청천벽력 같았습니다. 나는 대답했습니다. 「신자들의 사령관이시여! 저는 폐하의 명이라면 무엇이든 따를 준비가 되어 있나이다. 하지만 감히 간청드리건대, 그동안 겪어 온 말할 수 없는 고생들로 인하여 제 몸에 성한 곳이라곤 한 군데도 없다는 사실을 깊이 통촉하여 주시기 바랍니다. 심지어 저는 이 바그다드 도성 밖으로 한 발자국도 벗어나지 않기로 결심한 바 있습니다.」 그러고 나서 이제껏 내가 행한 여행들을 모두 이야기해 드렸습니다. 칼리프는 내 이야기를 끝까지 들으시더니 이렇게 말씀하셨습니다.

「과연 엄청난 일들을 겪으셨군그래! 하지만 그렇다고 하여 내가 그대에게 부탁하는 여행을 하지 못할 이유는 없소. 왜냐하면 이건 단지 세렌디브 섬에 가서 내가 맡긴 임무를 수행하기만 하면 되는 일인 까닭이오. 그다음에는 그대가 원하는 대로 돌아오면 되는 것이오. 아니, 꼭 좀 가주셔야겠소! 이 섬의 왕에게 빚을 지고 있어서야 내 체통이 뭐가 되겠소?」

칼리프의 뜻이 지엄함을 깨달은 나는 분부를 받들겠노라고 대답하지 않을 수 없었습니다. 이에 그분은 크게 기뻐하면서 여행 비용으로 천 세퀸을 하사해 주셨습니다.

나는 짧은 시간 안에 여행 준비를 마쳤습니다. 그리고 칼리프의 선물과 그분이 친히 쓰신 서신을 받자마자 발소라로 향했고, 거기서 배에 올랐습니다. 바다는 잔잔했고 우리는 아무 탈 없이 세렌디브 섬에 도착할 수 있었습니다. 나는 그곳의 대신들에게 내가 온 이유를 설명하며 왕을 뵙게 해달라고 요청했습니다. 그들은 즉시 이 사실을 보고했고, 나는 융숭한 대접을 받으며 궁으로 인도되었습니다. 왕을 본 나는 법도에 따라 땅에 엎드려 절했습니다.

이 왕은 금세 나를 알아보고는 기쁨을 금치 못했습니다. 「아니 이게 누군가? 신드바드 아닌가! 어서 오게나! 그대가 떠나고 난 후에 정말로 그대 생각을 많이 했다네. 아! 이렇게 우리가 다시 보게 되다니, 오늘은 참으로 복받은 날이로군!」

이처럼 따뜻한 환대의 말에 나 역시 진심 어린 답인사를 했습니다. 그리고 과거 그가 내게 베풀어 주었던 여러 가지 은혜에 대해 감사를 드린 후 칼리프가 보낸 친서와 선물을 전하자, 왕은 너무나도 흡족해하며 받았습니다.

칼리프가 왕에게 보내 준 선물들은 다음과 같았습니다. 우선 황금 천으로 덮여 있으며 가격이 천 세켕으로 추산되는 침대 한 대. 지극히 진귀한 천으로 지은 옷 쉰 벌과, 카이로, 수에즈,[34] 쿠파,[35] 알렉산드리아 등지에서 생산된 최고급 백색 아마포로 지은 옷 백 벌. 두께는 손가락 굵기 되며 너비는 반 자 정도 되는 널찍한 호박(琥珀) 그릇. 이 그릇 바닥에는 한쪽 무릎을 꿇고 앉아 사자를 향해 활을 당기는 남자의 모습이 부조로 새겨져 있었습니다. 또 아주 화려한 식탁도 하나 있었는데, 전하는 말로는 위대한 솔로몬 왕이 사용하던 것이었다고 합니다. 칼리프의 친서에 적혀 있는 내용은 다음과 같았습니다.

복된 기억을 남기신 선대 칼리프들의 뒤를 이어 하느님께서 이 영예로운 자리에 올려 주신 압달라 하룬알라시드가, 우리를 바른 길로 이끄는 만유의 주의 이름으로 강력하고도 복되신 귀 술탄께 문안드립니다.

귀공께서 보내 주신 서신은 기쁘게 받아 보았습니다. 여기 보내 드리는 서신은 불세출의 재사들의 집합소, 우리 각의에서 기안된 것입니다. 한번 훑어보셔서 우리의 선의를 확인하시고 흔쾌히 받아 주시기 바랍니다. 안녕히 계십시오.

---

34 홍해에 면한 항구 — 원주.
35 아라비아의 도시 — 원주.

자신이 보낸 우정의 뜻에 칼리프가 이렇게 답례를 해온 것을 보고 세렌디브 왕은 크게 기뻐했습니다. 알현이 끝난 후 나는 즉시 떠나야겠다고 말씀드렸습니다. 왕은 더 붙잡고 싶어했지만 결국 허락했고, 떠나는 나에게 많은 선물까지 안겨 주었습니다. 나는 곧장 배에 올랐습니다. 한시라도 빨리 바그다드로 돌아가고 싶어서였죠. 하지만 하느님의 뜻은 달랐습니다. 나의 희망대로 무사히 돌아갈 수는 없었던 겁니다.

　출발한 지 사나흘 후에, 우리는 해적의 공격을 받았습니다. 우리 배에는 방어할 수 있는 수단이 전혀 갖춰져 있지 않았으므로 놈들은 쉽사리 배를 점령할 수 있었습니다. 선원 중 몇 사람은 그들과 맞서 싸우려 했습니다만, 소중한 목숨만 잃었을 뿐입니다. 보다 신중하게 대항을 포기했던 나와 다른 사람들은 모두가 사로잡혀 노예가 되었습니다……

　밝아 오는 낮의 빛이 세에라자드에게 침묵을 강요했다. 하지만 다음 날 그녀는 이야기의 뒷부분을 이어 나갔다.

여든아홉 번째 밤

　폐하! 신드바드는 그의 마지막 여행 중에 겪은 일들을 계속 이야기해 주었습니다.

　해적들은 우리가 가진 것을 몽땅 빼앗았습니다. 심지어는 입고 있는 옷까지 빼앗고 대신 형편없는 옷을 입혀, 멀리 떨어진 어떤 큰 섬으로 데려가 노예로 팔았습니다.

　나를 사간 사람은 어떤 부유한 상인이었습니다. 그는 나를 사자마자 자기 집으로 데려가 잘 먹인 후에 깨끗한 종 옷으로 갈아입혀 주었습니다. 그리고 며칠 후, 아직 나에 대해 잘 몰랐던 그는 내게 무언가 할 줄 아는 일이 있는지 물었습니다. 나는 신상에 대해서는 자세히 밝히지 않고 그냥 나는 장인(匠人)이 아닌 상인으로, 해적에게 잡혀 가진 것을 몽땅 빼앗겼다고만 대답했습니다. 그러자 그가 다시 물었습니다. 「그럼 혹시 활을 쏠 줄 아는가?」 나는 활쏘기는 젊었을 때 즐긴 운동이며, 지금도 잊지 않고 있다고 대답했습니다. 그러자 그는 내게 활을 한 자루 주었습니다. 그러고는 코끼리 등의 자기 뒷자리에 태우더니 고을에서 몇 시간 떨어진 상당히 넓은 어떤 숲으로 데려갔습니다. 숲 속 깊숙이 들어가자 상인은 코끼리를 멈추더니 나를 내리게 했습니다. 그러고 나서 커다란 나무 하나를 가리키며 이렇게 말했습니다. 「이 나무 위에 올라가게. 그리고 아래로 코끼리가 지나가거든 쏘게나. 이 일대에는 녀석들이 엄청나게 많다네. 그렇게 한 마리 잡으면 내게 알려 주게.」 그는 내게 약간의 식량을 남겨 두고 고을로 돌아가 버렸습니다. 나는 밤새도록 나무 위에 앉아 코끼리를 기다려야 했지요.

그날 밤에는 아무것도 보이지 않았습니다. 하지만 다음 날 아침, 해가 떠오르자 수많은 코끼리들이 나타났습니다. 나는 여러 발의 화살을 날려 마침내 한 마리를 쓰러뜨릴 수 있었습니다. 다른 놈들은 즉시 달아났고 나는 그 틈을 타 주인에게 달려가 사냥의 결과를 알려 주었습니다. 이 소식을 들은 주인은 내게 한 상 잘 차려 주면서 솜씨를 칭찬해 주었습니다. 우리는 함께 숲으로 가서 구덩이를 파 내가 잡은 코끼리를 묻었습니다. 주인의 말에 의하면 이렇게 놔두었다가 코끼리의 몸이 썩으면 다시 돌아와 상아를 떼어 판다는 것이었습니다.

이런 식으로 나는 두 달간 사냥을 계속하며, 코끼리를 잡지 못한 날이 거의 없었습니다. 나는 항상 같은 자리에 매복

하지 않고 이 나무 저 나무를 옮겨 다녔습니다. 그러던 어느 날 아침, 코끼리를 기다리고 있는데 깜짝 놀랄 만한 일이 벌어졌습니다. 숲 전체가 진동할 정도로 커다란 발자국 소리를 내면서 땅을 온통 뒤덮을 만큼 엄청난 무리를 이루고 나타난 코끼리들이 내가 숨어 있는 나무 아래 멈춰 섰던 겁니다. 그러고는 나무를 에워싸더니 코를 치켜들고 나를 노려보는 것이었습니다. 이 놀라운 광경에 전신이 공포로 얼어붙었고, 힘이 풀린 손에서 활과 화살이 떨어져 버렸습니다.

내가 느낀 두려움은 단순한 기우가 아니었습니다. 코끼리들은 얼마 동안 나를 올려다보더니, 그중에서도 가장 덩치가 큰 녀석이 코로 나무 아래를 감고는 힘껏 용을 써대는 것이었습니다. 놀랍게도 나무는 뿌리째 뽑혀 쓰러지고 말았습니다. 나도 나무와 함께 땅에 떨어지는 신세가 되었죠. 한데 짐승이 나를 코로 잡아 자기 등에 올려놓지 않겠습니까? 화살통을 옆에 찬 채 놈의 어깨에 걸린 나는 그야말로 반쯤 죽은 상태였습니다. 그렇게 놈은 무리를 거느리고 어디론가 가더니 나를 내려놓은 다음, 무리를 이끌고 사라져 버렸습니다. 땅 위에 널브러져 있는 내 상태가 어땠을지 상상해 보십시오. 마치 잠들어 있는 듯 정신이 하나도 없었습니다. 그렇게 얼마간 그 자리에 뻗어 있던 나는 더 이상 코끼리들이 보이지 않자 몸을 일으켰습니다. 그곳은 꽤 길고도 넓은 언덕이었는데, 사방의 땅이 온통 코끼리의 뼈와 상아들로 뒤덮여 있었습니다. 이 광경을 본 내 머릿속에는 많은 생각이 떠올랐습니다. 정말이지 이 코끼리라는 동물의 본능에 감탄하지 않을 수 없었습니다. 의심할 바 없이 이것은 그들의 무덤이었고, 그들은 이곳의 위치를 알려 주기 위해 나를 일부러 데려왔던 것입니다. 오직 그들의 상아만을 노리고 학살을 자행하는 우리 인간들에게 이 장소를 알려줌으로써 학살을 중단

해 달라고 호소했던 것입니다. 나는 언덕에 머물러 있지 않고 마을을 향해 걷기 시작했습니다. 그렇게 하루 밤낮을 걸어 마침내 주인집에 도착할 수 있었죠. 이상한 것은 오는 길에 한 마리의 코끼리도 마주치지 않았다는 사실입니다. 나는 곧 깨달을 수 있었습니다. 사람들로 하여금 자유롭게 언덕에 갈 수 있게끔 녀석들이 일부러 길을 열어 주었다는 사실을 말이죠.

주인은 나를 보자마자 외쳤습니다. 「아! 불쌍한 신드바드! 자네가 어떻게 됐는지 몰라 얼마나 걱정했는지 모른다네! 숲에 가봤더니 나무는 뽑혀 있고 활과 화살은 땅에 흩어져 있는데 아무리 찾아도 자네는 안 보이더군. 그래서 다시는 못 보게 되었나 보다 생각했지. 대체 무슨 일이 일어났는지 한번 말해 보게. 그리고 어떻게 이렇게 운 좋게 살아났는지도 말일세.」 나는 그의 궁금증을 풀어 주었습니다. 그리고 다음 날 우리가 함께 언덕에 올라갔을 때, 내가 말한 것이 사실임을 확인한 그는 뛸 듯이 기뻐했습니다. 우리는 거기까지 타고 간 코끼리 등에 실을 수 있을 만큼 상아를 실어 집으로 돌아왔습니다. 주인이 내게 말했습니다. 「내 형제여! ─〈형제〉라는 칭호를 쓰는 것은, 이 엄청난 발견으로 나를 부자로 만들어 준 자네를 더 이상 종으로 대하고 싶지 않기 때문일세 ─ 하느님께서 자네에게 만복을 내려 주시길 바라네! 내 오늘 자네에게 자유를 부여함을 하느님 앞에서 선언하네! 실은 그동안 자네에게 숨겨 온 사실이 하나 있다네. 이 숲 속의 코끼리들은 매년 상아를 구하러 보낸 우리 노예들을 수도 없이 죽였다네. 그들에게 여러 가지 충고를 해주어도 소용없었다네. 늦고 빠르고의 차이는 있었지만, 결국 모든 종들이 이 꾀 많은 짐승들에게 목숨을 잃었지. 하지만 하느님께서 자네에게만은 은혜를 베푸시어 그들의 불같은 노여움으로부터 지켜 주신 거야. 이는 그분께서 자네를 특별히 사랑하신다는 증거일세. 아마 이 세상에 선을 베풀기 위해 자네를 귀히 쓰시려 함인지도 모르지. 자네는 내게 엄청난 일을 해주었네. 이제 나는 노예들을 희생시키지 않고도 상아를 얻을 수 있게 된 거지. 나아가 우리 마을 전체가 자네로 인해 큰 부자가 된 거야! 이 모든 것에 대한 보답은 자네를 해방해 주는 것만으로 그치지는 않을 걸세. 여기에 더하여 상당한 재산까지 주겠네. 사실 자네에게 한 재산 마련해 주는 데 우리 마을 전체를 참여시킬 수도 있네. 하지만 그 영광은 나 혼자 차지하고 싶네!」

이 고마운 말씀에 나는 대답했습니다. 「주인님께 하느님의 가호가 있기를 빕니다! 제게 자유를 주신 것만으로도 저에 대한 빚은 충분히 갚으셨습니다. 만일 제가 운 좋게도 주인님과 이 고을에 기여할 수 있었던 공에 대해 보답하고 싶으시다면, 다만 제 나라로 돌아가는 것을 허락해 달라는 것뿐입니다.」「그럼, 좋네!」 그가 대답했습니다.「곧 몬순[36]이 불어오면 배들이 상아를 실으러 올 걸세. 그때 자네를 태워 보내 주지. 그리고 귀국할 여비도 두둑이 주겠네.」 나는 다시 한 번 나를 해방시켜 준 것과 여러 가지 배려에 대해 그에게 감사했습니다. 그리고 계절풍이 불어올 때까지 그의 집에 머물며 부지런히 언덕과 집 사이를 왕래한 결과, 그의 창고를 상아로 가득 채워 놓을 수 있었습니다. 얼마 후에는 고을의 다른 상인들 역시 그렇게 하였습니다. 그 비밀을 오래 숨길 수는 없었으니까요.

여기까지 말한 셰에라자드는 날이 밝아 오기 시작하는 것을 보고 이야기를 중단했다. 다음 날 밤, 다시 이야기를 시작한 그녀는 술탄을 향하여 이렇게 말했다.

아흔 번째 밤

폐하! 신드바드는 그의 일곱 번째 이야기를 계속했습니다.

마침내 배들이 도착했습니다. 주인은 내가 타고 갈 배를 직접 고르고 나에게 주는 상아로 배의 반을 채웠습니다. 또 내가 항해하는 동안 먹을 식량을 싣는 것도 잊지 않았으며, 값비싼 선물들과 그 지방 특산품도 잔뜩 안겨 주었습니다.

---

36 인도양을 항해할 때 자주 들을 수 있는 용어로 반 년간은 서에서 동으로, 다음 반 년간은 동에서 서로 부는 계절풍을 말한다 — 원주.

나는 이 모든 은혜에 대해 진심 어린 감사의 뜻을 표하고 배에 올랐습니다. 배는 돛을 펴고 출발했죠. 하지만 내게 자유를 가져다준 그 기이한 일에 대한 생각은 항해 기간 내내 머릿속을 떠나지 않았습니다.

우리는 때때로 물과 식량을 조달하기 위해 몇몇 섬에 들렀습니다. 내가 탄 배는 원래 인도 대륙의 어떤 항구에서 출발했던 것이었으므로 다시 그곳으로 귀항했습니다. 나는 발소라까지의 항해 중에 발생할지도 모를 바다의 위험을 피하기 위해 육로로 여행하기로 하고 상아들을 내렸습니다. 그리고 그것들을 팔아 손에 쥔 큰돈으로 사람들에게 선물할 여러 가지 진귀한 물건들을 샀습니다. 이어 여행에 필요한 장비를 모두 갖춘 다음 큰 대상에 합류하여 귀국 길에 올랐습니다. 여행은 아주 오랫동안 계속되었고 고생은 이루 말할 수가 없었지만, 이 모든 것은 얼마든지 견뎌 낼 수 있었습니다. 이제는 더 이상 폭풍우도, 해적도, 뱀도 없었고 지금껏 내가 겪었던 그 모든 위험들을 두려워할 필요가 없었으니까요.

그리고 어느 날, 이 모든 고생은 마침내 끝이 났습니다. 무사히 바그다드에 도착한 거지요. 나는 우선 칼리프를 찾아가 사절로서의 임무를 어떻게 수행했는지 보고드렸습니다. 이 군주는 내가 여행하는 동안 걱정을 많이 했지만, 하느님께서 결코 나를 저버리지 않으시리라 믿었다고 말씀하셨습니다. 내가 코끼리들에 얽힌 이야기를 들려드리자 그분은 크게 놀라셨습니다. 내가 진실한 사람임을 모르셨다면 내 말을 믿지 못하셨을 것입니다. 그분은 이 이야기와 내가 들려드린 다른 이야기들을 너무나도 신기하게 여긴 나머지, 이것들을 황금 글자로 기록하여 왕궁의 보고에 보존하라고 왕실 사관(史官)에게 분부했습니다. 나는 칼리프로부터 선물과 영예를 넘치도록 받은 후, 더없이 흐뭇한 기분으로 집에 돌아올 수 있었습니다. 그 이

후 지금까지 나의 전체를 가족과 친척들과 친구들에게 바치며 살아왔습니다.

이렇게 신드바드는 자신의 일곱 번째이자 마지막 여행의 이야기를 마쳤습니다. 그러고는 힌드바드를 향해 이렇게 말했습니다. 「자, 친구여! 어떤가? 자네는 나만큼 고생한 사람 이야기를 들어 본 적이 있나? 나만큼 절박한 위기들을 겪어 온 사람을 만나 본 적이 있느냐 말일세. 이런 노고를 거쳤다면 이제 유쾌하고도 편안한 삶을 즐길 자격이 있지 않겠는가?」 그가 말을 마치자 힌드바드는 신드바드에게 다가가 손에 입을 맞추며 말했습니다. 「선생님! 참으로 무서운 위험들을 겪어 오신 걸 알겠습니다. 이에 비하면 제 고생은 정말 아무것도 아니군요! 물론 일을 할 때는 좀 힘들지만, 그래도 몇 푼 벌 생각을 하면 위로가 되니까요. 선생께서는 단지 이 편안한 삶뿐만 아니라 선생께서 소유하신 이 모든 재산을 누리실 자격이 충분하십니다. 왜냐하면 너그러우신 선생께서는 이 모든 것을 선하고 올바르게 사용하고 계시기 때문입니다. 그러므로 눈을 감으시는 날까지 복락을 누리시길 기원할 뿐입니다!」

신드바드는 그에게 다시 백 세켕을 선사하면서 그를 친구로 삼았습니다. 그리고 이제 짐꾼 일을 그만두고 앞으로도 계속 자기 집에 와서 먹으라고 청했습니다. 바다 사나이 신드바드를 평생 기억할 수 있게끔 말이죠.

셰에라자드는 아직 날이 밝지 않은 것을 보고, 또 다른 이야기를 시작했다.

세 개의 사과

Les trois pommes

폐하! 칼리프 하룬알라시드가 밤중에 궁전을 나와 바그다드 밤거리를 쏘다니는 이야기는 이미 소녀가 들려드린 바 있습니다. 오늘 이에 관한 또 하나의 이야기를 들려드리겠습니다.

어느 날, 이 군주는 대재상 자파르에게 그날 밤 궁에 들라고 분부했습니다. 그는 이렇게 말했습니다. 「재상! 짐은 세간의 여론을 살피기 위해 오늘 시내를 한 바퀴 돌 생각이오. 특히 사법 업무를 맡은 관리들에 대해서 백성들이 만족하고 있는지 알아보려 하오. 만일 이들 가운데 백성의 원성을 듣는 자가 있다면 직무를 더 잘 수행할 수 있는 사람으로 교체할 것이오. 반대로 백성의 칭송의 대상이 되는 관리에게는 그에 합당한 대우를 해줄 것이오.」 재상이 정해진 시간에 궁에 도착하자, 그와 칼리프와 호위대장 메스루르는 사람들의 이목을 피하기 위해 변장을 하고 궁을 나섰습니다.

광장과 시장 여러 군데를 돈 후 어느 좁다란 골목에 들어선 그들은 달빛 아래 걷고 있는 한 노인의 모습을 보았습니다. 훌쩍한 키에 흰 수염이 난 노인은 머리에 그물을 이고 한쪽 손에는 종려 잎으로 엮은 바구니를, 다른 손에는 지팡이를 들고 있

었습니다. 그를 본 칼리프가 말했습니다. 「보아하니 그다지 넉넉하지 않은 노인네 같구려. 어디, 가까이 가서 사는 형편이 어떤지 물어봅시다!」 이에 재상이 노인에게 다가가 물었습니다. 「노인장! 당신은 뭐하는 사람이오?」 「선생님!」 노인이 대답했습니다. 「저는 어부올시다. 하지만 어부 중에서도 가장 가난하고 비참한 인간이올시다. 저는 정오 무렵에 집을 나와 지금껏 고기를 잡았지만, 하루 종일 피라미 새끼 한 마리 건지지 못했습니다. 마누라와 주렁주렁한 새끼들을 어떻게 먹여야 할지 막막하기만 하군요.」

동정심을 느낀 칼리프는 어부에게 말했습니다. 「그럼 당신은 온 길을 되돌아가 한 번만 더 그물을 던져 볼 수 있겠소? 어떤 것이라도 건져 올리면 그 대가로 백 세켕을 주겠소.」 이 뜻밖의 제안에 어부는 그날 하루의 고생이 일순에 사라지는 것 같았습니다. 그는 칼리프의 말을 믿고 세 사람과 함께 티그리스 강으로 가면서 생각했습니다. 〈이렇게 정직하고 경우 있어 보이는 양반들이 나를 속일 리 없겠지. 설사 이 양반들이 말한 액수의 100분의 1만 받는다 하더라도 나는 복이 터진 거야.〉

티그리스 강가에 이르러, 어부는 그물을 던졌습니다. 그러고 다시 당겨 보니 그물 안에는 뚜껑이 굳게 닫힌, 아주 묵직한 궤짝이 하나 들어 있었습니다. 칼리프는 즉시 재상을 시켜 백 세켕을 세어 주게 한 후 어부를 돌려보냈습니다. 메스루르는 주군의 명령에 따라 궤짝을 어깨에 들쳐 메고, 그 속에 무엇이 들어 있을지 궁금하여 어쩔 줄 모르는 칼리프의 재촉을 받으며 급히 궁으로 향했습니다. 궁에 돌아와 궤짝을 열어 보니, 그 속에는 종려나무 잎사귀로 엮은 커다란 바구니가 하나 들어 있었습니다. 장바구니 모양으로 생긴 이 바구니의 주둥이 부분은 닫혀 있었고 붉은 양털실로 꿰매어져 있었습니다. 빨리 내용물을 알고 싶어 안달이 나 있는 칼리프로서는 실을 풀고 자시고 할 시간조차 없었습니다. 즉시 칼을 빼어 실을 끊어 내자 바구니 속에서는 형편없는 양탄자로 둘둘 말아 노끈으로 꽁꽁 묶어 놓은 무언가가 나왔습니다. 노끈을 풀고 양탄자를 펼친 세 사람의 눈은 순간 공포로 얼어붙었습니다. 거기엔 어떤 젊은 여인의 시체가 들어 있었던 것입니다. 그리고 백설보다 흰 여체는 여러 토막으로 잘려 있었습니다……

이 대목에서 셰에라자드는 날이 밝은 것을 보고 이야기를 중단했다. 다음 날 그녀는 다음과 같이 이야기를 이어 나갔다.

아흔 한 번째 밤

폐하! 이 참혹한 광경을 본 칼리프가 얼마나 경악했을지 저보다도 폐하께서 더 잘 이해하시리라 믿습니다. 하지만 이 경악은 곧 분노로 바뀌어, 칼리프는 재상에게 노여움에 불타는 눈길을 보내며 호통쳤습니다. 「이런 형편없는 작자 같으니라고! 그래, 당신은 내 백성을 이따위로 다스리고 있는 거요? 내 수도 안에서 내 신민들을 살해하여 티그리스 강에 집어넣는 일들이 버젓이 자행되고 있잖소? 이 사람들이 마지막 심판의 날에 나에 대해 원성을 토해 내면 어찌할 것이오? 당장에 이 여인을 살해한 자를 잡아내어 사형에 처하시오! 그러지 못할 경우 하느님의 성스러운 이름에 대고 맹세하거니와, 그대와 그대 일족 마흔 명을 교수형에 처할 것이오!」「신자들의 사령관이시여!」 재상이 말했습니다. 「폐하께 간청드리건대, 수사를 위해 부디 사흘만 말미를 주시옵소서!」「좋소! 사흘을 주겠소!」 칼리프가 대답했습니다. 「그러니 기한을 반드시 지키도록 하시오!」

재상 자파르는 황망한 심정으로 집에 돌아왔습니다. 「아이고!」 그는 탄식했습니다. 「이 바그다드처럼 넓디넓고 사람이 들끓는 도시에서 어떻게 범인을 찾아낼 수 있단 말인가! 게다가 아무도 몰래 사람을 죽인 후에 이미 도성 밖으로 빠져나갔을지도 모르는 자를 말이다! 내가 아닌 다른 사람이라면 감옥에서 무고한 자를 아무나 끌어다가 죄를 뒤집어씌울 수도 있겠지. 하지만 나로서는 양심에 짐이 되는 그런 짓을 할 수는 없는 터……. 그런 식으로 목숨을 구하느니 차라리 내가 죽는 게 나으리라!」

재상은 휘하에 있는 포도청 및 형부의 관리들에게 이 사건을 철저히 조사하여 범인을 색출해 내라고 명했습니다. 이에 관리들은 즉시 부하들을 풀고 그들 자신도 열심히 뛰어다녔습니다. 만일 잘못될 경우, 재상뿐 아니라 그들 자신에게도 불똥이 튀게 되리라는 것을 잘 알고 있었기 때문이죠. 하지만 이 모든 노력도 헛수고였습니다. 아무리 애써도 범인을 찾아낼 수 없었던 것입니다. 이제 재상으로서는 하늘이 도와주지 않는 한, 목숨이 끝난 것이라고 생각하지 않을 수 없었습니다.

과연 사흘째 되는 날, 이 불쌍한 대신의 집에 형리가 도착하여 같이 궁으로 가자고 말했습니다. 재상은 순종했고, 칼리프는 무릎을 꿇은 그에게 살인자는 어디 있느냐고 물었습니다. 「신자들의 사령관이시여!」 재상은 눈물을 머금고 대답했습니다. 「이 사건에 관련된 정보를 줄 수 있는 사람을 한 명도 찾을 수 없었나이다!」 격노한 칼리프는 그에게 온갖 질책과 호통을 쏟아붓더니, 그와 바르메시드[37] 일족 마흔 명을

---

37 페르시아의 한 가문으로 대재상 자파르가 속해 있다. 바르마크가(家)라고도 한다 — 원주.

왕궁 대문 앞에 목매달아 죽이라고 명했습니다.

왕의 명을 받은 사람들이 교수대를 세우고 바르메시드 일족 마흔 명을 그들의 집에서 잡아 오는 동안, 왕명을 외쳐 전하는 광고꾼은 도성의 거리거리를 누비며 소리쳤습니다.

「대재상 자파르와 그의 일족인 바르메시드 가문 마흔 명의 교수형을 보고 싶은 사람은 왕궁 앞 광장으로 오시오!」

모든 준비가 끝나자 재판관과 수많은 형리들이 대재상과 바르메시드 일족 마흔 명을 끌어와 각자의 교수대 아래 세운 뒤, 곧 그들을 공중에 들어 올릴 끈을 목에다 걸었습니다. 광장을 가득 메운 백성들은 이 슬픈 광경 앞에서 눈물을 금할 수 없었습니다. 대재상 자파르와 바르메시드 일가는 그들의 청렴함과 너그러움과 공평무사함으로, 바그다드뿐 아니라 칼리프가 다스리는 제국 전체 백성들의 존경과 칭송의 대상이었던 까닭입니다.

이처럼 지나치게 가혹한 칼리프의 명이 도성에서 가장 정직한 사람들의 목숨을 빼앗으려 하고 있을 때, 갑자기 반듯한 용모에 옷도 아주 단정하게 입은 청년 하나가 군중들을 헤치고 대재상 앞으로 나오더니 이렇게 외쳤습니다. 「여기 모이신 모든 왕족들의 수장이시며 가난한 사람들의 피난처이신 존경하는 대재상님! 당신은 이 범죄와는 아무 상관이 없습니다. 자, 줄을 풀고 물러서십시오! 그리고 나로 하여금 티그리스 강에 던져진 여인의 죽음에 대한 죗값을 치르게 해 주십시오! 바로 제가 살인범입니다! 벌받을 사람은 저란 말입니다!」

이 뜻밖의 상황에 재상은 기쁘기 그지없었지만, 한편으로는 청년에게 동정심을 느꼈습니다. 그의 모습이 이런 흉악한 짓을 저지를 사람 같지 않게, 무언가 호감이 가는 인상이었기 때문입니다. 재상이 막 대답하려 하는데, 이번에는 장대한 체구의 노인 하나가 다시 군중을 헤치고 앞으로 나오더니 외쳤습니다. 「대감! 이 젊은이의 말을 믿지 마십시오! 궤짝 속에서 발견된 여인을 죽인 사람은 바로 저입니다. 따라서 벌을 받아야 할 사람은 오직 저뿐입니다. 하느님의 이름으로 간청하오니, 제발 죄인 대신 무고한 사람을 처벌하지 말아 주십시오!」「아닙니다!」 이번에는 청년이 재상에게 말했습니다. 「맹세하건대 이 사악한 짓을 한 것은 바로 저입니다. 그리고 이 세상 그 누구도 저의 공범이 아닙니다.」 「내 아들아!」 노인이 청년의 말을 끊으며 소리쳤습니다. 「너는 절망에 사로잡혀 이 자리에 나온 것 아니냐? 너의 소중한 인생을 끝내 버리려고 말이다. 하지만 나는 살 만큼 살아서 더 이상 이 세상에 미련이 없는 몸이다. 그러니 널 위해 내 한 생명 희생하게 해다오!」 그러고는 다시 재상을 향해 호소했습니다. 「대감님! 다시 한 번 말씀드립니다. 살인자는 저입니다. 그러니 더 이상 지체치 마시고 저를 죽여 주십시오!」

이렇듯 노인과 청년의 말이 엇갈렸으므로, 재상 자파르는 재판관의 허락을 얻어 두 사람을 칼리프에게 데려가는 수밖에 없었습니다. 재상은 칼리프 앞에 엎드려 땅에 일곱 번 입을 맞춘 후 이렇게 말했습니다. 「신자들의 사령관이시여! 제가 폐하께 데려온 이 노인과 청년은 서로 자기가 여인을 죽인 살인자라고 주장하고 있습니다.」 이에 칼리프는 두 사람에게 누가 그토록 잔혹하게 여인을 살해하여 티그리스 강에 던져 버렸느냐고 물었습니다. 여전히 청년은 자신이라고 대답했고 노인은 그에 반대되는 주장을 했습니다. 「그럼 좋다!」 칼리프가 대재상에게 말했습니다. 「이 두 사람 모두 교수형에 처해 버려라!」 「하지만, 폐하!」 재상이 말했습니다. 「이 둘 중에 한 명만이 범인이라면, 죄 없는 한 사람을 죽이는 것은 매우 부당한 일로 사료되옵니다.」

이 말에 청년이 다시 말했습니다. 「하늘을 이렇듯 높은 곳에 올리신 위대하신 하느님의 이름으로 맹세합니다! 나흘 전에 여인을 살해한 후 네 토막으로 잘라 티그리스 강물 속에 던져 버린 사람은 바로 저입니다. 지금 제가 말한 것이 거짓이라면, 저는 마지막 심판의 날에 의인들과 함께 있지 못할 것입니다. 따라서 제가 처벌을 받아야 합니다.」 청년이 이렇게 강하게 맹세하는 데다가 노인이 묵묵히 있었으므로 칼리프는 이제 그를 믿지 않을 수 없었습니다. 그는 청년을 향하여 말했습니다. 「망할 놈이로고! 그렇다면 어떤 연고로 그처럼 가증스러운 죄악을 범하게 되었느냐? 그리고 또 어떤 이유로 제 발로 찾아와 죽여 달라고 하고 있는 거냐?」 「신자들의 사령관이시여! 만일 저와 이 여인 사이에서 일어난 일들을 모두 글로 옮겨 놓는다면, 그것은 후세의 많은 사람에게 유익한 교훈이 될 것입니다.」 「그렇다면 어서 말해 보거라!」 칼리프가 명했습니다. 청년은 이에 순종하여 다음과 같이 이야기를 시작했습니다…….

셰에라자드는 이 이야기를 계속하려 했지만, 날이 밝아 다음 밤으로 미루지 않으면 안 되었다.

아흔두 번째 밤

샤리아는 왕비에게 시간을 알려 주고, 청년이 칼리프 하룬 알라시드에게 한 이야기를 들려 달라고 부탁했다. 「알겠습니다, 폐하!」 셰에라자드가 대답했다. 「청년은 입을 열어 다음과 같이 말했습니다.」

살해된 여인과 그녀의 젊은 남편 이야기

　신자들의 사령관이시여! 이 살해된 여인은 실은 제 아내입니다. 또 그녀는 여기 계시는 이 노인분, 즉 제 숙부님의 딸이기도 합니다. 그녀가 열두 살 때 결혼한 우리는 지금까지 열두 해를 같이 살아오면서 슬하에 사내아이 셋을 두었습니다. 인정하지 않을 수 없는 것은, 그녀는 어디 하나 흠잡을 데가 없는 아내였다는 사실입니다. 그녀는 현명했고 품행이 단정했으며, 저를 즐겁게 해주려고 온 정성을 다했습니다. 저 역시 그녀를 더없이 사랑했습니다. 그녀가 원하는 게 있으면 그 욕구를 억압하려 하지 않고 모두 다 들어주었습니다.

　그런데 지금으로부터 두 달 전, 그녀는 병에 걸렸습니다. 저는 하루빨리 그녀를 병석에서 일으키기 위해 극진히 간호했습니다. 한 달쯤 지나자 그녀의 병세는 차도를 보이기 시작하더니, 어느 날에는 목욕탕에 가고 싶다고 했습니다. 집을 나서기 전 그녀는 제게 말했습니다. 「사촌 오라버니! ─ 그녀는 제게 이런 애칭을 사용했습니다 ─ 사과가 먹고 싶어요. 어디 가서 사과를 구해다 주시면 너무 좋을 것 같아요. 사실 벌써 오래전부터 몹시 당겼는데, 지금은 너무도 먹고 싶어서 만일 이 원을 못 풀면 나쁜 일이라도 일어날 것 같은 기분이에요.」「걱정 마시오!」제가 대답했습니다.「당신을 위해서 최선을 다하리다!」

저는 즉시 사과를 구하기 위해 바그다드 안에 있는 시장과 과일 가게를 모두 돌아다녔습니다. 그런데 한 개당 금화 일 세켕이나 지불할 용의마저 있었음에도 불구하고 사과를 구할 수 없었습니다. 저는 뜻을 이루지 못해 몹시 속이 상해서 집에 들어왔습니다. 한편 아내는 목욕에서 돌아와 사과가 없는 것을 보자 너무도 실망하여 그날 잠을 이루지 못할 정도였습니다. 하여 저는 다음 날 날이 밝자마자 집을 나와 인근의 농장들을 돌아다녀 보았지만 전날처럼 아무런 소득도 얻지 못했습니다. 다만 한 늙은 농부를 만나, 지금은 철이 아니어서 어디에 가도 사과를 찾을 수 없을 것이며 오직 발소라에 있는 폐하의 정원에 가면 어떻게 구해 볼 수 있으리라는 귀띔만 받았을 뿐입니다.

저는 아내를 열정적으로 사랑했고, 나중에 그녀의 소원을 풀어 주지 못했다는 후회를 남기고 싶지 않았으므로 즉시 여행 차림을 하고 아내에게 내 계획을 밝힌 후, 발소라를 향해 출발했습니다. 몹시 서두른 덕에 보름 후에는 사과 세 개를 들고 집에 돌아올 수 있었습니다. 그곳에도 사과는 단 세 개밖에 남아 있지 않기 때문에 더 싼 값으로는 팔 수 없다고 하여, 개당 일 세켕이라는 거금을 지불하고 산 것들이었습니다. 돌아오자마자 저는 아내에게 사과를 가져다주었습니다만, 아내의 사과 욕심은 이미 지나가 버린 후였습니다. 그래서 사과를 받아 그냥 침대맡에 두더군요. 그리고 이후에도 그녀의 병세는 크게 차도를 보이지 않았으므로 저는 어찌할 바를 몰라 참으로 난감했습니다.

여행에서 돌아온 며칠 후, 저는 각종 직물을 거래하는 시장에 있는 제 가게에 앉아 있었습니다. 그런데 이게 웬일입니까? 고약한 인상의 덩치 큰 검둥이 노예 하나가 제 가게에 들어오는데, 그놈 손에 제가 아내에게 준 사과 하나가 들려 있는 게 아니겠습니까? 그것은 의심할 바 없이 제가 발소라까지 가서 사온 그 사과였습니다. 왜냐하면 지금 바그다드나 인근의 다른 농원에서는 저런 사과를 구할 수 없다는 사실을 너무나도 잘 알고 있었으니까요. 저는 검둥이를 불러 물었습니다. 「여보게, 노예! 자네 그 사과를 어디서 구했나?」 그러자 놈이 능글맞은 미소를 지으며 대답했습니다. 「이건 내 애인이 준 선물이라우. 오늘 그년을 보러 갔더니 어디가 아픈지 누워 있습디다. 그런데 그년 옆에 사과 세 개가 있기에 어디서 났느냐고 물어보았다우. 그랬더니만 사람 좋은 남편 놈이 보름씩이나 걸려 어딜 가서 구해다 주었다고 합디다. 우리는 함께 간식을 먹었다우. 그리고 집을 나오면서 이 사과 한 개를 챙겨 온 거라우.」

이 말을 들은 저는 돌아 버릴 것 같았습니다. 그대로 벌떡 일어나 가게 문을 닫고는 집으로 달려가 아내의 방으로 뛰어올라갔습니다. 사과가 있는 곳을 보니 과연 두 개밖에 보이지 않아서, 저는 다른 하나가 어디 갔느냐고 물었습니다. 한데 아내는 사과 있는 쪽을 슬쩍 돌아보고 두 개밖에 없는 것을 확인하더니 냉담한 어조로 이렇게 대답하는 것이었습니다. 「사촌 오라버니! 어디 갔는지 내가 어떻게 알겠어요?」 이 대답에 저는 검둥이 노예 놈의 말이 사실이라고 믿지 않을 수 없었습니다. 순간 맹렬한 질투의 불길에 휩싸인 저는 즉시 허리에 차고 있던 단검을 뽑아 이 불쌍한 여인의 가슴에 깊이 박았습니다. 그러고 나서 목을 자르고 몸통은 네 토막을 낸 후, 시신을 한데 묶어 바구니 속에 숨기고 바구니 주둥이는 붉은 양털실로 꿰매 봉했습니다. 그리고 밤이 되자 바구니를 궤짝에 넣어 어깨에 짊어지고는 티그리스 강으로 가서 강물 속에 던져 버렸습니다.

그런데 집에 돌아와 봤더니 세 아들 중 두 녀석은 벌써 자고 있는데, 첫째 녀석이 대문 옆에 앉아 서럽게 울고 있는 것이었습니다. 제가 이유를 묻자 아들 녀석이 대답했습니다. 「아빠! 제가 오늘 아침 엄마 모르게 사과 세 개 중에서 하나를 가지고 나왔어요. 그걸 들고 동생들하고 골목에서 놀고 있는데 지나가던 덩치 큰 검둥이 노예 놈이 그걸 제 손에서 빼앗아 가는 거예요. 저는 뒤쫓아 달려가면서 돌려 달라고 말했어요. 그건 병드신 엄마 것이고, 엄마를 위해 아빠가 보름간의 긴 여행 끝에 구해 온 것이라고 말하면서 사정했지만 소용이 없었어요. 들은 척도 않고 그냥 가버리는 거예요. 그래서 뒤따라가면서 소리를 질렀더니 오히려 돌아서서 저를 때리고는 있는 힘을 다해 뛰어가 구불구불한 골목길 사이로 모습을 감춰 버렸어요. 그때부터 저는 성 밖을 서성이면서 아빠가 돌아오시기만을 기다렸어요. 이 사실을 알게 되면 병이 악화될 수 있으니 엄마에게는 알리지 말라고 부탁드리려고요.」 이 말을 마친 아들 녀석은 다시 눈물을 펑펑 쏟았습니다.

아들의 말을 들은 저는 정신이 멍해졌습니다. 그제야 내가 얼마나 끔찍한 짓을 저질렀는지 깨닫고 땅을 치며 후회했지만 이미 엎질러진 물이었습니다. 그 망할 놈의 검둥이가 아들의 얘기를 듣고 꾸며 낸 터무니없는 거짓말을, 저는 미련하게 곧이듣고서는 돌이킬 수 없는 죄악을 저지른 것이었습니다. 그러고 있는데 여기 계신 숙부님께서 오셨습니다. 따님을 보러 오셨던 것입니다. 하지만 숙부님은 살아 있는 딸을 보는 대신에, 사위의 입을 통해 그녀가 죽었다는 사실을 전해 들으셨을 뿐입니다. 제가 하나도 숨김없이 다 말씀드렸으니까요. 그리고 저는 그분의 단죄를 기다리지 않고 저 스

스로 이 세상에서 가장 흉악한 죄인임을 시인했습니다. 하지만 숙부님께서는 저를 책망하려 하시지 않고 그저 울고 있는 저를 따라 함께 우실 뿐이었습니다. 그렇게 우리는 꼬박 사흘을 쉬지 않고 울었습니다. 그분은 항상 따스하게 사랑했던 딸의 죽음을, 그리고 저는 제게 가장 소중했던 존재이며 제가 노예 놈의 거짓말을 그토록 경솔하게 믿고서 너무나도 잔혹한 방법으로 죽여 버린 내 아내의 죽음을 애통해하면서 말입니다. 자, 신자들의 사령관님! 이상이 폐하께서 요구하신 저의 숨김없는 고백이었습니다. 이제 제가 저지른 범죄의 모든 상황을 아셨으니, 저를 처벌해 주실 것을 간청드리옵니다. 그 벌이 아무리 가혹한 것일지라도 불평 없이 받아들이겠나이다. 어차피 제가 지은 죄에 비하면 너무도 가벼운 것일 테니까요……

 여기까지 말한 셰에라자드는 날이 밝은 것을 보고 이야기를 멈추었다. 하지만 다음 날 밤, 그녀는 다음과 같이 이야기를 계속했다.

아흔세 번째 밤

 폐하! 청년의 이야기를 들은 칼리프는 극도로 놀랐습니다. 이 공의로운 군주는 청년이 흉악하다기보다는 오히려 동정을 받아 마땅한 자라고 생각하고 이렇게 말했습니다.「이 청년의 행동은 하느님 앞에서나 사람 앞에서나 용서받을 만한 것이었소. 이 살인 사건의 유일한 원인은 그 못된 노예 놈이오. 벌을 받아야 할 자는 바로 그놈뿐이오. 따라서……」칼리프는 재상 쪽으로 고개를 돌리며 계속 말했습니다.「다시 사흘의 말미를 줄 터이니 놈을 찾아내도록 하시오. 기한 내에 끌고 오지 못할 시에는 경이 대신 목숨을 내놓아야 할 것이오!」
 이제 겨우 위험에서 벗어났다고 생각하고 있던 자파르로서는 칼리프의 새로운 명령에 또다시 날벼락을 맞은 셈입니다. 하지만 군주의 급한 성격을 잘 아는 그는 아무 대꾸도 못하고 궁에서 나와, 이제는 정말로 살날이 사흘밖에 안 남았구나 하는 생각에 눈물을 흘리며 집으로 돌아왔습니다. 또 이 노예를 도저히 찾아낼 수 없다고 확신했기 때문에 아예 찾아볼 생각조차 하지 않았습니다. 그는 이렇게 한탄했습니다.「아이고! 검둥이 노예들이 수없이 많은 이 바그다드에서 어떻게 그놈을 찾아낸단 말인가? 그건 모래밭에서 바늘 찾기일 뿐이야! 조금 전에 하느님께서 살인자를 찾게 해주신 것처럼 이번에도 도와주시지 않는 한 나는 이미 끝난 목숨이야!」

그는 이렇게 비탄에 빠져서 이틀을 보냈습니다. 그의 가족들 역시 칼리프의 가혹한 처사를 원망하며 함께 울었습니다. 드디어 사흘이 지났습니다. 자파르는 마음을 다잡고 일국의 재상으로서 한 점 부끄러움 없는 죽음을 맞으리라 결심했습니다. 그는 카디와 증인들을 불러 유언장을 작성하고 그들로 하여금 서명하게 했습니다. 그러고 난 후에 아내와 자녀들을 차례로 껴안고 마지막 작별 인사를 나눴습니다. 가족들은 모두 울음을 터뜨렸습니다. 세상에 다시없는 슬픈 광경이었죠. 드디어 왕궁의 형리가 도착하여, 칼리프께서 그 검둥이 노예를 찾아냈는지 몹시 궁금해하신다고 전하고는 이렇게 덧붙였습니다.「재상님을 폐하의 옥좌 앞에 데리고 오라는 명이십니다!」이제 자파르는 도살장에 끌려가는 심정으로 형리의 뒤를 따를 수밖에 없었습니다. 그런데 막 집을 나서려 할 때였습니다. 대여섯 살 먹은 재상의 막내딸이 사람들의 손에 이끌려 그 앞에 나타났습니다. 아이를 돌보는 하녀들이 아버지에게 마지막 인사를 드리게 하려고 데려왔던 겁니다.

재상은 이 어린 딸을 각별히 애지중지했던지라 형리에게 잠시만 기다려 달라고 부탁했습니다. 그는 다가가 아이를 품에 안고서 여러 차례 입을 맞추었습니다. 그런데 입을 맞추던 그는 딸의 가슴 부근이 불룩하게 솟아 있고 무언가 향긋한 냄새가 나는 것을 느꼈습니다.「애야!」그는 딸에게 물었습니다.「네 가슴에 있는 게 뭐니?」「아빠!」딸애가 대답했습니다.「이건 사과인데, 껍질에 우리 주군이신 칼리프의 존함이 새겨져 있어요. 우리 집 노예 리한[38]이 이 세켕 받고 저에

---

38 아랍어로 향초의 하나인 바질을 의미한다. 프랑스에서 종복에게〈재스민〉이라는 이름을 붙여 주듯, 아랍인들도 노예에게 이런 이름들을 붙인다 — 원주.

게 팔았어요.」

〈사과〉라는 말과 〈노예〉라는 말을 들은 대재상 자파르는 귀가 번쩍 뜨였습니다. 그는 놀라움과 기쁨이 뒤섞인 탄성을 지르며 딸의 가슴에 손을 넣어 사과를 꺼냈습니다. 그리고 즉시 사과를 판 노예를 불러오게 했습니다. 마침 근처에 있던 노예가 불려오자 자파르는 이렇게 말했습니다. 「이 악당 놈! 어디서 이 사과를 훔쳐 왔느냐?」「대감 마님!」 노예가 대답했습니다. 「정말 맹세하는데유, 이것은 대감님 집에서 훔친 것도 아니고, 칼리프님의 정원에서 훔친 것도 아니어유. 일전에 제가 골목길을 지나가고 있는데, 꼬마 애들 너덧 명이 놀고 있었어유. 그중 하나가 이 사과를 들고 있기에 소인이 잽싸게 가로챈 거지유. 아이는 소인을 쫓아오면서 사과는 자기 것이 아니고 병든 지 어미의 것이라고 했어유. 그리고 그 애 아비가 어미 원을 풀어 주려고 먼 길을 떠나 사과 셋을 가져왔는데, 이것은 그 애가 어미 모르게 가지고 나온 거라고 했어유. 하지만 그 애가 아무리 사정을 해도 소인은 들은 척도 않고 그냥 집으로 가지고 와버렸지유. 그리고 막내 아가씨에게 이 세켕을 받고 판 거여유. 그게 전부란 말여유!」

자파르는 일개 노예의 하찮은 장난이 한 여인을 죽게 만들고 나아가 자신의 죽음마저 초래할 뻔했다는 생각에 기가 찰 뿐이었습니다. 그는 노예를 칼리프에게 데려갔습니다. 그리고 노예에게서 들은 이야기와 어떤 우연에 의해 자신이 그를 찾을 수 있었는지 상세히 설명했습니다.

정말이지 칼리프가 이렇게까지 놀라 본 적은 여태껏 없었습니다. 또 이 모든 일이 너무도 우스웠던지라 자신도 모르게 큰 웃음을 터뜨렸습니다. 잠시 후 엄숙한 표정을 되찾은 칼리프는 이 너무나도 기이한 소동을 야기한 자는 노예인 고로, 다시는 이런 일이 일어나지 않게끔 그를 벌할 필요가 있다고 재상에게 말했습니다. 「폐하, 지당하신 말씀이옵니다!」 재상이 대답했습니다. 「허나 놈의 죄가 반드시 용서받을 수 없는 것만은 아니옵니다. 소신은 이 이야기보다도 훨씬 더 놀라운 이야기를 하나 알고 있사옵니다. 누레딘[39] 알리라고 하는 카이로의 재상과 발소라의 베드레딘[40] 하산의 이야기인데, 마침 폐하께서 이러한 이야기를 즐기시니 소신이 들려드릴까 하옵니다. 단 한 가지 조건이 있사온대, 만일 폐하께서 이 이야기가 검둥이 노예 놈의 이야기보다 더 놀랍다고 느끼신다면 이놈을 너그러이 용서해 주십사 하는 것입니다.」 「좋소!」 칼리프가 동의했습니다. 「하지만 어려운 도전이 될 것이오! 나는 경이 이 노예를 구해 낼 수 있으리라 생각지 않소. 왜냐하면 세상에 이 세 사과의 이야기만큼 기이한 것은 또 없을 테니까!」

이에 자파르는 입을 열어 다음과 같이 이야기를 시작했습니다.

---

[39] 아랍어로 〈종교의 빛〉을 뜻한다 — 원주.
[40] 아랍어로 〈종교의 만월(滿月)〉을 뜻한다 — 원주.

누레딘 알리와 베드레딘 하산 이야기

 신자들의 사령관이시여! 옛날 이집트에 한 위대한 술탄이 있었습니다. 이 군주는 공의롭고 인자하고 관대할 뿐 아니라 지극히 용맹하여 이웃 왕들에게는 두려움의 대상이었습니다. 그는 가난한 자들을 사랑했고, 학자들을 보호하여 높은 직위에 올렸습니다. 이 술탄의 재상은 신중하고 현명하고 통찰력이 있으며, 각종 문예와 학문에도 조예가 깊은 인물이었습니다. 그에게는 두 아들이 있었는데, 맏이의 이름은 셈세딘[41] 모하메드요 둘째는 누레딘 알리로, 하나같이 용모가 준수했을 뿐 아니라 모든 면에서 아비의 본을 따르고 있었습니다. 특히 둘째는 한 남자가 지녀야 할 미덕을 모두 갖추고 있었습니다. 그들의 부친인 재상이 죽자, 술탄은 형제를 불러 둘에게 재상의 옷을 입히고 이렇게 말했습니다. 「부친이 별세하셨다니 심심한 조의를 표하오. 짐 역시 그대들만큼이나 가슴이 아프다오. 나 나름껏 고인에 대한 예의를 표시하고 싶기에, 고인의 직위를 두 사람에게 물려주고 싶소. 듣자 하

---

41 아랍어로 〈종교의 태양〉을 뜻한다 — 원주.

니 그대들은 우애가 매우 깊어 한시도 서로 떨어지지 않으려 한다니, 두 사람이 공동으로 재상직을 맡아 주었으면 하오. 자! 부디 선친의 본을 따라서 열심히 일해 주시오!」

두 신임 재상은 술탄의 성은에 감사하고 집에 돌아와 장례식을 치렀습니다. 한 달 후에야 비로소 집을 나온 그들은 처음으로 어전 회의에 나갔고, 그 이후 회의가 열릴 때마다 한 번도 빠짐없이 참석했습니다. 또 술탄이 사냥을 갈 때마다 둘 중 하나가 수행하여 따라갔습니다. 형제가 번갈아 가면서 영예를 누린 셈입니다. 그러던 어느 날, 둘은 야참을 든 후에 이런저런 얘기를 나누고 있었습니다. 그러던 중에 다음 날 술탄의 사냥을 수행하기로 되어 있는 형이 동생에게 말했습니다. 「동생! 우리는 아직 결혼하지 않은 몸이고, 또 이렇게 사이가 아주 좋잖아? 그래서 내게 아주 좋은 생각이 하나 떠올랐어. 적당한 양갓집 규수 중 두 자매를 골라서 한날한시에 같이 결혼을 하는 거야! 자, 내 생각이 어때?」 이에 누레딘 알리가 즉시 대답했습니다. 「형님! 정말이지 우리의 우애에 걸맞은 기막힌 생각입니다! 형님이 좋아하시는 건 저도 항상 찬성이에요!」 「오! 하지만 그게 전부가 아니야!」 셈세딘 모하메드가 다시 말했습니다. 「나에겐 더 신나는 생각이 있다고! 자, 우리의 아내들이 신혼 첫날밤에 동시에 임신하여 같은 날에 아기를 낳는 거야. 너는 아들, 나는 딸, 이렇게 말이야. 그리고 애들이 장성하면 둘을 결혼시키는 거지.」 「와! 정말이지 기막힌 계획입니다, 형님!」 누레딘 알리가 외쳤습니다. 「그러면 우리의 우애가 멋지게 완성되겠군요! 저는 기꺼이 찬성합니다. 한데 형님!」 그가 덧붙였습니다. 「만일 그 결혼이 성사될 경우, 제가 아들에게 지참금을 쥐어 줘야 하는 건가요?」 「그야 당연하지 않겠나?」 맏이가 대답했습니다. 「관례적인 혼수 이외에도, 자네는 최소한 삼천 세켈과

세 곳의 영지와 노예 세 명을 준비해야 할 걸세.」「흠, 거기에 대해선 동의할 수 없군요!」 동생이 말했습니다. 「우리는 형제이자 동료이며, 직급이나 신분에 있어 피차 차이가 없습니다. 그리고 형님! 세상에는 경우란 게 있지 않습니까! 남자가 여자보다 더 고귀하지 않습니까? 사실 지참금을 준비해야 할 분은 오히려 형님이 아닐까요? 그러고 보니까 형님은 다른 사람을 이용해서 한몫 챙기시려는 것 같은데요!」

누레딘 알리는 이 말을 농담으로 한 것이었으나, 머리가 그다지 빨리 돌아가는 편이 아니었던 그의 형은 몹시 감정이 상했습니다. 「네 아들, 나중에 벼락이나 맞아라!」 솀세딘 모하메드는 흥분하여 소리쳤습니다. 「뭐야, 네 아들이 내 딸보다 더 고귀하다고? 감히 내 딸의 짝이나 될 수 있을 것 같아? 그리고 뭐라고? 우리가 똑같은 동료라고? 나하고 맞먹으려 드는 걸 보니 제정신이 아닌 모양이군! 건방진 놈 같으니라고! 그러고도 내 딸을 며느리로 줄줄 알았더냐? 나중에 네 재산을 전부 싸들고 온다 해도 어림없는 일이야!」 매우 화기애애하게 시작된 형제의 대화는 아직 태어나지도 않은 자식들을 결혼시키는 문제로 이처럼 이상한 방향으로 악화되었고, 결국 흥분한 솀세딘 모하메드는 위협에 가까운 말까지 내뱉었습니다. 「내가 내일 술탄을 수행하는 일만 없다면, 네 놈에게 따끔한 맛을 보여 줄 텐데! 하지만 다녀와서 보자! 동생이 형에게 그런 식으로 건방지게 굴어서는 안 된다는 사실을 분명히 깨닫게 해줄 테니까!」 이렇게 말한 형은 씩씩대면서 자기 방으로 돌아갔고, 동생 역시 잠자리에 들었습니다.

다음 날 아침, 일찌감치 일어난 솀세딘 모하메드는 궁으로 갔습니다. 그리고 술탄과 함께 나와 카이로 북부의 피라미드들이 있는 지방으로 향했습니다. 한편 누레딘 알리는 뜬 눈으로 밤을 지새웠습니다. 아무리 생각해 봐도 자신을 그토

록 고압적으로 대하려 드는 형과 같이 산다는 것은 이제 불가능해 보였습니다. 마침내 중대한 결심을 내린 그는 하인을 시켜 튼튼한 노새 한 마리를 준비하게 한 후, 돈과 귀금속과 약간의 식량을 챙겼습니다. 그리고 주위 사람들에게는 잠시 바람을 쐬고자 이삼 일간 혼자 여행을 다녀오겠다고 말하고서 집을 나섰습니다.

그는 카이로를 벗어나 사막을 통해 아라비아 쪽으로 향했습니다. 하지만 도중에 노새가 쓰러져 버려서 걸어가는 수밖에 없었습니다. 그러다 운 좋게도 발소라로 가는 파발꾼을 만나 그의 뒤 말 궁둥이에 올라타 발소라에 도착했습니다. 누레딘 알리는 말에서 내려 파발꾼에게 그동안의 친절에 감사하고 작별을 고했습니다. 그러고는 거리를 돌아다니면서 숙소가 될 만한 곳을 찾고 있는데, 높은 고관으로 보이는 어떤 사람이 많은 수행원을 거느리고 행차하는 광경이 눈에 들어왔습니다. 주민들은 그가 지나가는 길 좌우에 늘어서서 경의를 표했고, 누레딘 알리도 걸음을 멈추고 군중 틈에 끼어 행차를 구경했습니다. 그는 다름 아닌 발소라 술탄의 대재상으로 도성 안의 질서와 평화를 유지하기 위해 이처럼 정기적으로 시내를 순시하곤 했던 것입니다.

이 대신은 무심코 주위를 둘러보다가 우연히 누레딘 알리를 보고는 무척 호감이 가는 인상의 청년이라고 생각하면서 유심히 쳐다보았습니다. 그러다 가까운 곳에 이르러 그가 여행자 차림을 하고 있는 것을 보고 걸음을 멈추고서는 어디서 왔느냐고 물어보았습니다. 「대감님! 저는 이집트 출신으로 카이로에서 태어났습니다. 제 친척 중 하나가 너무도 저를 미워하여, 고국을 떠나 이 나라 저 나라를 떠돌면서 그냥 세상 구경이나 하며 살기로 결심했습니다. 앞으로 죽는 한이 있어도 절대 고국에는 돌아가지 않을 작정입니다.」 속 깊고

인자한 노인이었던 대재상은 그의 말을 듣고 말했습니다.
「여보게, 젊은이! 그건 그다지 좋은 생각이 아니네. 이 세상을 돌아다녀 봤자 얻을 건 고생과 비참뿐이라네. 차라리 나를 따라오게나! 어쩌면 내가 자네로 하여금 고국을 등지게 한 그 나쁜 일들을 잊게 해줄 수도 있을 걸세.」

누레딘 알리는 발소라의 대재상을 따라갔습니다. 재상은 이 청년이 많은 장점을 지니고 있음을 곧 알게 되었고 그를 매우 아꼈습니다. 그래서 어느 날, 청년을 따로 불러 이렇게 말했습니다.「여보게! 자네도 보다시피 나는 나이가 너무 많이 들어 살날이 얼마 남지 않은 것 같네. 내게는 하늘이 주신 귀한 외동딸이 있다네. 자네가 잘생긴 것만큼이나 용모가 고운 아이로 마침 혼기가 꽉 차 있지. 여태까지 궁중의 숱한 고관대작들이 자기 며느리로 삼으려 청혼해 왔지만, 나는 지금껏 결정하지 못하고 있었네. 그런데 자네는 내가 아끼는 사람이기도 하지만, 어느 모로 보나 딸애의 배필이 되기에 조금도 부족함이 없어 보이네. 그래서 나는 다른 혼처를 다 물리치고 자네를 사위로 삼고 싶다네. 만일 자네가 이 제의를 흔쾌히 받아들인다면 나는 주군이신 술탄을 찾아뵙고서 이번 결혼을 통해 자네를 내 양자로 삼을 것임을 알려 드리고, 내가 맡고 있는 발소라 왕국의 대재상 자리를 자네에게 물려주게 해달라고 간청할 계획이네. 그리고 술탄께서 허락하시는 즉시 자네에게 내 전 재산의 관리뿐 아니라, 이 나라의 국정까지 맡기고서 나는 은퇴해 버릴 생각이네. 이렇게 늙은 몸으로 일하는 것도 이제는 몹시 버겁기 때문이지.」

자애로움과 너그러움이 넘치는 대재상의 말을 들은 누레딘 알리는 그의 발밑에 몸을 던졌습니다. 그리고 너무도 기쁘고 감사하는 마음으로 그의 뜻을 따르겠노라고 말했습니다. 그러자 대재상은 집사들을 불러 모아 성관의 가장 큰 홀을 장식하고 성대한 연회를 준비하라고 분부했습니다. 그러고 나서 궁중과 도성의 모든 고관대작들에게 사람을 보내어 그의 집에 왕림해 달라고 청했습니다. 초청한 사람들이 모두 모이자, 재상은 누레딘 알리를 자신의 사위로 소개한 후, 왜 자신이 지금까지 다른 사람들의 혼담을 거절해 왔는지 설명하기 시작했습니다. 「오늘 여러분께 제가 지금까지 비밀로 간직하고 있던 사실을 한 가지 공개하고자 합니다. 사실 제게는 동생이 하나 있습니다. 지금 제가 이 왕국의 재상이듯, 그 사람도 이집트 술탄의 재상입니다. 그런데 이 동생이 얼마 전 그의 외동아들을 제게 보냈습니다. 우리 가문의 결속을 더욱 굳게 다지고자, 이집트 궁중의 규수가 아닌 제 딸과 결혼시키고 싶다는 것이었습니다. 여기 서 있는 이 청년이 바로 그 아이올시다. 저는 이 아이를 보자마자 단번에 제 조카임을 알아보았고, 즉시 사위로 삼았습니다. 그리고 바로 오늘 결혼식을 거행하기로 결정했으니, 모두들 참석해서 자리를 빛내 주시기 바랍니다.」 모든 좋은 혼처를 물리치고 조카를 사위로 맞겠다는 재상의 뜻을 나쁘게 생각한 사람은 한 명도 없었고, 오히려 모두들 정말 좋은 혼인이라고 입을 모았습니다. 그리고 기꺼이 이 결혼식의 증인이 되어 줄 것을 약속하며, 대재상께 이 행복한 결합의 결실들을 보실 수 있도록 장수하시라고 축복해 주었습니다…….

여기에서 셰에라자드는 날이 밝아 오는 것을 보고 이야기를 중단한 후, 다음 날 밤 다음과 같이 다시 이어 나갔다.

아흔네 번째 밤

폐하! 대재상 자파르는 칼리프에게 이야기를 계속했습니다.

고관대작들이 대재상의 딸과 누레딘 알리의 결혼을 축하해 주고 난 후, 모두들 식탁에 앉았습니다. 연회는 오랫동안 계속되었습니다. 후식으로는 갖가지 당과(糖菓)가 제공되었는데, 이곳의 풍습에 따라 각자 먹고 싶은 것을 원하는 양만큼 덜어 먹었습니다. 식사가 끝나자 카디들이 결혼 계약서를 들고 들어왔고, 가장 지체 높은 대신들이 증인 자격으로 서명을 했습니다.

모두들 떠나가고 이제 집안사람들만 남게 되자 재상은 종들에게 욕실을 완벽하게 준비하고 거기로 새신랑을 모시라고 분부했습니다. 종들의 인도를 받아 들어간 욕실 안에는 한 번도 사용한 적 없는 최상품의 천을 비롯하여, 목욕에 필요한 모든 것들이 갖춰져 있었습니다. 종들의 도움을 받아 몸의 때를 말끔하게 벗겨 낸 누레딘 알리가 벗어 놓았던 옷을 다시 입으려 하자, 종들은 호화로운 다른 옷을 권해 주었습니다. 이렇게 누레딘 알리는 깨끗이 씻은 몸에 그윽한 향수까지 바르고서 이제 장인이 된 대재상을 다시 뵈러 갔습니다. 대재상은 멀끔한 모습으로 변한 사위를 흐뭇하게 쳐다보더니 옆에 앉히고서 이렇게 말했습니다.「여보게! 자네는 이미 내게 말해 주었네. 자네가 누구이며, 또 이집트 궁정에서 어떤 위치에 있었는지를 말이야. 그리고 자네 형과 갈등이 있었고, 그 때문에 고국을 등졌다는 사실도 말해 주었지. 그렇다면 그 말다툼의 내용이 무엇이었는지도 자세히 알려줄 수 있겠나? 이제 한 식구가 되었으니 아무것도 숨길 필요가 없지 않은가?」

누레딘 알리는 형과 있었던 일들을 빠짐없이 얘기해 주었습니다. 이야기를 들은 대재상은 터져 나오는 웃음을 참을 수가 없었습니다.「세상에 이렇게 희한한 이야기는 처음 들어 보는구먼! 아니 도대체, 상상 속의 결혼을 둘러싸고 말다툼을 벌이다 그 지경까지 갈 수 있는 건가? 아무것도 아닌 걸

가지고 자네 형과 그렇게 틀어졌다니 정말로 유감이네. 하지만 내가 볼 때도 자네 형의 잘못이 큰 것 같네. 농담으로 한 말을 가지고 그렇게 화를 내다니 말이야. 그래도 결과적으로 나는 자네를 사위로 맞게 됐으니 이 모든 걸 하늘에 감사해야겠지. 엇, 그런데!」 노인이 덧붙였습니다. 「벌써 밤이 꽤 깊어 버렸군그래! 자, 이젠 들어가 봐야지! 자네 아내가 된 내 딸이 기다리고 있네. 내일은 자네를 술탄께 소개하겠네. 폐하께서 우리 둘 다 만족할 수 있게끔 자네에게 잘 대해 주셨으면 좋겠는데 말이야!」 누레딘 알리는 장인과 헤어져 아내의 방으로 향했습니다.

그런데 기이하게도 발소라에서 이 결혼식이 열린 바로 그날, 카이로에서는 셈세딘 모하메드의 결혼식이 있었습니다. 자, 이 결혼식에 대해서도 자세히 말씀드리겠습니다.

누레딘 알리가 다시는 카이로에 돌아가지 않으리라 마음먹고 고국을 등졌을 때, 이집트 술탄을 모시고 사냥을 떠났던 그의 형 셈세딘 모하메드는 한 달이 지나서야 집에 돌아왔습니다. 그동안 술탄이 사냥의 재미에 푹 빠져서 좀처럼 돌아올 생각을 안 했던 것입니다. 그는 돌아오자마자 누레딘 알리의 방으로 달려갔습니다. 하지만 자신이 술탄과 사냥을 떠났던 바로 그날, 이삼 일 동안 여행을 다녀온다고 노새를 타고 떠난 동생의 행방이 지금까지 묘연하다는 사실을 듣고는 깜짝 놀랐습니다. 그는 자신이 내뱉은 험한 말이 동생을 떠나게 했다는 사실을 꿈에도 몰랐기 때문에, 이처럼 한마디 말도 없이 제멋대로 사라져 버린 동생이 밉기만 했습니다. 그는 다마스쿠스를 거쳐 알레포[42]까지 사람을 보내어 동생의 행방을 알아보게 했지만, 그때 누레딘 알리는 머나먼 페르시

---

42 시리아의 도시 이름. 아랍어로는 〈할라브〉라고 한다.

아 땅 발소라에 있었던 것입니다. 보낸 사람이 돌아와 아무런 소식도 얻지 못했다고 알리자, 솀세딘 모하메드는 다음에는 다른 곳들에 사람을 보내어 찾아보리라고 작정했습니다. 그리고 얼마 후에 그는 카이로에서 손꼽히는 세력가의 규수와 결혼식을 올렸습니다. 그의 동생이 발소라 대재상의 딸과 결혼한 바로 그날이었습니다.

기이한 일은 이것만이 아니었습니다. 그로부터 아홉 달 후, 카이로에서 솀세딘 모하메드의 처는 계집아이를 낳았고, 같은 날 발소라에서는 누레딘 알리의 아내가 사내아이를 낳았던 것입니다. 베드레딘 하산이라 이름 지은 손자의 탄생에 발소라의 대재상은 크게 기뻐하며, 이를 축하하기 위해 도성 곳곳에 성대한 잔치를 열어 누구든지 와서 먹고 즐길 수 있게 하였고, 가난한 사람들에게는 아낌없이 베풀었습니다. 또한 자신에게 이런 행복을 안겨 준 사위에게 보답하는 것도 잊지 않았습니다. 아기가 태어난 바로 다음 날, 술탄을 찾아가 자신의 직위를 누레딘 알리에게 물려주게 해달라고 간청했던 것입니다. 자신이 눈을 감기 전에 사위가 대재상이 되는 것을 꼭 보고 싶다고 덧붙이면서 말입니다.

술탄은 누레딘 알리가 결혼한 직후 대재상의 소개로 그를 본 적이 있었습니다. 그때 이미 호감을 느꼈을 뿐 아니라 이후로도 계속하여 그에 대한 좋은 평판이 들려왔기 때문에 재상의 요청을 흔쾌히 수락했습니다. 그는 누레딘 알리를 불러 늙은 재상이 보는 앞에서 대재상의 의관을 입혀 주었던 것입니다.

다음 날 사위가 자신을 대신하여 대신(大臣) 회의를 주재하고 대재상의 직무를 훌륭히 수행해 내는 모습을 본 장인의 기쁨은 절정에 달했습니다. 일을 처리하는 누레딘 알리의 솜씨는 너무도 뛰어나서 마치 평생 그 일만 해온 듯이 보일 정도였습니다. 그는 연로한 장인이 몸이 불편하여 각의에 참석할 수 없을 때마다 대신 회의에 참석하고 주재했습니다. 그가 결혼한 지 네 해가 흘러, 이 선한 노인은 마침내 세상을 떠났습니다. 하지만 이제는 대를 이어 가며 가문을 빛낼 손자가 있기에, 운명한 노인의 얼굴은 더없이 편안했습니다.

누레딘 알리는 고인에 대한 깊은 사랑과 감사의 마음으로 사위로서의 마지막 의무를 다했습니다. 그리고 아들 베드레딘 하산이 일곱 살이 되자 고귀한 혈통에 부끄럽지 않은 사람으로 자라날 수 있게끔 훌륭한 선생에게 교육을 맡겼습니다. 그 선생은 어린 제자가 하나를 배우면 열을 깨우치는 명민하고도 통찰력 깊은 정신의 소유자라는 사실을 곧 알게 되었습니다…….

셰에라자드는 이야기를 계속하려 했지만 날이 밝았으므로 중단해야 했다. 다음 날 밤, 그녀는 이야기를 다시 시작하며 인도의 술탄에게 이렇게 말했다.

아흔다섯 번째 밤

폐하! 대재상 자파르는 칼리프에게 이야기를 다음과 같이 계속 들려주었습니다.

이 선생이 베드레딘 하산의 교육을 시작한 지 불과 두 해 만에 아이는 글을 완벽하게 읽고, 쿠란 전체를 암송하게 되었습니다. 이에 아버지 누레딘 알리는 다른 선생들을 붙여 교육을 계속했는데, 열두 살이 되던 해에는 더 이상 이들의 도움이 필요 없을 정도였습니다. 또 성장하면서 이목구비가 뚜렷해져, 보는 이마다 찬탄을 금치 못하는 절세의 미소년이 되었습니다.

이때까지 누레딘 알리는 아이가 학업에만 전념할 수 있도록 세상 사람들에게 그를 보여 주지 않았습니다. 이제 나이가 차 왕궁에 데려가서 술탄에게 인사를 드리게 하자, 술탄은 베드레딘 하산을 아주 따뜻하게 맞아 주었습니다. 또 거리에서 아이를 볼 수 있게 된 사람들도 그의 아름다움에 매혹되어 놀라움의 탄성을 연발하며 그를 무수히 축복했습니다.

누레딘 알리는 언젠가는 아들에게 자기 일을 물려줄 계획이었으므로 이를 위한 일이라면 비용을 아끼지 않았습니다. 그리고 나중에 중책을 수행하는 데 필요할 능력을 키워 주기 위해 어린 나이부터 제반 업무와 사업을 경험하게 하는 등, 소중한 아들의 발전을 위한 것이라면 그 무엇도 소홀히 하지 않았습니다. 그러나 이러한 정성의 결실이 하나둘 나타나기 시작하고 있을 때, 누레딘 알리는 갑자기 큰 병이 들어 자리에 누웠습니다. 병세가 너무 위중하여 살날이 얼마 남지 않았음을 느낀 그는 회복되리라는 헛된 희망을 포기하고 다만 참된 이슬람교도로서 세상을 떠날 준비를 하기 시작했습니다. 이 귀중한 마지막 기간 중의 어느 날, 그는 너무도 소중한 아들 베드레딘 하산을 잊지 않고 불렀습니다. 「내 아들아! 이 세상이 덧없다는 것을 알고 있겠지? 얼마 후에 내가 돌아가 만나게 될 그분만이 영원하시단다. 따라서 너도 이제부터 나와 같은 마음을 가지려고 노력해야 한다. 훗날 너도 나처럼 이승을 하직할 때 한 명의 이슬람 신자로서, 그리고 한 명의 완전한 신사로서 한 점 부끄러움이 없도록 준비해야 하는 거야. 네가 이미 책을 통해서나 선생님들을 통해 충분히 배웠기 때문에 우리가 믿는 신앙에 대해서 더 설명할 필요는 없을 거야. 하지만 신사의 도리에 대해서는 내가 몇 가지 이야기해 줄 터이니 잘 듣고 실행하기 바란다. 우선 가장 중요한 것은 자기 자신을 알아야 하는 것인데, 네 아비가 어떤 사람인지 모른다면 너 자신을 알 수 없을 것이므로 먼저 나에 대해 알려 주도록 하겠다.

나는 이집트에서 태어났다. 네 조부께서는 그 왕국 술탄의 재상이셨다. 나 역시 너의 백부가 되시는 형님과 함께 재상 중의 하나로 술탄을 섬기는 영광을 누릴 수 있었지. 이 형님은 셈세딘 모하메드라는 분으로 아마 생존해 계실 거다. 하지만 어떤 일이 생겨서 나는 형님과 헤어져 이 나라에 오게 되었고, 현재의 위치에까지 이르게 된 거야. 네게 수첩을 한 권 줄 터이니 더 자세히 알고 싶으면 읽어 보아라. 거기 다 적혀 있으니까.」

누레딘 알리는 항상 몸에 지니고 다니며 직접 기록하던 수첩을 꺼내어 아들에게 건네주었습니다. 「자, 받거라! 그리고 시간이 나면 천천히 읽어 보도록 해라! 거기에는 나와 네 어머니의 결혼식 날짜와 네가 태어난 해와 날도 적혀 있다. 언젠가 출생의 상황을 알아야 할 필요가 있을지도 모르니 수첩을 잘 간직하기 바란다.」 아버지의 절망적인 상태에 마음이 천근만근이었던 베드레딘 하산은 이 말을 듣고 참았던 눈물을 쏟으면서 수첩을 항상 품에 지니고 다니겠노라고 약속했습니다.

이 순간 누레딘 알리는 혼수상태에 빠졌습니다. 다행히 잠시 후 의식이 돌아오긴 했지만 이제 임종의 순간이 얼마 남지 않았음을 느낀 그는 다시 말을 이었습니다. 「내 아들아! 네게 다섯 가지 금언을 남기려 하니 잘 새겨듣기 바란다.

첫째, 아무하고나 어울리지 말거라! 안전하게 살기를 원한다면 오직 자기 자신에게만 충실하고, 다른 사람에게 속내를 쉽사리 드러내지 말아라!

둘째, 그 누구에게도 해를 끼치지 말거라! 그렇지 않으면 모든 사람이 너를 미워할 것이다. 모든 사람을 마치 너의 빚쟁이 대하듯 온건하고 따뜻하고 관대하게 대해 주어야 한다.

 셋째, 다른 사람들이 너를 힐책하고 심지어는 욕한다 할지라도 그냥 잠잠히 있거라! 속담에 이르기를 침묵을 지키면 위험에 빠지지 않는다 했다. 특히 위험에 처해 있을수록 더욱 침묵을 지켜야 하는 법이다. 이에 대해서는 우리 시인 중의 한 분이 이미 말씀하신 바 있다. 침묵은 우리의 생을 더욱 빛나게 해주고 지켜 주는 것이라고. 모든 것을 망쳐 놓는 거센 소나기처럼 수다를 떠는 사람을 닮아서는 안 된다. 입을 다물어서 후회하게 되는 경우란 절대로 없는 반면, 쓸데없는 말을 하여 속상하게 되는 일은 너무도 많기 때문이다.

 넷째, 술을 마시지 말거라! 술은 만악의 근원이기 때문이다.

 다섯째, 네 재산을 아껴라! 재산을 낭비하지 않고 잘 쓰면 궁핍하지 않게 살 수 있을 것이다. 재산을 너무 많이 가져서도 좋지 않으며, 인색해서도 안 된다. 재산을 적당히 가지고 그것을 제대로 쓸 줄 안다면 네게는 많은 친구가 생길 것이다. 하지만 반대로 수많은 재산이 있다 하더라도 제대로 사용하지 못하면 모든 사람이 너를 멀리하고 등을 돌릴 것이다.」

 이렇게 누레딘 알리는 숨을 거두는 순간까지 아들에게 유익한 충고를 남겼습니다. 그리고 그가 죽자, 성대한 장례식이 거행되었습니다……

 여기까지 말한 셰에라자드는 날이 밝은 것을 보고 입을 다물었다. 그리고 다음 날 이야기를 계속 이어 갔다.

아흔여섯 번째 밤

 디나르자드는 평소와 같은 시각에 언니를 깨웠고, 이에 인도의 왕비는 샤리아를 향해 다시 이야기를 시작했다. 「폐하!

칼리프는 다음과 같이 계속되는 대재상 자파르의 이야기에 푹 빠져들고 있었습니다.」

　부친의 죽음에 크게 상심한 〈발소라의 베드레딘 하산〉 — 그는 발소라 출신이므로 이 별명으로 불렸습니다 — 은 관례적으로 행하는 한 달간의 거상(居喪)으로 만족하지 않고, 두 달이 지나도록 집안에 처박혀 아무도 보지 않고 오직 눈물로 세월을 보냈습니다. 심지어는 술탄을 찾아뵙는 의무조차 소홀히 했습니다. 이러한 태도에 발소라의 술탄은 진노했습니다. 부친의 죽음 이후, 이토록 오랫동안 얼굴 한 번 안 비친다는 것은 궁정과 자신을 완전히 무시하는 행동이라고 생각했기 때문이었습니다. 하여 술탄은 누레딘 알리가 죽은 후 새로 임명한 대재상을 불러, 지금 당장 고인의 집으로 가서 그의 집과 토지와 소유물을 빼앗고 베드레딘 하산을 잡아 오라고 명령했습니다.
　신임 대재상은 조금도 지체하지 않고 술탄의 명을 집행하기 위해 수많은 형리들과 관리들을 이끌고 궁을 떠났습니다. 그런데 이 광경을 구경하던 군중 가운데 섞여 있던 베드레딘 하산의 종이 대재상의 의도를 알자마자 이를 주인에게 알려 주기 위해 지름길을 통해 집으로 달려왔습니다. 현관문에 들어서자 거기에는 마치 바로 어제 부친상을 당한 듯 상심해 있는 베드레딘 하산이 앉아 있었습니다. 죽을힘을 다해 달려오느라 숨이 턱까지 찬 종은 그의 발밑에 털썩 주저앉았습니다. 그리고 주인의 옷자락에 입을 맞추며 다급히 말했습니다.「도망가세요, 주인님! 어서 도망가십시오!」「무슨 일이냐?」베드레딘이 머리를 들고 물었습니다.「대체 무슨 일이기에 이 소란이냐?」「주인님! 이렇게 꾸물대고 있을 때가 아닙니다. 술탄께서 주인님에게 엄청나게 화가 나셔서 사람을 보내어 주인님의 모든 재산을 빼앗고, 심지어는 주인님을 잡아 오라고 명하셨습니다.」

이 충직한 종의 말에 베드레딘 하산은 정신이 아득해졌습니다. 「그렇다면 안에 들어가서 최소한 돈과 귀금속이라도 조금 챙겨 나와야 하지 않을까?」 「안 됩니다, 주인님!」 종이 대답했습니다. 「곧 대재상이 이곳에 들이닥칠 겁니다. 당장 떠나세요! 그래야 목숨을 건지실 수 있습니다.」 베드레딘 하산은 황급히 좌단에서 몸을 일으켜 신을 신은 후, 장포 자락으로 얼굴을 가리고는 뚜렷한 목적지도 없이 무작정 집을 뛰쳐나와 달렸습니다. 황망한 중에 처음 떠오른 생각은 일단 가장 가까운 곳에 있는 성문으로 달려가자는 것이었습니다. 그렇게 성문을 빠져나온 후에도 멈추지 않고 공동묘지를 향해 계속 걸었습니다. 어둠이 깔리고 있었던지라, 부친의 묘에서 밤을 보내기로 작정한 것입니다. 그것은 돔 형태의 제법 큰 건물로 누레딘 알리가 생전에 지어 놓은 것이었습니다. 그렇게 부친의 묘소로 걸음을 옮기고 있던 베드레딘은 은행가이자 상인인 부유한 유대인과 마주쳤습니다. 그는 사업차 다른 곳에 갔다가 지금 도성으로 돌아오는 중이었습니다. 이 유대인은 베드레딘을 알아보고는 걸음을 멈추고 매우 정중히 인사했습니다…….

밝아 오는 아침 빛으로 인해 여기서 셰에라자드는 입을 다물 수밖에 없었다. 하지만 그녀는 다음 밤에 다시 이야기를 계속했다.

아흔일곱 번째 밤

폐하! 대재상 자파르는 자신의 이야기에 온통 빠져 있는 칼리프에게 계속 이야기를 들려주었습니다.

 이삭이라는 이름의 이 유대인은 베드레딘 하산에게 인사하고 그의 손등에 입을 맞춘 후 이렇게 말했습니다.「도련님! 이렇게 불쑥 묻는 게 실례인 줄은 아옵니다만, 이런 야심한 시각에 혼자서 어딜 그리 가시는 겁니까? 게다가 좀 심란해 보이시는군요. 무언가 안 좋은 일이라도 있으신지요?」「맞습니다. 사실 조금 전에 잠을 자고 있는데, 꿈속에서 아버님이 나타나셨습니다. 제게 굉장히 화가 나신 것처럼 저를 노려보셨어요. 두려움에 소스라치며 잠이 깨었죠. 그래서 지체 없이 아버님 무덤에 기도를 드리려고 달려오는 참입니다.」「도련님!」 베드레딘 하산이 왜 도성을 빠져나왔는지 알 리 없는 유대인이 다시 말했습니다.「저는 도련님의 부친이신 대재상님을 생전에 가까이서 모셨던 사람입니다. 아주 훌륭한 분이셨죠. 그런데 대재상님 소유의 상품들을 실은 배 여러 척이 지금 발소라로 오고 있는 중입니다. 이제는 도련님 소유가 되었으니 말인데, 혹시 그 물건들을 제게 팔 수 없으신지요. 모든 물건을 현금으로 살 용의가 있습니다. 우선 처음 도착하는 배부터 제게 넘길 의향이 있으시다면 천 세켕을 드리겠습니다. 돈은 이 주머니 속에 있는데 지금 당장 선금으로 지불해 드릴 수도 있습니다.」 이렇게 말하면서 그는 장포 안 옆구리에 차고 있던 큼직한 돈주머니를 꺼내 보여 주었습니다.

 거의 맨발에 잠옷 바람으로 집을 나와 땡전 한 닢 없는 빈털터리 신세가 된 베드레딘 하산에게 이 제의는 하느님이 내려 주신 은총이나 다름없었습니다. 그래서 그는 너무도 기꺼이 제의를 받아들였습니다. 그러자 유대인이 다시 말했습니다.「도련님! 그렇다면 이 천 세켕으로 처음 입항하는 배에 실린 상품에 대한 권리를 제게 넘기시는 거죠?」「그래요! 천

세켕에 당신에게 팔겠어요.」 베드레딘 하산이 대답했습니다. 「자, 이제 계약은 끝났습니다!」 유대인은 즉시 베드레딘의 손에 주머니를 쥐어 주며 한번 헤아려 보라고 말했습니다. 하지만 베드레딘은 그를 믿기 때문에 그럴 필요가 없다고 대답했습니다. 그러자 유대인이 다시 입을 열었습니다. 「자, 일이 이렇게 결정되었으니, 방금 이루어진 거래에 대해 한 줄 적어 주시겠습니까?」 이렇게 말하면서 그는 허리춤에서 잉크를 담은 뿔을 꺼내고, 갈대를 깎아 만든 펜과 서류 다발에서 꺼낸 종이 한 장을 베드레딘에게 건네주었습니다. 그리고 베드레딘 옆에서 잉크 뿔을 받쳐 들고서, 그가 다음의 글을 작성하는 것을 지켜보았습니다.

　본 증서는 발소라의 베드레딘 하산이 이 항구에 처음 입항하는 배에 선적된 상품의 소유권을 유대인 이삭에게 일금 일천 세켕에 양도했음을 증명합니다.
　　　　　　　　　　　　　발소라의 베드레딘 하산

베드레딘이 이 글을 써서 주자 유대인은 받아 서류 다발에 넣은 다음 작별을 고하고 떠났습니다. 그렇게 이삭은 도성으로 향했고, 베드레딘 하산은 다시 부친 누레딘 알리의 무덤이 있는 공동묘지를 향해 걸음을 옮겼습니다. 거기 도착하여 부친의 묘당에 들어간 그는 땅에 얼굴을 처박고 흐느끼면서 자신의 비참한 신세를 한탄했습니다. 「아! 불쌍한 베드레딘! 넌 이제 어쩔 거냐! 어딜 가야 널 부당하게 박해하는 군주의 손길이 닿지 않는 피신처를 찾을 수 있단 말이냐! 그토록 사랑하는 아버님을 여읜 고통만으로도 충분치 않았단 말이냐? 잔혹한 운명은 이 슬픔 위에 또 다른 불행을 얹어 놓아야만 속이 시원하단 말이냐?」 한참 동안 그런 상태로 있던 그는 다시 몸을 일으켜 묘당 벽에 머리를 기댔습니다. 그러니까 잠시 진정되었던 슬픔이 아까보다도 한층 격하게 올라와, 그는 다시 비통하게 한숨을 내쉬고 탄식하기 시작했습니다. 얼마나 그렇게 있었을까, 피곤과 졸음을 견디지 못한 그는 포석 위에 길게 누워 잠이 들어 버렸습니다.

그렇게 베드레딘 하산이 달콤한 휴식 속에 빠져들자마자 한 정령이 나타났습니다. 낮 동안에는 이 공동묘지에 숨어 있다가 밤이 되면 전 세계를 돌아다니는 정령이었는데, 누레딘 알리의 묘당 안에 어떤 젊은이가 있는 것을 알아챈 것입니다. 하여 묘당 안에 들어가 본 정령의 두 눈은 휘둥그레졌습니다. 눈이 부실 정도로 아름다운 젊은이가 바닥에 누워 자고 있던 것입니다…….

밝아 오기 시작한 아침 빛은 셰에라자드로 하여금 이야기를 계속하지 못하게 했다. 하지만 다음 날 밤, 그녀는 여느 때처럼 다음과 같이 이야기를 계속했다.

아흔여덟 번째 밤

정령은 베드레딘 하산을 자세히 살펴보고 속으로 생각했습니다. 〈이처럼 아름다운 모습으로 보건대, 이 피조물은 하느님께서 그 아름다움으로 세상에 불을 질러 버리기 위해 보내신 낙원의 천사임에 틀림없어!〉 정령은 다시금 청년을 자세히 살펴보고 난 다음 하늘 아주 높은 곳으로 날아올랐고, 거기서 우연히 어떤 요정과 마주쳤습니다. 서로 인사를 나누고 나서 정령은 요정에게 말했습니다. 「내가 살고 있는 공동묘지에 한번 내려가 보시겠소? 아주 기가 막히게 아름다운 사람을 보여 주겠소! 아마 당신도 나만큼이나 감탄하게 될 거요.」 요정이 동의하여, 둘은 순식간에 아래로 내려와 묘당에 들어갔습니다. 「자, 어떻소?」 정령은 베드레딘 하산을 가리키며 요정에게 물었습니다. 「이렇게 잘생기고 늘씬한 청년을 본 적이 있소?」

요정은 베드레딘을 주의 깊게 살펴보았습니다. 그러고는 정령에게 고개를 돌리면서 이렇게 대답했습니다. 「과연 상당히 잘생겼군요! 하지만 나는 조금 전 카이로에서 이보다 훨씬 더 기막힌 사람을 보았어요. 어떤 사람인지 얘기해 볼 테니 한번 들어 볼래요?」 「기꺼이 들어 보리다!」 정령이 대답하자 요정은 이야기하기 시작했습니다. 「아실는지 모르겠지만, 이집트의 술탄 밑에는 셈세딘 모하메드라는 재상이 하나 있어요. 이 재상에게는 스무 살 남짓한 딸이 있는데, 그녀는 세상에서 가장 아름답고 완벽한 사람이죠. 술탄은 이 아가씨의 미색을 소문으로 듣고서, 얼마 전에 그녀의 부친인 재상을 불러 이렇게 말했죠. 〈경에게 혼기가 찬 따님이 한 분 계시다고 들었소. 내가 따님과 결혼하고 싶은데 허락해 주실 수 있겠소?〉 술탄이 이런 제의를 해오리라고는 꿈에도 생각하지 못했던 재상은 몹시 당황했죠. 다른 사람 같았으면 이 제안이 감지덕지였겠지만 재상은 술탄에게 이렇게 대답했어요. 〈폐하! 미천한 저희에게 그런 과분한 영광을 베풀어 주시니 송구스럽기 그지없습니다. 하지만 아뢰옵기 대단히 황송하오나, 폐하의 뜻을 따를 수 없사옵니다. 폐하께서도 아시다시피 제게는 누레딘 알리라는 동생이 있었습니다. 저처럼 폐하를 섬기는 재상 중의 하나였죠. 그런데 형제 간의 사소한 말다툼 끝에 그가 갑자기 사라져 버려 이후의 소식을 알 수 없게 되었습니다. 그러다가 나흘 전에야 비로소 그에 대한 소식을 전해 듣게 되었습니다. 발소라 술탄의 대재상으로 지내다가 거기서 아들을 하나 남기고 죽었다는 소식이었습니다.

그런데 과거 우리 형제는 한 가지 약속을 했었습니다. 우리가 자식을 갖게 될 경우 둘을 혼인시키자고 말입니다. 저는 죽은 동생이 이 약속이 이루어지길 바랐다고 확신하고 있으며, 저 역시 꼭 이를 지키고 싶습니다. 그러니 폐하! 매우 황송하오나, 저로 하여금 이 약속을 지킬 수 있도록 허락해 주십시오! 이 궁정에는 저 말고도 딸 가진 분들이 많이 계시니, 그중 하나에게 이 영예를 베풀어 주심이 어떠하신지요?〉

셈세딘 모하메드의 이 말에 이집트 술탄은 극도로 화가 났지요……」

셰에라자드는 여기서 입을 다물었다. 날이 밝아 오는 것을 보았기 때문이다. 다음 날 밤, 그녀는 다시 이야기의 끈을 이어 인도의 술탄에게 다음과 같이 말했다.

아흔 아홉 번째 밤

폐하! 요정은 정령에게 이집트 술탄과 셈세딘 모하메드의 이야기를 계속해 주었습니다.

「셈세딘 모하메드의 대담한 거절에 충격을 받은 이집트 술탄은 끓어오르는 분노를 참지 못하고 이렇게 소리쳤어요. 〈아니, 짐이 스스로 몸을 낮춰 그대에게 청혼을 했건만, 내 성의에 그런 식으로 대답해? 그리고 감히 나를 차버리고 다른 놈을 선택해? 그러고도 내가 가만히 있을 줄 알았더냐? 내 맹세하거니와, 네 딸은 내 종들 중에서도 가장 천하고 가장 추악한 자와 결혼시켜 버리겠어!〉 그는 재상에게 당장에 물러가라고 소리쳤고, 재상은 황망하고도 괴로운 심정으로 집에 돌아왔어요. 그리고 바로 오늘, 술탄은 앞뒤로 꼽추인

데다가 쳐다보기 무서울 정도로 못생긴 마부 하나를 불러오게 했지요. 그리고 솀세딘 모하메드에게는 그의 딸과 이 마부의 결혼에 동의하라고 명령한 뒤, 그가 보는 앞에서 결혼계약서를 작성하고 증인들로 하여금 서명하게 했어요. 이 괴상한 결혼식의 준비는 이렇게 끝났고, 내가 당신에게 말하고 있는 지금 이 순간에는 이집트 궁정의 고관대작들에 속한 종들이 저마다 횃불을 하나씩 들고 공중목욕탕 문 앞에 서 있답니다. 그들은 목욕탕 안에 있는 꼽추가 몸을 씻고 나오면, 벌써 머리를 올리고 옷을 차려입은 신부에게 데려가려고 거기서 기다리고 있는 거지요. 내가 카이로를 떠날 때는 부인네들이 모여 화려하게 성장(盛粧)한 신부를 신방에 데려가려고 기다리고 있었어요. 지금 그녀는 신방에서 꼽추를 기다리고 있는 중이죠. 나는 그녀의 모습을 보았는데, 참으로 감탄을 금할 수 없는 절세미인이었어요.」

요정이 이야기를 마치자 정령이 말했습니다. 「당신이 무슨 말을 하든 간에, 나는 그 아가씨의 미모가 이 청년을 능가한다는 것은 믿지 않소!」 「당신 말에 반박하고 싶지는 않아요. 사실 내가 보기에도 이 청년이야말로 꼽추에게 예정된 그 아가씨의 짝이 될 만한 남자예요. 자, 그러니 우리 좋은 일 한번 해봅시다! 이집트 술탄의 부당한 횡포에 맞서서, 그 종놈하고 이 청년을 바꿔치기해 놓는 거예요. 이런 일을 하는 것이 우리 요정과 정령들의 본분이 아니겠어요?」 「좋은 생각이오!」 정령이 소리쳤습니다. 「그런 기막힌 것을 생각해 내다니 당신이 얼마나 고마운지 모르겠소! 당신 말대로 복수심에 사로잡혀 날뛰고 있는 이집트 술탄을 골탕 먹입시다. 또 비탄에 잠긴 아버지를 위로하고, 아가씨의 비참한 심정을 행복으로 바꿔 줍시다. 나는 이 계획을 성공시키기 위해 모든 것을 할 작정이오. 그리고 당신 역시 그러하리라고 믿소. 내가 이 청년을 잠든 채로 카이로에다 옮겨 놓겠소. 우리의 계획이 실현되고 나서 그를 다른 곳에 옮겨 놓는 일은 당신에게 맡기겠소.」

요정과 서로 할 일을 상의한 후에 정령은 베드레딘을 살며시 들어 올리고 공중에 떠오르더니, 믿을 수 없는 속도로 카이로까지 날아갔습니다. 정령이 그를 내려놓은 곳은 종들이 잠시 후에 나올 꼽추를 기다리고 있는 공중목욕탕 건물의 대문 앞이었습니다.

이때 잠에서 깨어난 베드레딘 하산은 자신이 생전 처음 보는 도시 한복판에 있다는 것을 깨닫고 소스라치게 놀랐습니다. 그는 여기가 어디냐고 소리쳐 물어보려고 했습니다. 하지만 옆에 있던 정령이 그의 어깨를 툭툭 치면서 말하지 말라고 눈짓했습니다. 그러고는 손에 횃불을 쥐어 주면서 이렇게 말했습니다. 「자, 저기 보이는 목욕탕 대문 앞으로 가서 모여 있는 사람들 틈에 끼어드시오. 그리고 그들을 따라가 잠시 후 결혼식이 열릴 홀 안으로 들어가시오. 신랑은 꼽추이니 쉽게 알아볼 수 있을 것이오. 홀에 들어가면서는 신랑 오른편에 서서, 당신 가슴에 차고 있는 돈주머니를 열어 행진하고 있는 악사들과 춤꾼들에게 나누어 주시오. 홀 안에 들어가면 신부 주위에 여종들이 보일 것이오. 그녀들에게도 돈을 주시오. 인색하게 굴지 말고 돈을 듬뿍듬뿍 꺼내어 아낌없이 나눠 주시오. 정신 똑바로 차리고 내가 시킨 그대로 해야 하오. 거기 가서 당황하지 말고, 아무것도 두려워 마시오. 오직 모든 것을 자기 뜻대로 이루는 지고의 권능자를 믿고 편안한 마음으로 계시오.」

이처럼 할 일을 지시받은 젊은 베드레딘은 목욕탕 대문 쪽으로 나아갔습니다. 거기서 처음에 한 일은 어떤 종의 횃불을 자기 횃불에 옮겨 붙이는 일이었습니다. 그러고 나서 자신도 어떤 고관대작의 종인 것처럼 행동하며 다른 사람들 틈에 끼어들어, 목욕탕에서 나와 왕궁의 말을 타고 신부가 있는 곳으로 향하는 꼽추와 동행했습니다…….

날이 밝아서 셰에라자드는 입을 다물어야 했고, 다음 날 이 이야기를 계속해 나갔다.

백 번째 밤

폐하! 재상 자파르는 칼리프에게 이야기를 계속했습니다.

꼽추 바로 앞에서 행진하는 악사와 춤꾼들 가까이에 있던 베드레딘 하산은 때때로 주머니에서 금화를 한 움큼씩 꺼내 그들에게 나누어 주었습니다. 이렇게 아낌없이 나누어 주는 그의 동작이 너무도 자연스러웠고 표정은 너무도 상냥했으므로 돈을 받는 사람마다 그를 유심히 쳐다보지 않을 수 없었습니다. 그런데 그 모습이 너무도 늘씬하고도 잘생겼던지라 그들은 눈을 뗄 수가 없었습니다.

마침내 행렬은 재상 솀세딘 모하메드의 집 대문 앞에 이르렀습니다. 베드레딘 하산의 삼촌인 재상은 자기 조카가 가까이에 있다는 사실을 꿈에도 모르고 있었죠. 수위들은 혼잡을 피하기 위해 횃불을 들고 따라온 종들을 집 안으로 들여보내지 않았습니다. 베드레딘 하산도 들어가지 못하게 되었습니다. 하지만 안으로 들어가야 하는 악사들이 베드레딘과 함께가 아니면 자기들도 들어가지 않겠다고 버티면서 말했습니다.「이분은 종이 아니오! 이분 모습을 보면 뻔히 알 수 있지 않소? 아마도 외지에서 오신 분으로, 우리 도성의 결혼 예식은 어떤 식으로 진행되는지 보고 싶어 오셨을 거요.」 그러면서 그들은 청년을 그들 무리 가운데 섞이게 한 후 수위들의 저지에도 불구하고 함께 들어가 버렸습니다. 그가 들고 있던 횃불은 아무에게나 주어 버렸습니다. 이렇게 그를 홀 안으로 데리고 들어가서는 재상의 딸과 가까운 곳, 화려하게 장식된 옥좌에 앉아 있는 꼽추의 오른편에 앉혔습니다.

신부는 아름답게 치장하고 앉아 있었지만 얼굴에는 깊은 슬픔이 어려 있었습니다. 그 슬픔의 원인은 쉽사리 짐작할 수 있는 것이었습니다. 너무도 추괴하며, 그녀의 사랑에는 합당치 않는 신랑이 그녀 옆에 앉아 있는 걸 보는 것으로 충분했으니까요. 이 예식은 단상 가운데서 거행되었습니다. 왕족들과 재상들, 그리고 술탄을 모시는 시종들의 부인들은 옥좌 양편 조금 낮은 곳에 각자의 신분과 서열에 따라 앉아 있었습니다. 하나같이 화려하게 치장한 이 많은 귀부인들이 촛불을 하나씩 들고 그렇게 앉아 있는 모습은 참으로 볼 만한 광경이었습니다.

베드레딘 하산이 홀에 들어서자 모든 부인들의 시선은 일거에 그쪽으로 쏠렸습니다. 모두들 그의 멋진 체격과 우아한 거동, 그리고 준수한 용모에 넋이 빠져 시선을 뗄 줄 몰랐습니다. 그가 자리에 앉자 부인들은 청년의 얼굴을 가까이서 보려고 모두 자리에서 일어나 다가갔고, 다시 제자리에 돌아와서는 마치 자신이 새색시가 된 양 가슴이 두근거리는 것을 느꼈습니다.

베드레딘 하산과 보기에도 끔찍한 꼽추 마부의 너무도 대조적인 모습을 본 부인들은 수군대기 시작하더니 급기야는 이런 소리까지 터져 나왔습니다. 「우리 신부에게 합당한 사람은 이 못난 꼽추가 아니라 저 잘생긴 청년이라고!」 부인들은 이것으로 멈추지 않았습니다. 심지어는 절대적인 권력을 남용하여 추함과 아름다움을 강제로 결합시키려 하는 술탄을 저주했고, 꼽추에게도 욕설을 퍼부었습니다. 이에 당황한 꼽추는 어쩔 줄 몰라했고, 그 모습을 본 좌중이 웃음을 터뜨리며 일제히 야유를 퍼붓는 바람에 홀 안에 울려 퍼지던 음악이 잠시 중단되기까지 했습니다. 결국 악사들은 다시 연주를 시작했고, 신부를 단장해 주었던 여인들은 그녀에게로 다가가……

 여기까지 말을 마친 셰에라자드는 날이 밝은 것을 보고 즉시 입을 다물었다. 그리고 다음 날 밤, 그녀는 다음과 같이 이야기를 계속했다.

알려 드리는 말

 원본에서 백한 번째 밤과 백두 번째 밤은, 재상 셈세딘 모하메드의 딸이 모인 이들에게 신부의 아름다운 자태를 보여주기 위하여, 일곱 번에 걸쳐 다른 옷과 다른 장식으로 바꿔 치장하고 음악에 맞추어 홀을 도는 의식을 묘사한 내용을 담고 있습니다. 그런데 이 부분은 내가 보기에 그다지 유쾌한 것이 못될 뿐 아니라, 아랍어 운문으로 되어 있어 우리 프랑스 사람들로서는 그 아름다움을 충분히 음미할 수 없기에 여기서는 번역하지 않는 것이 낫겠다고 판단했습니다.

백세 번째 밤

 폐하! 폐하께서는 지금 칼리프 하룬알라시드에게 이야기하고 있는 사람은 대재상 자파르라는 사실을 기억하시겠죠? 대재상은 칼리프에게 누레딘 알리와 베드레딘 하산의 이야기를 계속했습니다.

 신부는 다른 의상으로 갈아입고 시녀들을 거느리고 홀을 돌 때마다 꼽추 쪽으로는 눈길도 주지 않은 채 그냥 지나쳐 버리고, 베드레딘 하산 앞으로 가 새로운 아름다움으로 단장한 자신의 모습을 보여 주었습니다. 베드레딘은 정령의 지시대로 주머니에서 금화를 한 움큼씩 꺼내어 신부 뒤를 따르는 시녀들에게 나누어 주었습니다. 또한 악사와 춤꾼들에게도 금화를 던져 주었습니다. 그럴 때마다 그들은 땅에 떨어진 금화를 다투어 줍느라 서로 밀쳐 대면서도 유쾌하게 웃었습니다. 그리고 이 너그러운 청년에게 고마움을 표시하며 신부를 차지할 사람은 꼽추가 아니라 바로 당신이라는 의미를 담은 몸짓들을 보냈습니다. 신부 주위에 있는 여인들도 똑같은 말을 했습니다. 그녀들은 한술 더 떠서 아예 꼽추에게 들리게끔 큰 소리로 말했고, 교묘하게 그를 조롱하는 행동들을 하여 거기 모인 사람들을 웃게 만들었습니다.

 일곱 번 옷을 갈아입는 의식이 끝나자, 악사들이 연주를 그치고 물러가면서 베드레딘 하산에게는 그냥 거기 남아 있으라고 손짓했습니다. 부인들 역시 그런 뜻의 눈짓을 보내면서 이 집에 속하지 않은 모든 이들과 함께 물러갔습니다. 신부가 옷을 벗으러 시녀들과 함께 자신의 방으로 들어가자 이제 홀에는 꼽추와 베드레딘 하산, 그리고 몇몇 하인밖에 남지 않았습니다. 난데없이 나타난 베드레딘 하산 때문에 분통이 터지기도 하고 불안해지기도 한 꼽추는 청년을 사납게 노려보면서 말했습니다. 「어이, 거기! 뭘 기다리고 있는 거야? 왜 다른 사람들처럼 떠나지 않는 거냐고? 꺼져!」 사실 베드레딘 하산으로서는 거기 남아 있을 구실이 없었으므로 꼽추의 이 말에 몹시 당황했습니다. 하지만 그가 현관문을 나서

기 무섭게 정령과 요정이 그의 앞을 가로막았습니다. 정령이 말했습니다.「어디 가시는 거요? 여기 남아 계시오! 지금 꼽추는 용변을 보러 밖에 나가고 없소. 당신은 그냥 다시 들어가서 신부가 있는 방으로 가면 되오. 그녀와 단둘이 있을 때, 그녀에게 담대하게 말하시오. 당신이 진짜 남편이라고. 그리고 꼽추는 술탄이 장난을 치려고 속인 것에 불과하며, 당신은 속은 꼽추를 달래 주기 위해 그의 마구간에 크림 한 접시를 가져다 놓게 했다고 말이오. 하여튼 그럴 듯한 말들을 찾아내서 그녀를 설득하시오. 당신이 말하면 그녀는 쉽사리 받아들일 거요. 아니, 오히려 자신이 속았다는 사실을 너무도 기쁘게 생각할 거요. 자, 이제 우리는 가봐야겠소. 가서 꼽추더러 여기 들어오지 말고 당신과 당신 신부를 절대로 방해하지 말라고 말해 두어야 하니까. 왜냐하면 그녀는 놈의 신부가 아니라 당신의 신부이기 때문이오.」

정령이 베드레딘을 격려하며 그가 해야 할 일을 지시하고 있을 때, 꼽추는 정말로 밖에 나가 있었습니다. 정령은 커다란 검은 고양이로 변신하여 그가 용변을 보고 있는 장소로 숨어들어 섬뜩한 소리를 내며 울기 시작했습니다. 꼽추는 고양이를 쫓아 보내려고 손뼉을 치면서 소리를 질렀습니다. 하지만 고양이는 물러서기는커녕, 등의 털을 곤두세우고 불꽃이 번쩍이는 눈으로 꼽추를 노려보면서 더욱 맹렬하게 울어댔습니다. 게다가 고양이의 몸집이 점점 부풀어 오르더니 새끼 당나귀만큼이나 커지는 것이었습니다. 이를 본 꼽추는 구조를 요청하기 위해 소리를 지르려 했지만, 두려움에 전신이 얼어붙어 입만 크게 벌릴 뿐 한마디 말도 내뱉을 수 없었습니다. 정령은 꼽추를 쉴 새 없이 몰아치기 위하여 이번에는 강력한 들소로 변한 후, 쩌렁쩌렁하게 소리쳤습니다.「이 못된 꼽추 놈아!」공포에 질린 꼽추의 몸은 그대로 넘어져 바닥에 뒹굴고 말았습니다. 그는 이 무서운 짐승을 보지 않으려고 옷자락으로 얼굴을 뒤집어쓰고는 떨리는 목소리로 대답했습니다.「들소들의 왕이시여! 제게 무슨 볼일이 있으십니까요?」「이 망할 놈아!」정령이 다시 소리쳤습니다.「감히 네놈이 내 애인과 결혼하려고 해?」「아이고, 대감마님!」꼽추가 말했습니다.「제발 용서해 주셔유! 제가 죄를 지었다면 그건 순전히 저의 무지 탓이어유. 이 아가씨에게 들소 애인이 있는지 제가 어찌 알았겠어유? 분부만 내려 주셔유! 무슨 분부든 다 따르겠어유.」「내 너한테 분명히 경고하는데, 지금부터 해가 뜰 때까지 끽소리 말고 여기 조용히 있어! 만일 한마디라도 내는 날에는 네놈 머리를 박살내 버릴 테다. 새벽이 되면 너를 여기서 나가게 해줄 거야. 하지만 나갈 때는 뒤돌아보지 말고 신속히 사라져야 해! 만일 네놈 간덩이가 부어 다시 돌아오는 날에는 네 목숨을 내놓아야 할 거야.」이 말을 마친 정령은 사람으로 변하더니 꼽추의 두 다리를 잡아 거꾸로 들어 올렸습니다. 그리고 다리를 벽에 기대어 물구나무 자세로 만들어 놓고서는 다시 말했습니다.「해가 뜰 때까지 이렇게 하고 있어! 만일 여기서 조금이라도 움직이면 이 두 다리를 잡고 네 머리통을 벽에다 패대기쳐 박살을 내버릴 것이야!」

한편 정령의 격려를 받은 베드레딘 하산은 홀을 거쳐 신방에 숨어들어, 자신의 모험이 성공하기를 기대하면서 자리에 앉아 있었습니다. 잠시 후에 신부가 어떤 노파에게 이끌려 신방에 들어왔습니다. 노파는 문턱에 서서 안에 있는 사람이 누구인지 제대로 확인하지도 않은 채, 신랑은 남자 구실을 제대로 하라고 잔소리를 늘어놓고는 문을 닫고 물러갔습니다.

신부는 꼽추 대신에 베드레딘 하산이 너무도 우아한 태도로 자신을 맞아 주는 것을 보고 깜짝 놀랐습니다.「어머나,

이게 누구세요!」 그녀가 말했습니다. 「시간이 이렇게 늦었는데 아직 남아 계셨군요? 아마 제 남편의 친구분이신 모양이죠?」 「천만에요! 나는 그 천한 꼽추와는 신분이 다릅니다.」 「하지만 제 남편에 대해 나쁜 말씀은 삼가 주세요!」 「하하, 그자가 당신의 남편이라고요?」 베드레딘이 빙그레 웃으며 말했습니다. 「아직까지 그렇게 생각하고 있으셨나요? 이제 그만 착각에서 벗어나세요! 어찌 그대처럼 아름다운 사람이 모든 인간 중에서 가장 형편없는 자에게 희생될 수 있단 말입니까? 아가씨! 당신의 아름다움을 누리게 될 행운아는 바로 나입니다. 술탄께서는 장난으로 부친이신 재상님을 속인 것이고, 진짜 남편으로 나를 골라 놓으셨던 겁니다. 아까 보시지 않았습니까? 부인들, 악사들, 춤꾼들, 그리고 그대의 시녀들과 다른 하인들까지 이 희극을 보면서 얼마나 재미있어 했는지 말이에요. 우리는 이 불쌍한 꼽추를 집으로 돌려보냈습니다. 아마 지금쯤 마구간 한구석에서 크림 한 접시를 먹고 있을 거예요. 그리고 두 번 다시 아름다운 그대의 눈앞에 모습을 드러내지 않을 것입니다.」

도살장에 끌려오는 심정으로 신방에 들어왔던 재상의 딸이 이 말을 듣고서는 얼굴을 활짝 펴자, 그 아름다운 모습은 베드레딘을 황홀하게 했습니다. 그녀는 소리쳤습니다. 「정말 이렇게 기쁜 반전이 기다리고 있으리라곤 꿈에도 생각 못했어요! 사실 난 평생을 불행하게 살아야 할 거라고 체념하고 있었거든요. 더욱이 당신처럼 제가 사랑할 만한 분을 남편으로 얻게 되어 더욱 기쁘답니다!」 이렇게 말하면서 그녀는 옷을 벗고 침대에 올랐습니다. 그 벗은 몸을 본 베드레딘은 이렇게 아름다운 여인을 소유하게 되었다는 사실에 터질 듯한 기쁨을 느끼며 자기도 신속히 옷을 벗었습니다. 그러고는 벌써 꽤나 많은 금화를 꺼냈음에도 불구하고 아직도 불룩한 돈주머니와 함께 의자 위에 올려놓았습니다. 그리고 터번을 풀고 꼽추를 위해 준비된 수면 모자를 쓴 후, 내의와 홑바지[43]만을 걸친 채 잠자리에 들었습니다. 그의 홑바지는 푸른 공단으로 된 것으로 금사로 엮은 끈이 달려 있었습니다.

아침 빛이 밝아 오기 시작했으므로 셰에라자드는 이야기를 중단해야 했다. 다음 날 밤, 평소와 같은 시간에 깨어난 그녀는 이야기의 끈을 이어 다음과 같이 계속해 나갔다.

백네 번째 밤

두 연인이 잠들어 있을 때 정령은 요정을 만나 그들이 지금까지 잘 진행해 온 일을 이제는 마무리할 때가 되었다고 말했습니다. 「자, 조금 있으면 날이 밝을 것 같소. 즉 우리가 물러가야 할 때가 다가오고 있소. 그러니 빨리 이 젊은이를 어딘가에 옮겨 놓읍시다.」

요정은 두 연인이 깊이 잠들어 있는 방으로 들어갔습니다. 그리고 내의와 홑바지만을 걸치고 있는 베드레딘 하산을 그대로 들어 올린 후, 정령과 함께 시리아 다마스쿠스의 성문 앞까지 놀라운 속도로 날아갔습니다. 그들이 거기 도착했을 때는 모스크의 성직자들이 백성들에게 새벽 기도 시간을 알리기 위해 큰 소리로 외치고 있는 시간이었습니다. 요정은 아직 자고 있는 베드레딘 하산을 성문 옆 땅바닥에 살며시 내려놓은 다음 정령과 함께 떠나갔습니다.

성문이 열리자 성 밖으로 나가려고 일찍부터 기다리고 있

---

[43] 동방인들은 홑바지 차림으로 잠자리에 드는데, 이 이야기에서 홑바지는 내용을 전개하는 데 필요한 세부 사항이기도 하다 — 원주.

던 사람들이 우르르 몰려나왔습니다. 그들은 내의와 홑바지만 걸친 채 땅바닥에 누워 자고 있는 베드레딘 하산의 모습을 보고 크게 놀랐습니다. 사람들이 말했습니다. 「정부의 집에서 황급히 도망쳐 나오느라 옷 입을 시간도 없었던 모양이군.」「세상에 이런 일도 다 있네!」어떤 사람은 이렇게 말했습니다. 「이 사람은 분명히 친구들과 함께 밤늦도록 술을 마신 게 분명해. 진탕 취한 상태로 용변을 보러 밖에 나왔다가, 기억을 잃고 집에 들어가는 대신 여기까지 와버린 거야. 그리고 여기 뻗어 이렇게 잠이 들었겠지.」다른 사람은 또 다른 추측을 했지만, 아무도 그가 여기 있게 된 진정한 사연을 알지 못했습니다.

이때 가벼운 바람이 불어와 그의 내의 자락을 들어 올리자, 눈보다도 흰 가슴이 드러났습니다. 그 피부가 너무나도 희고 깨끗했던지라 사람들은 일제히 탄성을 질렀고, 그 소리에 청년은 잠이 깨었습니다. 이때 그가 느낀 놀라움은 아까 그를 본 사람들의 그것에 비해 결코 작지 않은 것이었습니다. 자신이 생전 처음 보는 낯선 곳에, 그것도 호기심에 찬 눈으로 자신을 내려다보고 있는 군중들에게 둘러싸여 있었기 때문입니다. 「여러분!」그가 몸을 일으키며 말했습니다. 「지금 제가 어디 있는 것이며, 여러분은 제게 뭘 원하시는지 알려 주시겠습니까?」그들 중의 한 사람이 대답해 주었습니다. 「젊은이! 방금 전에 성문이 열려서 우리가 나와 보니, 당신이 지금 그 모습으로 여기 드러누워 자고 있었소. 그래서 우리는 걸음을 멈추고 당신을 보고 있었던 거요. 여기서 밤을 보내셨소? 그리고 여기가 다마스쿠스의 성문 중 하나라는 사실은 알고 계시오?」「다마스쿠스의 성문이라고요?」베드레딘이 소리쳤습니다. 「설마 농담이시겠죠. 지난 밤, 저는 카이로에서 잠을었단 말입니다.」이 말에 어떤 사람들은 이처럼 멀쩡하게 생긴 젊은이가 실성했다고 혀를 끌끌 차고는 발길을 돌렸습니다.

 이때 한 노인이 그에게 말했습니다.「여보게 젊은이! 지금 정신이 없나 보군. 어젯밤 카이로에 있었다면서 어떻게 오늘 아침 다마스쿠스에 있을 수 있단 말인가? 그건 불가능한 일이야.」「하지만 사실인 걸요!」베드레딘이 대답했습니다.「게다가 어제 낮 동안에는 발소라에 있었다고 맹세할 수 있습니다.」이 말이 끝나기가 무섭게 사람들은 웃음을 터뜨리며 소리치기 시작했습니다.「야, 이거 미친놈이다! 미친놈이야!」 그중 어떤 이들은 그의 창창한 나이를 생각하여 그를 동정했습니다. 무리 중의 한 남자는 이렇게 말했습니다.「여보게, 젊은이! 자기가 무슨 말을 하는지도 모르는 걸 보니 실성한 것 같군그래! 아니, 한 사람이 낮에는 발소라에, 그날 밤에는 카이로에, 그리고 이튿날 아침에는 다마스쿠스에 있는 게 가능하단 말인가? 아직 잠이 덜 깬 것 아니야? 정신 차리게!」 베드레딘이 다시 대답했습니다.「제가 말씀드린 것은 정말 사실이라니까요! 심지어 저는 엊저녁 카이로에서 결혼까지 했단 말입니다!」이 말에 사람들은 또다시 배를 잡고 웃어 댔습니다.「정신 좀 차리게!」방금 말했던 사람이 다시 말했습니다.「자네는 꿈을 꾸었음에 틀림없어. 꿈속의 환상이 지금까지 남아 있는 거라고.」「저는 지금 정신이 말짱하다니까요! 오히려 여러분이 제게 설명해 보십시오! 제가 카이로에 간 것이 꿈속에서였다면, 어떻게 그 기억이 이리도 생생할 수 있습니까? 내 신부가 일곱 번이나 각기 다른 옷을 차려입고 내 앞을 돌았던 일, 그리고 그녀의 남편이 될 뻔했던 흉측한 꼽추에 대한 기억이 어찌 이리 상세하고 분명할 수 있냐는 말입니다. 아니 그런데, 내 장포와 터번과 금화가 든 돈주머니는 다 어디 갔지요?」

 그는 이 모든 일들이 사실이었다고 주장했지만 이 말을 들는 사람들은 계속 웃기만 했습니다. 결국 베드레딘 자신도 혼란스러워져서 지금까지 일어났던 모든 일들을 어떻게 생각해야 할지 모르게 되었습니다……

동이 터서 샤리아의 궁실이 밝아지기 시작하자 셰에라자드는 입을 다물었다. 그리고 다음 날 이야기를 계속해 나갔다.

백다섯 번째 밤

베드레딘 하산이 이렇게 자기에게 일어났던 일이 현실이었다고 끝까지 주장하고서는 몸을 일으켜 도성 안으로 들어가자, 모든 사람들이 따라오며 소리쳤습니다. 「미친놈이다! 미친놈이야!」 이 소리를 듣고 어떤 사람들은 창문으로 고개를 내밀었으며 어떤 사람들은 문밖으로 나와 구경했습니다. 또 어떤 사람들은 그를 둘러싼 사람들에 섞여서 무슨 영문인지도 모른 채 함께 외쳐 댔습니다. 「야, 미친놈아!」 이에 당황하여 어쩔 줄 몰라하던 청년은 마침 어떤 제과점 주인이 가게 문을 여는 것을 보고, 자신을 따라오며 야유를 보내는 사람들을 피하기 위해 황급히 가게 안으로 들어갔습니다.

이 제과점 주인은 왕년에 아라비아 사막에서 대상을 터는 도적 무리의 두목이었습니다. 지금은 비록 다마스쿠스에 정착하여 선량하게 살고 있지만 그의 과거를 아는 사람은 다 그를 무서워했습니다. 그래서 뒤따라오는 무리를 그가 한 번 쓱 하고 노려보자 모두 주눅이 들어 흩어져 버렸습니다. 사람들이 다 물러가자 제과사는 청년에게 그가 누구이며, 다마스쿠스에는 어떻게 오게 됐는지를 비롯하여 여러 가지 질문을 했습니다. 베드레딘 하산은 우선 자신의 출신과 부친 대재상의 죽음에 대해 말해 주었습니다. 그리고 나서 발소라를 도망쳐 나온 일, 지난 밤 부친의 묘당에서 잠든 일, 깨어나 보니 카이로였고 거기서 어떤 아가씨하고 결혼하게 된 일 등을 차례로 이야기했습니다. 마지막으로 오늘 아침에 일어나 보니 이번에는 다마스쿠스에 와 있어서 대체 무슨 조화인지 자신도 모르겠다고 고백했습니다.

「정말로 놀랍기 짝이 없는 이야기군.」 제과사가 말했습니다. 「하지만 충고를 하나 하자면, 지금 자네가 내게 말한 이야기를 다른 사람들에게는 하지 말게. 그리고 하늘이 자네에게 내리신 이 시련이 끝날 때까지 인내를 가지고 기다리게나. 그때까지는 나와 함께 이 집에서 지내면 되네. 마침 내게 자식이 없으니, 만일 동의한다면 자네를 내 아들로 삼고도 싶네. 내 양자가 되고 나면 시내를 돌아다닐 때 더 이상 까부는 놈들이 없을 것이야.」

사실 이 입양은 대재상의 아들로서 그다지 영예로운 일이 아니었지만, 베드레딘은 제의를 받아들였습니다. 현재 상황에서는 최선의 방책이라 생각했기 때문입니다. 제과사는 그에게 옷을 입히고 증인들을 불러 그를 자기 양자로 삼는다고 카디 앞에서 서약했습니다. 그 이후에 베드레딘은 하산이라는 이름으로 그의 집에서 지내며 제과를 배웠습니다.

다마스쿠스에서 이런 일이 일어나고 있을 때, 잠에서 깨어난 솀세딘 모하메드의 딸은 옆에 베드레딘이 없는 것을 보고, 그가 자신의 잠을 방해하지 않으려고 살며시 일어나 나갔고 곧 다시 들어오리라 생각했습니다. 이렇게 그가 돌아오기만을 기다리고 있는데 그녀의 부친인 솀세딘 모하메드가 침실 문을 두드렸습니다. 이집트 술탄으로부터 끔찍한 모독을 당하여 밤새 한잠도 이루지 못했던 그는 딸과 함께 자신들의 슬픈 운명을 한탄하며 실컷 울어 보려고 찾아왔던 겁니다. 딸은 자신을 부르는 아버지의 음성을 듣자마자 벌떡 일

어나 문을 열어 주었습니다. 그런데 그의 손등에 입을 맞추며 환대하는 딸이 너무도 흐뭇한 표정이어서, 그녀가 눈물에 젖어 괴로워하고 있으리라 예상했던 재상으로선 놀라지 않을 수 없었습니다. 「이 망할 것아!」 그는 버럭 화를 내며 소리쳤습니다. 「너 대체 그게 무슨 얼굴이냐? 그토록 끔찍한 희생을 치른 네가 어찌 그리 만족스러운 표정을 내게 보인단 말이냐?」

날이 밝았으므로 셰에라자드는 여기에서 이야기를 멈추었다. 그러나 다음 날 밤, 그녀는 다시 이야기를 계속하며, 인도의 술탄에게 말했다.

「폐하! 대재상 자파르는 베드레딘 하산의 이야기를 계속했습니다.」

백여섯 번째 밤

재상이 이렇게 얼굴에 기쁨을 내비치는 딸을 힐책하자 그녀는 말했습니다. 「아버님! 왜 그렇게 저를 책망하시는 거죠? 제가 결혼한 사람은 제가 죽음보다도 싫어하는 꼽추, 그 괴물이 아니었어요! 어제 모인 모든 사람이 얼마나 그를 멸시하고 조롱했던지, 그는 견디지 못하고 도망가서 어디엔가 숨어 버렸어요. 그래서 저는 저의 진짜 남편인 그 매력적인 청년과 단둘이 남게 된 거라고……」 「대체 무슨 헛소리냐?」 셈세딘 모하메드가 갑자기 말을 끊었습니다. 「뭐라고? 꼽추가 너와 자지 않았다고?」 「아니에요, 아버님. 제가 잔 사람은 오직 방금 말씀드린 그 청년뿐이에요. 눈이 큼직하고, 눈썹도 짙은 그 사람 말이에요.」 이 말에 재상은 더 이상 참지 못하고 딸에게 맹렬한 분노를 터뜨렸습니다. 「아, 이런 못된 것! 그런 터무니없는 말로 나를 놀리겠다는 거냐?」 「아버님이 그렇게 믿지 않으시니 제가 더 미치겠어요!」「그러니까 네 말은 그 꼽추가…….」「아이! 그 꼽추 얘기는 이제 그만하세요!」 그녀가 짜증을 내며 재상의 말을 끊었습니다. 「그 저주받을 놈의 꼽추! 제가 언제까지 그 꼽추 얘기를 듣고 있어야 하나요? 아버님, 다시 한 번 말씀 드릴게요. 어젯밤 제가 같이 잔 사람은 그놈이 아니라 제가 말씀드린 제 사랑하는 신랑이란 말이에요! 그 사람은 지금 여기 어딘가 있을 거예요.」

셈세딘 모하메드는 그를 찾으려고 밖으로 나갔습니다. 하지만 그를 찾는 대신 크게 놀랄 만한 것을 발견했습니다. 두 다리를 공중에 들어 벽에 기대고 머리는 화장실 바닥에 처박고 있는 꼽추의 모습을 본 것입니다. 「이게 무슨 일인가?」 재상이 소리쳤습니다. 「누가 자네를 이 꼴로 만들어 놓았는가?」 꼽추는 재상을 알아보고는 한탄했습니다. 「그래! 재상님이 저를 들소의 정부, 그 못생긴 정령 놈의 애인과 결혼시키려고 했다지유? 더 이상 속지 않겠어유! 이젠 어림도 없어유!」

셰에라자드는 날이 밝아 오는 것을 보고 여기에서 멈추었다. 이날 밤은 그다지 많이 이야기하지 않았지만 더 이상 계속할 수는 없었다. 다음 날, 그녀는 다시 이야기의 끈을 이어 인도의 술탄에게 다음과 같이 말했다.

백일곱 번째 밤

폐하! 대재상 자파르는 이야기를 계속했습니다.

셈세딘 모하메드는 지금 꼽추가 헛소리를 지껄이고 있다고 생각하고는 이렇게 말했습니다. 「그 벽에서 떨어져서 똑바로 좀 일어나 보게!」 「그럴 수는 없어유!」 꼽추가 대답했습니다.「해가 뜰 때까지 이렇게 있어야 해유. 어제저녁에 여기 왔는데 말이어유, 갑자기 커다란 괭이 한 마리가 내 앞에 나타나더니 부지불식간에 들소만큼 커지는 거여유. 전 그놈이 내린 명령을 똑똑히 새겨들었어유. 그러니 재상님께선 절 그냥 여기 놔두시고 일 보러 가셔유.」하지만 재상은 물러가지 않고 꼽추의 두 다리를 잡아 똑바로 세워 주었습니다. 이에 꼽추는 밖으로 뛰쳐나가더니 뒤도 돌아보지 않고 있는 힘을 다해 달아나 버렸습니다. 그러고는 곧장 왕궁으로 가서 술탄 앞에 몸을 던지고 자신이 정령에게 어떻게 당했는지 하소연했지만, 오히려 술탄은 배꼽을 잡고 웃기만 했습니다.

셈세딘 모하메드는 아까보다도 더 놀라고 혼란스러운 심정으로 딸의 방에 돌아와 이렇게 말했습니다.「그래, 애야! 어제 일어났다는 그 어이없는 일에 대해서 한 번 더 자세히 얘기해 보렴!」「아버님!」그녀는 대답했습니다.「아까 말씀드린 것 외에 다른 건 없어요. 하지만, 저 의자 위에 제 남편이 벗어 놓은 옷가지가 보이실 거예요. 그걸 살펴보시면 무언가 해답을 찾으실 수 있지 않겠어요?」그녀는 베드레딘의 터번을 재상에게 주었습니다. 재상은 그것을 자세히 살펴보고는 말했습니다.「이건 재상이 쓰는 터번 같은데? 만일 모술[44] 양식으로 만들어진 게 아니라면 말이다.」그러다 터번의 천과 안감 사이에 무언가 들어 있는 것을 발견하고는 가위를 가져오라고 시켰습니다. 실밥을 뜯어 내니 그 속에는 수첩이 한 권 들어 있었습니다. 그것은 누레딘 알리가 운명하면서 아들에게 남긴 것으로 베드레딘이 소중히 보관하기 위해 터번 속에 숨겨 놓았던 것입니다. 수첩을 펼친 셈세딘 모하메드의

---

44 현재 이라크 북부에 위치한 상업 도시로, 고대의 니네베 시 정면에 세워진 도시이다 — 원주.

눈에는 그의 동생 누레딘 알리의 낯익은 글씨로 써진 〈내 아들 베드레딘 하산에게〉라는 제목이 들어왔습니다. 재상이 약간 어리벙벙하여 있는데, 그의 딸은 옷가지 아래에서 돈주머니를 발견하고 그것을 건네주었습니다. 재상이 열어 보니, 앞에서 말씀드렸다시피 그 속은 금화로 가득 차 있었습니다. 베드레딘이 아낌없이 돈을 뿌렸음에도 불구하고 정령과 요정의 배려로 금화가 조금도 줄어들지 않았던 것입니다. 주머니에는 표찰이 하나 달려 있었는데, 거기에는 〈유대인 이삭에게 속한 일천 세켕〉이라는 글이 적혀 있었습니다. 그뿐이 아니었습니다. 그 글 아래에는 유대인이 베드레딘 하산과 헤어지기 전에 써준 다음의 내용도 보였습니다. 〈베드레딘 하산의 부친 누레딘 알리 소유의 선박 중 발소라 항에 첫 번째로 입항하는 선박에 선적된 상품을 본인에게 양도하는 대가로 베드레딘 하산에게 인도(引導)함〉 재상은 이 글을 읽자마자 비명을 지르고 그대로 실신해 버렸습니다……

셰에라자드는 더 이야기하고 싶었지만 날이 밝아 있었다. 인도의 술탄은 자리에서 일어나면서 이 이야기의 뒷부분을 다음 날 들으리라 마음먹었다.

백여덟 번째 밤

폐하! 대재상 자파르의 이야기는 계속됐습니다.

딸과 그녀가 부른 시녀들의 간호로 깨어난 셈세딘 모하메드는 이렇게 말했습니다. 「애야! 내가 이래서 많이 놀랐지? 그 이유가 뭔지 말해 주면 넌 아마 믿지 못할 거다. 너와 함께 밤을 보낸 그 신랑은 바로 누레딘 알리의 아들, 즉 네 사촌이다. 그리고 이 주머니 속에 들어 있는 천 세켕의 금화를 보니 과거 내가 사랑하는 동생과 벌였던 말다툼이 생각나는구나. 이건 아마 네 삼촌이 주는 결혼 선물인 모양이다. 아! 정말이지 우리는 어떤 일 가운데서도 하느님을 찬양해야 하겠지만, 우리에게 일어난 이 놀라운 일을 보면 그분의 전능함을 실감하지 않을 수 없구나!」 그러고 나서 재상은 동생이 쓴 글을 들여다보았습니다. 그리고 그 위에 수없이 입을 맞추며 뜨거운 눈물을 쏟았습니다. 「이 글씨만 보아도 내 마음이 이렇게 기쁘거늘, 여기서 누레딘을 직접 보면서 그 애와 다시 화해할 수만 있다면 얼마나 좋을까!」

그는 수첩을 처음부터 끝까지 읽어 보았습니다. 거기에는 누레딘이 발소라에 도착한 날짜, 결혼한 날짜, 그리고 베드레딘 하산을 낳은 날짜 등이 모두 적혀 있었습니다. 그는 이 날짜들이 자신의 결혼 날짜나 딸의 생년월일과 정확히 일치하는 것을 보고 감탄을 금치 못했습니다. 그리고 딸과 같은 날 태어난 조카가 결국 자기 사위가 되었다고 생각하자 터져 나오는 기쁨을 도저히 억제할 수 없었습니다. 그는 즉시 수첩과 돈주머니를 들고 술탄에게 달려가 보여 주었습니다. 이에 술탄은 재상의 일을 용서했을 뿐 아니라, 이 기이한 이야기에 너무도 감탄한 나머지 이를 그 세세한 상황들까지 모두 글로 적어 놓아 후세에 남기라고 분부했습니다.

한편, 셈세딘 모하메드는 조카가 왜 사라졌는지 도무지 이해할 수 없었습니다. 그리고 그가 곧 돌아오리라 기대하면서 어서 만나 포옹할 수 있기만을 초조하게 기다렸습니다. 하지만 이레가 지나도 여전히 나타나지 않자, 사람들을 보내 카이로 전체를 뒤져 보게 했습니다. 그러나 그 어떤 방법을 통해 찾아보아도 사라진 신랑은 종적이 묘연했고, 이에 재상은 몹시 불안해졌습니다. 〈참으로 기묘한 일이로다! 세상에 이

런 일은 두 번 다시 없을 거야!〉

이때 재상에게는 앞으로 어떤 일이 닥칠지도 모른다는 불안한 예감이 느껴졌고, 결혼식 당시의 집안 상황을 정확하게 적어 놓는 게 좋을 것 같다는 생각이 떠올랐습니다. 그래서 직접 펜을 들어 결혼식은 어떤 식으로 진행되었는지, 연회장과 신방의 가구들은 어떤 식으로 배치되었는지 등을 상세하게 기록해 두었습니다. 또 터번, 돈주머니, 옷가지 등, 베드레딘이 놓고 간 것을 한데 모아 상자에 넣고 자물쇠로 잠가 놓았습니다……

왕비 셰에라자드는 날이 밝아 오는 것을 보았으므로 여기에서 멈춰야 했다. 하지만 다음 날 밤이 끝날 즈음, 그녀는 다음과 같이 이야기를 계속했다.

백아홉 번째 밤

폐하! 대재상 자파르는 칼리프에게 이야기를 계속했습니다.

며칠 후, 재상 셈세딘 모하메드의 딸은 자신이 임신했다는 사실을 알게 되었고, 아홉 달 후에는 아들을 낳았습니다. 아기의 할아버지는 그에게 아지브[45]라는 이름을 붙여 주고, 유모와 몇 명의 여종들에게 그를 보살피고 시중들게 했습니다.

어린 아지브가 일곱 살이 되자, 재상 셈세딘 모하메드는 글 읽는 법을 집에서 가르치는 대신 잘 가르친다는 소문이 자자한 어떤 선생의 학교에 보내고, 매일 학교에 데려가고 집으로 데려오는 일을 두 명의 종에게 맡겼습니다. 학교에서

---

45 아랍어로 〈기막히게 아름다운〉이라는 뜻이다 — 원주.

아지브는 친구들과 함께 어울렸습니다. 모두들 아지브보다 신분이 낮았기에 아이들은 그에게 고분고분하게 대했습니다. 사실 아이들의 이런 행동은 선생의 태도에서 비롯된 것이었죠. 왜냐하면 선생은 다른 아이들이라면 크게 혼낼 일도 아지브가 하면 그냥 넘어가 주었으니까요. 하지만 이러한 맹목적인 관대함은 아지브의 버릇을 망쳐 놓았습니다. 그는 아주 오만방자한 아이가 되었습니다. 무엇이든 제멋대로만 하려 드는 대장이 된 것입니다. 만일 어떤 아이가 자기 뜻을 거스르면 욕설을 퍼붓고 심지어는 때리기까지 했습니다. 결국 아이들은 이러한 아지브를 더 이상 견뎌 내지 못하고 선생에게 하소연하게 되었습니다. 선생은 처음에는 아이들에게 참으라고 말했습니다. 하지만 아이들이 참을수록 아지브는 더욱 안하무인이 되어 갔고 선생 자신도 그로 인해 발생하는 갖가지 문제들로 피곤했던지라, 아이들을 모아 놓고 이렇게 말했습니다. 「애들아! 나도 아지브가 아주 건방진 아이라는 걸 알고 있어. 내가 녀석을 골탕 먹이는 방법을 하나 가르쳐 주지. 이대로만 하면 녀석은 다시는 너희를 괴롭히지 못할 거야. 아니, 아예 학교에 안 나오게 될지도 모르지. 내일 녀석이 학교에 와서 너희들하고 같이 놀려고 하면, 그 애 주위를 빙 둘러서서 너희 중 하나가 큰 소리로 이렇게 말하는 거야. 〈그래, 놀자! 하지만 놀 사람은 먼저 자기 엄마 아빠의 이름을 말해야 하는 거야! 그렇게 안 하는 사람은 후레자식으로 여기고, 앞으로는 같이 놀지 않을 거야!〉」

이렇게 선생에게서 아지브를 궁지로 몰아넣는 방법을 배운 아이들은 신이 나서 집으로 돌아갔습니다.

다음 날, 모두들 함께 모이자마자 아이들은 선생이 가르쳐 준 대로 했습니다. 그들은 아지브를 둘러쌌고, 한 아이가 크게 소리쳤습니다. 「야! 우리 모두 놀이를 하나 하자! 하지만 먼저 엄마 아빠 이름을 대지 않으면 놀이에 끼워 주지 말기로 해!」 이에 모든 아이들은 찬성했고, 심지어는 아지브까지 동의했습니다. 놀이를 제안한 아이가 한 사람씩 부모의 이름을 물었고, 질문받은 아이는 거침없이 대답했습니다. 하지만 아지브는 달랐습니다. 「내 이름은 아지브야. 엄마 이름은 〈미의 여왕〉이고, 아빠는 술탄의 재상 솀세딘 모하메드셔.」

이 대답에 아이들은 일제히 외쳤습니다. 「야, 아지브! 말도 안 돼! 그건 네 아빠 이름이 아니라 네 할아버지 이름이잖아?」 「뭐라고? 이런 빌어먹을 자식들!」 아지브가 화가 나서 소리쳤습니다. 「너희들 감히 솀세딘 모하메드 재상님이 내 아빠가 아니라고 말하는 거냐?」 아이들은 크게 웃음을 터뜨렸습니다. 「아냐, 아냐! 그분은 네 할아버지일 뿐이라고! 이제 넌 우리와 놀지 마! 우리도 너하고 가까이하지 않을 거야.」 아이들은 자기네끼리 깔깔거리면서 떠나갔습니다. 혼자 남은 아지브는 마음에 큰 상처를 받아 흐느껴 울기 시작했습니다.

이때 아이들의 말을 모두 엿듣고 있던 선생이 나타나 아지브에게 말했습니다. 「아지브야! 너 솀세딘 모하메드 재상님이 네 아빠가 아니라는 걸 아직 모르고 있었니? 그분은 네 조부란다. 네 모친이신 〈미의 여왕〉의 부친이란 말이야. 우리도 너처럼 네 아빠 이름을 모른단다. 우리가 아는 것은, 술탄께서 네 어머니를 어떤 꼽추 마부와 결혼시키려 하셨는데 어떤 정령이 대신 네 어머니와 동침했다는 사실뿐이야. 너한테는 좀 안된 일이다만, 이런 사실을 알고 앞으로는 다른 아이들에게 좀 덜 오만하게 굴었으면 좋겠구나……」

여기서 셰에라자드는 날이 밝은 것을 보고 이야기를 중단했다. 그리고 다음 날 밤, 그녀는 대재상 자파르의 입을 빌려

인도의 술탄에게 말했다.

백열 번째 밤

 친구들의 놀림을 더 이상 참지 못한 어린 아지브는 학교를 뛰쳐나와 울면서 집으로 돌아왔습니다. 집에 들어선 그가 가장 먼저 달려간 곳은 어머니 〈미의 여왕〉의 방이었습니다. 그녀는 아들의 모습에 깜짝 놀라 그 이유를 물었습니다. 아지브는 대답하려 했지만 대답은 계속 북받쳐 나오는 울음으로 중간 중간 끊어져 무슨 말인지 제대로 알아들을 수 없었습니다. 그러기를 반복한 끝에 겨우 고통의 이유를 설명한 아지브는 이렇게 물었습니다. 「어머니! 제발 제게 말해 주세요!

저의 아버지는 누구시죠?」「아들아!」 그녀가 대답했습니다. 「너를 매일같이 안아 주시는 솀세딘 모하메드 재상님이 네 아버님이시잖니?」「그건 사실이 아니에요! 그분은 제 아버지가 아니라 어머니의 아버지예요! 대체 제 아버지는 누구시냐고요?」 이런 아들의 질문에 〈미의 여왕〉은 결혼 첫날밤과 그 뒤를 이은 기나긴 과부 생활을 생각하고는 눈물을 펑펑 쏟기 시작했습니다. 베드레딘 같은 사랑스러운 신랑을 상실한 슬픔이 새삼 가슴 아프게 밀려왔던 것입니다.

이렇게 〈미의 여왕〉과 아지브가 나란히 앉아 울고 있을 때 재상 솀세딘 모하메드가 들어와 그들이 슬퍼하는 이유를 물었습니다. 〈미의 여왕〉은 아지브가 학교에서 놀림받은 일을 이야기해 주었습니다. 이 이야기는 재상의 마음까지 찢어 놓았고, 그도 모자를 끌어안고 함께 울었습니다. 세상 사람들이 딸의 명예를 해치는 말들을 수군대고 있다는 사실을 알게 되니 절망하지 않을 수 없었던 것입니다. 충격을 받은 재상은 즉시 술탄에게 달려갔습니다. 그리고 그의 발밑에 무릎을 꿇고 지극히 정중하게 간청했습니다. 자신의 조카 베드레딘 하산을 찾기 위해 동방의 여러 지방, 특히 발소라로 여행을 다녀오도록 허락해 달라는 간청이었습니다. 그리고 자기 딸이 정령과 동침했다는 소문이 도성 안에 떠도는 것을 견딜 수 없다고 덧붙였습니다. 술탄은 재상의 고통을 이해하고 그의 결심대로 하라고 허락해 주었습니다. 심지어는 베드레딘 하산이 있는 지방의 군주들이나 제후들에게 재상이 조카를 데려가도록 허락해 줄 것을 정중히 부탁하는 친서가 적힌 증명서까지 만들어 주었습니다.

솀세딘 모하메드는 술탄의 너그러운 배려에 너무도 감격하여 아무 말도 못하고 그저 다시 한 번 깊이 몸을 숙여 절할 뿐이었습니다. 하지만 그의 눈에서 흘러내리는 눈물은 지금 그가 얼마나 감사하고 있는지 충분히 보여 주고 있었습니다. 그는 술탄의 만수무강과 번영을 빈 후 작별을 고하고 궁을 나왔습니다. 그리고 집에 돌아와서는 여행을 위한 만반의 준비를 하기 시작했습니다. 준비는 매우 신속히 끝나서 나흘 후 그는 딸 〈미의 여왕〉과 손자 아지브와 함께 출발할 수 있었습니다……

세에라자드는 날이 밝아 오는 것을 보고 이야기를 멈추었다. 인도의 술탄은 왕비가 들려주는 이 이야기에 심히 만족하여 이야기의 뒷부분을 마저 들으리라 마음먹었다. 그리고 다음 날 세에라자드는 그의 궁금증을 풀어 주기 위해 다음과 같이 이야기를 계속했다.

백열한 번째 밤

폐하! 대재상 자파르는 칼리프 하룬알라시드에게 이야기를 계속했습니다.

셈세딘 모하메드는 그의 딸 〈미의 여왕〉과 손자 아지브와 함께 다마스쿠스로 향했습니다. 어느 곳에도 천막을 치지 않고 열아흐레를 계속 걸은 끝에, 스무 날째 되는 날에는 다마스쿠스 성문에서 그다지 멀지 않은 아름다운 초원에 도착할 수 있었습니다. 그들은 낙타에서 내려, 다마스쿠스를 관류하며 인근의 지역을 매우 아름답고 쾌적한 곳으로 만들어 주는 어떤 강의 강변에 천막을 세웠습니다.

재상 셈세딘 모하메드는 이 아름다운 장소에 이틀간 머무른 후에 사흘째 되는 날 다시 여행을 계속하겠다고 선언했습니다. 그리고 가족과 따라온 일행에게는 다마스쿠스에 들어

가도 좋다고 허락했습니다. 모든 사람이 재상의 이 결정을 반겼습니다. 어떤 이는 아름답기로 소문난 이 도시의 풍물을 구경하기 위해, 또 어떤 이들은 이집트에서 가져온 물건을 팔고 직물 등 이 나라 특산품을 사기 위해 삼삼오오 짝을 지어 성으로 들어갔습니다. 〈미의 여왕〉은 아들에게 이 유명한 도시를 구경시켜 주고 싶었습니다. 그래서 아지브의 가정 교사이기도 한 흑인 내시를 불러 아이에게 도성 구경을 시켜 주라고 명한 후, 사고를 당하지 않도록 신신당부했습니다.

화려한 외출복을 차려입은 아지브는 굵직한 지팡이를 든 흑인 내시와 함께 출발했습니다. 그들이 도성에 들어서자마자 햇빛보다도 더 아름다운 아지브의 모습은 모든 이들의 눈길을 끌었습니다. 어떤 이들은 더 가까이서 보려고 집 밖으로 나왔고, 어떤 이들은 창밖으로 고개를 내밀었으며, 어떤 이들은 길을 가다가 그냥 멈춰서 돌아보는 것으로 만족하지 않고 조금이라도 더 보기 위해 따라다닐 정도였습니다. 그를 본 모든 사람은 감탄을 거듭하면서 이렇게 아름다운 아이를 낳은 그의 부모를 무수히 축복했습니다. 그러던 중, 우연히도 베드레딘 하산이 있는 제과점 앞에 이른 내시와 아지브는 너무 많은 사람들에 둘러싸여서 걸음을 멈추지 않을 수 없었습니다.

베드레딘 하산을 양자로 삼았던 제과점 주인은 몇 해 전에 세상을 떠나면서 가게를 비롯한 모든 재산을 그에게 물려주었습니다. 그래서 지금은 베드레딘이 제과점 주인이 되어 있었는데, 그가 만든 과자가 어찌나 맛있던지 그의 명성은 다마스쿠스에서 널리 알려져 있었습니다. 베드레딘은 자기 가게 앞에 사람들이 모여서 어떤 아이와 흑인을 구경하고 있는 것을 보고는, 자신도 그들을 바라보았습니다…….

여기까지 말한 셰에라자드는 날이 밝아 오는 것을 보고 입을 다물었고, 샤리아는 아지브와 베드레딘 사이에 어떤 일이 일어나게 될까 심히 궁금한 마음으로 자리에서 일어났다. 다음 날 저녁, 왕비는 다음과 같이 말하며 그의 궁금증을 풀어 주었다.

백열두 번째 밤

베드레딘 하산의 눈길이 어린 아지브에게 머무른 순간, 그는 왠지 모르게 마음이 심하게 흔들리는 것을 느꼈습니다. 그는 다른 사람들처럼 단순히 이 사내아이의 아름다움에 현혹된 것이 아니었습니다. 그의 심적 동요는 그로서는 알 수 없는 다른 이유로 인한 것이었죠. 즉 이 다정한 아버지의 마음 깊은 곳에 숨어 있던 부성이 작용했던 것입니다.

그는 즉시 하던 일을 멈추고 아지브에게 다가가 상냥한 얼굴로 말했습니다. 「도련님! 정말 제 넋을 빼앗을 정도로 귀여우시군요! 잠시 가게에 들어오셔서 제가 만든 것을 좀 드시지 않겠어요? 소인은 도련님의 귀여운 모습을 옆에서 실컷 좀 보고 싶군요!」 그는 눈물까지 머금은 채 너무나도 다정히 말했습니다. 이에 마음이 움직인 어린 아지브는 내시를 돌아보며 말했습니다. 「이 아저씨는 무척 인상이 좋아 보이는걸! 그리고 내게 너무도 따뜻하게 말해 주니까 도저히 거절할 수 없어. 자, 우리 들어가서 그가 만든 과자를 한번 먹어 보자!」 「아니, 도련님!」 내시가 손을 내저었습니다. 「세상에 재상의 아드님이 이런 누추한 제과점에 들어가 앉아서 먹는다는 게 말이나 됩니까? 안 됩니다! 저는 용납 못해요!」 그러자 베드레딘 하산이 부르짖었습니다. 「아이고, 우리 도련님! 도련님을 이렇게 심하게 다루는 사람에게 교육을 맡기다니 참으로 잔인한 일도 다 있군요!」그러고 나서 내시에게는 이렇게 말했습니다.「여보시오, 친구! 내가 원하는 대로 도련님을 그냥 들어오게 해주시구려! 안 그러시면 내가 정말 괴로울 것 같아서 하는 말이오! 아니, 그러지 말고 당신도 도련님하고 같이 좀 들어오시오! 아니, 겉모습은 밤껍질같이 시커매도 마음은 밤 속같이 새하얀 분이 왜 그러시오? 자, 들어오시오! 내가 당신에게 피부를 하얗게 만드는 비법을 가르쳐 드리리다!」

이 말에 내시는 호탕하게 웃고는 베드레딘에게 그 비밀이 대체 무어냐고 물었습니다.「좋소, 가르쳐 드리죠!」그는 이렇게 대답하고 나서 시를 한 편 읊기 시작했습니다. 그것은 이 세상 모든 술탄들과 군주들과 위대한 인물들을 안전하게 지켜주는 흑인 내시들의 미덕을 칭송하는 노래였습니다. 내시는 이 시가 몹시 마음에 들었던지라 더 이상 베드레딘의 간청을 거절하지 않고 아지브와 함께 가게에 들어갔습니다.

베드레딘 하산은 자신이 그토록 원했던 일이 이루어지자 좋아서 어쩔 줄 몰라 했습니다. 그러고는 아까 중단했던 일을 다시 시작하면서 말했습니다.「조금 전에 저는 크림 타르트를 만들고 있던 중이었어요! 두 분 다 꼭 한번 드셔 보셔야 해요! 아주 좋아하시리라고 확신합니다. 왜냐하면 이 과자를 기막히게 잘 만드시는 저의 어머니로부터 직접 배운 솜씨거든요. 이걸 사려고 이 다마스쿠스 시내 곳곳에서 사람들이 찾아온답니다!」그는 화덕에서 따끈따끈하게 구워진 타르트를 꺼냈습니다. 그리고 그 위에 석류 알갱이와 설탕을 듬뿍 뿌려서 아지브 앞에 내놓았고, 이를 맛본 아이는 너무도 좋아했습니다. 함께 먹은 내시 역시 기막힌 맛이라며 감탄했습니다.

이렇게 두 사람이 맛있게 먹고 있을 때, 베드레딘 하산은 아이를 물끄러미 바라보았습니다. 그러고 있자니 그가 그토록 일찍감치, 그리고 슬프게 헤어진 사랑스러운 아내가 아이

를 가졌다면 지금 저 아이만 하리라는 생각이 들어 자신도 모르게 눈물이 솟구쳤습니다. 그가 아이에게 무슨 일로 이 다마스쿠스를 여행하느냐고 물어보려던 참이었습니다. 타르트를 다 먹은 내시는 빨리 할아버지의 천막으로 돌아가야 한다며 아이를 재촉하여 데리고 나가 버렸습니다. 베드레딘 하산은 떠나는 그들을 눈으로만 뒤쫓는 것으로 만족하지 않았습니다. 부리나케 가게 문을 닫은 후 벌써 저만치 걸어가고 있는 두 사람을 뒤쫓아 갔던 것입니다…….

이 대목에서 셰에라자드는 아침이 된 것을 보고 이야기를 중단했다. 술탄은 이 이야기를 끝까지 들으리라 작정하고, 그때까지 왕비를 살려 주어야겠다고 생각했다.

백열세 번째 밤

다음 날 아직 동이 트기 전에 디나르자드에 의해 잠이 깬 왕비는 다음과 같이 이야기를 계속했다.

이렇게 아지브와 내시를 뒤쫓아 달려간 베드레딘 하산은 그들이 성문에 이르기 전에 따라잡을 수 있었습니다. 내시는 제과점 주인이 자기들을 따라오는 것을 보고 몹시 놀랐습니다. 「이런 무례한 인간 같으니라고!」 그는 화를 내며 소리쳤습니다. 「당신 대체 뭘 원하는 거요?」 「여보시오, 친구!」 베드레딘이 대답했습니다. 「화내지 마시오! 마침 성 밖에 볼일이 있는 게 생각나서 그걸 처리하러 가는 것이오.」 하지만 내시는 곧이들으려 하지 않고 아지브에게 불평했습니다. 「다 도련님 때문이에요! 내 저 사람한테 잘해 주면 후회하게 될 거라고 말했잖아요! 그래도 도련님은 그 가게에 들어가려고 한 거고요. 그걸 허락한 내가 어리석었어요.」 아지브가 대답했습니다. 「어쩌면 저 사람은 정말로 성 밖에 일이 있는 건지도 모르잖아? 그리고 길이란 것은 모든 사람들이 다닐 수 있는 거고.」

이렇게 말하면서 두 사람은 뒤도 돌아보지 않고 재상의 천막이 있는 곳까지 이르러, 아직도 그가 따라오고 있는지 보려고 몸을 돌렸습니다. 그런데 이게 웬일입니까? 그 사람이 아지브를 두 걸음 거리로 바짝 따라오고 있지 않겠습니까? 이를 본 아지브의 얼굴은 마음속에 교차하는 갖가지 감정으로 순간 붉게 물들었다가 다시 새하얘졌습니다. 자신이 제과점에 들어가서 과자를 먹었다는 사실을 할아버지인 재상이 알게 될까 겁이 났던 것입니다. 그래서 그는 발밑에 굴러다니는 큼직한 돌멩이를 하나 집어 들고서 베드레딘에게 던져 그의 이마 한가운데를 맞췄습니다. 그리고 그의 이마에서 피가 철철 나와 얼굴에 온통 흘러내리는 모습을 본 아이는 천막으로 도망갔습니다. 내시도 아이를 따라 천막 안으로 들어가면서 베드레딘을 돌아보고는, 이 일은 당신이 자초한 것이니 불평할 필요는 없다고 말했습니다.

베드레딘은 아직도 벗지 않고 있던 제과사용 앞치마 자락으로 상처를 눌러 지혈을 하면서 도성 쪽으로 발걸음을 돌렸습니다. 그는 생각했습니다. 〈이렇게 미친놈처럼 가게도 내팽개치고 그 아이를 귀찮게 한 내가 잘못이지. 그 애가 나를 이렇게 매몰차게 대한 것은 아마도 내가 뭔가 사악한 계획을 품고 있으리라 생각해서였겠지.〉 그는 집에 돌아와 이마를 붕대로 감았습니다. 그리고 이 세상에는 자신보다 불행한 사람이 무수히 있으리라 생각하며 스스로를 위안하려 애썼습니다…….

밝아 오는 아침의 빛은 셰에라자드에게 침묵을 강요했다. 하지만 자리에서 일어나는 샤리아의 마음은 베드레딘에 대한 연민과 이야기의 뒷부분을 알고 싶은 궁금증으로 꽉 차 있었다.

백열네 번째 밤

다음 날 밤이 끝나 갈 즈음, 셰에라자드는 인도의 술탄에게 말했다. 「폐하! 대재상 자파르는 다음과 같이 베드레딘 하산의 이야기를 계속했습니다.」

베드레딘은 다마스쿠스에 남아서 제과점 일을 계속했고, 그의 백부 솀세딘 모하메드는 사흘 후에 다시 출발했습니다. 그는 홈스, 하마를 거쳐 알레포에 이르렀고 거기서 이틀을 머물렀습니다. 다시 알레포를 출발하여 유프라테스 강을 건너 메소포타미아 지방에 이른 일행은 마르딘, 모술, 센지라, 디야르바키르, 또 그밖의 수많은 도시를 거쳐 마침내 발소라에 도착했습니다. 도착한 즉시 솀세딘 모하메드는 발소라의 술탄에게 알현을 요청했고, 술탄은 재상의 신분을 듣자마자 이를 허락해 주었습니다. 술탄은 재상을 매우 따뜻하게 환대하면서 무슨 일로 발소라에 오게 되었는지 물었습니다. 「폐하! 저는 재상 누레딘 알리의 아들의 행방을 찾아서 이곳에 왔나이다. 이 재상은 영광스럽게도 이전에 폐하를 섬긴 일이 있는 줄로 아옵니다.」 「누레딘 알리는 오래전에 작고했소.」 술탄이 말했습니다. 「그의 아들에 대해 말하자면, 재상이 죽은 지 두 달 만에 갑자기 실종되어 버렸소. 우리도 지금까지 백방으로 찾아보았지만 아무도 그를 보지 못했다오. 하지만 내 재상 중 한 분의 따님이었던 그의 어머니는 아직 생존해 계시오.」 셈세딘 모하메드는 그녀를 찾아뵙고, 이집트로 데려가게 해달라고 부탁했습니다. 술탄이 이를 허락하자 재상은 그날 당장 그녀를 보기 원했습니다. 그는 그녀가 사는 곳을 물어, 즉시 딸과 손자를 데리고 그곳으로 향했습니다.

누레딘 알리의 미망인은 남편이 생전에 살던 그 성관에 아직도 살고 있었습니다. 장려한 대리석 기둥들로 꾸민 멋진 저택이었습니다. 하지만 셈세딘 모하메드는 그런 것들에 눈길을 줄 겨를이 없었습니다. 그 집에 도착한 그는 우선 동생의 이름이 새겨져 있는 대리석과 대문에 입을 맞추었습니다. 그리고 그 집 하인들에게 제수씨를 찾아왔다고 말하니, 그들은 그녀가 지금 널따란 내정 한가운데 있는 돔형의 조그만 건물 안에 있다고 대답했습니다. 이 다정한 어머니는 실종된 아들 베드레딘 하산이 아무리 기다려도 나타나지 않자 죽은 것이라 생각하고, 그의 무덤을 상징하는 이 건물을 지어 놓고는 대부분의 시간을 거기서 보내고 있었던 것입니다. 셈세딘 모하메드가 들어갔을 때에도 그녀는 아들을 생각하며 비통하게 울고 있었습니다.

그는 먼저 그녀에게 인사를 했습니다. 그는 눈물과 한탄을 거둬 달라고 간청하고, 자신이 그녀의 시숙임을 밝히면서 왜 카이로를 떠나 이곳 발소라에 올 수밖에 없었는지 설명해 주었습니다······.

여기까지 말한 셰에라자드는 날이 밝아 오는 것을 보고 이야기를 중단했다. 하지만 다음 날 밤이 끝날 즈음, 그녀는 다음과 같이 이야기의 끈을 이어 나갔다.

백열다섯 번째 밤

셈세딘 모하메드는 카이로에서 있었던 딸의 결혼식 날 밤에 어떤 일이 벌어졌으며, 또 베드레딘의 터번 속에 숨겨진 수첩을 발견하고 자신이 얼마나 놀랐는지 제수에게 이야기해 준 다음, 아지브와 〈미의 여왕〉을 소개해 주었습니다.

그때까지 세상을 등지고 살아왔던 누레딘 알리의 미망인은 재상의 말을 듣고, 자신이 너무도 그리워하는 아들이 아직 살아 있을 수도 있다는 사실을 알게 되었습니다. 그녀는 벌떡 일어나 며느리 〈미의 여왕〉과 베드레딘 하산을 쏙 빼닮은 손자 아지브를 부둥켜안고 하염없이 눈물을 쏟았습니다. 하지만 이 눈물을 그녀가 여태껏 흘려 온 눈물들과는 성격이 다른 것이었죠. 그녀는 손자에게 수없이 입을 맞추었고, 아이 역시 할머니의 입맞춤을 너무도 기쁘게 받아들였습니다.
「부인!」 셈세딘 모하메드가 입을 열었습니다. 「부인의 그리움과 눈물의 세월은 이제 끝났습니다. 우리와 함께 이집트에 갑시다. 발소라의 술탄께서는 제가 부인을 모시고 가는 것을 이미 허락하셨고, 부인께서도 동의하시리라 믿습니다. 이제 부인의 아들이자 저의 조카인 베드레딘을 찾는 일만 남았습니다. 만일 그를 찾게 된다면 그의 이야기와 부인의 이야기, 그리고 내 딸의 이야기와 나 자신의 이야기는 글로 써서 후세에 길이 남길 만큼 놀라운 것이 될 것입니다.」

누레딘 알리의 미망인은 이 제의를 기꺼이 받아들이고는 지체 없이 출발 준비를 했습니다. 셈세딘 모하메드는 다시 술탄을 찾아가 작별을 고했습니다. 이에 술탄은 그에게 큰 선물을 하사했으며, 이집트 술탄에게는 더 많은 선물을 보냈습니다. 재상은 발소라를 출발하여 다마스쿠스로 향했습니다.

이 도시에 가까이에 이르자 재상은 성문 근처에 천막을 세우게 한 후, 거기서 다시 사흘간 머물 것이라고 말했습니다. 이는 일행에게 휴식을 주고, 이집트 술탄에게 바칠 진귀한 것들을 사기 위함이었습니다.

재상이 상인들이 들고 온 지극히 아름다운 직물들을 고르고 있을 때, 아지브는 흑인 내시에게 자기를 도성 안에 데려다 달라고 졸랐습니다. 지난번에 시간이 없어 제대로 보지 못했던 것들을 구경하고 싶고, 또 자기가 돌로 때린 그 제과점 주인이 어떻게 됐는지 알고 싶다는 것이었습니다. 내시는 동의했고, 둘은 어머니 〈미의 여왕〉의 허락을 받아 함께 도성에 들어갔습니다.

그들은 셈세딘 모하메드의 천막에서 가장 가까운 성문인 〈낙원의 문〉을 통해 다마스쿠스 성으로 들어갔습니다. 그들은 위가 지붕으로 덮여 있고 온갖 물건들이 거래되는 골목 시장들이며 큰 광장들을 돌아다녔고, 정오와 일몰 사이 신도들이 모여 기도하는 시간[46]에는 옴미아드 왕조[47] 때 건립된 고색창연한 모스크도 구경했습니다. 그러고 나서 그들은 베드레딘 하산의 가게 앞을 지나가 보았습니다. 슬며시 안을 들여다보니 제과사는 지난번처럼 크림 타르트를 만드느라 여념이 없었습니다.「안녕하세요?」아지브가 그에게 인사했습니다. 「나를 기억하겠어요?」이 말에 고개를 돌린 베드레딘은 아지브를 알아보고는 — 오! 그것은 부성의 놀라운 작용이었죠! — 지난번처럼 격심한 마음의 동요를 느꼈습니다. 그는 아무런 말도 하지 못하고 한동안 아이를 멍하니 바라볼 뿐이었습니다. 잠시 후 정신을 차린 그가 말했습니다. 「도련님! 오늘도 제 누추한 가게에

---

46 이 기도는 매일 일몰 2시간 30분 전에 행해진다 — 원주.

47 무함마드의 네 후계자 이후에 이슬람 세계를 다스린 칼리프들의 왕조. 〈옴미아드〉라는 명칭은 이 칼리프들의 한 조상의 이름인 〈옴미아〉에서 따온 것이다 — 원주.

들어오지 않으시렵니까? 시종분하고 같이 들어오셔서 크림 타르트 하나 드시고 가세요. 그리고 일전에 제가 도성 밖까지 도련님을 쫓아갔던 일은 부디 용서해 주세요. 저도 왜 그랬는지 잘 모르겠습니다. 도련님이 가시니까 저는 거부할 수 없는 어떤 격렬한 힘에 이끌려 그냥 따라갔던 거예요……」

여기서 세에라자드는 날이 밝은 것을 보고 이야기를 중단했다. 다음 날, 그녀는 다음과 같이 재상 자파르의 이야기를 이어 나갔다.

백열여섯 번째 밤

베드레딘 하산의 말에 놀란 아지브는 이렇게 대답했습니다. 「나에 대한 아저씨의 우정에는 뭔가 지나친 게 있어요. 그러니 다시는 나를 쫓아오지 않겠다고 맹세해야만 들어갈 거예요. 만일 그렇게 약속하고 그 약속을 지킨다면 오늘뿐 아니라, 내일도 할아버지가 이집트 술탄께 드릴 선물을 사고 계신 틈을 타 다시 올 수 있어요.」 「도련님!」 베드레딘 하산이 다시 말했습니다. 「도련님의 명이라면 무엇이든 다 따르겠습니다!」 이 말을 듣고 아지브와 흑인 내시는 가게에 들어갔습니다.

베드레딘은 즉시 그들에게 크림 타르트를 내놓았습니다. 그것은 그가 지난번에 주었던 것에 비해 조금도 뒤지지 않는 섬세하고도 뛰어난 맛이었습니다. 「아저씨도 이리 오세요!」 아지브가 말했습니다. 「여기 앉아서 우리와 함께 드세요!」 이에 두 사람 옆에 앉은 베드레딘은 감사의 표시로 아이에게 입을 맞추려 했습니다. 하지만 아지브는 그를 세차게 밀어냈습니다. 「아이, 좀 가만히 있어요! 하여간 아저씨의 우정은 너무 지나치다니까요! 그냥 나를 쳐다보고 얘기만 하세요.」 베드레딘은 그 말에 순종했습니다. 그리고 즉석에서 아지브를 찬미하는 곡을 하나 지어 노래를 부르기 시작했습니다. 그는 아무것도 입에 대지 않고 다만 두 손님의 시중만 들었습니다. 그들이 타르트를 다 먹자 그는 손 씻을 물과 흰 수건을 내왔습니다.[48] 그러고 난 후에는 셔벗이 든 단지를 가져와 큰 자기(瓷器) 잔에 따르고 그 위에 아주 깨끗한 눈을 부었습니다.[49] 그는 잔을 아지브에게 내밀면서 말했습니다. 「자, 드세요! 이건 이 다마스쿠스에서 가장 맛있는 장미 향 셔벗이랍니다. 이렇게 맛있는 건 여태껏 못 드셔 보았을 거예요.」 아지브가 아주 맛있게 마시고 나자 베드레딘 하산은 다시 잔을 가득 채워 이번에는 내시에게 권했고, 내시도 한 방울도 남김없이 쭉 들이켰습니다.

이렇게 실컷 먹은 두 사람은 제과점 주인에게 감사하고, 날이 꽤 어두워졌기 때문에 서둘러 돌아갔습니다. 셈세딘 모하메드의 숙영지에 도착한 그들은 먼저 부인네들이 있는 천막으로 들어갔습니다. 손자가 돌아온 것을 본 할머니의 얼굴은 활짝 폈습니다. 하지만 그녀의 마음속에서는 항상 아들 베드레딘 하산이 떠나지 않았던지라 아지브를 껴안으니 자신도 모르게 눈물이 솟아났습니다. 「어이구, 내 새끼! 이렇게 너를 안듯 네 아비 베드레딘 하산도 안아 줄 수만 있다면 더 이상 바랄 게 없을 텐데!」 이렇게 말하고 그녀는 저녁 식사를 위해 식탁에 앉았습니다. 그녀는 손자를 자기 옆에 앉히고서, 도성

---

[48] 이슬람교도들은 매일 기도 전에 다섯 번씩 손을 씻기 때문에 식사 전에는 손을 씻지 않는다. 하지만 식사 중에 포크를 사용하지 않으므로 식사 후에는 손을 씻는다 — 원주.

[49] 근동 지방 전역에서는 이처럼 눈을 사용하여 짧은 시간에 음료를 차갑게 만든다 — 원주.

구경은 어땠는지 여러 가지를 물었습니다. 그리고 많이 돌아다녀 시장할 것이라며 자신이 직접 만든 크림 타르트 한 개를 내놨습니다. 우리가 앞에서 얘기한 바 있지만, 그녀의 솜씨는 일류 제과사들을 능가했기 때문에 그것은 더없이 맛있는 것이었습니다. 그녀는 내시에게도 맛보라고 권했습니다. 하지만 두 사람은 이미 베드레딘 하산의 가게에서 배 터지게 먹고 온 터였으므로 맛조차 보려 하지 않았습니다……

날이 밝아 오기 시작했으므로 이날 밤 셰에라자드는 더 이상 계속할 수 없었다. 하지만 다음 날 밤이 끝날 즈음, 그녀는 다음과 같이 이야기를 계속했다.

백열일곱 번째 밤

아지브는 할머니가 준 크림 타르트를 입에 대자마자 입맛에 맞지 않는 듯 얼굴을 찡그리면서 그대로 내려놓았습니다. 샤반 — 이는 내시의 이름이었습니다[50] — 도 똑같이 했습니다. 누레딘 알리의 미망인은 자기가 만든 과자 앞에서 시큰둥한 손자의 모습에 몹시 속이 상했습니다. 「아니, 애야!」 그녀가 말했습니다. 「어떻게 내가 손수 만든 것을 그렇게 거들떠보지도 않을 수 있니? 너는 이 세상 그 누구도 나만큼 크림 타르트를 맛있게 만들지 못한다는 사실을 모르는 모양이구나! 내가 기술을 전수해 준 내 아들 베드레딘 하산만 빼놓고는 말이다.」 이 말에 아지브가 소리쳤습니다. 「에이, 할머니! 만일 할머니 솜씨가 이 정도라면 말이에요, 이 도성 안에는 할머니보다 훨씬 솜씨 좋은 제과사가 있다고요! 우리는

---

50 이슬람교도들은 흑인 내시들에게 대개 이 이름을 붙인다 — 원주.

이것보다 훨씬 맛있는 것을 먹고 왔단 말이에요!」

이 말에 할머니는 내시를 노려보았습니다. 「샤반, 이게 무슨 말이냐?」 그녀는 화가 나서 소리쳤습니다. 「그래, 제과점에 들어가 거지처럼 지저분한 것들을 주워 먹게 하려고 내 귀한 손자를 네놈에게 맡긴 줄 아느냐?」 「마님!」 내시가 대답했습니다. 「우리가 제과점 주인하고 잠시 말을 나눈 건 사실이지만, 거기서 뭘 먹지는 않았습니―」 「잠깐만!」 아지브가 말을 끊었습니다. 「우리는 가게에 들어가서 함께 크림 타르트를 먹었단 말이에요!」 이제 화가 날 대로 난 할머니는 벌떡 몸을 일으켜 셈세딘 모하메드의 천막으로 달려갔습니다. 그녀는 내시의 잘못을 덮어 주기는커녕 재상이 화가 나게끔 내용을 부풀려서 모든 사실을 고해바쳤습니다.

그렇지 않아도 성격이 급한 셈세딘 모하메드가 이 말을 듣고 펄펄 뛰지 않을 리 없었습니다. 당장에 제수의 천막으로 달려가 내시에게 고함쳤습니다. 「뭐라고, 이 망할 자식! 네놈이 감히 나의 믿음을 그런 식으로 배신해?」 아지브의 고백으로 이미 잘못이 뻔히 드러났음에도 내시는 계속 부인하려 들었습니다. 아지브는 여전히 내시의 말에 반박하며 조부에게 말했습니다. 「할아버지! 진짜로 우리 둘 다 너무 잘 먹고 와서 저녁을 안 먹어도 된단 말이에요. 게다가 그 제과점 주인 아저씨는 큰 도자기 잔에 셔벗까지 담아 우리에게 대접했는걸요.」 「자, 이 못된 종놈아!」 셈세딘 모하메드가 내시에게 소리쳤습니다. 「이래도 너희 둘이 제과점에 들어가 먹지 않았다고 우길 테냐?」 하지만 뻔뻔스러운 샤반은 끝끝내 아니라고 버텼습니다. 「너는 거짓말쟁이야!」 재상이 말했습니다. 「나는 네놈보다 내 손자의 말을 더 믿는다. 좋다! 이 식탁 위에 있는 크림 타르트를 먹어 봐라! 이걸 다 먹을 수 있다면 네 말이 진실이라고 인정해 주마!」

 샤반은 아까 먹은 것이 아직 목구멍까지 차 있었지만 하는 수 없이 크림 타르트 한 조각을 입속에 밀어 넣었습니다. 하지만 욕지기가 올라오는 통에 곧바로 다시 뱉어 내야 했습니다. 그래도 이 끈질긴 내시는 끝까지 우겨 댔습니다. 전날 너무 많이 먹어서 식욕이 조금도 남아 있지 않아 그런다고 둘러댄 것입니다. 더 이상 내시의 거짓말을 참지 못한 재상은 그를 땅바닥에 엎어 놓고 몽둥이찜질을 하라고 명했습니다. 결국 이 불쌍한 흑인은 고통을 견뎌 내지 못하고 모든 것을 실토하고 말았습니다. 「맞아요, 맞아!」 그는 비명을 지르며 말했습니다. 「우리 둘 다 어떤 제과점에 들어가 크림 타르트를 먹었습니다요! 그런데 그것은 이 상 위에 있는 것보다 백배는 더 맛있었다고요!」

누레딘 알리의 미망인은 내시가 이처럼 제과사를 칭찬하는 것이 자신에게 품은 앙심 때문이라고 생각하고는 이렇게 말했습니다. 「그 제과사의 크림 타르트가 내가 만든 것보다 훌륭하다는 것은 결코 믿을 수 없다. 내가 직접 확인해 봐야겠다. 자, 그러니 당장 그에게 가서 크림 타르트 하나를 가져오거라!」 그녀는 내시에게 돈을 내주었습니다. 내시는 즉시 출발하여 베드레딘의 가게로 가서 말했습니다. 「여보시오, 제과사 양반! 여기 돈이 있으니 크림 타르트를 하나 포장해 주시오! 내 상전이신 부인 한 분이 맛을 보고 싶어 하오.」 마침 갓 구워 낸 타르트들이 있었던지라 베드레딘은 그중에서도 가장 잘된 것으로 골라 내시에게 주면서 말했습니다. 「이것으로 가져가시오. 맛이 기가 막힐 것이오. 이렇게 만들 수 있는 사람은 이 세상에 아무도 없다오. 아직도 생존해 계실 우리 어머니를 제외하고는 말이오.」

샤반은 크림 타르트를 들고 신속히 천막으로 돌아와 누레딘의 미망인에게 드렸습니다. 이것을 받아 한 조각을 떼어 입안에 넣는 순간, 그녀는 크게 비명을 지르고 실신해 버렸습니다. 그 자리에 있던 셈세딘 모하메드는 이 광경에 크게 놀랐습니다. 그는 손수 제수의 얼굴에 물을 뿌려 주며 간호해 주었습니다. 잠시 후 겨우 정신을 차린 그녀가 외쳤습니다. 「오, 하느님! 내 아들이에요! 이 크림 타르트를 만든 건 사랑하는 나의 아들 베드레딘이라고요!」

이 대목에서 나타난 아침 빛은 셰에라자드에게 침묵을 강요했다. 인도의 술탄은 아침 기도를 드리고 어전 회의를 주재하기 위해 자리에서 일어났다. 그리고 다음 날 밤, 왕비는 다음과 같이 베드레딘 하산의 이야기를 계속했다.

내시가 가져온 크림 타르트를 만든 사람이 다름 아닌 베드레딘 하산이라는 말을 들은 셈세딘 모하메드는 말할 수 없는 기쁨을 느꼈습니다. 하지만 이 기쁨에는 아직 확실한 근거가 없으며, 누레딘 알리의 미망인이 잘못 추측했을 수도 있다고 생각하고 이렇게 말했습니다. 「하지만 부인! 왜 그렇게 생각하시는지요? 아무리 그래도, 부인의 아드님만큼 크림 타르트를 잘 만드는 제과사가 이 세상에 존재하지 않는다고 단언할 수 있겠습니까?」 「시숙님 말씀이 맞습니다!」 그녀가 대답했습니다. 「세상에는 그 애만큼 크림 타르트를 잘 만드는 제과사들이 즐비하겠지요. 하지만 저는 아주 특별한 방식으로 이 과자를 만들며, 저에게서 그 비법을 전수받은 사람은 그 애밖에 없답니다. 따라서 이 과자를 만든 사람은 그 애가 틀림없어요! 시숙님, 기뻐하세요! 우리가 그토록 오랫동안 찾고 갈망해 온 그 아이를 드디어 찾게 되었으니까요.」 「부인!」 재상이 말했습니다. 「너무 서두르지는 마십시오. 잠시 후면 사실 여부를 확인할 수 있을 테니까요. 이를 위해서는 그 제과사를 이리 데려오기만 하면 될 것입니다. 만일 그가 베드레딘 하산이라면 부인과 제 딸은 그를 알아보겠지요. 하지만 두 사람은 그의 눈에 띄지 않게끔 숨어 계십시오. 왜냐하면 저는 이 다마스쿠스가 아닌, 카이로에서 그와 재회하고 싶기 때문입니다. 제게는 아주 재미있는 계획이 있답니다.」

이렇게 말한 그는 부인들을 거기 남겨 놓고 자기 텐트로 돌아왔습니다. 그리고 부하 쉰 명을 불러서 이렇게 말했습니다. 「모두들 몽둥이를 하나씩 들고, 이 샤반을 따라서 도성 안에 사는 제과사의 가게를 찾아가거라. 가게에 들어가면 닥치는 대로 다 부숴 버려라. 제과사가 왜 이 난리냐고 묻거든 다른 말 말고, 그에게 이 내시가 사간 크림 타르트를 만든 사람이 맞는지만 물어라. 그렇다고 대답하면 당장에 결박하여 내게로 데리고 오거라. 하지만 절대로 때리거나 상처를 입히는 일이 없도록 조심해야 한다. 자, 어서들 출발해라!」

재상의 명령은 곧바로 시행되었습니다. 몽둥이를 든 사내들은 내시의 인도를 받아 베드레딘 하산의 가게로 몰려갔습니다. 그러고는 접시, 솥, 냄비, 식탁, 그리고 각종 가구와 주방 기구 등 가게 안에 보이는 것은 무엇이든 닥치는 대로 부수고, 셔벗과 크림과 각종 잼들로 가게 바닥을 흥건하게 만들어 버렸습니다. 이 광경에 크게 놀란 베드레딘 하산은 떨리는 목소리로 말했습니다. 「여보시오! 왜들 그러는 거요? 대관절 무슨 일이오? 내가 무슨 잘못이라도 했단 말이오?」 그러자 그들이 되물었습니다. 「여기 이 내시가 사갔던 크림 타르트를 만든 사람이 바로 당신이오?」 「그렇소, 내가 만들었소! 타르트에 무슨 문제라도 있단 말이오? 그보다 더 훌륭한 것이 있으면 가져오라고 해보시오!」 그들은 아무런 대답도 없이 계속 가게를 부수기만 했습니다. 심지어는 과자 굽는 화덕까지 그대로 두지 않았습니다.

소란한 소리에 몰려든 이웃들은 무장한 쉰 명의 사내가 벌이는 난폭한 행동에 놀라 그 이유를 물었습니다. 베드레딘 역시 다시 한 번 그들에게 물었습니다. 「제발 좀 말해 보시오! 대관절 내가 무슨 죄를 지었기에, 다짜고짜 남의 집에 들어와 모조리 부수고 있는 거요?」 이에 그들은 똑같이 대답했습니다. 「이 내시에게 판 크림 타르트를 만든 게 당신이오?」 「맞소! 맞소! 바로 나요!」 그가 대답했습니다. 「그리고 그것은 훌륭한 것이오! 내가 당신들에게 이런 취급을 당할 이유는 조금도 없단 말이오!」 하지만 그들은 들은 척도 않고 그를 붙잡고는, 그의 터번을 풀어 양손을 등 뒤로 결박했습니다.

그리고 가게 밖으로 끌고 나와 어디론가 데려가기 시작했습니다.

거기 모인 군중은 베드레딘에 대한 동정심에 사로잡혀 셈세딘 모하메드의 부하들에게 맞서려 했습니다. 그런데 바로 그때, 이 도성을 다스리는 총독의 관리들이 군중을 헤치고 나타나더니, 오히려 사내들이 베드레딘을 끌고 갈 수 있게끔 군중을 흩어 버리는 것이 아니겠습니까? 사실인즉슨 셈세딘 모하메드가 다마스쿠스 총독을 찾아가 자신의 계획을 밝히고 이를 위해 도움을 요청했던 것이었습니다. 이집트 술탄의 이름으로 시리아 전역을 다스리는 다마스쿠스 총독으로서는 술탄을 직접 모시는 대재상의 부탁을 거절할 수 없었던 거죠. 그리하여 사내들은 아무런 방해도 받지 않고 울부짖는 베드레딘을 유유히 끌고 갔습니다…….

날이 밝아 왔기 때문에 세에라자드는 더 이상 이야기를 계속할 수 없었다. 하지만 다음 날, 그녀는 다시 이야기를 계속하며 인도의 술탄에게 말했다.

「폐하! 재상 자파르는 칼리프에게 계속 이야기했습니다.」

백열아홉 번째 밤

베드레딘 하산은 자신을 끌고 가는 사람들에게 혹시 크림 타르트 속에서 어떤 이물질이라도 나왔느냐고 물어보았지만 그들은 묵묵부답이었습니다. 마침내 셈세딘 모하메드의 천막에 도착한 그는 다마스쿠스 총독을 보러 간 재상이 돌아올 때까지 기다려야 했습니다.

재상은 궁에서 돌아와 제과사의 소식을 묻고, 자기에게 데려오도록 했습니다. 「대감마님!」 베드레딘은 눈물을 가득 머금고 재상에게 말했습니다. 「대관절 제가 대감님께 무슨 죄를 지었는지 제발 가르쳐 주십시오!」 「아, 망할 놈!」 재상은 소리질렀습니다. 「내시가 사온 크림 타르트를 만든 사람이 바로 네놈이더냐?」 「그러하옵니다. 한데 거기에 무슨 잘못된 것이라도 있었나요?」 「네놈은 지은 죄만큼 벌을 받게 될 것이야! 그토록 형편없는 크림 타르트를 만들다니, 죽어 마땅하다.」 「아이고, 하느님 맙소사!」 베드레딘 하산은 비명을 질렀습니다. 「형편없는 크림 타르트를 만든 것이 죽을 만큼이나 큰 죄이옵니까?」 「그렇다!」 재상이 말했습니다. 「네놈에게 내릴 벌은 오직 그것뿐이다.」

그들이 말을 주고받는 동안, 두 여인은 숨어서 베드레딘의 모습을 유심히 살펴보았습니다. 오랜 시간이 흘러 모습이 많이 변하긴 했지만 그를 알아보는 것은 전혀 어려운 일이 아니었습니다. 아들과 남편을 되찾은 두 여인은 순간적으로 강렬한 기쁨에 휩싸여 그만 정신을 잃고 말았습니다. 잠시 후 정신이 돌아온 그녀들은 당장에라도 뛰쳐나가 베드레딘의 목에 매달리고 싶었습니다. 하지만 모습을 보이지 않겠다고 재상과 약속해 놓은 터라 사랑과 본성에서 솟아 나오는 그 간절한 움직임을 애써 억눌러야만 했습니다.

솀세딘 모하메드는 그날 밤에 출발하기로 결심하여, 천막들을 접고 마차들을 움직일 수 있는 상태로 준비해 놓도록 했습니다. 그리고 베드레딘을 커다란 궤짝 안에 가두고 문을 꽉 닫은 후 낙타 등에 실어 놓으라고 명했습니다. 출발을 위한 이 모든 준비가 끝나자마자 재상과 그의 일행은 즉시 길을 떠났습니다. 그리고 그날 밤과 다음 날 낮 동안 쉬지 않고 계속 걸었습니다. 그들이 걸음을 멈춘 것은 다시 밤이 내려올 즈음이었습니다. 재상은 그제야 베드레딘을 궤짝에서 나오게 하여 음식을 먹게 해주었습니다. 하지만 그의 어머니와 아내는 보이지 않게 숨겨 놓았죠. 그들은 스무 날을 여행하면서 베드레딘을 매일 그처럼 대했습니다.

카이로에 이르자 셈세딘 모하메드는 성벽 근방에 천막을 세우라고 명했습니다. 그리고 베드레딘 하산을 자기 앞에 데려다 놓게 한 후, 목수 한 명을 불러서 이렇게 말했습니다.「자네는 기다란 나무 기둥 하나를 가져와 높이 세워 놓도록 하여라!」이 말을 들은 베드레딘이 물었습니다.「대감마님! 무엇을 어쩌시려고 그러시나이까?」「어쩌긴? 그 위에다 네놈을 매달려고 그런다! 그리고서 네놈을 도성의 거리마다 끌고 다니려 한다. 크림 타르트에 후추도 넣지 않은 괘씸한 제과사가 어떤 벌을 받게 되는지 백성들에게 똑똑히 보여 주려고 말이다!」이 말에 베드레딘은 비명을 질렀습니다. 그 모습이 너무도 우스웠던지라 재상은 웃음을 참고 짐짓 엄숙한 표정을 유지하기 위해 애를 써야 했습니다. 베드레딘은 외쳤습니다.「아이고, 하느님! 크림 타르트에 후추를 넣지 않았다고 하여 이처럼 잔혹하고도 수치스러운 벌을 받는 게 말이나 된단 말입니까!」

이 말을 마친 셰에라자드는 날이 밝은 것을 보고 입을 다물었고, 샤리아는 아무것도 모르는 채 떨고 있는 베드레딘이 너무도 우스워 크게 웃음을 터뜨렸다. 그리고 다음 이야기가 어떻게 이어질지 몹시 궁금한 마음으로 자리에서 일어났다. 다음 날 새벽, 왕비는 다음과 같이 이야기를 계속했다.

백스무 번째 밤

폐하! 크림 타르트에 후추를 넣지 않았다는 이유로 베드레딘을 죽이겠다고 위협하는 셈세딘 모하메드의 이야기에, 평소 근엄하던 칼리프 하룬알라시드도 참지 못하고 웃음을 터뜨렸습니다. 재상은 이야기를 이어 갔습니다.

 베드레딘이 소리쳤습니다.「난데없이 남의 가게에 들이닥쳐 쑥대밭을 만들어 놓고는 저를 끌고 가 궤짝에 가두어 놓더니, 이제는 나무 기둥에 매달아 죽이겠다는 겁니까? 그리고 이 모든 것들이 고작 크림 타르트에 후추를 넣지 않은 죄 때문이라니요! 오, 하느님! 세상에 이런 일이 어디 있단 말입니까? 이것이 과연 이슬람 신자들이 할 행동입니까? 고결함과 의로움과 모든 종류의 선행을 서약하고 실천해야 할 우리들이 할 수 있는 짓이냐는 말입니다!」이렇게 말하면서 그는 흐느껴 울었습니다. 그러고는 다시 한탄하기 시작했습니다.「이 세상에 저만큼 억울하고도 가혹한 일을 당한 사람은 없을 겁니다. 크림 타르트에 후추를 넣지 않았다고 하여 사람 목숨을 빼앗을 수 있는 거냐고요? 이 세상의 모든 크림 타르트들을 저주하고 싶습니다. 아니, 내가 태어난 날 자체를 저주합니다! 오, 하느님! 차라리 지금 당장 제 목숨을 거두어 가소서!」
 이렇게 베드레딘은 계속 애절하게 한탄했습니다. 그리고 사람들이 그를 매달기 위한 나무 기둥과 못을 가져오는 것을 보고 큰 소리로 비명을 질렀습니다.「오, 하늘이여! 내가 이처럼 억울하고도 고통스럽게 죽어 가도록 그냥 놔두실 참인가요? 내가 무슨 죄를 지었단 말입니까? 내가 도둑질을 했나요, 사람을 죽였나요, 아니면 신앙을 부인했나요? 단지 크림 타르트에 후추를 넣지 않았을 뿐인데!」
 벌써 밤이 꽤 깊었으므로 솀세딘 모하메드는 베드레딘을 궤짝에 넣으라고 명한 후 이렇게 말했습니다.「내일 아침까지 그 속에 있어! 내일 해가 저물기 전까지는 저승으로 보내 줄 테니.」그러고는 사람들에게 다마스쿠스에서부터 여기까지 신고 온 낙타 등에 궤짝을 다시 싣고, 다른 낙타들에도 짐을 실으라고 명했습니다. 말에 오른 재상은 조카를 실은 낙타를 앞세워 일행과 함께 카이로 성안에 들어갔습니다. 그들은 야심하여 인적이 없는 어두운 거리들을 지나 마침내 재상의 저택에 도착했습니다. 재상은 궤짝을 내리고, 자신의 명이 있기 전까지는 절대 열지 말라고 당부했습니다.

사람들이 낙타 등에 실은 짐들을 내리고 있을 때, 재상은 베드레딘 하산의 어머니와 딸을 따로 불러서 이렇게 말했습니다. 「내 딸아! 하느님께 감사드리자! 그분의 은혜로 네 사촌이자 남편인 그 애를 다시 찾게 되었으니 말이다. 너는 결혼 첫날밤 신방의 모습이 어떠했는지 기억하고 있겠지? 자, 가서 그때와 똑같은 상태로 꾸며 놓아라! 만일 잘 생각이 나지 않으면 내가 기록해 둔 것이 있으니 그걸 참고하면 된다. 그동안 나는 다른 곳을 정리해 놓겠다.」

〈미의 여왕〉은 부친의 명을 기쁜 마음으로 실행했습니다. 재상 역시 베드레딘이 이집트 술탄의 마부 꼽추와 함께 있었던 그날 저녁의 상태 그대로 홀을 꾸미기 시작했습니다. 그가 써놓은 것을 하나하나 읽으면 하인들이 그 자리에 가구들을 갖다 놓았습니다. 좌단 가운데 놓였던 옥좌나 홀 안을 환하게 밝혔던 촛불들도 빼놓지 않았습니다. 이렇게 홀을 완벽하게 꾸미고 난 후 재상은 딸의 방에 들어가, 거기에 베드레딘의 옷가지와 돈주머니를 갖다 놓았습니다. 그러고 나서 〈미의 여왕〉에게 말했습니다. 「자, 옷을 벗고 침상에 누워 있어라! 그리고 베드레딘이 들어오면 그 애에게 왜 이리 오래 나가 있었느냐고 불평하면서, 깨어나 봤더니 옆에 없기에 많이 놀랐다고 말하는 거야. 그러고는 후딱 침대로 올라오라고 재촉하는 거지. 내일 아침에 너희 내외간에 일어난 일을 나와 네 시어머님에게 들려주면 정말로 재미있을 거야!」 이렇게 말한 후 그는 딸의 방에서 나왔습니다…….

셰에라자드는 더 이야기하고 싶었으나, 날이 밝아 오기 시작하여 그럴 수 없었다.

백스물한번째 밤

다음 날 밤이 끝날 즈음, 인도의 술탄은 베드레딘 하산의 이야기가 어떻게 진행될지 알고 싶어 견딜 수가 없었으므로 스스로 셰에라자드를 깨우며 이야기를 계속해 달라고 말했다. 이에 그녀는 재상의 이야기를 이어 갔다.

이제 셈세딘 모하메드는 홀에 가서 하인 두세 명만 남기고 다른 사람들은 다 내보냈습니다. 그리고 궤짝에서 베드레딘을 꺼내 내의와 홑바지를 입혀 홀에 혼자 남겨 놓고 문을 닫아 버리라고 명했습니다.

이때 피곤에 지친 베드레딘 하산은 궤짝 속에 누워 세상모르고 자고 있었습니다. 그래서 하인들이 그를 궤짝에서 꺼내 내의와 홑바지를 다 갈아입혀 놓고 난 후에야 겨우 깨어났던 것입니다. 게다가 그가 잠에서 깨어나려는 것을 본 하인들이 잽싸게 그를 들어 홀에다 옮겨 놓았기 때문에 베드레딘은 이 모든 상황을 전혀 눈치채지 못했습니다. 그렇게 홀 안에서 잠이 깬 그는 사방을 둘러보았습니다. 그러자 그가 결혼식 날 보았던 것들이 하나둘씩 눈에 들어오기 시작했고, 마침내 이곳이 과거 꼽추 마부를 보았던 그 홀이었다는 사실을 깨닫고 벌떡 몸을 일으켰습니다. 그의 놀라움은 문이 열린 방 안을 들여다보고는 더욱 커졌습니다. 그 안에는 그날 자신이 입었던 옷이 벗어 놓은 그대로 놓여 있는 게 아니겠습니까?

베드레딘은 눈을 비비면서 말했습니다. 「맙소사! 지금 이게 꿈인 거야, 현실인 거야?」

그를 훔쳐보고 있던 〈미의 여왕〉은 어리둥절해하는 그의 모습에 웃음을 참고 있다가, 갑자기 침대 커튼을 열어젖히고 머리를 내밀었습니다. 「여보!」 그녀는 아주 다정한 목소리로 그를 불렀습니다. 「문에 서서 뭐하고 계시는 거죠? 어서 다시 잠자리에 드세요. 왜 그리 바깥에 오래 계셨나요? 잠이 깨어 보니 당신이 옆에 없어 무척 놀랐다고요.」 베드레딘 하산은 두 눈이 휘둥그레졌습니다. 지금 자신에게 말하고 있는 여인이 바로 과거에 동침했던 그 어여쁜 사람임을 알아보았기 때문입니다. 그는 방에 들어갔지만 당장에 침대로 가지는 않았습니다. 지금 그의 머릿속은 지난 십 년간 일어난 일들로 꽉 차 있었기 때문에, 이 모든 것들이 단 하룻밤 사이에 일어났다고는 도저히 믿을 수 없었던 것입니다. 그는 우선 자신의 옷가지와 돈주머니가 놓여 있는 의자 쪽으로 갔습니다. 그리고 그것들을 자세히 살펴보고 난 다음에 소리쳤습니다. 「오, 하느님 맙소사! 이게 대체 어떻게 된 일이지?」〈미의 여왕〉은 당황해하는 그의 모습을 보고 터져 나오려 하는 웃음을 꾹 참고서 다시 말했습니다. 「여보! 어서 침대로 올라오라니까요! 왜 그렇게 서 계시는 거예요?」

이 말에 그는 〈미의 여왕〉에게 다가가 말했습니다. 「부인! 제가 이렇게 부인하고 같이 있은 지 오래되었나요?」 「무슨 말씀을 하시는지 모르겠네요! 조금 전까지 제 옆에서 자다가 일어나지 않으셨나요? 뭔가 심란한 일이 있으신 모양이군요.」 「부인, 솔직히 말해서 머리가 아주 어지럽소! 맞소! 내가 부인하고 같이 있었던 건 기억나오. 하지만 십 년 동안 다마스쿠스에서 살았던 것도 기억이 난단 말이오. 내가 정말로 오늘 밤에 부인과 함께 잠을 잤다면 어떻게 그 먼 곳에 그토록 오랫동안 있을 수 있었겠소? 이 두 사실은 서로 모순되는 것이오. 부인! 내가 대체 어떻게 생각해야 옳을지 좀 알려 주시오! 당신과 결혼한 것이 환상인 것이오, 아니면 내가 먼 곳에 떨어져 살았던 것이 한갓 꿈이었던 것이오?」 「맞아요, 여보! 다마스쿠스에서 사는 꿈을 꾸신 게 틀림없어요.」

「그게 사실이라면 세상에 더 이상 잘된 일이 없소!」 베드레딘은 큰 웃음을 터뜨리며 외쳤습니다. 「부인! 정말이지 내가 꾼 꿈은 아주 웃기는 것이었다오. 글쎄 말이오, 내가 이런 내의와 홑바지 바람으로 다마스쿠스 성문 앞에 있는 게 아니겠소? 나는 놀라면서 따라오는 군중을 피해 성문 안으로 들어갔다가, 어떤 제과점에 피신해 들어갔다오. 그 제과점 주인은 나를 구해 준 후 양자로 삼았고 제과 일을 가르쳐 주셨지. 그분이 재산을 내게 물려주고 돌아가신 후에는 내가 직접 제과점을 경영했소. 그다음에 일어난 일들은 하도 많아서 지금 한꺼번에 다 말해 줄 수는 없다오. 그런데 한 가지 분명한 사실은 이렇게 꿈에서 깨어나게 되어 정말 다행이라는 것이오. 안 그랬으면 난 나무 기둥에 못 박혀 죽고 말았을 테니까.」「아니, 누가 무슨 이유로 당신을 그토록 잔인하게 죽이려 했나요?」 그녀는 짐짓 놀란 표정을 지으며 물었습니다. 「무언가 엄청난 죄를 저지른 모양이죠?」「천만에!」 베드레딘은 고개를 가로저었습니다. 「정말이지 그건 세상에서 가장 이상하고도 우스꽝스러운 일이었다오. 내 유일한 죄는 후추를 넣지 않은 크림 타르트를 팔았다는 것뿐이었소.」「아니, 정말이에요?」 그녀는 깔깔대고 웃으며 말했습니다. 「그 말이 사실이라면 그건 끔찍이도 억울한 일이네요.」「아, 말도 마오, 부인! 그게 전부가 아니라오. 내가 후추를 넣지 않았다는 그 망할 놈의 크림 타르트 때문에 사람들이 들이닥쳐 내 가게를 쑥대밭으로 만든 다음, 나를 줄로 묶어 궤짝 속에 처넣은 거요. 어휴! 그 속이 얼마나 좁고 답답했던지 지금 생각해도 소름이 끼친다오. 그리고 나서 어떤 목수를 불러오더니만, 나를 매달아 죽일 나무 기둥을 세우라는 거요. 하지만 이 모든 것들이 한갓 꿈에 지나지 않았다니…… 다만 하느님께 감사드릴 뿐이오.」

여기에서 셰에라자드는 날이 밝은 것을 보고 이야기를 멈추었다. 샤리아는 실제의 일을 꿈으로 여기는 베드레딘 하산의 이야기에 너털웃음을 터뜨리며 이렇게 말했다. 「정말로 너무도 재미있는 이야기요! 아마 다음 날 재상 솀세딘 모하메드와 그의 제수도 이 이야기를 전해 듣고 엄청 웃게 될 것 같소.」「폐하!」 왕비가 말했다. 「그것이 바로 제가 내일 밤 폐하께 들려드리게 될 이야기의 내용이옵니다. 만일 폐하께서 제 목숨을 그때까지 살려 주신다면 말입니다.」 인도의 술탄은 대답하지 않고 자리에서 일어났다. 하지만 그녀를 죽인다는 생각은 꿈에도 않았다.

백스물두 번째 밤

동트기 전에 잠이 깬 셰에라자드는 다음과 같이 이야기를 계속했다.

베드레딘은 매우 심란한 밤을 보냈습니다. 때때로 잠에서 깨어나 지금이 꿈속인지 아니면 깨어 있는 것인지 자문하곤 했습니다. 그는 현재의 행복이 잘 믿기지 않았습니다. 그는 스스로를 확신시키기 위해 침대 커튼을 열고 방 안을 둘러보면서 생각했습니다. 〈아냐, 이건 분명히 현실이야! 저 문을 통해서 내가 꼽추 대신 이 방에 들어왔었잖아? 그러고 나서 그와 결혼하기로 되어 있었던 이 아름다운 여인과 잠자리에 든 거야.〉 창밖에 동이 트고 있었지만 그의 불안은 가시지 않았습니다. 그때였습니다. 재상 솀세딘 모하메드가 방문을 두드리고 곧장 방 안으로 들어왔습니다. 두 사람에게 아침 인사를 하기 위해서였죠.

베드레딘 하산은 너무나도 낯익은 이 사람이 불쑥 들어오자 기절할 듯 놀랐습니다. 하지만 그는 더 이상 자신의 죽음을 선고했던 그 무서운 판관의 모습이 아니었습니다. 「아니, 당신은!」 베드레딘은 비명을 질렀습니다. 「크림 타르트에 후추를 넣지 않았다고 나를 가혹하게 취급하고 사형까지 선고했던 바로 그 사람이 아니오?」 재상은 크게 웃고는 이제 더 이상 그를 괴롭히지 않기 위해 모든 사실을 밝혀 주었습니다. 즉 그가 어떻게 정령의 도움으로 — 재상은 꼽추의 이야기를 듣고 전후 사정을 짐작할 수 있었던 거지요 — 이 집에 와서 술탄의 마부 대신 자기 딸과 결혼하게 되었는지, 그리고 자신이 어떻게 누레딘 알리의 수첩을 발견하여 그가 자기 조카라는 사실을 알게 되었는지를 설명해 주었습니다. 또 이 사실을 알고는 그의 행방을 찾아 카이로를 떠나 발소라에까지 갔었노라고 말했습니다. 재상은 그를 따뜻하게 안아 주며 덧붙였습니다. 「여보게, 조카! 내가 자네를 알아보고 나서도 지금까지 계속 괴롭혀 온 것을 용서해 주게! 사실 자네를 우리 집에 데려오기 전까지는 사실을 알려 주고 싶지 않았다네. 왜 그랬는지 아나? 고생이 심할수록 그 후에 오는 행복이 더 달콤하게 느껴질 것 같아서였지. 자, 지나간 고생들일랑 자네에게 너무도 소중한 두 사람을 만난 기쁨으로 싹 씻어 버리게나! 자네가 옷을 입고 있을 동안, 나는 한시라도 빨리 자네를 부둥켜안고 싶어 하시는 자네 모친을 모시고 오겠네. 또 자네가 이미 다마스쿠스에서 보았던, 그리고 이유도 모른 채 그토록 마음이 끌렸던 자네 아들도 데리고 올 것이네.」

어머니와 어린 아들이 나타나는 모습을 본 베드레딘 하산이 느낀 기쁨이란 정녕 말로는 표현할 수 없는 것이었습니다. 꼭 끌어안은 세 사람은 떨어질 줄 모른 채, 뜨거운 혈육의 정에서 솟아 나오는 벅찬 기쁨을 함께 나누었습니다. 어머니는 아들에게 그의 오랜 부재가 자신에게 얼마나 큰 고통을 안겨 주었으며, 얼마나 많은 눈물을 흘리게 했는지 말해 주었습니다. 어린 아지브는 아버지가 수없이 입을 맞추어도 다마스쿠스에서 그랬던 것처럼 피하지 않고 오히려 즐거워하며 받아들였습니다. 이처럼 베드레딘 하산은 너무나도 소중한 두 사람 사이에서 그들에 대한 깊은 사랑을 어떻게 표현해야 할지 몰랐습니다.

셈세딘 모하메드의 집에서 이러한 일이 일어나고 있을

때, 재상은 궁으로 달려가 술탄에게 여행의 행복한 결말에 대해 보고를 드렸습니다. 술탄은 이 놀라운 이야기에 크게 감탄하였고, 이를 글로 기록하여 왕궁의 문헌 가운데 소중히 보관해 두라고 분부했습니다. 다시 집에 돌아온 셈세딘 모하메드는 성대한 잔치를 열고 온 가족과 함께 식탁에 앉았습니다. 그리고 그날 집안 전체가 큰 기쁨과 즐거움 속에서 하루를 보냈습니다.

대재상 자파르는 그의 이야기를 끝맺고 칼리프 하룬알라시드에게 말했습니다. 「신자들의 사령관이시여! 여기까지가 제 이야기의 전부이옵니다.」 칼리프는 이 이야기를 너무도 놀랍게 여겨 조금도 주저하지 않고 흑인 노예 리한을 사면해 주었습니다. 또 그는 불운하게도 사랑하는 아내를 죽이고 만 청년의 슬픔을 위로해 주기 위해 자신의 여종 중 하나를 골라 아내로 삼게 했을 뿐 아니라, 많은 선물까지 주면서 그가 죽는 날까지 아껴 주었습니다.

「하지만 폐하!」 셰에라자드가 날이 밝아 오는 것을 보고 덧붙여 말했다. 「지금까지의 이야기가 아무리 재미있었다 해도, 저는 그보다 훨씬 더 재미있는 이야기를 또 알고 있사옵니다. 만일 폐하께서 내일 밤에 들어 보신다면 제 말이 옳다는 것을 확인하시게 될 것입니다.」 샤리아는 아무런 대답도 하지 않고 자리에서 일어났다. 어떻게 해야 좋을지 몹시 난감했기 때문이다. 〈우리 왕비가 하는 이야기들은 언제나 무척 길단 말이야! 그래서 일단 한번 이야기가 시작되면, 그 전체를 듣지 않을 수 없게 되지. 그녀를 오늘 죽여야 하나? 아냐! 너무 서두르지는 말자! 그녀가 해주겠다는 이야기가 지금까지 들었던 것들보다 훨씬 더 재미있을지도 모르잖아. 그런 재미난 이야기

를 듣는 즐거움을 스스로 포기할 필요는 없지. 그녀가 이야기를 마친 다음에 사형을 명해도 되니까 말이야.〉

백스물세 번째 밤

디나르자드는 동이 트기 전에 어김없이 인도의 왕후를 깨웠다. 눈을 뜬 셰에라자드는 약속했던 이야기를 시작하도록 허락해 달라고 샤리아에게 요청한 후, 다음과 같이 말했다.

조그만 꼽추 이야기
Histoire du petit bossu

옛날, 대타타르 왕국에서도 저쪽 끝에 위치해 있는 도시인 카슈가르[51]에 한 재봉사가 살고 있었습니다. 그에게는 아름다운 아내가 있었고, 두 사람은 서로를 몹시 사랑했습니다. 어느 날 그가 일하고 있는데 어떤 조그만 꼽추가 양복점 문 앞에 앉았습니다. 그러더니 한 손으로 탬버린을 두드리며 노래를 부르는 것이었습니다. 재봉사가 듣기에도 꽤 흥겨웠던지라, 그는 꼽추를 집으로 데려가 아내에게도 들려주리라 마음먹었습니다.

〈이렇게 즐거운 음악이라면 우리 내외가 오늘 저녁을 재미있게 보낼 수 있을 것 같군.〉 이렇게 생각한 재봉사는 꼽추를 자기 집에 초대했고, 그가 승낙하자 가게 문을 닫고 함께 집으로 갔습니다.

두 사람이 집에 도착했을 때는 마침 저녁 식사 시간이어서 아내가 상을 차려 놓고 있었습니다. 모두가 식탁에 둘러앉자 그녀는 자신이 요리한 먹음직한 생선 요리를 내놓았습니다.

---

[51] 현재의 중국 신장성(新疆省)에 위치한 도시.

그렇게 세 사람은 맛있게 식사를 했죠. 한데 커다란 생선 가시 하나가 꼽추의 목구멍에 걸리더니, 재봉사와 아내가 어찌할 바를 몰라 허둥대고 있는 동안 그만 죽어 버리고 말았습니다. 두 내외는 커다란 두려움에 사로잡혔습니다. 집 안에서 이런 일이 일어났다는 사실이 알려지면 자기들이 살인범으로 몰릴 수도 있다고 생각한 것입니다. 하지만 남편은 이 곤란하기 짝이 없는 시체를 치워 버릴 묘책을 찾아냈습니다. 근방에 한 유대인 의사가 살고 있다는 사실을 생각해 내고 그를 이용할 계획을 세운 거지요. 그리하여 남편은 시체의 머리를, 아내는 다리를 잡고서 의사가 사는 집으로 옮겼습니다.

문을 두드리자, 문과 의사의 방 사이를 연결하는 매우 가파른 계단을 통해 의사의 하녀가 내려왔습니다. 등불도 없이 내려온 그녀는 문을 빠끔히 열고 무슨 일이냐고 물었습니다. 「빨리 다시 올라가시오! 그리고 당신 주인에게 우리가 몸이 몹시 불편한 환자 하나를 데려왔으니 치료해 달라고 전하시오. 자, 이것을 먼저 받으시오.」 재봉사는 이렇게 말하며 하녀의 손에 은화 한 닢을 쥐어 주었습니다. 「이것은 선금이오. 우리가 공연히 의사 선생 시간만 뺏을 사람들이 아니란 걸 보여 주려고 드리는 것이오.」 하녀가 의사에게 이 기쁜 소식을 전하러 올라가자, 재봉사와 그의 아내는 재빨리 꼽추의 시체를 계단 꼭대기에 올려놓고는 냉큼 사라져 버렸습니다.

이때, 하녀는 의사에게 한 남자와 한 여자가 병자를 데려와 봐달라고 부탁하면서 문 앞에서 기다리고 있다고 전하고는, 받은 돈을 전해 주었습니다. 이렇게 선금까지 받게 된 의사는 크게 기뻐하며 그녀에게 말했습니다. 「빨리 등불을 가지고 나를 따라오게!」 그러고는 급한 마음에 하녀가 등불을 가져오기도 전에 층계로 뛰쳐나갔습니다. 그렇게 달려 내려가던 그는 층계에 놓여 있던 꼽추의 시체를 미처 보지 못하

고 그만 발로 옆구리를 세차게 걷어차고 말았습니다. 시체는 그대로 층계 아래로 떼굴떼굴 굴러떨어졌습니다. 하마터면 의사 자신도 넘어져서 같이 떨어질 뻔했지요.「어서 불 좀 가져오게!」그는 하녀에게 소리쳤습니다. 그녀가 불을 가져와서 둘은 함께 계단을 내려갔습니다. 그리고 굴러떨어진 것이 시체라는 사실을 알게 된 그는 너무도 겁이 나서 모세, 아론, 여호수아, 에스라 등 여러 선지자들의 이름을 연신 불러 댔습니다.「아이고, 왜 이리 재수가 없는 거야! 왜 내가 불도 없이 계단을 내려가려 했을까? 내게 데려온 환자를 내가 죽여 버리다니! 만일 에스라의 착한 당나귀가 나를 구해 주러 오지 않는다면[52] 나는 이제 끝장이야. 애고! 이제 포졸이 집에 들이닥쳐 나를 살인자로 잡아가겠지!」

의사는 이렇게 황망한 중에서도 재빨리 문을 닫는 것을 잊지 않았습니다. 누가 거리를 지나가다가 안을 들여다보고 이 불상사를 알게 될지도 모르니까요. 그러고는 시체를 들쳐 메고 자기 아내의 방에다 옮겨 놓았습니다. 남편이 들고 오는 것을 본 그녀는 기절초풍을 했지요. 그녀는 소리쳤습니다. 「오늘 밤 안으로 이 시체를 처리할 방법을 찾아내지 못하면 우리는 끝장이에요! 내일 아침까지 이걸 여기 두면 우리 목숨이 위태롭단 말이에요! 그런데 대체 이게 웬 날벼락이래요? 어떻게 사람을 죽이게 됐냐고요?」「절대로 그런 게 아니오!」유대인이 말했습니다. 「이 사람 상태가 위급하다고 해서 치료하러 달려가다가……」

「하지만 폐하!」여기에서 셰에라자드가 이야기를 중단하며 말했다. 「벌써 날이 밝은 것을 소녀가 미처 모르고 있었나이다.」이렇게 말하고 그녀는 입을 다물었다. 그리고 다음 날 밤, 그녀는 다음과 같이 조그만 꼽추의 이야기를 계속했다.

백스물네 번째 밤

의사와 그의 아내는 밤사이 시체를 처리할 방법을 의논했습니다. 의사는 아무리 궁리해 보아도 이 궁지에서 빠져나갈 길이 보이지 않았죠. 하지만 그보다는 꾀가 많았던 아내가 이렇게 말했습니다. 「한 가지 생각이 떠올랐어요! 이 시체를 우리 건물의 옥상으로 들고 가서, 이웃에 사는 이슬람교도 집의 굴뚝 속으로 던져 버리는 거예요.」

52 여기서 아랍 작가는 유대인들의 순진한 신앙을 우스꽝스럽게 묘사하고 있다. 이슬람교도들에 따르면 이 당나귀는 에스라가 바빌론의 포로 생활을 끝내고 예루살렘으로 돌아올 때 타고 온 동물이다 — 원주.

이 이슬람교도는 술탄에게 식료품을 납품하는 상인이었습니다. 그는 왕궁에 기름, 버터, 그리고 각종 유지(油脂)를 공급했죠. 그의 집에는 식료품을 저장하는 창고가 하나 있었는데 거기에는 크고 작은 쥐들이 들끓었습니다.

유대인 의사는 이 의견에 찬성했고, 부부는 함께 꼽추를 들고 옥상으로 옮겼습니다. 그리고 꼽추의 겨드랑이 아래에 밧줄을 건 다음 굴뚝을 통해 왕궁 납품상의 방으로 천천히 내렸습니다. 아주 조심스럽게 내려서, 꼽추는 마치 살아 있는 사람처럼 두 발을 바닥에 딛고 서 있는 상태가 되었습니다. 줄을 끝까지 내린 부부는 꼽추를 그런 상태로 놔두고 다시 천천히 줄을 끌어 올렸습니다. 일을 마친 그들이 부리나케 그들의 방으로 돌아왔을 때, 납품상은 자기 방에 들어왔습니다. 손에 각등(角燈)을 들고 있었던 그는 이날 저녁 어떤 집의 혼인 잔치에 초대받았다가 돌아오는 참이었습니다. 그는 벽난로 속에 서 있는 어떤 괴한의 모습이 불빛에 비치는 것을 보고 깜짝 놀랐습니다. 하지만 대담한 성격이었던 납품상은 그가 도둑이라고 생각하고는 굵직한 몽둥이를 집어 들고 꼽추에게 달려들면서 외쳤습니다. 「야, 이놈아! 난 지금까지 내 기름과 유지를 먹어 치우는 게 쥐와 생쥐들인 줄로만 알았다! 그런데 이제 보니 네놈이 굴뚝으로 들어와 훔쳐 갔던 게로구나! 자, 두 번 다시 여기 올 생각을 못하도록 해주마!」 그는 몽둥이로 꼽추를 여러 차례 후려쳤습니다. 이에 시체는 코를 바닥에 처박고 풀썩 쓰러졌지만, 아직 분이 풀리지 않은 납품상은 몽둥이질을 그치지 않았습니다. 쓰러진 괴한의 몸이 움직이지 않자 그는 매질을 멈추고 자세히 살펴보았습니다. 그리고 꼽추가 죽은 것을 알게 되었을 때, 그의 분노는 즉시 두려움으로 바뀌었습니다. 「아니, 내가 무슨 짓을 한 거야? 내가 사람을 죽였잖아? 아, 응징이 너무 과도했구나! 하느님!

당신께서 저를 불쌍히 여겨 주시지 않는다면 이제 저는 끝장입니다! 저주받을 유지와 기름 같으니라고! 그것들 때문에 내가 살인을 저질렀잖아!」얼굴이 하얗게 된 그의 눈앞에는 벌써 포졸이 들이닥쳐 자신을 형장으로 끌고 가는 광경이 어른거렸고, 어떻게 해야 할지 몰라 막막하기만 했습니다······.

밝아 오기 시작하는 아침 빛이 셰에라자드로 하여금 이야기를 중단하게 했다. 하지만 다음 날 밤이 끝날 즈음, 그녀는 다시 이야기를 계속하여 인도의 술탄에게 다음과 같이 말했다.

백스물다섯 번째 밤

폐하! 카슈가르 왕실의 납품상이 꼽추를 마구 때리고 있을 때는 그의 등에 있는 혹을 보지 못했습니다. 이제 비로소 그것을 발견한 그는 욕설을 퍼부었습니다. 「저주받을 꼽추! 개 같은 꼽추 놈! 차라리 내 유지를 다 훔쳐 가버렸더라면 내 눈에 띄지 않았을 것 아니냐! 그랬다면 네놈과 이 빌어먹을 혹 때문에 내가 이 지경이 되지 않았을 것 아니냐! 오, 하늘에 빛나는 별들이여! 위험에 처해 있는 저에게 구원의 빛을 던져 주소서!」이렇게 말한 후에 그는 꼽추를 어깨에 들쳐 메고 거리로 나갔습니다. 그리고 어떤 가게 앞에다 시체를 기대어 놓고는 뒤도 돌아보지 않고 집으로 돌아와 버렸습니다.

동트기 직전의 새벽녘이었습니다. 왕실에 각종 일용품을 공급하는 부유한 기독교도 상인 하나가 밤새 진탕 마시고 놀다가 목욕탕에 가려고 집을 나와 거리를 걷고 있었습니다. 그는 아직 술이 깨지 않은 상태였지만, 잠시 후면 동이 틀 것이고 그러면 새벽 기도를 알리는 외침이 있으리라 생각했습니다. 그래서 빨리 목욕탕에 도착하려 걸음을 재촉했습니다.

그렇게 취한 상태로 가다가 만일 이슬람교도라도 만나면 주정뱅이로 체포되어 감옥에 갈 수 있기 때문이었습니다. 하지만 거리 끝에 이르러 소변이 마려워진 그는 잠시 실례를 하려고 멈춰 섰습니다. 납품상이 꼽추의 시체를 기대어 놓은 바로 그 가게 앞에서 볼일을 본 거죠. 그런데 그 바람에 흔들린 시체가 그의 등 위로 넘어졌고, 이것이 자신을 습격하는 도둑의 행동이라고 생각한 상인은 꼽추의 얼굴을 주먹으로 한방 먹여 땅에 쓰러뜨린 후, 계속해서 때리면서 사방에 대고 〈도둑이야〉를 외쳤습니다.

그 고함 소리를 듣고 달려온 포졸은 기독교도가 이슬람교도를 — 꼽추는 우리의 종교를 갖고 있었습니다 — 마구 폭행하는 것을 보고 말했습니다. 「아니, 대체 무슨 일로 이슬람교도를 그리 폭행하고 있는 거요?」 「이 자가 도둑질을 하려고 했소. 뒤에서 달려들어 내 목을 조르려 했단 말이오.」 이에 포졸은 상인의 팔을 잡아끌면서 말했습니다. 「자, 자, 그만하면 됐소. 이제는 물러서시오!」 포졸은 꼽추를 다시 일으키려 팔을 잡아당기다가, 그가 이미 죽어 있는 것을 발견하고 소리쳤습니다. 「아니, 이게 뭐야? 기독교도가 감히 이슬람교도를 살해해?」 그는 그 자리에서 기독교도를 체포하여 포도대장에게 끌고 갔고, 포도대장은 재판관이 잠이 깨어 범인을 심문하러 올 때까지 상인을 유치장에 가둬 놓았습니다. 그동안 술이 깬 기독교도 상인은 아까 일어난 일을 곰곰 생각해 보았습니다. 하지만 아무리 생각해 보아도 주먹으로 몇 대 맞았다고 해서 사람이 그리 쉽게 죽을 수 있었는지 도저히 이해할 수 없었습니다.

포졸의 보고를 듣고 직접 시체를 보고 난 포도대장은 기독교도 상인을 심문했습니다. 우리도 알다시피 꼽추를 죽인 것은 상인이 아니었지만, 상인으로서는 자기 죄를 부인할 방도가 없었습니다. 그런데 꼽추는 카슈가르 술탄의 어릿광대 중의 하나였습니다. 포도대장은 상인을 처형하기 전에 일단 술탄의 뜻을 알아보는 것이 낫겠다고 생각해, 왕궁으로 가서 지금까지 일어난 일을 술탄에게 보고했습니다. 그러자 술탄은 이렇게 말했습니다. 「이슬람교도를 살해한 기독교도를 용서할 뜻은 추호도 없다. 자, 어서 그대들의 직무를 수행하라!」 명령이 떨어지자 포도대장은 교수대를 세우게 했고, 광고꾼들을 시내 곳곳에 보내 이슬람교도를 살해한 기독교도를 교수형에 처한다는 소식을 크게 외쳐 알리게 했습니다.

드디어 상인이 감옥에서 나와 교수대 아래로 끌려오자, 사형 집행인이 그의 목에 줄을 걸었습니다. 그가 줄을 당겨 몸을 공중에 끌어 올리려 하고 있는데, 한 사람이 군중을 헤치며 앞으로 나왔습니다. 그는 바로 왕궁 납품상으로, 사형 집행인에게 소리쳤습니다. 「멈추시오, 멈추시오! 서두르지 마시오! 살인을 범한 사람은 그가 아니라 바로 나올시다.」 처형장에 있던 포도대장이 그를 심문하자, 납품상은 자신이 어떻게 꼽추를 죽였는지 상세하게 설명하고 자신이 시체를 기독교도 상인이 발견한 장소에다 갖다 버렸노라고 실토했습니다. 그러고는 이렇게 덧붙였습니다. 「여러분은 무고한 사람을 죽이려 했던 겁니다. 벌써 죽어 있는 사람을 두 번 죽일 수는 없는 법이니까요. 한 명의 이슬람교도를 죽인 것만으로도 저의 죄는 큽니다. 거기에 죄 없는 기독교도까지 죽여서 평생 제 양심을 괴롭히고 싶지 않습니다……」

날이 밝기 시작하여 셰에라자드는 더 이상 이야기를 계속할 수 없었다. 하지만 다음 날 밤이 끝날 즈음, 그녀는 다시 이야기를 시작했다.

폐하! 카슈가르 술탄의 납품상이 자신이 꼽추를 죽인 장본인이라고 공개적으로 자백하자, 포도대장은 기독교도 상인을 풀어 주지 않을 수 없었습니다. 「저 기독교도 상인을 풀어 주고, 대신 이자를 교수대에 세워라! 범행을 자백했으니 이자가 범인이라는 사실에는 의심의 여지가 없다.」 사형 집행인은 상인을 풀어 준 후, 즉시 납품상의 목에다 줄을 걸었습니다. 그리고 줄을 당기려 하고 있는데 또다시 누군가의 목소리가 들려왔으니, 바로 유대인 의사였습니다. 그는 사형 집행을 즉시 중단하라고 외치고는, 군중을 헤치며 교수대 아래로 걸어 나왔습니다.

그는 포도대장 앞에 와서 이렇게 말했습니다. 「대장님! 당신이 지금 교수형에 처하려 하는 이 이슬람교도는 아무런 죄가 없습니다. 제가 바로 범인이기 때문입니다. 어젯밤, 낯모르는 어떤 남녀가 환자 하나를 데리고 와 우리 집 문을 두드렸습니다. 제 하녀가 등불도 들지 않고 내려가더니만 선금으로 받은 은화 한 닢을 들고 돌아와서는, 환자를 데려왔으니 내려와서 한번 봐달라는 그들의 말을 전해 주었습니다. 그녀가 이렇게 말하고 있을 때 그들은 환자를 층계 위에다 올려놓고는 어디론가 사라져 버렸습니다. 저는 다급한 마음에 하녀가 촛불을 가져오기도 전에 층계를 뛰어 내려갔습니다. 그 바람에 어둠 속에서 그만 환자를 발로 차서 층계 아래로 굴러떨어지게 했던 것입니다. 내려가 보니 바로 저 사람들이 죽였다고 하는 꼽추가 죽어 있었습니다. 이에 저와 제 아내는 시체를 들고 옥상으로 올라가 우리 이웃인 저 납품상의 지붕 위로 건너간 다음, 굴뚝을 통해 시체를 그의 방에다 내려놓았습니다. 그런데 납품상은 꼽추가 자기 집에 있는 것을 보고 도둑으로 오인하여 때린 후, 자신이 살해한 것으로 믿게 되었던 것입니다. 하지만 지금까지 제가 설명드렸다시피 그에게는 죄가 없으며, 제가 이 살인 사건의 유일한 범인입니다. 물론 살해할 의도는 추호도 없었습니다. 하지만 저로 인해 이 죄 없는 납품상이 죽게 된다면, 두 명의 죄 없는 이슬람교도를 죽게 했다는 양심의 가책을 평생 안고 살 것 같아 죄를 고백하고 속죄하기로 결심했습니다. 그러니 그를 풀어 주고, 대신 저를 그 자리에 세워 주십시오!」

황후 셰에라자드는 날이 밝은 것을 보았기 때문에 여기서 이야기를 중단했고, 샤리아는 자리에서 일어났다. 다음 날 술탄은 꼽추의 이야기의 다음 부분을 듣고 싶다고 말했고, 이에 셰에라자드는 다음과 같이 그의 궁금증을 풀어 주었다.

백스물일곱 번째 밤

폐하! 유대인 의사가 살인범이라는 사실을 알게 된 포도대장은 사형 집행인에게 그를 체포하고 대신에 왕궁 납품상은 풀어 주라고 명령했습니다. 이번에는 의사가 목에 줄이 걸려 막 세상을 하직하려 하는데, 또다시 누군가가 소리를 지르며 군중을 헤치고 앞으로 나아왔습니다. 다름 아닌 재봉사로, 그는 곧장 포도대장 앞으로 와서 말했습니다. 「대장님께서는 지금 죄 없는 세 사람을 죽일 뻔하셨습니다. 하지만 잠깐만 제 말을 들어 보시면 누가 꼽추의 진정한 살인범인지 알게 되실 겁니다. 그의 죽음에 대해 죽음으로써 속죄해야 할 사람이 있다면 그건 바로 저입니다. 어제 땅거미가 질 무렵, 꽤 들뜬 기분으로 가게에서 일하고 있는데 거나하게 취한 꼽추 하나가 오더니 문 앞에 앉아서 노래를 불렀습니다. 그에게 우리 집에 가서 저녁 시간을 함께 보내자고 제의하자, 그가 동의하여 그를 데리고 집으로 갔습니다. 우리는 함께 식탁에 앉았고 저는 그에게 생선 한 토막을 대접했습니다. 그런데 가시인지 뼈인지 뭔가가 그만 목구멍에 걸려 버렸습니다. 우리 내외가 온갖 방법을 써보았습니다만 그는 잠시 후에 숨을 거두고 말았습니다. 죄를 뒤집어쓰게 될까 봐 겁이 난 저희는 시체를 유대인 의사의 집으로 옮겼습니다. 문을 두드리니 하녀가 나왔고, 저는 그녀에게 빨리 올라가 의사 선생님에게 우리가 데려온 환자를 봐달라고 전하라고 말했습니다. 그리고 의사가 거절하지 못하게끔 그에게 은화 한 닢을 전해 달라고 부탁했습니다. 그녀가 위로 올라가자마자 우리는 꼽추를 층계 맨 위 계단에 올려놓은 다음 즉시 나와 버렸습니다. 그런데 의사가 급하게 나오다가 꼽추를 굴러떨어지게 한 것입니다. 그래서 자신이 그를 죽였다고 믿게 된 것이죠. 사정이 이러하니 의사를 풀어 주시고, 대신 저를 죽여 주십시오!」

이 이야기를 들은 포도대장과 거기 있던 모든 사람들은 꼽추의 죽음 후에 일어난 일련의 사건들의 기이함에 감탄을 금치 못했습니다. 포도대장은 사형 집행인에게 말했습니다. 「그렇다면 유대인 의사를 풀어 주고, 죄를 자백한 재봉사를 체포해라! 하지만 참으로 이상한 사건임에는 틀림없다. 황금 글자로 적어 놓아 길이 보전할 가치가 있을 만큼 말이다.」 사형 집행인은 의사를 풀어 주고 재봉사의 목에 줄을 걸었습니다……

「하지만 폐하!」 여기에서 셰에라자드가 이야기를 중단하며 말했다. 「벌써 날이 밝았사옵니다. 폐하께서 허락하신다면 이야기의 뒷부분은 내일로 미루는 게 어떠할는지요?」 인도의 술탄은 이에 동의한 다음, 그의 일과를 처리하기 위해 자리에서 일어났다.

백스물여덟 번째 밤

 동생 디나르자드에 의해 잠이 깬 왕비는 다음과 같이 이야기를 계속했다.

 폐하! 사형 집행인이 재봉사를 교수형에 처하려고 준비하고 있을 때, 카슈가르의 술탄은 그의 어릿광대인 꼽추를 한동안 보지 못했던지라 궁금해하고 있었습니다. 술탄이 꼽추를 불러오라고 명하자, 한 관리가 대답했습니다. 「폐하! 폐하께서 보고 싶어 하시는 꼽추는 어제 술에 취해 왕궁을 빠져나가서 시내를 싸돌아다니다가, 오늘 아침 변사체로 발견되었사옵니다. 그를 살해한 혐의가 있는 사내 하나가 포도대장에게 끌려와, 그는 즉시 교수대를 세우게 했습니다. 그렇게 용의자를 교수형에 처하려 하고 있는데, 한 남자와 또 다른 남자가 연달아 나서며 자신이 범인이라고 주장하면서 다른 사람의 죄를 없애 주었습니다. 이 일은 벌써 한참 전부터 지금까지 계속되고 있으며 지금 포도대장은 자신이 진짜 살인범이라고 주장하는 세 번째 사내를 심문하고 있는 중이옵니다.」
 이 말을 들은 카슈가르의 술탄은 형리를 처형장에 파견하며 말했습니다. 「신속히 포도대장에게 달려가서 모든 용의자를 내게 데려오고, 불쌍한 꼽추의 시신도 가져오라고 전해라! 그를 마지막으로 한 번 더 보고 싶구나.」 형리는 즉시 출발했습니다. 그는 사형 집행인이 재봉사의 목에 건 줄을 막 잡아당기려 하고 있을 때 도착하여, 있는 힘을 다해 처형을 중단하라고 외쳤습니다. 형리를 알아본 사형 집행인은 감히 더 이상 계속하지 못하고 재봉사를 풀어 주었습니다. 형리는 포도대장에게 술탄의 뜻을 전했습니다. 포도대장은 왕명에 복종하여 재봉사, 유대인 의사, 납품상, 기독교도 상인 등을 모두 데리고, 그리고 부하 네 명을 시켜 꼽추의 시체를 들게 하고는 왕궁으로 향했습니다.

이 모든 사람이 술탄 앞에 서자, 포도대장은 술탄의 발밑에 엎드렸습니다. 그리고 다시 일어나서는 꼽추의 이야기에 대해 자기가 알고 있는 내용을 상세히 알려 드렸습니다. 술탄은 이 이야기를 지극히 기이히 여겨 왕실의 사관으로 하여금 이 모든 상황들을 상세히 기록해 놓도록 한 후 말했습니다. 「그대들은 나의 어릿광대인 꼽추에게 일어난 것보다 더 놀라운 일을 들어 본 적이 있는가?」 이에 기독교도 상인이 앞으로 나서서 이마를 땅에 대고 깊이 절한 후 입을 열었습니다. 「강력한 군주시여! 폐하께서 지금 들으신 이야기보다 더 놀라운 이야기를 소인이 알고 있사옵니다. 폐하께서 허락하신다면 소인이 그 이야기를 들려 드리겠습니다. 하도 기막힌 사연이라 듣는 이의 가슴을 몹시 아프게 하는 그런 이야기입니다.」 술탄이 허락하자, 기독교도 상인은 다음과 같이 이야기하기 시작했습니다.

기독교도 상인의 이야기

폐하! 제 이야기를 시작하기 전에 우선 말씀드리고 싶은 것은, 저는 폐하의 영토에서 태어나는 영광을 누리지는 못했다는 사실입니다. 그렇습니다! 저는 이방인으로, 이집트 카이로에서 출생한 콥트인[53]인 기독교도입니다. 제 부친께서는 곡물 거간으로 일하시면서 상당한 재산을 모아 제게 물려주셨습니다. 저는 선친의 본을 따라 그분과 같은 일을 하게 되었습니다. 어느 날 제가 카이로에 있는 곡물 상인들의 공동 숙소에 있는데, 잘생긴 데다가 옷을 말끔하게 차려입은 한 젊은 상인이 당나귀를 타고 제게 다가왔습니다. 그는 인사를 한 후 손수건을 펼쳐 그 안에 든 참깨 견본을 보여 주면서 물었습니다. 「이 정도 품질의 참깨면 한 부대에 가격이 어느 정도 되겠습니까?」

셰에라자드는 날이 밝은 것을 보고 여기서 입을 다물었다.

---

[53] 이집트에 사는 고대 이집트인의 후손으로 기독교의 일파인 콥트교를 믿는 사람들.

하지만 다음 날 밤, 다시 이야기를 계속하며 인도의 술탄에게 말했다.

백스물아홉 번째 밤

폐하! 기독교도 상인은 카슈가르의 술탄에게 계속 이야기를 들려주었습니다.

저는 젊은 상인이 보여 준 참깨를 검토한 후, 현 시세로 한 부대에 은화 백 드라크마는 될 것이라고 말했습니다. 그러자 그가 말했습니다. 「이 가격에 참깨를 살 상인들이 있는지 좀 알아봐 주시겠습니까? 그리고 〈승리의 문〉 쪽으로 오시면, 다른 인가와 좀 떨어진 곳에 칸이 하나 보일 것입니다. 저는 거기서 기다리고 있겠습니다.」 그러고 나서 그는 견본을 남기고 떠났습니다. 저는 그것을 여러 명의 상인들에게 보여 주었는데, 그들은 하나같이 한 부대에 백십 드라크마씩 쳐서 있는 대로 다 사고 싶다고 말했습니다. 즉 저로서는 한 부대당 열 드라크마씩 벌 수 있게 된 셈이었죠. 큰 수익에 대한 기대로 한껏 고무된 저는 상인들을 데리고 〈승리의 문〉으로 달려갔습니다. 기다리고 있던 젊은 상인은 참깨로 가득 찬 창고로 우리를 인도했습니다. 거기에는 약 쉰 부대 분량의 참깨가 쌓여 있었고, 저는 무게를 재어 당나귀들에 싣게 한 후 모두 오천 드라크마를 받고 팔았습니다. 상인들이 떠나자 젊은 상인은 이렇게 말했습니다. 「이 액수 중, 부대당 열 드라크마씩 쳐서 오백 드라크마를 당신 몫으로 드리겠습니다. 지금으로서는 나머지 액수는 제게 필요하지 않으니 좀 보관해 주십시오. 나중에 와서 찾아가겠습니다.」 저는 언제든지 그가 요청하기만 하면 즉각 돌려주든지 아니면 보내 주겠다고 약속했습니다. 나는 그의 손등에 입을 맞추고 그의 후한 인심에 흐뭇한 기분으로 발길을 돌렸습니다.

그렇게 헤어지고 난 후 한동안 볼 수 없었던 그는 한 달 만에 다시 나타나 제게 말했습니다. 「제가 맡겨 놓은 사천오백 드라크마는 어디에 있습니까?」 이에 저는 대답했습니다. 「준비되어 있으니, 원하신다면 당장이라도 내드릴 수 있습니다.」 나는 그가 아직 당나귀를 타고 있는 것을 보고, 돈을 돌려주기 전에 나귀에서 내려와 식사나 함께 하는 게 어떻겠느냐고 청했습니다. 「죄송합니다.」 그가 대답했습니다. 「지금은 그럴 수 없습니다. 이 근방에 아주 긴급한 볼일이 있기 때문입니다. 하지만 잠시 후면 돌아올 것이고, 그때 제 돈을 받도록 하겠으니 준비해 주십시오.」 그러고 나서 그는 사라져 버렸습니다. 저는 기다렸지만 그는 며칠이 지나도 돌아오지 않았습니다. 그러더니 한 달 후에야 다시 나타났고 이번에도 전과 같이 곧 돌아오겠다고 말하고 떠나더니 또다시 감감무소식이었습니다. 저는 생각했습니다. 〈참말로 이 사람 나를 철석같이 믿는가 보네그려! 피차 잘 알지도 못하는 사이에 사천오백 드라크마라는 거금을 척 맡겨 놓고는 이렇게 돌아다니다니! 다른 사람 같으면 내가 돈을 들고 뺑소니칠 것 같아서 불안해 못 견딜 텐데 말이야.〉 젊은 상인은 다시 한 달 후에 돌아왔는데, 역시 당나귀를 타고 나타난 그는 이전보다 훨씬 호사스러운 옷을 걸치고 있었습니다…….

날이 밝기 시작하는 것을 본 셰에라자드는 이날 밤 더 이상 이야기하지 않았다. 다음 날 밤이 끝날 즈음, 그녀는 다음과 같이 이야기를 계속해 나갔다.

백서른 번째 밤

 폐하! 기독교도 상인은 카슈가르 술탄에게 이야기를 계속 들려주었습니다.

 젊은 상인을 본 저는 그에게 달려가 나귀에서 좀 내리라고 하고는 돈을 돌려받기 원하느냐고 물었습니다. 「아직은 급하지 않습니다.」 그가 만족한 표정으로 대답했습니다. 「믿을 만한 분께서 맡아 주시니 안심이 됩니다. 그 돈은 제가 지금 가진 돈을 모두 다 쓰고 나면 받으러 오겠습니다. 자, 저는 이만 가보겠습니다. 일주일 후에 다시 뵙죠.」 그렇게 말한 그는 당나귀 궁둥이에 채찍질을 하여 멀리 사라져 갔습니다. 그의 뒷모습을 보면서 저는 중얼거렸습니다. 「할 수 없지! 일주일 후에 다시 보겠다……. 저 사람이 말하는 습관을 감안하건대, 이번에는 좀 오래 걸릴 듯하군. 그렇다면 그동안 이 돈을 좀 굴려 보는 게 좋겠어. 꽤 짭짤한 수입을 얻을 수 있을 거야.」
 저의 예상은 틀리지 않았습니다. 일 년이 지나도 그의 소식을 들을 수 없었던 것입니다. 그리고 일 년 후에, 그는 저번처럼 화려한 옷을 입고 나타났습니다. 그렇지만 이번에는 무언가 계획이 있는 듯해 보였습니다. 저는 우리 집에 들어와 달라고 간청했습니다. 「이번만큼은 말씀대로 하겠습니다.」 그는 응낙했습니다. 「하지만 저를 대접하느라 돈을 너무 많이 쓰시면 절대 안 됩니다!」 「하하, 원하는 대로 해드리죠! 그러니 제발 좀 그 나귀에서 내려오시오!」 그는 나귀에서 내려 우리 집에 들어왔습니다. 저는 하인들에게 상을 푸짐하게 차리라고 시켜 놓고, 음식이 준비되는 동안 그와 담소를 나누었습니다. 식사가 준비되자 우리는 식탁에 앉았습니다. 그런데 식사를 시작하는 순간부터 저는 그에게서 이상한 점을 한 가지 발견했습니다. 그는 음식을 집을 때 오른손은 사용하지 않고 왼손만을 사용하고 있는 것이었습니다. 저는 무척 놀랐고 이 행동을 어떻게 이해해야 할지 몰랐습니다. 〈우리가 알게 된 이후로 이 사람은 항상 예의 바른 태도를 지켜 왔었어. 그런데 어째서 이런 무례한 행동을 하고 있는 걸까? 왜 오른손을 사용하지 않는 거지?〉

아침 빛으로 인도 술탄의 궁실이 밝아지기 시작하여 셰에라자드는 더 이상 이야기를 계속할 수 없었다. 하지만 다음 날 밤이 끝날 즈음, 그녀는 다시 이야기를 이어 가며 샤리아에게 말했다.

백서른한 번째 밤

폐하! 손님이 왼손으로 음식을 먹는 것을 본 기독교도 상인의 속이 편치 않았다는 대목까지 말씀드렸죠? 상인은 다음과 같이 그의 이야기를 계속했습니다.

식사가 끝나 하인들이 상을 치우고 물러가자 우리는 좌단에 앉았습니다. 저는 그에게 아주 맛이 좋은 당과를 권했는데, 이번에도 그는 왼손으로 받는 것이었습니다. 저는 더 이상 참을 수가 없었습니다. 「선생! 실례가 안 된다면 한 가지 여쭤 보고 싶군요. 왜 오른손을 사용하시지 않는 거죠? 혹시 불편하신 건 아닙니까?」 그는 대답 대신에 땅이 꺼져라 한숨을 내쉬었습니다. 그리고 그때까지 옷자락 아래 감추고 있던 오른손을 꺼내어 제게 보여 주었는데, 놀랍게도 손목부터 잘려 나가 있었습니다. 그가 말했습니다. 「제가 왼손으로 음식을 먹어서 충격을 받으신 모양이군요. 하지만 보시다시피 어

쩔 수 없었답니다.」「도대체 어떤 불행한 일로 오른손을 잃게 되셨는지 여쭤 봐도 되겠습니까?」 이 질문에 그는 한동안 말 없이 눈물만 줄줄 흘렸습니다. 이윽고 눈물을 닦아 낸 그는 자신의 이야기를 들려주기 시작했습니다.

저는 바그다드 출신입니다. 저의 부친께서는 매우 부유하셨을 뿐 아니라 지위와 재산과 인격을 겸비한, 바그다드에서 가장 저명한 인사 중의 한 분이셨습니다. 제가 처음 사회에 발을 내딛었을 때 만난 분들은 여행을 많이 다닌 상인들로 이집트에서 본 놀라운 것들, 특히 카이로에 대해 말씀해 주셨습니다. 그들의 이야기에 넋이 나가 버린 저는 그곳을 여행하고픈 생각이 간절했습니다만, 부친께서 허락해 주시지 않아 떠날 수 없었습니다. 하지만 얼마 후 부친께서 돌아가셔서 마음대로 행동할 수 있게 되자 저는 카이로에 가기로 결심했습니다. 이를 위해 많은 돈을 들여 바그다드와 모술에서 나는 최상품 직물을 다량으로 구입하고 마침내 길을 떠났습니다.

카이로에 도착한 저는 〈메스루르〉라는 이름의 칸에다 숙소를 정했고, 거기에 창고도 하나 세내어 낙타들에 싣고 온 짐을 모두 쌓아 두게 했습니다. 또 하인들이 제게서 받은 돈으로 식료품을 사고 음식을 장만하는 동안, 방에 들어가 쉬면서 여행의 피로를 풀었습니다. 식사 후에는 왕궁, 모스크, 광장 등 유명한 장소들을 찾아다니며 관광을 했습니다.

다음 날 저는 옷을 말끔하게 차려입고 창고에서 가장 아름답고 값비싼 직물들을 골라 내어 종들에게 짊어지게 했습니다. 그러고는 주로 체르케스[54] 출신 상인들이 비단을 비롯한

---

54 캅카스 산맥 북쪽의 흑해 연안 지역.

각종 고급 상품들을 거래하는 시장으로 향했습니다. 상인들이 값을 얼마나 쳐줄지 알아보기 위해서였죠. 시장에 도착한 저는 곧 제 소식을 듣고 몰려든 거간꾼들이며 경매인들에게 둘러싸였습니다. 경매인들은 제가 가져간 직물의 견본을 들고 시장을 돌았습니다만, 그 어떤 상인도 제가 본국에서 구매한 가격보다 높은 가격을 제시하지 않았습니다. 기분을 잡쳐 버린 제가 이런 감정을 경매인들에게 드러냈더니 그들이 말해 주었습니다. 「원하신다면, 사장님 물건으로 한 푼도 손해 보지 않는 방법을 가르쳐 드릴 수 있습니다만……」

여기에서 날이 밝아 오는 것을 보고 셰에라자드는 이야기를 멈추었다. 다음 날 밤, 그녀는 다음과 같이 다시 이야기를 이어 갔다.

백서른두 번째 밤

폐하! 기독교도 상인은 카슈가르의 술탄에게 젊은 상인의 이야기를 계속했습니다.

제 상품으로 한 푼도 손해 보지 않는 방법이 있다는 거간꾼들과 경매인들의 말에, 저는 어떻게 해야 되느냐고 물었습니다. 「상품의 판매를 여러 명의 소매상들에게 위탁하는 겁니다. 그렇게 해놓고 월요일과 금요일, 매주 두 번씩 가서 팔린 것을 수금만 해오면 됩니다. 그렇게 하면 사장님은 손해 보지 않을 수 있고 소매상들도 이익을 볼 수 있지요. 그리고 물건이 다 팔릴 때까지 사장님은 나일 강 주변을 돌아다니면서 구경이나 하고 여유롭게 지내시면 됩니다.」
저는 그들의 충고를 따랐습니다. 그들과 함께 창고에 돌아와 내 물건을 모두 꺼낸 다음, 다시 시장으로 가 거간꾼들이 가장 믿을 만하다고 추천하는 소매상들에게 나누어 주었습니다. 소매상들은 증인의 서명을 넣어, 첫째 달에는 그들에게 아무런 요구도 해서는 안 된다는 조항이 적힌 정식 영수증까지 써주었습니다.

이처럼 일을 원만하게 해결하고 나니 제게는 이제 신나게 놀 일만 남아 있었습니다. 저는 저와 나이가 비슷한 사람들과 친교를 맺었고, 그들은 언제나 저를 심심치 않게 해주었습니다. 한 달이 지난 후부터는 매주 두 번씩 소매상들을 보러 다니기 시작했습니다. 그들의 판매 장부를 검토할 공인회계사와 각 상인이 제게 지불하는 다양한 화폐의 가치를 산정하는 환금상(換金商)을 대동하고서 말이죠. 이처럼 저는 결산일마다 상당한 액수의 돈을 수금하여 묵고 있던 〈메스루르 칸〉에 돌아올 수 있었습니다. 그 밖의 날에는 거래하는 상인들의 가게를 이곳저곳 전전하면서, 그들과 대화를 나누거나 시장에서 일어나는 일들을 구경하기도 하면서 즐거운 시간을 보냈습니다.

그러던 어느 월요일이었습니다. 베드레딘이라는 상인의 가게에 앉아 있는데, 어떤 젊은 여인이 가게에 들어와 저와 가까운 곳에 앉았습니다. 품위 있는 옷차림과 거동, 그리고 단정한 복장을 하고 뒤따르는 여종의 모습으로 미루어 보건대 지체 높은 귀공녀임에 틀림없었습니다. 사소한 몸짓 하나에도 천성적인 우아함이 배어 나오는 이 여인에게 저는 대번에 호감을 느꼈고, 그녀에 대해 더 알고 싶다는 욕구가 일었습니다. 그녀의 얼굴은 너울에 감춰져 있었기 때문에 제가 자신을 유심히 쳐다보고 있다는 걸 알아차렸는지, 혹시 그렇게 보고 있는 것을 불쾌하게 생각하는지 전혀 알 수가 없었습니다. 그런데 그녀가 얼굴의 아랫부분을 덮고 있는 모슬린 천에 드리운 크레이프 천을 살짝 들어 올려 크고 검은 두 눈을 드러내는 것이었습니다. 정말로 너무도 아름다운 눈이어서 저는 단박에 매혹되었습니다. 게다가 상인에게 인사를 건네면서 그동안 어떻게 지냈느냐고 안부를 묻는 달콤한 음성이며 예의 바르고도 우아한 태도에 제 마음은 그녀에게 송두리째 빼앗기지 않을 수 없었습니다.

이렇게 여인은 상인과 몇 가지 사소한 대화를 나눈 후에, 자신은 금색 바탕의 어떤 직물을 찾고 있는데 이 가게는 시장에서도 물건이 가장 다양하다고 소문나 있으니, 여기서 그걸 찾을 수 있으면 좋겠다고 말했습니다. 이에 베드레딘이 여러 종류의 직물을 보여 주자, 그중 하나에 눈길이 머문 그녀는 가격을 물었습니다. 그가 은화 천백 드라크마에 드리겠다고 하자 그녀는 말했습니다. 「좋아요! 그 가격에 사기로 해요. 그런데 지금은 가진 돈이 없으니 외상으로 그냥 가져가게 해주세요. 내일 틀림없이 천백 드라크마를 보내 드릴 테니까요.」 「아가씨! 만일 이 물건이 제 소유라면 얼마든지 외상으로 가져가게 해드릴 수 있습니다. 하지만 이 천은 여기 계신 이 신사분의 소유인 데다가, 하필 오늘은 제가 이분과 계산해야 하는 날이랍니다.」 이에 그녀는 발끈하며 말했습니다. 「아니, 어떻게 나를 그런 식으로 대접할 수 있는 거죠? 나는 이 집 단골 아니던가요? 그리고 지금까지 내가 물건을 살 땐 항상 돈을 지불하지 않고 가져간 후에, 그다음 날 즉시 돈을 보내곤 하지 않았던가요?」 상인은 대답했습니다. 「맞습니다, 아가씨! 하지만 제가 오늘 돈이 필요한 걸 어쩌겠습니까?」 「좋아요! 여기 당신 천 가져가세요!」 그녀는 직물을 베드레딘에게 내던지며 말했습니다. 「정말이지 당신네 장사꾼들이란 할 수 없다니까요! 겉으로는 친절한 척해도 결국은 똑같은 사람들이에요. 타인을 진심으로 존중하는 마음은 털

끝만치도 없죠!」이렇게 말한 그녀는 벌떡 일어나서 가게 밖으로 나가 버리는 것이었습니다……

여기에서 셰에라자드는 날이 밝은 것을 보고 이야기를 멈추었다. 다음 날 밤, 그녀는 다음과 같이 이야기를 계속해 나갔다.

백서른세 번째 밤

폐하! 기독교도 상인은 젊은 상인의 이야기를 계속했습니다.

아가씨가 이렇게 떠나려 하자 그녀에 대한 저의 마음은 더욱 다급해졌습니다. 저는 그녀를 불러 세웠습니다.「아가씨! 이리로 다시 들어와 보시겠습니까? 어쩌면 두 분 모두 만족시켜 드릴 방법이 있을 것 같습니다.」그녀는 제 얼굴을 봐서 들어온다고 말하며 제 말에 따랐습니다.「베드레딘 사장님!」저는 상인에게 말했습니다.「사장님은 이 천을 얼마에 팔 생각이십니까?」「은화 천백 드라크마입니다. 그 이하로는 안 됩니다.」그가 대답했습니다.「그렇다면 이 아가씨께서 천을 가져가게 하십시오.」제가 말했습니다.「그 판매 금액 중 백 드라크마를 이익금으로 드리겠습니다. 그리고 그 금액은 제 다른 상품의 판매액에서 변제하시면 됩니다. 자, 그 증서를 써드릴게요.」이렇게 말하고 저는 증서를 작성하여 서명까지 한 후 베드레딘에게 건네주었습니다. 그러고 나서 천을 여인에게 주면서 말했습니다.「자, 아가씨! 이젠 가져가십시오. 대금은 내일도 좋고 아니면 다른 날 보내 주셔도 됩니다. 아니, 원하신다면 제가 그냥 선물로 드릴 수도 있습니다.」「제가 이러려고 한 것은 아니에요!」그녀가 사양하며 말했습니다. 「이렇듯 정중하고도 친절하게 대해 주시는 분께 감사의 뜻을 표하지 않는다면 제가 어찌 사람들 앞에 얼굴을 들고 다닐 수 있겠어요? 하느님께서 당신께 복을 내리시사 당신의 재산을 늘리시고 만수무강하게 하시고, 사후에는 당신께 천국의 문을 열어 주시기를 기원하겠어요. 또 당신의 너그러움이 온 도성에 알려지기를 빌겠어요.」

이 말을 들은 저는 좀 더 대담해져서 이렇게 말했습니다. 「아가씨! 아가씨의 얼굴을 딱 한 번만 보여 주실 수 있겠습니까?」 그러자 그녀는 제 쪽으로 몸을 돌리고 얼굴을 가린 모슬린 천을 아래로 내렸습니다. 드러난 그녀의 얼굴이 너무도 아름다워서 저는 아무런 말도 할 수 없었습니다. 아무리 오래 보고 있어도 결코 질릴 것 같지 않은 매력적인 얼굴이었죠. 하지만 그녀는 다른 사람이 볼까 봐 얼른 다시 천을 올려 얼굴을 덮었습니다. 그녀는 크레이프 천을 아래로 내리고는 구매한 직물을 들고 가게를 나가 총총 멀어져 갔습니다. 하지만 뒤에 남은 저의 마음은 아까 이 가게에 들어왔을 때와는 완전히 다른 상태가 되어, 기이한 동요와 흥분 속에서 망연자실 앉아 있었습니다. 한참을 그렇게 있다가 겨우 정신을 차린 저는 가게 문을 나서면서 상인에게 그 여인에 대해 아느냐고 물어보았습니다. 「알고말고요!」 그가 대답했습니다. 「지금은 작고하신 어떤 왕족의 따님이지요. 들리는 말로는 엄청난 재산을 물려받았다고 합니다.」

〈메스루르 칸〉으로 돌아오자 하인들이 저녁을 차려 주었지만 저는 조금도 입맛이 없었습니다. 심지어 밤새 한숨도 잠을 이룰 수 없었습니다. 아마 제 생애에서 가장 긴 밤이었을 것입니다. 날이 밝자마자 저는 저를 도저히 쉬지 못하게 만드는 그 여인을 다시 볼 수 있으리라는 희망에 자리에서 벌떡 일어났습니다. 그리고 그녀의 마음에 들게끔 어제보다도 훨씬 더 멋진 옷을 차려입고 다시 베드레딘의 가게로 달려갔습니다……

「하지만 폐하! 아침이 되어서 더 이상 이야기를 계속할 수 없나이다.」세에라자드는 입을 다물었다. 그리고 다음 날 밤, 그녀는 다음과 같이 다시 이야기를 이어 갔다.

백서른네 번째 밤

폐하! 바그다드 출신의 청년은 기독교도 상인에게 자신이 겪은 일을 계속 이야기해 주었습니다.

베드레딘의 가게에 도착해서 조금 있으려니까 어제 만났던 여인이 어제보다도 한결 화려하게 차려입고 여종과 함께 다시 가게에 들어왔습니다. 그녀는 가게 주인은 거들떠보지도 않고 제게 말했습니다. 「선생님! 보셨죠? 저는 약속을 정확히 지키는 사람이랍니다. 어제 알지도 못하는 저에게 그토록 너그럽게 대해 주셔서 제가 직접 돈을 치르려고 일부러 나왔답니다.」「아가씨!」 저는 대답했습니다. 「그렇게 서두르실 필요는 없으셨는데요. 저는 그까짓 돈은 생각도 않고 있었습니다. 별것도 아닌 것 때문에 이런 수고를 하시다니 정말로 죄송스럽군요.」 그러자 그녀는 다시 말했습니다. 「아니에요! 제가 선생님의 착한 마음을 악용한다면 그거야말로 옳지 않은 일이지요.」 그녀는 제 손에 돈을 쥐어 준 후, 제 곁에 앉았습니다.

저는 이렇게 그녀와 마주 앉게 된 기회를 놓치지 않고 제 마음속에 피어나고 있는 그녀에 대한 연정을 고백했습니다. 그러자 그녀는 벌떡 일어나더니 아무 말도 하지 않고 가게를 나가 버리지 않겠습니까? 마치 저의 고백이 그녀의 감정을

상하게라도 한 듯이 말입니다. 그렇게 멀어져 가는 여인의 뒷모습을 저는 멍하니 바라만 보고 있었습니다. 결국 그녀가 보이지 않게 되자 가게 주인에게 인사를 한 후 시장에서 나왔습니다. 그러고는 정처 없이 거리를 걸으면서 방금 전에 있었던 일을 처량하게 곱씹고 있을 때였습니다. 누군가가 뒤에서 제 옷자락을 잡아당겨 고개를 돌려 보니, 아니 이게 누구입니까? 지금 내 정신을 온통 사로잡고 있는 그 아가씨의 여종이 아니겠습니까? 여종은 제게 말했습니다. 「제 여주인님께서 선생님을 잠시 뵙고자 하오니, 저를 따라오시겠습니까?」 제가 거절할 이유가 없었죠. 여종을 따라가 보니, 과연 아가씨는 어떤 환금상의 가게에 앉아서 저를 기다리고 있었습니다.

그녀는 저를 자기 곁에 앉게 하더니 입을 열었습니다. 「선생님! 제가 아까 갑자기 떠나 버려서 무척 놀라셨죠? 선생님이 그런 고백을 해오시는데, 그 포목상이 보는 앞에서 제가 긍정적으로 대답하면 좋아 보이지 않을 것 같아서였습니다. 하지만 전 기분이 상하기는커녕, 솔직히 말해서 선생님 말씀에 너무 기뻤어요. 그리고 선생님 같은 분을 연인으로 맞을 수 있게 되어 너무나 행복하답니다. 선생님께서 저에 대해 어떤 첫인상을 가지셨는지 모르겠네요. 하지만 저는 선생님을 보자마자 몹시 마음이 끌렸답니다. 사실 어제부터 선생님이 제게 해주신 말씀만 줄곧 생각했어요. 그리고 오늘 아침, 그 이른 시각부터 가게에 뛰어온 것만 보더라도 제가 선생님을 얼마나 사모하고 있는지 충분히 짐작하실 거예요.」 여인의 고백을 들은 저는 사랑과 기쁨으로 가슴이 터질 것 같이 되어 외쳤습니다. 「아가씨! 지금 해주신 말씀만큼 달콤한 말이 제 평생에 또 있었을까요? 저는 아가씨를 처음 본 그 축복받은 순간부터 아가씨에 대한 지극한 열정에 사로잡혀 있습니다. 아가씨의 아름다움 앞에 제 눈은 멀어 버렸으며, 제 심장은 아무런 저항도 못하고 항복해 버렸습니다.」 「자, 우리 쓸데없는 말들로 시간을 허비하지 말아요!」 그녀가 제 말을 끊었습니다. 「전 선생님의 말씀이 모두 진실이라고 믿어요. 그리고 선생님도 곧 제 진실을 알게 되실 거예요. 제 집에 가시겠어요? 아니면 제가 선생님 댁에 가길 원하시나요?」 「아가씨!」 제가 대답했습니다. 「저는 이방인인지라 지금 칸에 머물고 있는 신세입니다. 그리고 그곳은 아가씨처럼 지체 높고 품위 있는 분이 올 곳이 못됩니다.」

 셰에라자드는 더 계속하고 싶었으나, 날이 밝아 이야기를 중단할 수밖에 없었다. 다음 날 그녀는 다음과 같이 청년의 이야기를 계속해 나갔다.

백서른다섯 번째 밤

「그러니 아가씨의 거처를 알려 주시면, 제가 찾아뵙도록 하겠습니다.」 아가씨는 제 말에 동의하고 이렇게 말했습니다. 「모레는 금요일이에요. 이날 오후 기도 시간이 지나면 오세요. 저는 〈헌신의 거리〉에 살고 있으니 거기로 오셔서, 과거 왕족들의 수장이었으며 베르쿠르라는 별칭을 지닌 아부샴마의 집이 어디 있는지 사람들에게 물어보시면 됩니다.」 그러고 나서 우리는 헤어졌습니다. 다음 날, 저는 어서 내일이 되기만을 기다리는 마음에 아무 일도 할 수 없었습니다.

드디어 금요일이 되었습니다. 저는 아침 일찍 일어나 가장 멋진 옷을 꺼내 입고 금화 쉰 개를 채운 돈주머니를 준비했습니다. 그러고 나서 이미 전날에 예약해 놓은 당나귀에 올라타고 당나귀 주인과 함께 출발했습니다. 〈헌신의 거리〉에 이르러 당나귀 주인에게 제가 찾는 집이 어디 있는지 사람들에게 물어보라고 시키자, 그는 곧 알아내어 저를 거기로 인도했습니다. 저는 말에서 내려 당나귀 주인에게 수고비를 넉넉히 지불한 다음, 이 집 위치를 잘 기억해 두었다가 내일 아침에 데리러 오라고 부탁한 후 돌려보냈습니다.

문을 두드리자 백설보다 흰 얼굴에 단정한 옷차림을 한 두 명의 어린 여종이 나와서 문을 열어 주고 제게 말했습니다. 「들어오세요! 여주인님께서는 목이 빠져라 선생님을 기다리고 계신답니다. 글쎄, 이틀 전부터 선생님 이야기만 하셨다니까요!」

내정에 들어서자 거기에는 지면에서 일곱 계단 높이에 세워진 정자가 보였습니다. 정자는 그것을 둘러싼 격자 울타리에 의해 매우 아름다운 정원과 분리되어 있었으며, 정원 주위에는 그늘을 드리우며 경관을 아름답게 꾸미는 높직한 나무 몇 그루와 온갖 과실이 주렁주렁 매달려 있는 나무들이 잔뜩 심겨 있었습니다. 또 듣는 이의 귀를 매혹시키는 수많은 새들의 노랫소리는, 기화요초가 만발한 정원 한가운데서 엄청난 높이로 물을 뿜어 올리는 분수의 시원한 물소리에 섞여 들고 있었습니다. 분수가 솟구치는 수반 역시 볼 만한 것이었습니다. 완전한 정사각형의 수반 네 귀퉁이에는 네 개의 커다란 황금 용상(龍像)이 마치 호위 무사인 양 웅크리고 있었고, 그들의 아가리에서는 수정보다도 맑은 물줄기가 콸콸 솟아 나오고 있었습니다. 이 낙원과도 같은 아름다운 장소를 본 저는 제가 얼마나 대단한 여인을 정복했는지 새삼 실감할 수 있었습니다. 두 어린 여종은 저를 호화로운 가구들로 꾸민 응접실로 인도했습니다. 그들 중 하나가 제가 도착했다는 소식을 여주인에게 전하러 간 동안, 다른 여종은 실내를 장식하고 있는 진귀한 물건들을 하나하나 소개해 주었습니다…….

여기까지 이야기를 마친 셰에라자드는 날이 밝은 것을 보고 입을 다물었다. 샤리아는 바그다드 출신의 청년이 카이로 귀공녀의 집 응접실에서 무엇을 하게 될지 몹시 궁금한 마음으로 자리에서 일어났다. 다음 날 왕비는 다음과 같이 이야기를 이어 나가며 그의 궁금증을 풀어 주었다.

백서른여섯 번째 밤

폐하! 기독교도 상인은 카슈가르 술탄에게 한쪽 팔이 잘린 청년의 이야기를 계속 들려주었습니다.

그렇게 응접실에 잠시 앉아 있었더니 제가 사랑하는 여인이 들어왔습니다. 진주며 다이아몬드 등으로 한껏 장식을 했지만, 이 모든 보석보다 더 반짝이는 것은 저를 쳐다보는 그녀의 눈망울이었습니다. 거추장스러운 외출복을 벗은 그녀의 몸매는 세상에서 가장 날씬하고도 매력적인 것이었습니다. 다시 만난 우리의 기쁨이 어땠는지는 굳이 말씀드리지 않겠습니다. 그 어떤 말로도 표현하기 힘든 기쁨이었으니까요. 우리는 재회의 인사를 나누고 좌단에 나란히 앉아 터질 듯 벅찬 마음으로 대화를 나누었습니다. 그러자 하인들이 온갖 진미로 가득한 상을 차려 왔습니다. 식사를 마친 우리는 밤이 될 때까지 오순도순 정겨운 얘기를 나눴습니다. 밤이 이슥해지자 감미로운 포도주와 술맛을 돋우는 과일 안주가 나왔고, 우리는 여종들이 악기 반주에 맞추어 부르는 노래를 들으며 술을 마셨습니다. 이 집의 여주인 자신도 노래를 불렀습니다. 그 고운 노랫소리는 제 가슴을 녹였고, 그녀에 대한 정열을 한층 불타게 했습니다. 그렇게 저는 모든 종류의 열락을 맛보며 그날 밤을 보냈던 것입니다.

다음 날 아침, 저는 금화 쉰 개가 들은 주머니를 그녀가 눈치채지 못하게끔 베개 밑에 슬며시 집어넣은 다음 작별 인사를 했고, 그녀는 언제 다시 오느냐고 물었습니다. 「아가씨! 오늘 저녁 꼭 다시 올 것을 약속할게요.」 이에 그녀는 얼굴을 활짝 펴고 대문까지 배웅해 주었습니다. 그리고 집을 나서는 저의 등에 대고 꼭 약속을 지키라고 소리쳤지요.

대문 앞에는 어제 저를 데리고 왔던 남자가 기다리고 있어서 그의 당나귀를 타고 칸에 돌아왔습니다. 나는 그를 돌려보낼 때 수고비를 지불하지 않았는데, 그것은 저녁 식사 후에 반드시 나를 데리러 오도록 하기 위함이었습니다.

저는 거처에 돌아오자마자 통통한 새끼 양 한 마리와 각종 과자를 사서 짐꾼을 통해 아가씨에게 보내 주었습니다. 그러고는 사업상의 일을 처리하며 하루를 보내고, 저녁이 되어 당나귀가 도착하자 다시금 그녀의 집에 갔습니다. 그녀는 전날처럼 몹시 기뻐하며 맞아 주고 전날 못지않게 푸짐한 진수성찬을 차려 주었습니다.

다음 날 아침에도 저는 금화 쉰 개가 든 돈주머니를 침대 밑에 올려놓은 후, 그녀 집을 나와 〈메스루르 칸〉으로 돌아왔습니다…….

셰에라자드가 날이 밝은 것을 보고 인도의 술탄에게 이 사실을 알리자, 그는 말없이 자리에서 일어났다. 다음 날 밤이 끝날 즈음, 그녀는 이야기의 뒷부분을 다음과 같이 계속해 나갔다.

백서른일곱 번째 밤

이렇게 저는 매일 아가씨와 만났고, 그때마다 금화 쉰 개씩을 주고 왔습니다. 이러한 생활은 제 물건을 위탁 판매하고 있는 상인들이 물건을 다 팔아, 그들에게서 더 이상 받아 올 돈이 없게 될 때까지 계속되었습니다. 결국 저는 무일푼에다 더 이상 돈을 벌 희망도 없는 신세가 되어 버린 것입니다.

절망적인 상태가 된 저는 칸을 나와 발길 닿는 대로 정처 없이 걸었습니다. 한참을 걷다 보니 왕궁 앞에 닿았는데, 거기에는 수많은 군중이 모여서 이집트 술탄이 마련한 어떤 행사를 구경하고 있었습니다. 저도 호기심에 사로잡혀 군중 속에 섞여 들었습니다. 그러다 우연히 멋진 옷을 입은 신사가 탄 말 옆으로 가게 되었고, 그가 앉은 안장 머리에 매달린 주머니가 반쯤 열려 초록색 끈이 밖으로 흘러나와 있는 것을 보게 되었습니다. 주머니의 바깥 부분을 슬며시 눌러 본 저는 그 안에 들은 것이 지갑이고 끈은 그 지갑에 달린 것임을 짐작할 수 있었습니다. 그런데 마침 말 맞은편에 커다란 나뭇단을 짊어진 짐꾼 하나가 지나가서, 신사는 나뭇가지에 옷이 찢어지지 않게 하기 위해 몸을 돌렸습니다. 바로 이 순간 악마가 저를 유혹했습니다. 저는 한 손으로 주머니 입구를 벌리고 다른 손으로는 슬그머니 지갑을 꺼냈습니다. 지갑은 꽤 묵직하여 그 속에는 금화나 은화가 들어 있는 것이 틀림없어 보였습니다.

짐꾼이 지나가고 난 후, 신사는 자기가 고개를 돌리고 있을 때 제가 무슨 짓을 하지 않았나 의심이 든 모양이었습니다. 주머니 속에 손을 넣어 보더니 저를 세차게 후려쳐 땅바닥에 쓰러뜨렸습니다. 이를 목격한 사람들은 얻어맞는 제가 불쌍해 보였나 봅니다. 몇몇 이들이 말고삐를 붙잡아 신사의 행동을 제지하고서, 대체 무슨 일로 저이를 때리는 것이며 선량한 이슬람교도를 이렇게 폭행해도 되는 거냐고 따졌습니다. 「왜 당신들이 끼어드는 거요?」 그가 거칠게 대답했습니다. 「내가 아무 이유 없이 이러고 있겠소? 저자는 도둑이외다!」 그는 제 멱살을 붙잡아 다시 일으켜 세웠습니다. 저를 본 사람들은 제 편을 들어 신사의 말은 거짓말이라고 소리쳤습니다. 이렇게 선량하게 생긴 청년이 그렇게 못된 짓을 할 리 없다는 거였죠. 이처럼 그들은 저의 무고를 주장하면서 신사의 말을 붙잡아, 제게 도망칠 수 있는 기회를 열어 주었습니다. 그런데 저로서는 정말 운 없게도, 하필 포도대장이 부하들을 거느리고 그곳을 지나고 있었습니다. 신사와 제 주위에 수많은 사람들이 모여 있는 것을 본 그는 다가와서 무슨 일이냐고 물었습니다. 그러자 모든 사람이 신사가 저 청년을 도둑으로 몰면서 부당하게 폭행했다고 고발했습니다.

하지만 포도대장은 사람들의 얘기만 듣고 있지는 않았습

니다. 그는 신사에게 저 청년 말고 다른 사람을 의심해 볼 수도 있지 않겠느냐고 물었습니다. 그러자 신사는 저자가 분명하다고 말하며, 그렇게 생각할 수밖에 없는 이유를 설명했습니다. 이 말을 들은 포도대장은 부하들에게 저를 체포하여 몸수색을 해보라고 명했고, 이 명령은 즉각 시행되었습니다. 결국 그들은 제 옷 속에서 지갑을 찾아내어 모든 사람들에게 보여 주었습니다. 저는 엄청난 수치심을 견디지 못하여 그 자리에서 실신해 버렸죠. 포도대장은 지갑을 자기에게 가져오게 했습니다……

「하지만 폐하! 벌써 날이 밝았사옵니다.」 세에라자드가 흠칫하며 말했다. 「폐하께서 저를 다시 내일까지 살게 해주신다면, 이 이야기의 뒷부분을 들으실 수 있을 것이옵니다.」 안 그래도 그럴 생각이었던 샤리아는 말없이 자리에서 몸을 일으켜 자신의 직무를 수행하러 밖으로 나갔다.

백서른여덟 번째 밤

다음 날 밤이 끝나 갈 즈음, 왕비는 술탄에게 말했다. 「폐하! 바그다드 출신의 청년은 그의 이야기를 계속했습니다.」

부하들로부터 지갑을 받은 포도대장은 신사에게 이것이 당신 것이라면 안에 든 돈의 액수가 얼마나 되는지 아느냐고 물었습니다. 신사는 자신이 도둑맞은 것이 분명하다며, 그 안에는 금화 이십 세켕이 들어 있다고 대답했습니다. 포도대장은 지갑을 열어 과연 이십 세켕이 든 것을 확인하고는 그에게 돌려주었습니다. 그는 즉시 몸을 돌려 제게 말했습니다. 「젊은이! 이제는 진실을 고백하게! 자네가 이 신사분의 지갑

을 훔쳤나? 내가 고문하기 전에 자백하는 게 좋을 걸세.」 저는 고개를 푹 숙이고 생각했습니다. 〈사실을 부인해 봤자 소용없을 것이다. 이제 내게서 지갑이 나왔으니 거짓말쟁이밖에 더 되겠는가?〉 이중으로 처벌받을 것이 두려워진 저는 고개를 들고 제가 범인이라고 실토했습니다. 이렇게 자백하자마자 포도대장은 몇 사람을 증인으로 세운 후, 제 손목을 자르라고 명했습니다. 이 선고는 그 자리에서 집행되었습니다. 둘러선 사람들은 이 끔찍한 형벌을 당하는 저를 동정했고, 심지어는 말 탄 신사까지 측은한 눈으로 저를 보고 있었습니다. 포도대장은 제 한쪽 발마저 잘라 버리려 하였습니다. 저는 신사에게 매달려 제발 저의 사면을 요청해 달라고 빌었습니다. 그분이 그리해 준 덕분에 저는 발목은 잃지 않을 수 있었습니다.

포도대장이 떠나자 신사가 다가오더니 지갑을 제게 내밀며 말했습니다. 「자네같이 반듯하게 생긴 젊은이가 이처럼 부끄러운 행동을 한 걸 보니 아주 어려운 처지에 있는 모양이군그래. 자, 이 문제의 지갑을 자네에게 주겠네. 이런 불행한 일이 일어난 걸 심히 유감스럽게 생각하네.」 그러고서 그는 떠나갔습니다. 저는 많은 피를 흘려 극히 쇠약해진 상태였는데, 그 동네에 사는 몇몇 인정 많은 분들이 저를 집으로 데려가 포도주 한 잔을 마시게 하고, 손목에 붕대를 감아 주었습니다. 또 잘려 나간 손을 깨끗한 천에 싸주어서 저는 그것을 허리춤에다 묶은 후 다시 거리로 나왔습니다.

앞길이 막막하기만 했습니다. 다시 〈메스루르 칸〉으로 돌아가 봤자 아무도 저를 도와줄 리 없었습니다. 그렇다고 하여 이런 꼴을 하고서 아가씨의 집을 찾아간다는 것도 내키지 않았습니다. 저는 생각했습니다. 〈내가 얼마나 수치스러운 일을 범했는지 알게 된다면, 아마 그녀는 나를 보려고 하지도 않을 거야.〉 하지만 그럼에도 불구하고 저의 발걸음은 어느덧 그녀의 집으로 향하고 있었습니다. 저는 저를 쫓아오면서 놀리고 야유하는 사람들을 떨쳐 버리기 위해 복잡한 골목길을 이리저리 우회한 끝에 간신히 아가씨의 집에 이를 수 있었습니다. 집 안에 들어가서는 너무도 기진맥진하여 좌단에 털썩 주저앉았습니다. 그런 와중에도 오른팔은 그녀에게 보이고 싶지 않아 옷자락으로 덮어 감추고 있었죠.

이때 제가 많이 불편한 안색으로 도착했다는 소식을 들은 그녀가 황급히 달려와서는, 시체같이 헬쑥해진 제 얼굴을 보고 물었습니다. 「아니, 이게 무슨 일이에요?」 「단지 심한 두통이 있을 뿐입니다.」 이 말에 그녀는 심히 근심스러운 얼굴로 다시 말했습니다. 「여기 앉아요! — 그녀가 들어온 것을 보고 저는 일어나 있었습니다 ─ 대체 무슨 일인지 모르겠네요. 지난번에 봤을 때에는 제가 기분이 좋을 정도로 너무나 건강했었는데 말이에요. 당신은 제게 뭔가를 숨기고 있는 게 틀림없어요. 솔직하게 말해 봐요!」 저는 여전히 입을 다물고 있었지만, 나도 모르게 두 눈에서 눈물이 흘러나왔습니다. 「대체 왜 그리 괴로워하시는 거예요? 혹시 제가 저도 모르게 무슨 속상한 말이라도 했나요? 아니면 더 이상 저를 사랑하지 않는다고 말하려고 온 건가요?」 「아가씨, 결코 그런 게 아닙니다!」 저는 한숨을 내쉬며 고개를 저었습니다. 「그런 식으로 내 진정을 의심하니 내 마음이 더욱 아픕니다!」

하지만 여전히 저는 사실을 고백할 용기가 나지 않았습니다. 밤이 되었고, 저녁상이 차려졌습니다. 그녀는 몇 술이라도 들라고 간청했습니다. 하지만 오른손을 사용할 수 없었던 저는 입맛이 없으니 제발 더 이상 음식을 권하지 말아 달라고 부탁했습니다. 그러자 그녀는 이렇게 대답했습니다. 「당신이 고집스럽게 숨기고 있는 것을 말하고 나면 식욕이 돌아올 거예요. 뭔지는 모르지만 그렇게 꾹꾹 참고 있으니 밥맛이 있을 리 있겠어요?」 「아아, 아가씨! 어쩔 수 없는 사정이 있으니 이해해 주세요.」 말을 마치자 그녀는 잔에 가득 술을 따라 제게 권하면서 말했습니다. 「자, 한잔 드세요! 힘이 날 거예요.」 저는 왼손을 내밀어 잔을 잡았습니다······.

여기까지 말한 셰에라자드 날이 밝은 것을 보고 이야기를 멈추었다. 하지만 다음 날 밤, 그녀는 다음과 같이 이야기를 이어 나갔다.

백서른아홉 번째 밤

왼손으로 잔을 들어 올리자, 다시금 눈물이 솟구쳐 나왔고 입에서는 땅이 꺼질 듯한 한숨이 흘러나왔습니다. 그러자 놀란 그녀가 다시 물었습니다. 「아니, 대관절 왜 그리 서럽게 우시는 거예요? 그리고 왜 오른손이 아닌 왼손으로 잔을 드시는 거죠?」 「오, 아가씨!」 제가 대답했습니다. 「부디 양해해 주세요! 오른손에 큼직한 종기가 나서 그런답니다.」 「그 종기 좀 보여 주세요! 제가 터뜨려 드릴 테니까요.」 저는 아직 그럴 상태가 아니라고 말하고, 꽤 큼직한 술잔을 단숨에 비워 버렸습니다. 그렇잖아도 심신이 피곤해 있던 차에 술기운이 올라오자 스르르 눈이 감겨 깊은 잠에 빠져들었습니다.

그렇게 제가 자고 있을 때 아가씨는 제 오른손의 상태가 어떤가 보려고 옷자락을 걷어 올렸습니다. 제 오른팔의 손목이 잘려 있고, 그 잘려진 손이 천에 싸여 허리춤에 걸려 있는 것을 보았을 때 그녀가 얼마나 놀랐을지는 여러분의 상상에 맡기겠습니다. 그제야 그녀는 왜 제가 끝끝내 근심의 이유를 감추려 했는지 이해했고, 이런 불행을 겪은 것이 모두 자기 때문이라 생각하고는 밤새 괴로워했습니다.

다음 날 아침 잠에서 깨어난 저는 그녀의 얼굴에 드리운 크나큰 고통의 그림자를 발견했습니다. 하지만 그녀는 제 마음을 어둡게 하지 않으려고 아무 말도 하지 않았습니다. 단지 여종들을 시켜 준비해 놓았던 닭죽을 가져와서, 이걸 들면 원기가 회복될 것이라고 말하며 저에게 먹여 주었습니다. 닭죽을 먹고 나서 제가 평소처럼 집을 나서려 하자 그녀는 저의 옷자락을 잡으며 말했습니다. 「그런 상태로 여길 나가시면 안 돼요. 당신은 아무 말씀도 안하시지만, 저 때문에 이런 불행을 당하셨다는 사실을 알고 있어요. 저는 너무나도 큰 충격을 받아 앞으로 오래 살지 못할 것 같아요. 하지만 죽기 전에 당신을 위해 해야 할 일이 한 가지 있어요.」 그녀는 공증인과 몇 명의 증인을 부른 후 자신의 모든 재산을 제게 물려준다는 증서를 작성했습니다. 또 이들이 모두 물러가자 이번에는 커다란 궤짝을 가져와 열었는데, 그 안에는 우리의 사랑이 시작된 이후 제가 매일 놓고 갔던 돈주머니들이 들어 있었습니다. 「여기에 모두 다 들어 있어요.」 그녀가 말했습니다. 「저는 하나도 손대지 않았답니다. 자, 여기 열쇠가 있어요. 당신이 주인이시니 받으세요.」 저는 그녀의 너그러운 처사에 감사했습니다. 「이건 아무것도 아니에요. 당신은 내가 얼마나 당신을 사랑하는지 모를 거예요. 단지 죽음을 통해서만 이 사랑을 표현할 수 있을 것 같네요.」 저는 우리의 사랑을 생각해서라도 그런 끔찍한 생각일랑 말라고 간청했습니다만 그녀의 마음은 바뀌지 않았습니다. 나를 외팔이로 만들었다는 슬픔은 그녀를 병석에 눕게 했고, 결국 대여섯 주 후 그녀는 세상을 뜨고 말았습니다.

오랫동안 그녀의 죽음을 애도한 후에, 나는 그녀가 남긴 모든 재산을 가지게 되었습니다. 사장님이 팔아 주신 참깨도 그중 일부였습니다.

세에라자드는 계속 이야기하고 싶었으나 날이 밝아 와 그럴 수 없었다. 다음 날 밤, 그녀는 다음과 같이 이야기를 이어 나갔다.

백마흔 번째 밤

폐하! 기독교도 상인은 바그다드 출신의 청년에게 들은 이야기를 다음과 같이 끝맺었습니다.

「자, 이제 제 이야기를 들으셨으니 왼손으로 식사를 한 걸 용서해 주실 수 있으시겠죠? 그리고 저를 위해 수고해 주신 것에 대해 다시 한 번 감사드립니다. 그렇게 신의를 지켜 주셨으니 어떻게 감사를 드려야 할지 모르겠군요. 저는 지금껏 많은 돈을 썼습니다만, 하느님의 은혜로 아직도 충분한 재산이 있습니다. 그래서 드리는 말씀인데, 제가 받을 돈은 사장님께 그냥 선물로 드리고 싶습니다. 그뿐 아니라 한 가지 제안을 하고 싶습니다. 이 모든 일을 겪고 나니 저로서는 더 이상 카이로에 남아 있고 싶지 않습니다. 그래서 여기를 떠나 다시는 돌아오지 않으려 합니다. 저하고 같이 떠나지 않으시렵니까? 함께 장사를 하면서 이익을 똑같이 나눠 가지면 어떻겠습니까?」

이렇게 바그다드 출신 청년이 이야기를 마치자, 저는 그가 준 선물에 대해 깊이 감사했습니다. 또 함께 떠나자는 제의에 대해서도, 그의 일을 저 자신의 일처럼 여기고 있기 때문에 기꺼이 그럴 용의가 있다고 대답했습니다.

우리는 출발 날짜를 정해 함께 길을 떠났습니다. 그리고 시리아와 메소포타미아 지방을 지나 페르시아의 여러 도시를 거친 후, 마침내 폐하께서 다스리는 이 나라의 수도에까지 이르게 되었던 것입니다. 얼마 후에 청년은 페르시아로 돌아가 거기에 정착해 살고 싶다는 뜻을 밝혔습니다. 그래서 우리는 지금까지 번 수익을 공평하게 나누어 가진 후 피차 만족스러운 마음으로 헤어졌습니다. 그렇게 그는 떠나갔고, 저는 이 도시에 남아 지금까지 폐하께 봉사하는 영예를 누릴 수 있었습니다. 자, 이상이 저의 이야기입니다. 어떻습니까? 꼽추의 이야기보다 더 놀랍지 않습니까?

하지만 카슈가르 술탄은 버럭 화를 냈습니다. 「아니, 그따

위 이야기를 꼽추의 이야기와 비교해? 정말로 한심하기 짝이 없는 젊은 탕아의 시시껄렁한 이야기가 내 어릿광대의 이야기보다 더 낫다고 생각하는 거냐? 꼽추의 죽음을 복수해 주기 위해서라도 당장에 너희 네 놈을 교수형에 처해 버려야겠다!」

이 말을 듣고 얼굴이 파랗게 된 납품상이 술탄의 발밑에 몸을 던지며 말했습니다. 「폐하! 제발 그 노여움을 잠시만 거두시고, 제 이야기를 들어 주십시오! 그리고 만일 제 이야기가 꼽추의 이야기보다 재미있다고 생각하신다면 저희 넷의 목숨을 살려 주시길 간청드리옵니다.」 「그래, 한번 들어 볼 테니, 어서 이야기해 보렷다!」 술탄이 대답하자, 납품상은 입을 열어 이야기를 시작했습니다.

카슈가르 술탄의 납품상의 이야기

 폐하! 어제 이 지방의 어떤 유력 인사께서 저를 따님의 결혼식에 초대하셨습니다. 저녁때 시간을 정확히 맞추어 그 집에 가보았더니, 이 도성에서 가장 지체 높은 신사분은 다 모여 계시더군요. 결혼식이 끝나고 진수성찬이 차려진 상에 둘러앉은 우리는 각자 입맛에 맞는 것들을 골라 마음껏 먹기 시작했습니다. 차려진 음식 가운데는 마늘이 들어간 요리가 있었는데, 그 맛이 기막혔던지라 모든 사람의 손길이 그 접시로만 향했습니다. 그런데 그 요리 바로 앞에 앉은 사람은 정작 그것에 눈길조차 주지 않고 있기에 우리는 그에게 한번 맛을 보라고 권했습니다. 하지만 그는 외려 제발 좀 자기를 그냥 내버려 두라고 부탁하는 것이었습니다. 그리고 말했습니다.「저는 마늘이 들어간 음식은 삼가고 있습니다. 그런 음식을 먹었다가 된통 변을 당한 일이 있거든요.」이에 우리는 대체 무슨 일로 이토록 마늘을 싫어하게 되었는지, 그 사연을 들려 달라고 졸랐습니다.

 하지만 그가 미처 대답하기도 전에 집주인이 나타나서 말했습니다.「내가 이렇게 정성껏 차려 놓은 상인데 드시지 않으니 정말 섭섭하외다! 이 요리는 정말 기막힌 것이니 자꾸 사양만 하고 계시지 마시오. 다른 분들처럼 선생도 꼭 맛을 보셔야 합니다.」 이에 바그다드 출신의 상인인 그 손님이 대답했습니다.「대감님! 제가 쓸데없이 점잔을 빼느라 이 음식을 안 먹는다고는 생각지 마십시오! 대감께서 그렇게 원하신다면 하는 수 없이 따르도록 하겠습니다만, 한 가지 조건이 있습니다. 이 요리를 먹고 나서 저로 하여금 솔장다리[55]로 만든 알칼리 수(水)로 손을 마흔 번 씻게 해주십시오. 또 이 식물을 태운 재로 마흔 번을 씻은 후, 다시 비누로 마흔 번을 씻게 해주십시오. 그리고 이런 행동을 나쁘게 여기지는 말아주십시오. 왜냐하면 이 모든 것은 마늘 요리를 먹을 때는 반드시 이 조건을 지키겠노라는 저 자신의 맹세를 지키기 위함이니까요.」

여기까지 말한 셰에라자드는 날이 밝은 것을 보고 입을 다물었다. 샤리아는 자리에서 일어났지만, 속으로는 왜 이 상인이 마늘 요리를 먹고 난 후에 손을 백스무 번이나 씻겠다는 맹세를 하게 됐는지 몹시 궁금했다. 그리고 다음 날 밤이 끝날 즈음, 왕비는 술탄의 이 궁금증을 풀어 주었다.

백마흔한 번째 밤

상인에게 마늘 요리를 꼭 맛보게 해주고 싶었던 집주인은 하인들에게 물 한 대야와 알칼리 수, 솔장다리 재, 비누 등을 준비하라고 명한 후 상인에게 말했습니다.「자, 이젠 우리와 함께 먹읍시다. 당신이 원하는 건 모두 가져다줄 테니

---

55 해안에서 자라는 식물. 태워서 수산화칼슘을 만든다 — 원주.

말이오.」

이에 상인은 마치 산 뱀이라도 잡는 듯이 손을 벌벌 떨면서 마늘 요리 한 점을 집어 입속에 넣더니, 오만상을 찌푸리며 천천히 씹었습니다. 이것만 해도 놀라운 일이었지만, 더 놀라운 일은 다음에 일어났습니다. 그가 음식을 먹는 모습을 주시하던 사람들이 그의 손에 엄지손가락이 없다는 사실을 비로소 발견하게 되었던 것입니다. 집주인은 즉시 물어보았습니다. 「아니, 이제 보니 엄지손가락이 없으셨구려! 대체 무슨 사고를 당하셨기에 그걸 잃게 되었소? 뭔가 기막힌 사연이 있을 듯한데, 지금 그 이야기로 우리의 궁금증을 풀어 주지 않으시려오?」「대감님! 엄지가 없는 곳은 오른손만이 아닙니다. 왼손도 마찬가지입니다.」 이렇게 말하면서 그는 왼손을 내밀었는데 과연 거기에도 엄지손가락이 보이지 않았습니다. 「하지만 이게 다가 아닙니다. 저는 양쪽 발에도 엄지가 없답니다. 저는 이 네 개의 엄지를 어떤 기막힌 일을 통해 모두 잘리게 되었습니다. 그리고 제 이야기를 듣고 싶으시다면 저는 기꺼이 여러분께 들려 드릴 의향이 있습니다. 다 듣고 나면 놀라시기보다는 오히려 저에 대해 측은한 마음을 가지실 겁니다. 하지만 저는 일단 손을 씻도록 하겠습니다.」 이렇게 말한 그는 식탁에서 일어났습니다. 그리고 백스무 번이나 손을 씻은 후에 다시 자리에 앉아, 다음과 같이 그의 이야기를 들려주었습니다.

신사 여러분! 저의 부친께서는 칼리프 하룬알라시드가 다스리던 시절 바그다드에 사셨고, 이 도성의 가장 부유한 상인 중 하나로 통하셨습니다. 하지만 천성적으로 쾌락을 즐기고 놀기를 좋아하시는 분이어서 사업에는 등한하셨습니다. 그러한 탓에 저는 부친이 돌아가신 후 큰 재산을 물려받기는

커녕, 그분이 남긴 산더미 같은 빚을 갚기 위해 죽어라 일하고 또 악착같이 저축해야만 했습니다. 하지만 이처럼 열심히 산 결과 결국에는 그 많은 빚을 다 갚을 수 있었고, 얼마 되지 않던 재산도 제법 토실하게 부풀어 오르기 시작했습니다.

그러던 어느 날 아침이었습니다. 제가 가게 문을 열고 있는데, 내시 시종 하나와 여종 둘을 거느린 어떤 귀부인이 노새를 타고 지나가다가 제 가게 앞에 멈춰 섰습니다. 그녀가 한 발을 땅에 내딛고 한 손을 시종에게 내밀자 그가 냉큼 그녀를 부축하면서 말했습니다. 「아가씨! 제가 지금은 너무 이르다고 말씀드리지 않았습니까? 보세요! 지금 시장에는 아무도 없습니다. 만일 제 말대로 하셨으면 이렇게 상인들이 나올 때까지 기다리는 일은 없었을 텐데요.」 그녀는 사방을 둘러본 후, 열린 가게라고는 제 가게밖에 없는 것을 보고 다가와 인사를 했습니다. 그리고 다른 상인들이 올 때까지 제 가게 안에서 좀 쉴 수 없느냐고 물었습니다. 저는 얼마든지 그러시라고 정중히 대답했습니다…….

밝아 온 아침 빛이 침묵을 강요하지 않았더라면, 셰에라자드는 더 이야기했을 것이다. 인도의 술탄은 이 이야기의 뒷부분이 몹시 궁금했으므로 어서 다음 밤이 오기만을 기다렸다.

백마흔두 번째 밤

동생 디나르자드에 의해 잠이 깬 왕비는 술탄에게 말했다. 「폐하! 엄지손가락이 없는 상인은 그가 시작한 이야기를 계속했습니다.」

제 가게에 앉아 있던 귀부인은 시장 안에 시종과 나밖에 없는 것을 보고 얼굴을 식히기 위해 너울을 벗었습니다. 그런데 세상에! 생전 그렇게 아름다운 여인은 처음이었습니다. 제 시선은 못 박혀 버린 듯 그녀에게서 떨어질 줄 몰랐습니다. 그때 제게 있어서 보는 것과 열정적으로 사랑하는 것은 동일한 행위였으니까요. 그런데 이런 상황이 그녀로서도 그다지 싫지는 않았나 봅니다. 제가 자기를 홀린 듯 쳐다보고 있는 줄 알면서도 계속 얼굴을 드러내어 마음껏 볼 수 있도록 해주었으니까요. 하지만 다른 사람들의 눈에 띌 수 있다고 생각했는지 잠시 후에는 얼굴을 가렸습니다.

다시 이전의 모습으로 돌아간 그녀는 몇 가지 값비싼 천의 이름을 대면서 혹시 제 가게에 있는지 물어 왔습니다. 「오, 아가씨! 저는 사업을 시작한 지 얼마 안 되는 신출내기 장사꾼에 불과하기 때문에, 아직까지 그런 비싼 물건은 취급하지 못하고 있습니다. 아가씨께서 찾는 것을 내드릴 수 없어서 정말로 유감이군요. 하지만 그것들을 찾으러 힘들게 이 가게 저 가게 돌아다니실 필요는 없습니다. 다른 상인들이 도착하면 제가 대신 돌아다니며 알아보겠습니다. 그들이 가격을 말하면 제가 물건을 여기로 가져와서 아가씨께 보여 드리면 되지 않겠습니까? 그러면 멀리 가시지 않고서도 여기서 편하게 쇼핑을 하실 수 있을 겁니다.」 그녀는 동의했고, 우리는 함께 앉아 이런저런 대화를 나누었습니다. 저는 일부러 아직 상인들이 도착하지 않았을 거라고 말하면서 그 즐거운 시간을 연장시켰죠.

대화를 해가면서 저는 아름다운 용모만큼이나 빼어난 그녀의 재기 발랄함에 다시 한 번 매혹되었습니다. 하지만 잠시 후에는 이 즐거운 자리에서 내키지 않는 마음으로 일어나야 했습니다. 그리고 시장 이곳저곳을 뛰어다니며 그녀가 원하는 천들을 찾아다 주었습니다. 그녀가 마음에 드는 것을 고르자 저는 모두 해서 은화 오천 드라크마라고 알려 준 다음, 옷감을 한데 포장하여 시종에게 주었습니다. 그녀는 일어나 작별 인사를 하고선 가게 문을 나섰습니다. 저는 그녀를 시장 입구까지 바래다주었죠. 그러고는 노새를 타고 멀어져 가는 그녀의 뒷모습을 하염없이 바라보았습니다.

그녀가 완전히 사라지고 난 후에야 저는 제가 사랑에 눈이 멀어 큰 실수를 범했다는 사실을 알아차렸습니다. 그녀의 아름다움에 넋이 나가 옷감 대금도 받지 않았을뿐더러, 심지어는 그녀가 누구이며 어디 사는지조차 물어보지 않았던 겁니다. 옷감을 준 상인은 한둘이 아니었고, 그들이 오래 기다려 줄 리 만무했습니다. 저는 그들에게 달려가 대금을 지불하지 못한 것에 대해 사과한 후에, 여인은 제가 잘 아는 사람이니 걱정하지 말라고 말했습니다. 이처럼 간신히 수습하고 나서 가게로 돌아오는 제 마음은 그녀에 대한 사랑과 엄청난 빚에 대한 불안감으로 복잡하기만 했습니다……

여기에서 셰에라자드는 날이 밝아 오는 것을 보고 이야기를 중단했다. 다음 날 밤, 그녀는 다음과 같이 이야기를 계속해 나갔다.

백마흔세 번째 밤

저는 채무자들에게 이레 후에는 대금을 치를 테니 그때까지만 기다려 달라고 부탁했습니다. 여드레째 되는 날, 그들은 어김없이 들이닥쳐 돈을 내놓으라고 재촉했습니다. 저는 무릎 꿇고 사정하여 또다시 여드레의 말미를 얻어 내는 데 성공했습니다. 그런데 천만다행으로 바로 그다음 날 문제의 아가씨가 다시 나타났던 것입니다. 지난번과 같은 시각에,

같은 종들을 거느리고, 같은 노새를 타고서 말입니다. 그녀는 곧장 제 가게로 왔습니다. 「제가 사장님을 너무 오래 기다리게 한 것 같네요.」 그녀가 말했습니다. 「조금 늦었지만 지난번의 옷감 대금을 가져왔습니다. 자, 여기 은화가 있으니 환금상에게 가서 액수가 정확한지 확인해 보도록 하세요.」 이에 내시 시종과 함께 환금상에게 가서 확인해 보았더니, 모두가 틀림없는 은이었고 액수도 정확했습니다. 가게에 돌아온 저는 시장의 다른 가게들이 열릴 때까지 그녀와 대화를 나누는 행복을 누릴 수 있었습니다. 대화의 주제는 진부한 것들이었지만, 그녀의 입을 통해서 나오는 것은 무엇이든 처음 듣는 이야기처럼 신선하게 들렸습니다. 저는 그녀를 처음 봤을 때 재기 발랄한 사람이라고 생각한 것이 틀리지 않았음을 새삼 확인할 수 있었습니다.

상인들이 도착하여 가게 문을 열자, 저는 그들에게 달려가 밀린 대금을 지불했습니다. 그리고 다시금 여인의 부탁에 따라 금화 천 개에 상당하는 옷감을 외상으로 가져왔습니다. 그런데 여인은 옷감 대금을 지불하기는커녕 지난번처럼 자신이 누구이며 어디 사는지조차 밝히지 않고 옷감만 달랑 들고 떠나 버렸습니다. 정말 당황스럽기 짝이 없는 일이었습니다. 그녀야 아무런 위험이 없을 테지만, 저로서는 만일 그녀를 다시 못 보게 될 경우 막대한 손해를 입게 될 터였으니까요. 저는 생각했습니다. 〈그녀가 상당한 액수의 돈을 가져오기는 했는데, 이번에는 훨씬 더 많은 빚을 남기고 떠났잖아. 혹시 사기꾼은 아닐까? 이번에 돈을 갚은 것도 더 크게 한탕해서 나를 완전히 벗겨 먹으려는 미끼가 아니었을까? 상인들 중 그녀를 아는 사람은 하나도 없으니, 문제가 생길 경우 모든 책임은 내가 뒤집어써야 하는 거야.〉 그녀에 대한 사랑에도 불구하고 이러한 생각들은 제 마음을 심히 우울하게 했습니다. 이번에도 떠난 그녀에게서는 아무런 소식이 없었고, 이렇게 하루하루 시간이 흘러감에 따라 저의 불안은 커져만 갔습니다. 그런 식으로 한 달이 지나, 외상을 준 상인들은 더 이상 참지 못하고 저를 닦달하기 시작했습니다. 마침내는 그들을 무마하기 위해 제가 가진 모든 것을 팔아야 할 지경에까지 이르렀습니다. 그런데 바로 그럴 무렵 어느 날 아침, 그녀가 지난번과 똑같은 모습으로 다시 나타났던 것입니다.

「저울을 가져오세요! 그리고 여기 금화를 가져왔으니 무게를 달아 보세요!」 이 말을 듣는 순간 지금까지의 두려움은 순식간에 사라져 버리고, 대신 제 가슴은 그녀에 대한 사랑으로만 가득 찼습니다. 금화를 재기 전에 그녀는 제게 이런저런 질문을 하다가, 불쑥 결혼을 했는지 물어 왔습니다. 저는 아직 미혼이며 아직껏 한 번도 결혼한 적이 없다고 대답했습니다. 그러자 그녀는 시종에게 금을 주면서 말했습니다. 「자, 같이 가서 일을 잘 처리하고 와요!」 이 말에 시종은 너털웃음을 터뜨리고는 저를 한쪽으로 데려가 금의 무게를 재게 했습니다. 제가 금의 무게를 재고 있는데 그가 의미심장한 미소를 지으면서 제게 귀엣말을 했습니다. 「보아하니 사장님께서는 우리 여주인을 무척 좋아하시는 것 같은데 말입니다, 왜 용기 있게 사랑을 고백하지 않는 건지 모르겠습니다. 우리 아가씨께서도 사장님 못지않게 사장님을 좋아하고 있단 말입니다! 아가씨가 여기에 오는 게 옷감이 필요해서인 줄 아십니까? 그녀가 여기 오는 이유는 단 하나, 사장님에 대한 열렬한 사랑 때문입니다. 그래서 아까 사장님에게 결혼했냐고 물어봤던 겁니다. 자, 가서 말만 하시면 됩니다. 우리 아가씨하고 결혼하고 못하고는 사장님 마음에 달렸단 말입니다.」 「맞소!」 저는 대답했습니다. 「그녀를 처음 봤을 때부터 내 마음속에 사랑이 솟아나는 것을 느꼈소. 하지만 내 주제에 감히 그녀의 마음에 들 수 있으리라곤 꿈도 꾸지 못했소. 이제 나는 온전히 그녀의 것이오. 당신의 은혜에 대해서는 잊지 않으리다.」

저는 금화들의 무게를 다 쟀습니다. 그것들을 자루에 집어넣고 있는데, 시종이 아가씨 쪽으로 몸을 돌리더니 제가 그녀를 좋아한다고 말했습니다. 그것은 그들 간에 약속된 신호였습니다. 이 말을 들은 그녀는 즉시 몸을 일으켜, 자기가 곧 시종을 보낼 것이니 저는 그가 시키는 대로만 하면 될 것이라고 말하고는 떠나갔습니다.

저는 상인들을 찾아다니며 옷감 대금을 지불한 후, 며칠 동안 시종이 오기만을 초조하게 기다렸습니다. 그리고 그는 마침내 나타났습니다.

「하지만 폐하!」 세에라자드가 인도의 술탄에게 말했다. 「벌써 날이 밝았사옵니다.」 이렇게 말하고 그녀는 입을 다물었다. 다음 날, 그녀는 다음과 같이 이야기를 계속해 나갔다.

백마흔네 번째 밤

저는 시종을 반갑게 맞으며, 여주인의 안부를 물었습니다. 이에 그는 이렇게 대답했습니다. 「사장님은 이 세상에서 가장 행복한 남자이십니다. 아가씨는 완전히 상사병에 걸리셨다니까요! 지금 사장님을 얼마나 보고 싶어 하시는지 모릅니다. 만일 행동이 자유로운 분이라면, 당장에라도 여기 달려와 사장님과 온종일 같이 있으려 하실 텐데 말이죠.」 이에 제가 말했습니다. 「그녀의 기품 있는 거동과 반듯한 행동들을 보고서 나는 그녀가 상당히 지체 높은 사람일 거라고 짐작했소만······.」 「제대로 보셨습니다! 아가씨는 칼리프의 부인이신 조베이드 왕비께서 가장 총애하시는 궁녀이십니다. 왕비 마마께서 아가씨를 이렇듯 특별히 사랑하시는 까닭은 어렸을 때부터 친자식처럼 키워 오셨기 때문이지요. 지금 아가씨는 왕비 마마의 물건 구매 심부름을 도맡아 하고 계십니다. 얼마 전에 아가씨께서는 당신을 신랑감으로 생각하고 있다고 왕비 마마께 고백하고, 결혼을 허락해 달라고 간청했습니다. 이에 왕비 마마께서는 기꺼이 허락하지만 아가씨께서 선택을 제대로 했는지 판단하기 위해 먼저 사장님을 보고 싶다고 말씀하시면서, 만일 마음에 들면 결혼 비용은 왕비 마마 당신께서 부담하시겠노라고 약속하셨습니다. 자, 그러니 일은 끝난 것이나 다름없습니다. 무슨 말이냐고요? 사장님이 아가씨 마음에 들었으면 왕비 마마의 마음에 들지 않을 리 없기 때문입니다. 마마께서는 항상 아가씨를 기쁘게 해주시고, 원하는 것이라면 다 들어주려 하시니까요. 그러니 이제 사장님께서는 궁으로 가시기만 하면 됩니다. 바로 그것 때문에 제가 여기 온 거지요. 자, 이제 사장님의 결정만 남아 있습니다.」

「내 결심은 이미 서 있소.」 제가 대답했습니다. 「당신이 인도하는 곳이라면 어디든지 따라갈 작정이오.」 「아, 그렇다면 됐습니다!」 시종이 다시 말했습니다. 「하지만 사장님도 잘 아시겠지만, 왕궁의 여인들이 거하는 궁실에 남자는 절대 출입할 수 없습니다. 그래서 아가씨께서는 사장님이 비밀리에 들어올 수 있는 방법을 찾아냈습니다. 제가 시키는 대로만 하면 됩니다. 하지만 이 모든 것에 대해서는 반드시 비밀을 지켜야 하며, 그렇지 않을 경우 사장님의 목숨이 위태로울 것입니다.」

저는 시키는 대로 하겠다고 약속했습니다. 그러자 다시 시종이 말했습니다. 「그렇다면 오늘 저녁 어둠이 내릴 때, 조베이드 왕비께서 세우신 티그리스 강변의 모스크로 오십시오.

우리가 사장님을 모시러 갈 터이니, 그때까지 기다리고 계십시오.」 저는 그렇게 하겠다고 대답했습니다. 그러고는 하루 종일 초조하게 기다리다가 저녁이 되자 집을 나섰습니다. 강변의 모스크에 도착한 저는 일몰 한 시간 반쯤 후에 열리는 기도 집회에 참석한 후, 다른 사람들이 다 떠난 다음에도 혼자 모스크에 남아 있었습니다.

잠시 후 내시들이 노를 젓는 배 한 척이 물살을 헤치고 모스크 쪽으로 다가오는 것이 보였습니다. 배가 강변에 닿자, 내시들은 커다란 궤짝 여러 개를 모스크 안으로 나른 후 한 사람만 제외하고 모두 물러갔습니다. 남은 사람은 여태껏 항상 아가씨를 수행해 왔으며 그날 아침에는 저와 이야기했던 바로 그 내시였습니다. 그리고 아가씨 역시 들어오는 것이 보였습니다. 저는 냉큼 그녀 앞으로 달려가 그녀가 시키는 대로 할 준비가 되어 있다고 말했습니다.「자, 시간이 없으니 서둘러야 해요!」 그녀는 이렇게 말하면서 궤짝 하나를 열더니 저보고 그 안에 들어가라고 했습니다. 그녀는 다시 말했습니다.「당신과 저의 안전을 위한 일이니 양해하세요. 조금도 무서워하지 마세요. 나머지는 다 제게 맡기시면 됩니다.」 이제 저로서는 물러설 수도 없는 상황이었습니다. 제가 그녀의 말대로 하자 그녀는 즉시 궤짝 뚜껑을 닫고 열쇠로 잠가 버렸습니다. 그러자 그녀의 심복인 내시가 다른 내시들을 불러 제가 들어 있는 궤짝을 포함한 모든 궤짝을 다시 배에 실었습니다. 아가씨와 시종까지 배에 오르자 내시들은 저를 조베이드 왕비께 데려가기 위해 노를 젓기 시작했습니다.

궤짝 속에 갇힌 저의 머릿속에는 오만 가지 생각이 떠올랐습니다. 무엇보다도 이처럼 위험한 일에 뛰어든 것이 몹시도 후회스러웠습니다. 하느님께 기도하고 후회하기를 반복했지만 이미 모든 것은 엎질러진 물이었습니다.

배는 칼리프의 궁 대문 앞 강변에 닿았습니다. 배에서 내려진 궤짝들은 내시장(內侍長)의 궁실로 옮겨졌습니다. 내시장은 왕비와 나인들이 거하는 내궁으로 통하는 문의 열쇠를 갖고 있는 사람으로, 그 안에 들어가는 것은 무엇이든 그의 검사를 받아야 했던 것입니다. 그런데 이 내시장은 마침 자고 있어서 깨워야만 했습니다.

「하지만 폐하! 날이 밝아 오고 있사옵니다.」 샤리아는 이 재미있는 이야기의 뒷부분을 내일 들으리라 마음먹으면서, 어전 회의를 주재하러 가기 위해 자리에서 일어났다.

백마흔다섯 번째 밤

단잠을 방해받은 내시장은 몹시 화가 나서 아가씨더러 이렇게 늦은 시간에 들어와도 되냐고 호통을 쳤습니다. 「내가 쉽게 넘어가리라고 생각하지 마시오! 여기 있는 이 궤짝들은 하나도 빠짐없이 내 조사를 받아야 할 것이오.」 그는 수하의 내시들에게 궤짝들을 모두 자기 앞으로 가져와 하나하나 뚜껑을 열어 보라고 명했습니다. 그들은 제일 먼저 제가 숨어 있는 것부터 시작했습니다. 극도의 두려움에 사로잡힌 저는 이제 내 목숨은 끝장이구나 싶었습니다.

하지만 아가씨는 열쇠를 내놓지도 않을 것이며 이 궤짝을 여는 것을 결코 용납할 수 없다고 버텼습니다. 그녀는 이렇게 말했습니다. 「내가 궁에 들여오는 것은 나의 상관이자 당신의 상관이기도 한 조베이드 왕비 마마의 명으로 구매해 오는 것임을 뻔히 아시잖아요? 특히 이 궤짝에는 바그다드에 막 도착한 상인들에게서 받아 온 진귀한 상품들이 들어 있어요. 게다가 메카에서 온 젬젬 샘물[56]도 여러 병 들어 있다고요. 만일 잘못해서 병이 깨지기라도 한다면 당신이 책임지셔야 할 거예요. 신자들의 사령관의 부인이신 왕비 마마께서 당신의 무례함을 절대 용납하지 않으실 테니까요.」 이렇게 아가씨가 너무도 단호한 태도로 맞섰기 때문에 내시장은 더 이상 궤짝들을 검사하겠다고 주장하지 못했습니다. 그는 화가 나서 소리쳤습니다. 「자, 그럼 빨리 들어가시오!」 내시들은 내궁의 문을 열고 그 안으로 궤짝들을 모두 들여놓았습니다.

궤짝을 내궁 안에 들여놓자마자 누군가가 크게 외치는 소리가 들려왔습니다. 「칼리프이시다! 칼리프께서 납시셨다!」 이 말을 들은 저는 심장이 딱 멎는 것 같았습니다. 그때를 생각해 보면 그 즉시 쓰러져 죽지 않은 것이 놀라울 따름입니다. 과연 잠시 후에 칼리프의 음성이 들려왔습니다. 「이 궤짝 속에 무엇을 넣어 왔는고?」 「신자들의 사령관이시여! 이것들은 도성에 갓 들어온 최신 옷감들로, 왕비 마마께서 보고자 하셔서 가져온 것들이옵니다.」 아가씨가 대답했습니다. 「열어 보아라! 나도 한번 구경해 보고 싶구나.」 칼리프의 말이었습니다. 이에 아가씨는 이 옷감은 여인네들을 위한 것일 뿐 아니라, 다른 사람이 먼저 열어 보았다는 사실을 왕비께서 알게 되면 크게 실망하실 거라고 말했습니다. 하지만 칼리프는 막무가내였습니다. 「여러 소리 하지 말고 열래도! 과인의 명령이다!」 그녀는 다시 한 번 간청하기를, 만일 왕비 마마께서 분부한 대로 행하지 않으면 자기에게 불호령이 떨어질 것이라고 말했습니다. 「괜찮아! 내가 나서서 왕비가 너를 책망하지 못하게 할 것을 약속하마. 그러니 어서 열기나 해라!

56 이 샘은 메카에 있다. 이슬람교도들은 아브라함이 하갈을 어쩔 수 없이 쫓아낸 후, 하느님이 그녀를 위해 만드신 샘이라고 믿고 있다. 이곳 사람들은 이 샘물을 종교적 이유로 마시며, 각지의 왕족들에게 선물로 보내기도 한다 — 원주.

자, 어서! 꾸물대지 말고!」

지엄한 왕명을 더 이상 거역할 수는 없는 노릇이었습니다. 궤짝 속에서 간이 콩알만 해져서 숨을 죽이고 있던 그때의 상황을 떠올리면 지금도 온몸이 떨릴 정도입니다. 칼리프가 자리에 앉자 아가씨는 그 앞으로 궤짝들을 가져오게 해 차례로 열어 갔습니다. 그녀는 궤짝에서 옷감들을 하나하나 꺼내어 길게 펼쳐 보이며 옷감 각각의 아름다움을 충분히 감상하게 해주었습니다. 그렇게 최대한으로 시간을 끌면서 칼리프가 지치기를 기대했던 겁니다. 하지만 호기심 많은 칼리프 이 양반은 도무지 싫증을 낼 줄 몰랐고, 결국에는 제가 숨어 있는 궤짝만 남게 되었습니다. 「자, 마저 끝내자꾸나!」 칼리프가 말했습니다. 「이 궤짝 속에는 어떤 것이 들어 있는지 보고 싶구나.」 그 말을 듣는 순간 저는 마치 저승으로 떠나는 듯 정신이 아득해졌습니다. 이 위급한 상황에서 도저히 벗어날 수 없다고 생각했던 것입니다······.

여기까지 말한 셰에라자드는 날이 밝은 것을 보고 이야기를 멈추었다. 하지만 그녀는 다음 날 밤이 끝날 즈음 다음과 같이 계속해 나갔다.

백마흔여섯 번째 밤

칼리프께서 제가 들어 있는 궤짝마저 보고 싶어 하자, 조베이드 님의 총애를 받는 궁녀 아가씨는 이렇게 말했습니다. 「폐하! 이 궤짝의 내용물만은 공개하기가 심히 곤란하오니 부디 양해해 주십시오. 이 안에는 왕비 마마 앞에서만 보여 드릴 수 있는 것이 들어 있답니다.」 「그렇다면 할 수 없지!」 칼리프가 말했습니다. 「그래, 그만하면 나도 충분하다. 자, 궤짝들을 다

가져가거라!」 아가씨는 즉시 궤짝들을 자기 방으로 옮기게 했고, 그제야 저는 안도의 한숨을 내쉴 수 있었습니다.

궤짝을 나른 내시들이 모두 물러가자 그녀는 즉시 제가 갇혀 있는 궤짝 뚜껑을 열어 주었습니다. 제가 튀어나오자 그녀는 계단을 통해 위층의 방으로 통하는 문을 가리키면서 말했습니다. 「빨리 저 문으로 나가세요! 윗방에 올라가 저를 기다리세요!」 제가 나가고 그녀가 등 뒤로 문을 닫기가 무섭게 다시 칼리프가 방에 들어오더니 제가 갇혀 있던 궤짝 위에 걸터앉았습니다. 그분이 이렇듯 불쑥 방문한 이유는 저와 관계없는 그분의 호기심 때문이었습니다. 이 군주는 아가씨가 시내를 다니면서 보고 들은 것들에 대해 물어보고 싶으셨던 것입니다. 그들은 꽤 오랫동안 함께 이야기를 나눴습니다. 그러고 나서 칼리프는 몸을 일으켜 당신의 궁실로 돌아갔습니다.

마침내 혼자가 된 아가씨는 제가 있는 위층 방으로 올라왔습니다. 그녀는 저를 그토록 놀라고 떨게 한 것에 대해 사과했습니다. 「사실은 저도 당신 못지않게 겁이 났어요. 저로 인해 당신이 화를 입게 되지 않을까 걱정도 됐고, 발각되면 저 자신도 큰 위험에 처하게 되니까요. 사실 다른 여자였더라면 그 위태로운 상황에서 저처럼 빠져나올 수는 없었을 거예요. 정말이지 엄청난 배짱과 기지가 필요했다고요! 아니, 저로 하여금 그 궁지에서 벗어나게 해준 건 당신에 대한 저의 사랑일 거예요. 하지만 걱정 마세요! 이젠 아무것도 두려워할 게 없으니까요.」 얼마 동안 우리는 다정한 대화를 나누었습니다. 그리고 그녀가 다시 말했습니다. 「자, 이제 누워서 좀 쉬세요! 내일은 저의 주인이신 조베이드 님께 당신을 소개해 드리겠어요. 내일은 아무 문제도 없을 거예요. 칼리프께서는 밤에만 이 내궁에 들르시니까요.」 이 말에 안심한 나는 편안한 마음으로 잠이 들었습니다. 이따금 잠에서 깨는 일도 있었지만, 그것은 더 이상 두려움 때문이 아니라, 너무도 아름답고 기지 넘치는 귀공녀를 내 여자로 얻었다는 흥분 때문이었습니다.

다음 날 아가씨는 그녀의 여주인에게 저를 소개하기 전에 먼저 그분 앞에서 어떤 식으로 행동할 것이며, 그분이 던질 질문들에 대해서는 어떻게 대답해야 하는지 자세히 가르쳐 주었습니다. 그러고 나서 모든 것이 놀라울 정도로 청결하고도 호화롭게 꾸며져 있는 큰 홀로 저를 인도했습니다. 우리가 홀에 들어가자마자 조베이드 님의 방에서는 나이가 꽤 들어 보이는 시녀 스무 명이 모두가 똑같은 옷으로 맞춰 입고 걸어 나와 중앙에 있는 옥좌 앞에 두 줄로 섰습니다. 그러고 나서 이번에는 보다 젊은 시녀 스무 명이 두 줄로 걸어 나왔습니다. 젊은 시녀들의 복장은 중년 시녀들의 그것과 거의 비슷했지만 좀 더 화려하다는 점이 달랐습니다. 조베이드 님은 이 젊은 시녀들에 둘러싸여 나타나셨습니다. 제대로 걷는 것이 힘들어 보일 정도로 온몸을 무수한 보석으로 치장하신 그분은, 하지만 너무도 위엄 있는 자세로 걸어와 옥좌에 앉으셨습니다. 왕비께서 들어오시자 제 연인은 즉시 그분 곁으로 가 동행했고, 양쪽에 떨어져 시립해 있는 다른 시녀들과는 달리 왕비가 앉으신 옥좌의 바로 오른편에 섰습니다.

칼리프의 왕비께서 자리에 앉자, 처음 들어왔던 시녀들이 제게 다가오라고 손짓했습니다. 저는 두 줄로 선 시녀들 가운데로 나아가 왕비의 발밑에 깔린 융단에 이마를 대고 부복했습니다. 그분은 제게 일어나라고 하신 후 영광스럽게도 제 이름과 가족과 재산 상태 등에 대해 이것저것 질문하셨고, 저는 성심껏 대답해 드렸습니다. 저의 답변을 들은 그분의 얼굴에 흡족해하는 빛이 떠오르더니, 영광스럽게도 이렇게 말씀해 주셨습니다.「내 딸이 — 나는 이 애를 어려서부터 정성껏 키워 온지라 마치 친딸처럼 여기고 있다네 — 선택한 사람이 내 마음에도 드는 것 같아 몹시 기쁘네. 그래! 자네들이 결혼하는 것을 허락해 주겠네. 결혼식 준비도 내가 맡아서 해줄 것이네. 하지만 그 전에 나는 열흘간 내 딸과 시간을 갖고 싶네. 그 사이에 칼리프께도 말씀드려 그분의 허락 또한 얻어 낼 것이라네. 그동안 자네는 불편하지 않게 해줄 터이니 그냥 여기 머물러 있도록 하게!」

이 말을 마친 셰에라자드는 날이 밝은 것을 보고 이야기를 멈추었다. 다음 날 그녀는 다음과 같이 계속해 나갔다.

백마흔일곱 번째 밤

그리하여 저는 열흘 동안 칼리프의 나인들이 거하는 내궁에서 지내게 되었습니다. 이 기간 동안 아가씨를 볼 수는 없었지만, 그녀의 명에 따라 다른 궁녀들이 너무 잘 대해 주어 불편한 점은 조금도 없었습니다.

조베이드 님은 칼리프에게 자신이 총애하는 궁녀를 시집보내고 싶다고 말했습니다. 이에 칼리프는 그 문제에 대해서는 왕비 좋을 대로 할 것이며, 자신도 혼수 비용으로 상당한 액수를 내놓겠다고 대답했습니다. 열흘째 되는 날, 조베이드 님은 정식 결혼 계약서를 작성하게 했습니다. 그러고 나서 본격적인 결혼식 준비가 시작되었습니다. 악사며 남녀 춤꾼들을 부르고, 궁에서는 열흘 동안 큰 잔치가 열렸습니다. 열흘째 되는 날은 이 긴 결혼식의 마지막 의식이 열리는 날로, 그녀와 저는 각기 남녀 목욕탕으로 인도되어 몸을 깨끗이 씻었습니다. 그리고 그날 저녁 신랑인 제 앞에는 진수성찬이 차려졌습니다. 음식 중에는 방금 전에 여러분이 제게 먹으라고 권하셨던 그 마늘 요리도 있었는데, 맛이 얼마나 좋던지 저는 다른 것에는 손도 안 대고 오로지 그것만을 열심히 집어 먹었습니다. 하지만 불행히도 저는 식사를 마치고 일어나면서 손을 물로 깨끗이 씻는 대신에 냅킨으로 대충 닦는 것으로 끝내 버렸습니다. 여태껏 그런 일은 한 번도 없었는데, 그때는 도대체 왜 그랬는지 저 자신도 이해할 수 없습니다.

밤이 되었습니다. 하지만 수많은 등불로 밝혀진 내궁은 낮보다도 더 환했습니다. 흥겨운 음악이 연주되었고 하객들은 춤을 추었으며 유쾌한 볼거리들이 제공되었습니다. 궁 전체에는 기쁨과 즐거움의 탄성이 울려 퍼졌습니다. 사람들은 신부와 저를 큰 홀로 인도하여, 거기 마련된 두 개의 옥좌에 나란히 앉혔습니다. 우리 나라의 혼인 풍습에 따라, 시중드는 여인들은 신부의 옷을 여러 번 바꿔 입히고 얼굴도 매번 다른 방식으로 화장해 주었습니다. 이렇게 다른 모습으로 꾸민 후에는 매번 제 앞에 데려와 신부의 아름다움을 다양한 모습으로 보여 주었습니다.

마침내 이 모든 의식이 다 끝나, 우리는 함께 신방으로 인도되었습니다. 방 안에 우리 둘만 남게 되자 저는 신부를 품에 안으려고 다가갔습니다. 그런데 그녀는 이 정열적인 동작에 화답하기는커녕 저를 세차게 떠밀더니 큰 소리로 비명을 질러 대는 것이었습니다. 그 소리가 얼마나 끔찍했던지 궁내의 나인들이 모두 신방으로 뛰어와 대체 무슨 일이냐고 물었습니다. 나 또한 얼마나 놀랐던지 그저 입만 딱 벌리고 있을 뿐, 왜 그러냐고 물을 정신조차 없었습니다. 나인들이 그녀에게 말했습니다. 「여보게, 아우님! 우리가 떠난 지 얼마 되지도 않았는데 대체 무슨 일이 일어난 건가? 말해 보게! 그래야 우리가 도와줄 수 있을 게 아닌가?」 「치워 줘요!」 그녀는 소리를 질렀습니다. 「이 상스러운 남자가 보이지 않게끔 내 눈앞에서 제발 치워 달라고요!」 「아니, 부인! 대체 내가 무슨 짓을 했기에 그리 화를 낸단 말이오?」 그러자 그녀는 불같이 화를 내며 대답했습니다. 「당신은 천하기 이를 데 없는 상놈이에요! 그래, 그렇게 마늘을 집어 먹고서 손도 안 씻는단 말이에요? 그렇게 추저분한 남자가 다가와 내 몸을 오염시키는 걸 내가 참고 있으리라 생각했나요?」 그녀는 다른 나인들에게 말했습니다. 「이자를 바닥에 엎어 놓고 채찍을 가져와요!」 여인들은 즉시 나를 바닥에 엎드리게 한 후 두 팔과 다리를 잡아 꼼짝 못하게 만들었습니다. 그러자 신부는 누군가가 즉시 가져다준 채찍으로 저를 무자비하게 내리치기 시작했습니다. 그렇게 팔에 힘이 다 빠질 때까지 원 없이 후려치고는 나인들에게 말했습니다. 「이자를 포도대장에게 넘기고, 마늘 요리를 집어 먹은 손을 잘라 버리라고 하세요!」 이 말에 저는 비명을 질렀습니다. 「하느님 맙소사! 이렇게 얻어맞아 몸이 벌써 만신창이가 되었는데, 그것도 모자라 손까지 자르겠다는 거요? 마늘 요리를 먹고 손을 씻지 않았다는 죄로? 정말 아무 일도 아닌 것을 가지고 그렇게 화를 낼 수 있는 겁니까? 아아, 빌어먹을 마늘 요리! 그리고 그것을 요리하여 상 위에 올려놓은 주방장! 에잇, 둘 다 지옥에나 떨어져라!」

왕비 셰에라자드는 날이 밝은 것을 보고 여기에서 이야기를 중단했다. 샤리아는 신부의 행동에 어처구니가 없어 너털웃음을 터뜨리며 자리에서 일어났다. 그리고 이 이야기가 어떻게 끝나게 될까 몹시 궁금한 마음으로 방문을 나섰다.

백마흔여덟 번째 밤

다음 날, 동이 트기 전에 잠이 깬 세에라자드는 전날 밤에 하던 이야기의 끈을 이어 다음과 같이 계속해 나갔다.

제가 채찍으로 무수히 얻어맞은 것도 모자라 손까지 잘릴 위험에 처하자, 거기 있던 나인들은 저를 동정하여 입을 모아 신부에게 간청했습니다. 「여보게, 아우님! 아니, 경애하는 공주님! 화를 내는 것은 우리도 이해하겠지만 이건 좀 지나친 것 같아요. 물론 이 사람이 예의가 부족했을 뿐만 아니라, 공주님의 신분을 망각하고 함부로 처신한 건 사실이에요. 하지만 실수라 생각하고 너그럽게 덮어 주는 게 어떻겠어요?」 「안 돼요! 아직 내 분이 풀리지 않았어요!」 그녀가 대답했습니다. 「이번 기회에 예의를 똑똑히 가르쳐 주겠단 말이에요! 다시는 마늘 요리를 먹고 손을 씻는 걸 잊어버리지 않게끔 그의 몸에 확실한 표시를 남겨 놓겠어요.」 하지만 나인들은 물러서지 않고 이번에는 그녀의 발밑에 몸을 던져 그녀의 손등에 입을 맞추며 애원했습니다. 「오, 공주님! 제발 노여움을 거두세요! 그리고 우리가 이렇게 간청하오니 제발 은혜를 베풀어 주세요!」 그녀는 아무 대답도 하지 않았습니다. 대신 벌떡 일어나 제게 온갖 욕설을 퍼붓고는 방을 나가 버렸습니다. 나인들은 모두 그녀를 따라 나갔고, 저는 말할 수 없는 고통 속에 홀로 남겨졌습니다.

저는 먹을 것을 갖다 주는 늙은 여종을 제외하고는 열흘 동안 아무도 보지 못하고 혼자서 지내야 했습니다. 저는 노파에게 신부의 소식을 물어보았습니다. 「병석에 누워 있어요.」 노파가 대답했습니다. 「사장님이 뿜어 댄 그 썩은 냄새가 원인이죠. 아니, 왜 그 망할 놈의 마늘 요리를 먹고서 손을 씻지 않았단 말이우?」 이 말을 들은 저는 속으로 탄식하지 않을 수 없었습니다. 「이럴 수가! 이 궁중 여인네들은 그렇게도 섬세한 존재들이었단 말인가? 그리고 그렇게 하찮은 실수에 대해 그토록 잔인하게 복수할 수 있단 말인가?」 하지만 아무리 잔인하다 해도 여전히 그녀를 사랑하는 저는 그녀가 병들었다는 소식에 안타깝기만 했습니다.

어느 날 노파가 제게 말했습니다. 「사장님 부인이 병이 다 나았습니다. 그녀는 조금 전에 목욕탕에 가면서 제게 이르기를, 내일 사장님을 보러 오겠다고 하시더군요. 자, 사장님! 이제껏 이렇게 견뎌 왔으니 내일 부인이 오시면 그녀 기분을 잘 맞추어 드리세요! 알고 보면 아주 현명하고도 분별 있는 분이랍니다. 그 때문에 조베이드 님께서 모든 궁녀들 중에서도 특별히 아껴 주셨던 거고요.」

과연 제 아내는 다음 날 오더니 제게 말했습니다. 「그런 모욕을 받고도 다시 이렇게 찾아온 내가 착한 줄 아세요. 하지만 이런 상태로는 도저히 당신과 화해하지 못하겠어요. 마늘 요리를 먹고 나서 손을 씻지 않은 죄에 상응하는 벌을 내리지 않는다면 결코 내 마음이 풀리지 않을 거란 말이에요.」 이렇게 말하더니 그녀는 주위에 있는 다른 나인들에게 명하여 저를 바닥에 눕히고 몸을 포박하게 했습니다. 그러고는 잔혹하게도 직접 면도칼을 들어 두 손과 두 발의 엄지를 모두 잘라 냈던 것입니다. 나인 하나가 상처에 어떤 약초를 발라 피를 멈추게 해주었지만 이미 많은 피를 흘렸고, 너무도 고통스러웠던 탓에 저는 그만 의식을 잃고 말았습니다.

다시 의식이 돌아오자 나인들은 제게 포도주를 마시게 해 몸을 추스를 수 있도록 해주었습니다. 「아아, 부인!」 저는 아내에게 말했습니다. 「앞으로 내가 마늘 요리를 먹는 일이 생긴다면, 그때는 한 번이 아니라 알칼리 수, 솔장다리 재, 그리

고 비누를 써서 백스무 번 손을 씻겠다고 맹세하오.」 이 말에 아내는 대답했습니다. 「그렇다면 좋아요. 그런 조건이라면 나도 과거를 잊고 당신을 남편으로 모시고 살겠어요.」

자, 여러분. 이상이 제가 앞에 놓인 마늘 요리를 먹지 않으려 했던 이유였습니다.

날이 밝기 시작하여 셰에라자드는 그날 밤은 더 이상 계속할 수 없었다. 하지만 다음 날 그녀는 다음과 같이 납품상의 이야기를 계속해 나갔다.

백마흔아홉 번째 밤

폐하! 바그다드 출신의 상인은 다음과 같이 그의 이야기를 끝맺었습니다.

제 엄지들이 잘리자 나인들은 지혈을 위한 약초뿐 아니라, 메카산 발삼 향유도 발라 주었습니다. 칼리프의 조제소에서 받아 온 것인 만큼 틀림없는 진품이었죠. 이 놀라운 향유의 약효 덕분에 제 상처는 얼마 지나지 않아 완치되었습니다. 그리고 저와 아내는 마치 아무 일도 없었던 사람들처럼 화목하게 잘 살았죠. 하지만 그전까지 자유롭게 살아왔던 저인지라 칼리프의 궁에 갇혀 지내는 삶은 지루하게만 느껴졌습니다. 하지만 이런 감정을 감히 아내에게 드러낼 수는 없었습니다. 다시 한 번 그녀의 성질을 건드릴까 무서웠던 겁니다. 그런데 다행스럽게도 그녀가 먼저 저의 감정을 눈치챘습니다. 사실 그녀 자신도 조베이드 님께 감사하는 마음으로 궁에 붙어 있었을 뿐, 저 못지않게 밖으로 나가서 살고 싶어 했던 것입니다. 그녀는 역시 똑똑한 여자였습니다. 그녀는 조베이드 님을 찾아가 여태껏 시장 바닥에서 같은 신분의 사람들과 어울리며 자유롭게 살아오던 남편이 이 궁정 생활을 얼마나 답답하게 여기고 있는지 잘 설명드렸습니다. 이에 너그러운 왕비께서는 총애하는 시녀를 당신 곁에 붙잡아 두기보다는 우리가 원하는 삶을 허락하기로 하셨습니다.

그리하여 결혼한 지 한 달 후, 아내는 돈으로 두둑한 전대를 하나씩 든 내시 여러 명을 데리고 나타났습니다. 그들이 물러가자 그녀는 제게 말했습니다. 「궁정 생활이 무척 답답했겠지만 지금껏 당신은 아무 말도 않고 계셨죠. 하지만 저는 당신 심정을 십분 이해하고 있어요. 그리고 다행스럽게도 당신을 기쁘게 해줄 방법을 찾아냈답니다. 저의 주인이신 조베이드 님께서 우리 부부에게 궁 밖에 사는 것을 허락해 주시면서, 도성에서 안락한 생활을 할 수 있게끔 이 돈 오만 세켕도 하사해 주셨어요. 자, 이 중에서 만 세켕으로 집을 한 채 사기로 해요.」

곧 저는 이 금액에 맞는 적당한 집을 찾아냈습니다. 우리는 실내를 호사스러운 가구로 으리으리하게 꾸며 놓은 후 함께 입주했습니다. 남녀 종복도 많이 두었고, 아주 멋진 마차도 한 대 굴렸습니다. 하지만 이 행복한 삶은 그리 오래가지 못했습니다. 일 년 후 아내가 갑자기 병을 얻더니 며칠 만에 세상을 떠난 버린 거지요.

저는 재혼하여 계속 바그다드에서 살아갈 수도 있었지만, 보다 큰 세상을 보고 싶어 다른 계획을 세웠습니다. 저는 집을 팔고 여러 종류의 상품을 구입한 다음, 대상에 합류하여 페르시아 땅을 통과해 나왔습니다. 그렇게 사마르칸트를 거쳐 다시 이곳 카슈가르까지 와서 자리 잡게 된 것입니다.

「자, 폐하!」 납품상이 카슈가르 술탄에게 말했습니다. 「여기까지가 어제 바그다드 출신의 상인이 결혼식에 모인 하객들에게 들려준 이야기입니다.」 이에 술탄이 대답했습니다. 「그래, 이 이야기는 뭔가 특이한 점이 있군그래. 하지만 아직 꼽추의 이야기에는 못 미쳐.」 그러자 이번에는 유대인 의사가 앞으로 나서더니 술탄 앞에 엎드려 절한 후, 다시 일어서며 말했습니다. 「폐하! 폐하께서 원하신다면, 감히 폐하를 만족시켜 드릴 수 있다고 자부하는 이야기를 제가 들려드리겠습니다.」 「좋다, 이야기해 보아라!」 술탄이 말했습니다. 「하지만 꼽추의 이야기보다 놀라운 것이 아니라면, 목숨을 건질 수 있으리라고는 기대하지 않는 게 좋아!」

날이 밝았으므로 셰에라자드 왕비는 여기에서 이야기를 멈추었다. 다음 날 밤, 그녀는 다음과 같이 이야기를 계속해 나갔다.

백쉰 번째 밤

폐하! 카슈가르 술탄이 이야기를 들을 의향이 있다고 말하자 유대인 의사는 다음과 같이 말했습니다.

유대인 의사의 이야기

　폐하! 저는 다마스쿠스에서 의술을 공부하고 이 고귀한 직업에 종사해 오면서 명성도 꽤 얻었습니다. 그러던 어느 날, 한 종이 찾아와 다마스쿠스 총독님 댁에 병자가 하나 있으니 와서 봐달라고 말했습니다. 즉시 달려가 봤더니 어떤 방으로 인도하는데, 거기에는 무슨 병인지는 몰라도 심하게 앓고 있는 준수한 청년 하나가 누워 있었습니다. 저는 인사를 하고 그의 곁에 앉았습니다. 그는 제 인사에 아무런 대답도 하지 않았지만 눈빛을 통해 저의 인사말을 들었으며 와주어 고맙다는 뜻을 전했습니다. 저는 그에게 말했습니다. 「도련님! 진맥을 할 수 있게끔 손을 내밀어 주십시오.」 그런데 청년은 오른손이 아닌 왼손을 내밀어 저를 크게 놀라게 했습니다. 저는 속으로 생각했습니다. 〈이 청년은 뭘 몰라도 크게 모르고 있군그래! 의사가 진맥할 때는 반드시 오른손을 내밀어야 한다는 사실을 모르다니!〉 하지만 저는 진맥을 한 후에 처방전을 써주고는 집으로 돌아왔습니다.

　저는 이렇게 아흐레 동안 그를 방문했습니다. 진맥할 때마다 그는 계속 왼손을 내밀었습니다. 열흘째 되는 날, 그는 상태가 많이 호전되어 목욕탕에 갈 수 있을 정도가 되었습니다. 이때 청년의 방에 들어온 총독님은 매우 기뻐하셨고 얼마나 감사한지 모르겠다며 제게 아주 값비싼 옷을 입혀 주셨습니다. 또 저를 시립 병원 원장 겸 총독님 집안의 주치의로 삼겠다고 하시면서 앞으로 언제든지 집에 와서 식사도 같이 하고 흉허물 없이 지내자고 말씀하셨습니다.

청년도 저에게 친밀한 감정을 표하면서 목욕을 함께하자고 청했습니다. 우리는 목욕탕에 들어갔습니다. 그런데 탈의실에서 하인들의 도움을 받아 옷을 벗은 청년의 오른팔에는 손목 아래가 보이지 않았습니다. 그것도 최근에 잘려 나간 것 같았는데, 이것이 바로 그가 제게 감춰 온 병의 진정한 원인이었습니다. 잘리고 난 후에 상처를 빨리 아물게 하는 약을 바르긴 했지만, 후유증으로 열이 심하게 올라 그것을 내리려 저를 불렀던 것이었습니다. 그의 이런 모습을 본 저는 한편으로는 놀랐지만 다른 한편으로는 몹시 가슴이 아팠습니다. 청년은 이런 감정이 제 표정에 나타나는 것을 보고 말했습니다. 「의사 선생님! 너무 놀라지 마십시오. 이렇게 된 사연은 나중에 들려드리죠. 아마 깜짝 놀라실 만한 그런 이야기랍니다.」

목욕을 마친 우리는 식탁에 앉아 잠시 대화를 나눴습니다. 그러다가 청년은 지금 자신의 건강 상태로 도성 밖에 있는 총독님의 정원에 가서 산책을 해도 괜찮겠냐고 물었습니다. 저는 물론 그럴 수 있을 뿐 아니라, 지금 신선한 바깥 공기를 쐰다면 회복하는 데 도움이 될 것이라고 대답했습니다. 「그렇다면 저와 함께 가시면 어떻겠습니까? 같이 산책하면서 제 이야기를 들려드리겠습니다.」 저는 그를 위해서라면 얼마든지 시간을 낼 수 있다고 대답했습니다. 그는 즉시 하인들을 시켜 약간의 간식거리를 마련하게 했고, 우리는 함께 총독님의 정원으로 갔습니다. 우리는 정원을 두세 바퀴 돌고 나서 시원한 그늘을 드리우고 있는 커다란 나무 밑에 하인들이 깔아 놓은 양탄자에 앉았습니다. 그러자 청년은 다음과 같이 자신의 사연을 들려주기 시작했습니다.

저는 모술 출신으로, 저희 집안은 이 도시에서도 가장 유력한 가문의 하나입니다. 작고하신 조부께서는 열 남매를 남기셨는데 모두가 결혼하셨지만 아무도 자식을 갖지 못하셨고, 그중 장남이신 제 부친만이 외아들을 얻으셨으니 그게 바로 저였습니다. 아버님께서는 저의 교육에 온갖 정성을 쏟으셨고, 저와 같은 신분의 남자라면 마땅히 갖춰야 할 것들을 배우게 해주셨습니다.

「하지만 폐하!」 여기에서 셰에라자드가 흠칫 놀라며 말했다. 「날이 밝아 오니 이야기를 중단하겠사옵니다.」 이렇게 말하고 그녀가 입을 다물자 술탄은 자리에서 일어났다.

백쉰한 번째 밤

다음 날, 셰에라자드는 의사가 만난 청년의 이야기를 이어나갔다.

제가 성장하여 막 사회생활을 시작하던 무렵이었습니다. 어느 금요일, 저는 부친과 삼촌들과 같이 정오 기도를 드리러 모술의 대(大)모스크에 갔습니다. 기도가 끝난 후, 신자들은 모두 모스크 밖으로 나갔지만 저희 가족만은 대청에 깔린 양탄자에 앉아서 오순도순 담소를 나누었습니다. 이런저런 것들을 이야기하다가 결국 대화의 주제는 여행에 대한 것으로 옮겨 왔습니다. 어른들은 제각기 어떤 나라와 주요 도시들의 아름다움과 특이함에 대해 저마다 아는 이야기를 늘어놓았습니다. 그러다가 삼촌 중 한 분이 수많은 여행자들이 입을 모아 하는 소리를 빌려, 이 세상에 이집트와 나일 강보다 아름다운 곳은 없을 것이라고 단언했습니다. 이집트를 묘사하는 삼촌의 이야기가 얼마나 멋지고 흥미진진했던지 저는 단박에 그곳으로 여행을 떠나고 싶은 간절한 욕망에 사로잡혔습니다. 다른 삼촌들은 바그다드와 티그리스 강이 더 낫다고 하면서 바그다드야말로 이슬람교의 진정한 본산이며 전 세계 모든 도시의 수도라고 주장했지만, 그런 말들은 더 이상 제 귀에 들어오지 않았습니다. 저의 부친께서도 이집트가 최고라고 주장한 삼촌을 옹호하는 발언을 하셔서 제 마음을 몹시 기쁘게 해주셨습니다. 그런데 삼촌들 간에 한창 갑론을박이 오가고 있을 때, 그때까지 조용히 듣고만 계시던 부친께서 갑자기 고함치듯 말씀하시며 끼어든 것이었습니다. 「자네들이 무슨 말을 하는 간에, 이집트를 보지 못한 사람은 이 세상에서 가장 기이한 것을 봤다고 말할 자격이 없어! 그곳은 땅이 모두 금덩어리로 되어 있지. 다시 말해서 너무나 비옥해서 거기 사는 사람들을 다 부자로 만들어 준다는 뜻이야. 그리고 그곳 여인들은 그 아름다운 용모나 상냥한 거동으로 남자들의 애간장을 녹여 주지. 또 자네가 나일 강에 대해서도 말했던가? 이 세상에 이 강만큼 경탄스러운 강은 또 없다네. 이 세상 어느 강물이 그보다 더 순수하며 더 감미로울 수 있을까? 강물이 실어 나르는 더러운 진흙마저도 지극히 귀한 것이지. 범람할 때면 주위의 들판을 비옥하게 만들기 때문에, 씨만 뿌려 놓고 그냥 내버려 두어도 다른 곳에 비하면 천배의 수확을 가져다준단 말이야. 자, 피치 못하게 이집트를 떠나야 했던 어떤 시인이 이집트 사람들에게 들려주었던 다음의 시를 한번 들어 볼까?

　　그대들의 나일 강은 매일매일 그대들 위에 풍요한 재산을 쌓아 주노라!
　　그 멀리서부터 강이 흘러옴은 오직 그대들만을 위해서이지.
　　아아, 그대들을 떠나며 흘리는 나의 눈물,
　　이 강의 물만큼이나 풍부하게 흘러내릴 것이로다!
　　그대들은 여기 남아 그 모든 달콤함을 계속 누릴 수 있겠지.
　　허나 나는 어쩔 수 없이 이 강과 헤어져야만 하누나!

나일 강의 가장 큰 두 지류로 둘러싸인 섬[57]을 한번 둘러보게! 온갖 종류의 꽃들이 만발한 다채로운 풍경의 녹지대에는 도시, 촌락, 운하 등 우리의 눈을 즐겁게 하는 것들이 수없이 깔려 있다네! 또 이번에는 나일 강을 따라 에티오피아 쪽으로 눈을 돌려 보면 어떨까? 그곳은 델타 지역과는 또 다른 종류의 놀라움을 보여 주지! 나일 강의 무수한 운하들에 의해 젖어 있는 녹지대의 아름다움. 그것을 은판 위에 박혀 반짝반짝 빛나는 에메랄드들과 비교할 수 있을까? 그리고 위대한 도시 카이로……. 이 우주 가운데 이보다 더 광대하고 부유하며 인구가 많은 도시가 존재할까? 공공건물이나 개인 집을 막론하고 웅장한 건물들이 우뚝우뚝 솟아 있는 곳이야! 우리 내친김에 피라미드까지 구경 가보면 어떨까? 정말로 놀라서 입만 딱 벌어질 뿐 몸이 석상처럼 굳어 버릴 걸세! 집채만 한 돌덩이들로 쌓아 올려 하늘에까지 닿아 있는 그 어마어마한

---

[57] 나일 강의 델타(삼각주) 지역을 뜻함.

구조물들을 본다면 말이야! 그걸 보는 순간 우리는, 엄청난 재산과 인력을 동원하여 그것들을 지은 파라오들이야말로 이후의 그 어떤 군주보다 훨씬 더 위대한 존재들이라는 사실을 인정할 수밖에 없게 된다네. 그들 생전의 영광에 걸맞은 이 엄청난 기념물들은 그들이 비단 이집트뿐 아니라 지구 전체를 통틀어서도, 그 힘과 기술에 있어서 가장 뛰어난 군주들이었음을 웅변해 주고 있지. 이 기념물들은 하도 오래되어 그 건립 시기에 대해서는 학자들 간에도 의견이 엇갈릴 정도라네. 그런데 이처럼 까마득한 옛날에 세워진 이 구조물들은 수십 세기의 세월이 지난 지금까지도 여전히 그 웅자를 자랑하고 있다네……. 한편 다미에타, 로제타, 알렉산드리아 같은 이집트의 항구 도시들에 대해서는 많은 말을 하지 않겠네. 단지 이 항구들은 각종 곡물과 직물, 그리고 우리의 안락하고도 유쾌한 삶을 위해 필요한 모든 물품을 구하기 위해 세계 각지의 상인들이 찾아오는 곳이라는 사실만을 말해 두기로 하지. 그리고 지금까지 말한 것은 어디서 주워들은 지식이 아니라, 내가 젊은 시절에 그곳에서 몇 년 지내면서 겪은 생생한 체험에서 나온 것이야. 아, 정말로 내 생애 가장 즐거운 시절이었지!」

셰에라자드가 이렇게 말하고 있을 때 방 안에 새어 든 아침 빛이 그녀의 눈을 때렸고, 이에 그녀는 곧바로 입을 다물었다. 하지만 다음 날 밤이 끝날 즈음, 그녀는 이야기의 끈을 이어 다음과 같이 말했다.

백쉰두 번째 밤

삼촌들은 나일 강과 카이로와 이집트 왕국에 대한 아버지의 말씀에 아무런 반박도 못하고 다만 고개만 끄덕거릴 뿐이었습니다. 그날 밤 저는 이 모든 것들에 대해 끝없는 상상의 나래를 펴느라 제대로 잠을 이루지 못했습니다. 그로부터 얼마 후, 삼촌들은 아버님을 찾아와 당신들 역시 아버님의 말씀에 큰 감명을 받았다며 말이 나온 김에 모두 함께 이집트에 가보면 어떻겠느냐고 제안했고, 아버님은 기꺼이 받아들이셨습니다. 모두가 큰 상인이었던 그분들은 이집트에서 팔 수 있는 상품을 가져가기로 했습니다. 저는 그분들이 이집트 여행을 준비하고 있다는 말을 듣고 당장에 아버님을 찾아갔습니다. 그리고 눈물이 글썽글썽해서는 저도 여행에 끼워 달라고, 또 장사를 할 수 있게끔 제 몫의 물건을 마련해 달라고 간청했습니다. 하지만 아버님은 이렇게 대답하셨습니다. 「얘야! 넌 이집트까지 여행하기엔 아직 너무 어리다. 그게 얼마나 힘든 일인지 아느냐? 그리고 장사도 십중팔구 실패할 게다.」 하지만 저는 단념하지 않았습니다. 저는 삼촌들에게 아버님을 설득해 달라고 졸랐고, 마침내 그분들을 통해 아버님의 허락을 얻어 낼 수 있었습니다. 단, 이집트까지가 아닌 다마스쿠스까지만 갈 것이며, 아버님 일행이 이집트에 다녀오실 때까지 저 혼자 거기 남아 기다린다는 조건이었습니다. 아버님은 이렇게 말씀하셨습니다. 「다마스쿠스도 매우 아름다운 도시지. 그러니 너는 거기까지 가는 것으로 만족하도록 해라.」 비록 이집트까지 따라가고 싶은 마음이 굴뚝같았지만, 그 정도 허락을 받아 낸 것만도 다행이어서 그냥 아버님의 뜻을 따르기로 했습니다.

그리하여 저는 삼촌들과 아버님과 함께 모술을 떠났습니다. 우리는 메소포타미아 지방을 통과하고 유프라테스 강을 건너 알레포에 도착하여 거기서 열흘을 머물렀습니다. 그러고 나서 다시 출발하여 다마스쿠스로 갔는데, 난생처음 보는

이 도시는 제게 기분 좋은 놀라움을 안겨 주었습니다. 숙소에 여장을 푼 우리 일행 앞에는 멋진 사람들로 가득하고 튼튼한 성벽으로 둘러싸인 대도시가 펼쳐져 있었습니다. 우리 일행은 며칠 동안 도성 근교의 정원들을 찾아다니며 관광을 했습니다. 그 아름다운 정원들을 둘러본 우리는 다마스쿠스가 낙원 한가운데 위치해 있다는 소문이 단순한 과장만은 아니었다고 입을 모았습니다. 이렇게 며칠을 휴식한 아버님 일행은 다시 떠날 준비를 했습니다. 그분들은 떠나기 전에 제 몫의 상품들을 다 팔아 주셨는데, 얼마나 장사를 잘 하셨는지 저는 거의 다섯 배의 수익을 얻을 수 있었습니다. 그것은 상당한 액수였고, 많은 돈을 손에 쥐게 된 저는 세상을 다 얻은 것 같았습니다.

아버님과 삼촌들은 저를 다마스쿠스에 남겨 두고 여행을 계속했습니다. 그분들이 떠난 후, 저는 쓸데없이 돈을 낭비하지 않기 위해 최선을 다했습니다. 하지만 집만은 아주 멋진 곳으로 얻었습니다. 전체를 대리석으로 짓고 그 위에 금색과 청색의 아라베스크 무늬를 그린 데다 정원에는 아름다운 분수까지 갖춘 고급 주택이었습니다. 집을 꾸미기 위해 가구도 구입했는데, 그 집만큼이나 사치스러운 가구는 아니었고 단지 어느 정도의 신분을 갖춘 청년으로서 최소한의 품위를 유지할 수 있는 단정한 것들로 골랐습니다. 전에 이 집은 이 도시에서 가장 유력한 귀족 중 하나였던 모둔 압달라 함이라는 사람의 소유였다지만, 지금 주인은 어떤 부유한 보석상으로 저는 매달 집세로 단 이 세켕만을 지불했습니다. 저는 많은 하인들을 거느리며 매우 품위 있는 생활을 영위했습니다. 가끔 거기서 사귄 사람들을 초대하여 식사를 같이하기도 했으며, 반대로 그들 집에 가서 얻어먹기도 했습니다. 이런 식으로 시간을 보내며 저는 아버님 일행이 돌아오기만을 기다렸습니다. 아주 평온한 나날이었고, 점잖은 신사들과의 사귐이 저의 유일한 일과였습니다.

그러던 어느 날이었습니다. 제가 집 대문에 앉아서 시원한 바람을 쐬고 있는데, 멋들어진 옷차림에 몸매가 아주 좋아 보이는 어떤 젊은 여인이 제게 다가왔습니다. 그러더니 옷감을 팔지 않느냐고 물으면서 불쑥 집 안으로 들어오는 것이었습니다…….

여기에서 셰에라자드는 날이 밝은 것을 보고 입을 다물었다. 그리고 다음 날 밤, 그녀는 다음과 같이 이야기를 계속했다.

백쉰세 번째 밤

귀부인이 집 안에 들어오자 저는 일어서서 대문을 닫은 후, 그녀를 홀에 인도하고는 앉으라고 권했습니다. 「아가씨! 아가씨에게 보여 드릴 만한 옷감들이 많이 있었답니다. 하지만 다 팔아 버려 지금은 남은 게 없군요. 정말이지 유감입니다.」 그녀는 얼굴을 가린 너울을 벗었습니다. 그러자 눈부시게 아름다운 얼굴이 드러났고, 그 모습은 저의 가슴을 지금껏 느껴 보지 못한 감정으로 고동치게 했습니다. 「사실 저는 옷감이 필요 없어요.」 그녀가 대답했습니다. 「저는 단지 당신과 함께 저녁 시간을 보내고 싶어서 이렇게 찾아왔을 뿐이에요. 물론 당신이 허락해 주신다면 말이죠. 그런데 제게 간단한 간식거리 좀 주실 수 있나요?」

호박이 넝쿨째 굴러 들어왔다고나 할까요? 뜻하지 않은 행운에 입이 다물어지지 않았습니다. 저는 하인들을 시켜 각종 과일과 포도주 몇 병을 가져오게 했습니다. 곧 하인들이 음식을 차려 왔고, 우리는 자정이 될 때까지 먹고 마시며 즐겼습니다. 그러고 나서 저는 지금껏 경험해 보지 못한 행복한 밤을 보냈습니다. 다음 날 아침, 저는 처녀의 손에 금화 이 셰리프[58]를 쥐어 주려 했습니다. 하지만 그녀는 이를 세차게 뿌리쳤습니다. 「저는 이런 걸 바라고 당신을 찾아온 게 아니에요! 당신의 이런 행동은 제겐 정말이지 모욕이에요. 당신에게 뭘 받는 대신에 오히려 제 쪽에서 뭔가를 드리고 싶어요. 만일 거절하신다면 다시는 오지 않을 거예요.」 이렇게 말하며 그녀는 지갑에서 열 셰리프를 꺼내 억지로 제 손에 쥐어 주었습니다. 그리고 이렇게 말했습니다. 「저는 사흘 후, 해가 지고 나서 다시 오겠어요.」 그러고 나서 그녀는 떠나갔습니다. 멀어지는 그녀의 뒷모습을 보고 있으려니, 마치 그녀가 내 심장을 꺼내어 들고 가버리는 듯한 기분이었습니다.

사흘 후 그녀는 약속한 시간에 다시 왔습니다. 사흘간 목이 빠져라 기다렸던 저로서는 너무도 기쁘게 그녀를 맞았죠. 우리는 지난번처럼 즐거운 저녁과 밤 시간을 가졌습니다. 다음 날, 그녀는 다시 사흘 후에 돌아오겠다고 말하고 떠났습니다. 이번에도 제게 열 셰리프를 억지로 쥐어 주고 난 다음이었습니다.

다시 사흘 후에 돌아온 그녀는 우리 둘 다 취기가 어느 정도 올라왔을 때 이렇게 말했습니다. 「자기야! 나에 대해 어떻게 생각해요? 나는 참 예쁘고 재미있는 여자죠?」 「아가씨!」 저는 대답했습니다. 「그건 참으로 불필요한 질문 같소. 당신 앞에서의 내 모습을 보면 모르겠소? 당신을 보고 당신을 소유한다는 것은 내게 있어 너무나도 황홀한 일이라오. 당신은 나의 여왕, 나의 술탄이오! 당신이야말로 내 삶의 모든 것이

---

58 1셰리프는 1세켕과 같다 — 원주.

오!」 그녀가 다시 말했습니다. 「흥! 하지만 만일 내 친구를 보면 말이 달라질걸요? 그 애는 나보다도 훨씬 젊고 예쁘니까요. 더욱이 성격까지 아주 명랑해서 가장 침울한 성격의 남자들마저 웃게 만들죠. 그 애를 한번 여기로 데려와 봐야겠어요. 그 애한테 자기에 대해 말했더니 죽도록 부러워하더라고요. 이번에도 같이 오게 해달라고 내게 얼마나 졸라 댔는지 몰라요. 하지만 자기에게 미리 말하지 않고 데려올 수는 없었지요.」「아가씨! 무엇이든 아가씨 원하는 대로 해도 좋아요! 그리고 그 친구가 얼마나 예쁜지는 모르겠지만, 내 마음을 당신에게서 빼앗아 갈 수는 없다고 장담해요. 내 마음은 당신에게 너무도 단단히 매어져 있기 때문에 아무것도 그걸 떼어 낼 수는 없어요.」「너무 그렇게 쉽게 말하지 말아요!」그녀가 웃으며 말했습니다. 「좋아요! 그럼 당신의 사랑을 한번 시험해 보기로 하죠!」

우리의 대화는 거기서 멈추었습니다. 다음 날 그녀는 떠나면서 열 셰리프가 아닌 열다섯 셰리프를 주고는 이렇게 말했습니다. 「자, 잘 기억해 두세요! 제가 이틀 후에 새로운 손님을 데려올 테니 잘 대접해 주셔야 해요. 이번에도 평소처럼 해가 진 후에 올 거예요.」 저는 그녀들을 맞이하기 위해 방을 멋지게 꾸미고 먹음직한 안주를 준비해 놓았습니다······.

여기서 셰에라자드는 날이 밝은 것을 보고 이야기를 멈추었다. 다음 날 밤, 그녀는 다음과 같이 이야기를 계속해 나갔다.

백쉰네 번째 밤

폐하! 모술 출신의 청년은 유대인 의사에게 자신의 이야기를 계속 들려주었습니다.

저는 두 아가씨를 초조하게 기다렸고, 밤이 올 즈음에 마침내 그녀들이 도착했습니다. 그녀들은 너울을 벗었습니다. 그런데 첫 번째 아가씨의 미모에도 무척 놀란 바 있었지만, 친구 아가씨의 아름다움은 눈이 부실 정도였습니다. 그 완벽한 이목구비, 윤기 흐르는 피부, 그리고 반짝이는 눈동자는 감히 마주 보기도 힘들 정도였습니다. 저는 그녀에게 이렇게 왕림해 주셔서 영광이며 그녀에게 걸맞은 대접을 할 수 있을지 걱정이 된다고 말했습니다.「너무 과분한 칭찬은 그만해 주세요. 이렇게 올 수 있게 해주셔서 오히려 감사드려야 할 사람은 저예요. 어차피 이렇게 함께 지내게 되었으니, 우리 딱딱한 형식일랑 내려놓고 함께 신나게 즐겨 보아요!」

그녀들이 도착하자마자 이미 상을 차리라고 말해 놓았기 때문에, 우리는 곧 식탁에 앉을 수 있었습니다. 나는 새로 온 아가씨를 마주 보고 앉았는데, 그녀는 연신 미소를 지으며 나를 바라보는 것이었습니다. 그것은 거부할 수 없을 정도로 매력적인 시선이어서 제 마음은 이내 그녀의 포로가 되고 말았습니다. 하지만 사랑의 불길은 제 가슴뿐 아니라 그녀의 가슴에도 붙어 있었습니다. 그녀는 조금도 굳은 표정이 아니었고 계속 제게 달콤한 말들을 건넸습니다.

그런 우리를 지켜보고 있던 첫 번째 아가씨는 깔깔대고 웃으며 이렇게 소리쳤습니다.「그러기에 내가 말했잖아요. 내 친구를 보면 홀딱 반하게 될 거라고요. 보아하니 나만을 좋아하겠다는 맹세는 벌써 깨지고 있는 것 같군요!」저 역시 그녀처럼 웃으면서 대답했습니다.「그렇다고 아가씨가 데려온 이 귀한 분께 결례를 범한다면 당신이 뭐라고 하겠소? 집주인으로서 부끄럽지 않게 대접해 드려야지 두 분 다 이 몸을 욕하지 않을 게 아니겠소?」

우리는 계속 술을 마셨습니다. 하지만 술기운이 올라옴에 따라 저와 새로 온 아가씨는 정감을 너무 노골적으로 표현하게 되었고, 이 모습을 본 첫 번째 아가씨는 맹렬한 질투에 사로잡혔습니다. 그녀는 자리에서 벌떡 일어나더니 곧 돌아오겠다고 말한 후 방에서 나갔습니다. 그런데 그녀가 나간 지 얼마 되지 않아, 저와 함께 남아 있던 아가씨의 얼굴빛이 변하더니 격렬한 발작을 시작하는 것이었습니다. 저는 사람들을 불러 그녀를 소생시키려 애써 보았지만, 곧 그녀는 제 팔 안에서 숨을 거두고 말았습니다. 저는 밖으로 뛰어나가 다른 아가씨는 어디 있느냐고 물었습니다. 하지만 하인들은 그녀가 대문을 열고 밖으로 나가 버린 지 오래라고 대답했습니다. 그제야 그녀가 이 죽음을 초래한 장본인이라는 생각이 떠올랐습니다. 과연 그녀는 간악하게도 자기 친구에게 마지막으로 따라 준 술잔에 은밀하게 극독을 섞었던 것입니다.

이 끔찍한 사고 앞에서 저는 두려움에 휩싸였습니다. 〈아이고, 이제 어떻게 하나? 나는 어떻게 되는 거지?〉 하지만 더 이상 꾸물거리고 있으면 안 되겠다 생각하고 종들을 두들겨 깨워 달빛이 괴괴한 내정으로 불러냈습니다. 그리고 내정에 깔려 있는 대리석 포석 중 하나를 들어 깊은 구덩이를 판 다음 그 안에다 시체를 묻었습니다. 다시 포석을 덮고 난 후, 저는 여행복으로 갈아입고 집에 있는 돈을 모두 챙긴 다음에 집의 문들을 모두 닫았습니다. 마지막으로는 대문까지 잠그고 자물쇠 위에는 내 도장으로 봉인을 해놓았습니다. 그다음에는 집주인인 보석상에게 달려가 일 년 치 집세를 치르고 열쇠를 맡기면서 말했습니다. 「갑자기 급한 일이 생겨서 얼마 동안 자리를 비우게 됐습니다. 카이로에 있는 숙부님들을 뵈러 가야 합니다.」 그렇게 집주인에게 작별 인사를 하고 나서, 저는 즉시 말에 올라 기다리고 있던 종들과 함께 다마스쿠스를 떠났습니다……

나타나기 시작한 아침 빛은 여기서 셰에라자드에게 침묵을 강요했다. 다음 날 밤, 그녀는 다음과 같이 이야기를 계속해 나갔다.

백쉰다섯 번째 밤

여행은 무사히 이루어졌습니다. 저는 아무런 사고 없이 카이로에 도착할 수 있었습니다. 삼촌들은 갑자기 나타난 저를 보고 몹시 놀라셨습니다. 저는 혼자 지내는 게 너무 지루했을 뿐 아니라, 삼촌들에게도 아무런 소식이 없어 불안함에 이렇게 찾아왔노라고 둘러댔습니다. 이에 삼촌들은 얼굴을 활짝 펴고, 제가 허락도 받지 않고 다마스쿠스를 떠나온 것에 대해 아버님께서 화를 내시지 않도록 잘 말씀드리겠다고 약속하셨습니다. 저는 그분들의 칸에 함께 머물면서 카이로의 볼 만한 장소들을 관광하며 시간을 보냈습니다.

가져온 물건을 모두 판 삼촌들은 모술로 돌아갈 준비를 하셨습니다. 하지만 아직 이집트에서 보고 싶은 것이 많았던 저는 삼촌들이 있는 칸에서 슬그머니 빠져나와 멀리 떨어진 곳에 거처를 정한 후, 그분들이 떠날 때까지 모습을 드러내지 않았습니다. 삼촌들은 오랫동안 온 도성을 뒤지며 저를 찾았습니다. 하지만 행방을 찾을 수 없자, 아마도 아버님 뜻을 거역하고 이집트에 온 것을 반성하여 혼자 다마스쿠스로 돌아간 것이라 생각했습니다. 그리고 거기 가면 나를 찾을 수 있으리라 기대하면서 카이로를 떠나셨습니다.

물론 저는 그분들이 떠난 후에도 카이로에 남았습니다. 저는 그곳에 세 해 동안 머무르면서 보고 싶었던 이집트의 모든 놀라운 것들을 마음껏 구경했습니다. 이 기간 동안에도 저는 다마스쿠스의 집주인에게 계속 집세를 보내 주며, 제가 돌아갈 때까지 집을 비워 두라고 전했습니다. 귀국하는 길에 다시 다마스쿠스에 들러, 몇 년간 그곳에서 더 지내고 싶었던 것입니다. 카이로에 있는 동안에는 별다른 일이 일어나지 않았습니다. 하지만 제가 다마스쿠스에 돌아가 무슨 일을 겪게 되었는지 아신다면 선생님께서는 몹시 놀라실 것입니다.

다마스쿠스에 돌아온 저는 즉시 집주인 보석상을 찾아갔습니다. 그는 아주 반갑게 맞아 주었고, 제가 살던 집까지 몸소 동행해 주었습니다. 제가 없는 동안 그 집에 아무도 들어가지 않았다는 것을 보여 주려 함이었죠. 과연 자물쇠 봉인에는 손댄 자국이 없었고, 집 안의 물건들도 삼 년 전의 상태 그대로 있었습니다.

그런데 아가씨들과 술을 먹던 방을 청소하던 중, 하인 하나가 바닥에 떨어져 있는 무언가를 발견했습니다. 그것은 큼직하고도 흠 없이 완벽한 진주 열 개가 군데군데 달려 있는 금 사슬 목걸이였습니다. 하인이 가져온 목걸이를 본 저는 그날 밤 독살된 아가씨의 목에 걸려 있던 것이라는 걸 알 수 있었습니다. 아마도 당시의 북새통에 그녀의 목에서 빠져나와 바닥에 떨어졌던 모양이었습니다. 목걸이를 보자 내 팔에 안겨 숨을 거두던 그 아름다운 아가씨의 모습이 다시 떠올라 저도 모르게 눈물이 솟구쳤습니다. 저는 목걸이를 천에 싸서 품 안에 소중히 간직해 두었습니다.

저는 며칠 동안 집에서 쉬면서 여행 중에 쌓인 피로를 풀었습니다. 그러고 나서는 전에 사귀었던 사람들을 다시 만나기 시작했습니다. 이렇게 저는 방탕한 생활에 빠져들었고, 마침내 가진 돈을 다 써버리고 말았습니다. 곤경에 처한 저는 가구를 파는 대신 목걸이를 처분하기로 마음먹었습니다. 하지만 곧 이야기해 드리겠지만, 진주에 대해 아는 것이 거의 없었던 저는 큰 실수를 저지르게 됩니다.

시장에 간 저는 거간꾼에게 목걸이를 보여 주면서, 이것을 팔 생각이 있으니 가져다가 이 시장의 가장 큰 보석상들에게 보여 주라고 부탁했습니다. 거간꾼은 목걸이를 들고 이리저리 한참을 들여다보더니 놀란 표정으로 외쳤습니다. 「와! 정말로 멋진 물건이오! 이 바닥에서 이렇게 값비싼 보석은 처음 보오. 이걸 보석상들에게 보여 주면 무척들 좋아할 것이오. 그리고 앞다투어 값을 올려 부를 것이 분명하오.」 거간꾼은 저를 어떤 가게로 데려갔는데, 그 곳은 공교롭게도 우리 집주인의 가게였습니다. 거간꾼은 다시 말했습니다. 「여기서 잠깐만 기다리시오! 내 금방 알아보고 오리다.」

  그가 여기저기 보석상들을 찾아다니며 은밀하게 구매자를 알아보고 있을 때, 저는 집주인 보석상과 앉아 이런저런 얘기를 나누었습니다. 잠시 후 거간꾼이 돌아와 저를 따로 부르더니 보석상들이 쳐주는 값은 오십 셰리프에 불과하다고 전했습니다. 적어도 이천 셰리프는 받게 되리라는 저의 기대에는 한참 못 미치는 것이었죠. 그러고 나서 거간꾼은 이렇게 덧붙였습니다. 「그들 말로는 이 진주가 가짜라는 거요. 그래, 이 가격에라도 팔 용의가 있소?」 저는 그의 말을 믿었고, 또 돈이 절실히 필요했던지라 이렇게 말했습니다. 「진주에 대해서 나보다 잘 아는 분들의 말이니 틀림없겠지요. 자, 이것을 넘겨주고 즉시 돈을 가져다주세요.」

  그런데 거간꾼에게 오십 셰리프를 부른 사람은 이 시장에서 가장 부유한 보석상으로서, 이처럼 터무니없는 가격을 부른 까닭은 그 진주의 가격을 과연 제가 제대로 알고 있는지 떠보기 위함이었습니다. 그는 저의 대답을 듣자마자 거간꾼을 데리고 포도대장을 찾아가, 목걸이를 보여 주며 말했습니다. 「대장님! 이건 제가 일전에 도둑맞은 목걸이입니다. 그런데 훔쳐갔던 자가 이것을 되팔기 위해 지금 상인으로 변장하고 이 시장 안에 들어와 있습니다. 그자는 이천 셰리프나 하는 이 보물을 단돈 오십 셰리프라도 받고 팔겠다는 겁니다. 이것이야말로 그가 도둑이라는 확실한 증거가 아니고 무엇이겠습니까?」

이에 포도대장은 즉시 부하들을 보내 저를 체포하게 했습니다. 그리고 끌려온 저에게 목걸이를 보여 주면서, 제가 팔려고 시장에 내놓은 물건이 맞는지 물었습니다. 그렇다고 대답했더니 그는 다시 물었습니다. 「이것을 오십 셰리프에 팔려고 했소?」 저는 다시 그렇다고 시인했습니다. 「호오, 그래?」 그는 조롱 섞인 어조로 말하더니 부하들을 돌아보며 소리쳤습니다. 「자, 이놈에게 몽둥이맛을 좀 보여 주어라! 그럴싸한 상인 복장을 하고 있다만 사실은 좀도둑에 불과한 자이다. 진실을 토해 낼 때까지 마구 쳐라!」 이어 가혹한 매질이 시작되었고, 결국 견디지 못한 저는 목걸이를 훔쳤노라고 거짓 자백을 하고 말았습니다. 그러자 포도대장은 그 자리에서 저의 손목을 잘라 버렸습니다.

이 사건은 시장 전체를 떠들썩하게 했습니다. 그래서 제가 집에 들어오자마자 집주인이 곧바로 따라 들어오더니 말했습니다. 「여보게! 나도 소문을 들었네. 아니, 자네처럼 현명하고 제대로 교육받은 청년이 어떻게 그런 짓을 할 수 있었단 말인가? 나는 자네가 재산이 많다고 하는 말을 그대로 믿었네. 만약 돈이 필요하다면 왜 내게 부탁하지 않았는가? 내가 얼마든지 빌려 줄 수 있었는데 말이야. 하지만 이런 불미스러운 일이 일어난 이상, 더 이상 자네에게 내 집을 세줄 수 없네. 그러니 나가서 다른 집을 구하도록 하게.」 그의 냉정한 태도는 제 가슴을 너무도 아프게 했습니다. 제가 사흘만 더 머물게 해달라고 애원하자, 그는 들어주었습니다.

저는 크게 한탄했습니다. 「아아! 이게 무슨 불행이며, 무슨 치욕이란 말인가! 이제 이 꼴을 하고 모술로 돌아갈 수나 있을까? 내가 무슨 말을 해야 아버님이 나의 결백을 믿어 주실까?」

여기서 셰에라자드는 날이 밝은 것을 보고 이야기를 멈추었다. 다음 날 그녀는 다음과 같이 계속해 나갔다.

백쉰여섯 번째 밤

저에게 그 불행이 닥친 지 사흘째 되는 날이었습니다. 한 무리의 부하들을 거느린 포도대장이 집주인과 저를 모함한 보석상과 함께 집에 들이닥쳤습니다. 저는 그들에게 무슨 일로 왔느냐고 물었습니다. 하지만 그들은 대답 대신에 다짜고짜 제게 달려들어 포승으로 온몸을 결박했습니다. 그러고는 욕설을 퍼부어 대면서 목걸이의 원주인은 다마스쿠스 총독으로, 세 해 전 그분의 따님이 실종되었을 때 함께 잃어버린 것이라고 말했습니다. 이 말에 저는 그야말로 눈앞이 캄캄해졌습니다. 하지만 속으로 이렇게 결심했습니다. 〈좋다! 이왕 이렇게 된 것, 총독님께 있는 그대로 말씀드리리라! 용서해 주시든지 죽이시든지, 나머지는 하늘의 뜻에 맡기자.〉

그런데 끌려온 저를 내려다보는 총독님의 시선에는 동정의 빛이 어려 있었고, 이에 저는 일말의 희망을 품을 수 있었습니다. 그분은 저의 결박을 풀게 한 다음 저를 모함한 보석상과 집주인에게 물었습니다. 「목걸이를 팔려고 내놓았다는 사람이 바로 이 청년인가?」 그들이 그렇다고 대답하자 다시 말씀하셨습니다. 「그는 목걸이를 훔치지 않았다. 이렇게 억울한 일을 당하다니 정말로 끔찍하군!」 이 말에 용기를 내어 저는 소리쳤습니다. 「총독님! 맹세하건대 총독님 말씀대로 저는 결백합니다. 또 저 보석상은 절대 이 목걸이 주인이 아니었다고 확신합니다. 그는 제가 한 번도 본 적이 없는 사람입니다.

그런데 저 사람의 간악한 모함으로 말미암아 저는 너무도 억울한 벌을 받게 된 것입니다. 그렇습니다! 저는 죄를 자백했습니다. 하지만 그것은 고문에 못 이긴 거짓 자백에 불과했습니다. 그리고 제 양심을 속이고 거짓말을 한 데에는 또 다른 이유가 있었습니다. 만일 총독님께서 들어 주시겠다면 모두 말씀드리겠습니다.」 이에 총독님이 대답하셨습니다. 「자네가 도둑이 아니라는 사실은 이미 알고 있네. 자, 우선 한 가지 일을 처리하도록 하지. 여봐라!」 그는 보석상을 가리키며 소리쳤습니다. 「저 거짓말쟁이를 끌어내라! 그리고 이 무고한 청년이 겪은 형벌을 이번에는 그 자신이 받도록 해주어라! 나는 이 청년이 결백하다는 사실을 잘 알고 있다.」

총독님의 명령은 곧 집행되었습니다. 보석상은 끌려가서

그의 죗값을 치렀습니다. 그러고 나서 총독님은 다른 사람들을 다 물러가게 한 후 제게 말했습니다. 「자, 여보게! 두려워 말고 어떻게 이 목걸이를 얻게 되었는지 말해 보게. 아무것도 숨기면 안 되네.」 저는 지금껏 일어난 일을 모두 말씀드렸습니다. 그리고 이 비극적인 사건을 밝히느니 차라리 도둑으로 처벌받고 끝나기를 원했었노라고 고백했습니다. 「오, 하느님!」 제가 이야기를 채 끝내기도 전에 총독님은 크게 부르짖었습니다. 「진실로 당신의 길은 헤아릴 수 없으니 우리는 불평하지 않고 당신의 뜻을 따를 뿐이옵니다! 당신이 제게 내리시는 이 가혹한 채찍, 저는 그대로 받아들이겠나이다!」 그러고 나서 저를 바라보며 말씀하셨습니다. 「여보게! 자네의 불행한 이야기를 들으니 내 마음도 심히 아프네. 이젠 내 이야기를 들어 보게! 내가 바로 자네가 이야기한 두 아가씨의 아버지라네!」

여기까지 말한 셰에라자드는 날이 밝아 오는 것을 보고 이야기를 멈추었다. 그리고 다음 날 밤이 끝날 즈음, 그녀는 다음과 같이 계속해 나갔다.

백쉰일곱 번째 밤

폐하! 다마스쿠스 총독은 모술 출신의 청년에게 이야기를 들려주었습니다.

「여보게! 부끄러움도 모르고 자네 집을 찾아간 그 첫 번째 아가씨는 바로 내 맏딸이라네. 나는 그 애를 카이로에 있는 내 조카에게 시집보냈지. 그런데 남편이 죽고 친정에 돌아온 그 애는 이집트에서 온갖 못된 짓들만 배워 와서 전혀 딴 사람이 되어 있었어. 자네의 품 안에서 그토록 불쌍하게 숨을 거두었다는 그 애 동생도 그 애가 돌아오기 전에는 아주 착하기만 해서 한 번도 내 속을 썩인 일이 없었다네. 그런데 언니란 년이 돌아오더니만 그 순진한 애를 우리가 모르는 사이에 완전히 타락시켜 버린 거야. 그 애가 죽은 바로 그날이었네. 식탁에 작은아이가 보이지 않아서, 마침 집에 들어온 큰애에게 그 애가 어디 있느냐고 물어보았지. 그런데 대답은 않고 대성통곡을 하기에 뭔가 불길한 예감이 들었어. 무슨 일이냐고 다그쳐 물었더니만 계속 흐느끼면서 이렇게 대답하더군. 〈아버님! 그 애가 어제 제일 예쁜 옷으로 갈아입고 멋진 진주 목걸이를 차더니 나가 버린 후 지금까지 안 들어왔어요. 제가 아는 건 그것뿐이라고요!〉 나는 도성 전체를 뒤져 딸애의 행방을 찾았지만, 그 애의 불행한 운명에 대해 아무것도 알아낼 수 없었네. 시샘하여 동생을 죽인 것이 아마도 가책이 된 것인지 맏이는 계속 괴로워하면서 울어 댔네. 그러다가 끼니마저 끊더니 결국 그 한심한 삶을 스스로 끝내 버리더군. 자, 보게나!」 총독님은 계속 말씀하셨습니다. 「이것이 바로 인간의 조건이란 말일세! 이것이 우리네 인간들이 겪어야 하는 불행들이지! 하지만 여보게! 우리는 피차 불쌍한 사람들이니, 서로 의지하며 같이 살아 보면 어떤가! 자네에게 내 셋째 딸을 아내로 주겠네. 그 애는 언니들과는 달리 행실이 바르다네. 또 언니들보다 훨씬 예쁠 뿐 아니라, 성격도 좋아 자네를 행복하게 해줄 걸세. 이제 우리 집을 자네 집으로 생각하게나! 그리고 내가 죽고 나면 자네 부부는 내 상속자가 되는 거야.」

「총독님! 이 모든 은혜에 너무도 황송하고, 어떤 말로 감사드려야 할지 모르겠습니다.」 「자, 자, 그만 하게!」 그분이 제 말을 끊으며 말했습니다. 「우리 쓸데없는 말들로 시간을 허비하지 마세!」 이렇게 말한 후 그분은 즉시 증인들을 불러 결혼 계약서를 작성했습니다. 저는 그분의 따님과 즉석에서 결혼식을 치렀죠.

총독님은 저를 모함한 보석상에게 형벌을 내린 것으로 만족하지 않으시고, 그가 가진 상당한 재산을 모두 압수하여 제게 주셨습니다. 선생님께서도 벌써 이 집에 몇 번 와보셨으니, 총독님이 저를 얼마나 아껴 주시는지 잘 보셨을 것입니다. 한편 저의 삼촌들은 저를 찾으러 이집트에 사람을 보내셨는데, 이 사람이 다마스쿠스를 지나다가 우연히 제가 여기 사는 것을 알게 되어 삼촌들이 보낸 편지를 전해 주었습니다. 삼촌들은 서신을 통해 아버님이 돌아가셨으니 모술에 돌아와 재산을 상속하라고 말씀하셨습니다. 하지만 저는 결혼한 데다 총독님에 대한 의리도 있고 하여 이곳을 떠날 수 없었지요. 그리하여 삼촌들께 저의 권한을 위임하며, 모든 재산을 처분하고 그 돈을 제게 보내달라고 부탁했습니다. 자, 이제 선생님께 제 모든 사연을 말씀드렸으니 제가 병석에 누워 있던 동안 왼손만을 사용한 결례를 용서해 주시리라 믿습니다.

「자, 이상이 모술 출신의 청년이 제게 해준 이야기였습니다.」 유대인 의사가 카슈가르 술탄에게 말했습니다. 「저는 총독님이 살아 계시던 동안 다마스쿠스에 머물렀습니다. 하지만 그분이 돌아가시고 난 후, 아직 피 끓는 청년이었던 저는 세상을 여행하며 이곳저곳 구경하고 싶은 욕구가 일었습니다. 그래서 저는 페르시아 전역을 돌아다니고 인도에도 갔습니다. 그리고 마침내 폐하께서 다스리시는 이 도성에까지 흘러와서 지금까지 착실하게 의사 일을 해오고 있었답니다.」

이 이야기가 상당히 재미있다고 느낀 카슈가르 술탄은 의사에게 이렇게 말했습니다. 「그래, 자네가 들려준 이 이야기는 꽤 훌륭하다는 것을 인정하겠네. 하지만 솔직히 말해서 아직까지는 꼽추의 이야기가 훨씬 더 유쾌했어! 따라서 자네 혼자만 목숨을 건질 수 있다고는 생각지 말아! 너희 넷을 교수형에 처하겠다!」

이때 재봉사가 앞으로 나서며 외쳤습니다.「잠깐만 기다리십시오, 폐하!」 그는 술탄의 발밑에 무릎을 꿇고 말했습니다.「폐하께서 유쾌한 이야기를 좋아하시는 것 같으니, 소인이 폐하의 마음에 들 만한 이야기를 하나 들려 드리겠습니다.」「그래, 네 이야기도 한번 들어 보자꾸나.」 술탄이 대답했습니다.「하지만 꼽추의 이야기보다 재미없을 경우 네 목숨을 부지할 수 있으리라곤 기대하지 마라!」 그러자 재봉사는 자신 있는 태도로 다음과 같이 이야기하기 시작했습니다.

재봉사의 이야기

 폐하! 이틀 전 이 도성에 사는 한 부자가 제게 초대장을 보내 왔습니다. 그다음 날, 그러니까 어제 오전에 자기 친구들을 위해 연회를 열려 하니 참석해 달라는 것이었습니다. 그래서 아침 일찍부터 나가 보았더니 벌써 스무 명 정도의 손님이 도착해 있었습니다.

 아직 보이지 않는 사람은 집주인뿐이었습니다. 무슨 일이 있어 시내에 나갔다는 것이었습니다. 그리고 얼마 후 마침내 그 양반이 나타났는데, 옆에는 어떤 외국 청년이 따라오고 있었습니다. 보기 드문 미남이었고 옷차림도 화려했지만 아깝게도 다리를 절고 있었습니다. 우리는 일어나 주인장에게 인사를 했고, 청년에게도 우리와 함께 좌단에 앉으라고 권했습니다. 청년은 우리의 말에 따라 자리에 앉으려 하다가 손님 중에 어떤 이발사를 발견했습니다. 이에 그는 흠칫 놀라더니 대뜸 밖으로 나가려 했습니다.

 이 행동에 놀란 주인장은 그를 붙잡고 물었습니다.「아니, 이 사람아! 어디 가는 건가? 내 친구들을 위해 마련한 이 연회에 자네도 일부러 모셔 오지 않았나? 그런데 들어오자마자 이렇게 나가려 하는 건 대체 무슨 경우인가?」「사장님!」청년이 대답했습니다. 「제발 저를 여기서 좀 떠나게 해주십시오! 전 저기 있는 저 끔찍한 이발사와 도저히 함께 앉아 있을 수 없습니다. 모든 사람들이 흰 피부를 가진 나라에서 태어났지만, 유독 저자만이 에티오피아인같이 생겼답니다. 게다가 얼굴만이 아니라 속은 더 시커멓고 흉악하답니다……」

이 대목에서 날이 밝아와 셰에라자드는 더 이상 이야기를 계속할 수 없었다. 하지만 다음 날 밤, 그녀는 다음과 같이 이야기를 계속해 나갔다.

백쉰여덟 번째 밤

우리는 청년의 말에 크게 놀랐습니다. 그리고 이 외국 청년의 주장에 근거가 있는지 제대로 확인해 보지도 않고 은연중에 이발사를 의심스러운 눈으로 쳐다보기 시작했습니다. 심지어는 이렇게 고약한 존재로 묘사되는 사람과 같이 앉아 식사할 수 없다고 주인장에게 항의하기까지 했습니다. 이에 주인장은 청년에게 이 이발사를 증오하게 된 사연을 들려달라고 청했습니다.

청년은 우리를 둘러보며 말했습니다. 「여러분! 저 망할 놈의 이발사야말로 저로 하여금 이처럼 절름발이가 되게 하고, 상상할 수 없는 불행을 겪게 만든 장본인입니다. 그래서 저는 그가 있는 곳이라면 발을 붙이지 않고, 또 그가 사는 도시에는 절대로 살지 않기로 맹세했습니다. 그런 이유로 그가 사는 바그다드를 떠나서 먼 여행을 한 끝에 대타타르 땅 한복판에 있는 이 도시에까지 오게 된 것입니다. 이곳이라면 저자를 절대로 볼 일이 없겠거니 하고 말입니다. 그런데 이

게 웬일입니까? 이자를 여기서 또다시 보게 되다니 말입니다! 그래서 여러분, 정말 죄송스럽게도 저는 여러분들과 함께하는 이 즐거운 시간을 포기해야 할 것 같습니다. 그리고 오늘 당장 이 도시를 떠나, 가능하다면 저 면상을 보지 않을 수 있는 곳으로 가서 숨어 버리고 싶습니다.」

이렇게 말하고 청년은 자리를 뜨려 했습니다. 하지만 주인장은 다시 그를 붙잡으며, 그가 말하는 동안 눈을 내리깐 채 침묵을 지키고 있던 이발사를 그토록 증오하게 된 사연을 이야기해 달라고 간청했습니다. 우리도 주인장을 거들어 함께 부탁했고, 결국 모든 이의 간청 앞에 마음이 누그러진 청년은 고집을 굽히고 자리에 앉았습니다. 그리고 행여 이발사의 얼굴을 보게 될까 봐 그에게 등을 돌리고 앉아, 자신의 사연을 들려주기 시작했습니다.

제 부친께서는 원하기만 하셨다면 바그다드에서 높은 관직에도 오르셨을 정도로 만인의 존경을 받는 분이셨습니다. 하지만 그분은 세상의 모든 영예를 멀리하고 재야에 파묻혀 평온한 삶에 만족하셨죠. 그분께서 세상을 뜨셨을 때 외아들이었던 저는 이미 철든 나이여서, 물려받은 큰 재산을 스스로 관리할 능력이 있었습니다. 저는 재산을 어리석게 낭비하지 않고 아주 지혜롭게 사용하여 모든 이들의 존경을 받았습니다.

그런데 이상하게도 저는 이성에 대해서는 전혀 관심이 없었습니다. 누구에게서 사랑의 감정을 느끼기는커녕, 부끄러운 얘기지만 여자만 보면 도망을 갈 정도였으니까요. 그런데 어느 날, 거리를 걷고 있는데 맞은편에서 한 무리의 아가씨들이 걸어오고 있는 게 보였습니다. 저는 그네와 마주치지 않으려고 옆에 보이는 골목길로 후닥닥 뛰어 들어가, 어느 집 대문 앞에 놓인 벤치에 앉았습니다. 그러고는 맞은편 창문 베란다에 놓인, 예쁜 꽃들이 활짝 핀 화분이 눈에 띄어 그것을 바라보고 있는데, 창문이 사르르 열리더니만 눈부시게 아름다운 아가씨의 모습이 나타났습니다. 그녀는 저를 흘긋 쳐다보더니만 설화 석고보다 더 흰 손으로 화분에 물을 주었습니다. 그러고는 저를 보면서 살며시 웃음 짓는데, 그 미소가 얼마나 사랑스럽던지 지금까지 여자들을 싫어했던 것만큼이나 강렬한 사랑이 세차게 치밀어 올랐습니다. 그렇게 그녀는 화분에 물을 주고 그 매력적인 시선으로 저의 마음을 완전히 꿰뚫은 다음, 다시 창문을 닫았습니다. 제 가슴속에 말할 수 없는 동요와 혼란만을 남겨 놓은 채로 말이죠.

그때 거리 쪽에서 들려온 소리에 정신을 차리지 못했더라면, 저는 한없이 그렇게 앉아 있었을 것입니다. 몸을 일으켜 고개를 돌려 보니 이 도성 최고의 카디가 노새를 타고 골목 안으로 들어오고 있었고, 그 뒤로는 대여섯 명의 하인이 따라오고 있었습니다. 카디는 아가씨가 창문을 연 집의 대문 앞에서 노새에서 내려 집 안으로 들어갔습니다. 그 거동으로 판단하건대 아가씨의 아버지인 것 같았습니다.

집에 돌아왔을 때, 저는 집을 나올 때와는 전혀 다른 상태가 되어 있었습니다. 처음 겪는 것이기에 더욱 거세게 타오른 열정은 열병으로 변하여, 저는 그대로 자리에 눕고 말았습니다. 열이 얼마나 펄펄 끓어올랐던지 온 집안에 근심이 가득했죠. 저를 사랑하시는 친척들이 저의 병 소식을 듣고 급히 달려와 이유를 물었습니다만 저는 입을 열지 않았습니다. 불안해진 그분들은 의사들을 불렀지만 그 누구도 제 병의 원인을 알아내지 못했고, 백약을 다 써보아도 증상은 더욱 악화될 뿐이었습니다.

결국 모두들 이제는 가망이 없다고 생각하고 있을 때, 친척들이 아는 할머니 한 분이 저의 병세를 전해 듣고는 찾아왔습니다. 할머니는 저를 자세히 관찰하고 여기저기 살펴보더니만 신통방통하게도 병의 원인을 알아냈습니다. 그녀는 친척들을 따로 불러서 저와 단둘이 있게 해달라고 부탁했습니다.

다른 사람들이 다 물러가자 할머니는 침대맡에 앉더니 제게 말했습니다. 「여보게! 자네 지금까지 아픈 원인을 한사코 숨겨 왔지? 하지만 말 안 해도 난 다 안다네. 난 경험이 많아서 그까짓 것은 훤히 보인단 말이야! 자, 내가 한번 맞춰 볼까? 자넨 지금 상사병에 걸린 거야. 하지만 걱정 말게! 내가 말끔히 낫게 해주겠단 말이야. 자, 자네처럼 목석같은 총각의 마음을 설레게 한 그 행복한 아가씨가 누구인지 말만 하게! 자네는 여자들을 몹시 싫어하는 남자로 소문이 났더군. 내가 봐도 그렇게 보였어. 하지만 자네에게 이런 날이 올 줄 진작 예상하고 있었다네. 자, 이제 내 재주를 모두 발휘하여 자네를 이 고통에서 해방시켜 주겠네!」

「하지만, 폐하!」여기서 셰에라자드가 말했다.「벌써 날이 밝았사옵니다.」샤리아는 즉시 자리에서 일어났다. 하지만 너무도 재미있게 시작한 이 이야기의 뒷부분을 빨리 듣고 싶은 생각뿐이었다.

백쉰아홉 번째 밤

다음 날 셰에라자드가 말했다.「폐하! 절름발이 청년은 그의 이야기를 계속했습니다.」

할머니는 이렇게 말한 후에 제 대답을 기다렸습니다. 그런데 할머니의 말에 마음이 많이 움직이긴 했지만, 저는 여전히 고백을 할 수 없었습니다. 저는 다만 할머니 쪽으로 고개를 돌리고 아무 말도 못한 채 깊은 한숨만을 내쉬었습니다. 그러자 할머니가 다시 말했습니다.「내게 말을 못하는 건 부끄러움 때문인가, 아니면 나를 못 믿어서인가? 내가 약속을 지키지 못하리라 생각하는 건가? 그럼 내가 지금까지 총각과 똑같은 문제를 가진 젊은이들을 도와준 일들을 한번 말해 볼까? 총각도 아는 사람만 꼽아 봐도 부지기수야!」

이렇듯 할머니는 간곡한 설득 끝에 결국 저의 입을 열게 했습니다. 저는 병의 원인을 고백했고, 이 병을 가져온 그녀를 본 장소를 알려 주었으며, 당시의 모든 상황을 설명해 주었습니다. 그리고 이렇게 말했습니다.「만일 할머니가 그 아름다운 아가씨를 볼 수 있게 해주고 또 내 안에 불타고 있는 이 열정을 그녀에게 전해 주실 수만 있다면, 그 은혜는 반드시 보답하겠습니다.」「여보게! 자네가 얘기하는 아가씨가 누구인지 알고 있네. 자네가 짐작한 대로 그녀는 이 도성 최고 카디의 따님이라네. 그리고 자네가 그녀를 좋아하게 된 건 조금도 이상한 일이 아니네. 그녀는 바그다드에서 가장 아름답고 사랑스러운 처녀이니까. 하지만 내가 좀 걱정이 되는 것은, 그녀는 아주 콧대 높을 뿐만 아니라 접근하기 어려운 아가씨라는 점이야. 자네도 알고 있겠지만, 법조계에 있는 사람들이란 약간 까다로운 양반들 아닌가? 그들은 사람들로 하여금 여인네들을 답답한 굴레 속에 가두는 엄한 법들을 지키게 만든다네. 특히 자기 가족들에겐 더 심하지. 그리고 자네가 봤다는 그 카디 양반은 카디들 중에서도 제일 완고한 사람이야. 그는 남자들에게 모습을 보이는 것은 끔찍한 죄악이라고 딸들의 귀에 못이 박히도록 설교를 해대지. 딸들도 세뇌되어서, 피치 못하게 외출이라도 할라치면 두 눈은 오직 길을 보는 데만 사용할 뿐 남자는 거들떠보지도 않는다네. 그 아가씨 성격이 어떨지 나로서는 아직 잘 모르겠네. 하지만 그 아버지는 차치하고라도 그녀 자신의 마음을 움직인다는 것부터가 그리 쉬운 일은 아닐 게야. 왜 고른 게 하필 그 아가씨인가? 다른 아가씨였다면 그렇게 어렵지 않았을 텐데……. 하지만 내가 한번 수완을 발휘해 봄세! 그러나 시간이 좀 필요하네. 그동안 용기를 잃지 말고 나를 믿어 보게나!」

할머니는 그렇게 말하고 떠나갔습니다. 하지만 제 머릿속에는 할머니가 말해 준 그 숱한 난관들이 어른거렸고, 할머니의 계획이 성공하지 못하면 어쩌나 하는 두려움으로 열은 더 펄펄 끓어올랐습니다. 다음 날 할머니가 다시 왔습니다. 그녀의 표정에서 저는 일이 잘 풀리지 않았다는 사실을 알 수 있었습니다. 그녀는 제게 말했습니다. 「총각! 내 생각이 맞았네. 우리에겐 아버지의 감시 말고도 또 다른 장애물이 있었던 게야! 자네가 좋아하는 그 아가씨는 만나는 남자의 가슴마다 불을 질러 놓고 막상 그들이 다가가면 차갑게 몸을 빼버리는, 그런 종류의 여자라네. 자네가 그녀로 인해 상사병이 들었다고 얘기해 주었더니 아주 좋아하며 듣더군. 한데 자네를 한번 만나 보라고 입을 열기가 무섭게 나를 사나운 눈으로 째려보더니 이렇게 말하는 거야. 〈할머니! 내게 그따위 제의를 하다니 참으로 대담하기 짝이 없군요! 앞으로 그런 말을 하려거든 다시는 날 찾아오지 말아요!〉

하지만 걱정 말게! 이래 봬도 난 쉽게 물러서는 사람이 아니야. 자네가 조금만 인내심을 가져 준다면, 내 계획을 성공시킬 수 있을 것 같네.」

이야기를 좀 더 요약해서 말하자면, 이 착한 전령 할머니는 내 마음의 평화를 깨뜨린 원수 같은 아가씨에게 저를 소개하려 여러 차례 시도해 봤지만 그때마다 그녀는 콧방귀만 뀌었습니다. 상심한 저의 병세는 더욱 악화되었습니다. 결국 의사들도 완전히 포기한 채 이제는 죽는 일만 남아 있다고 여기고 있었는데, 어느 날 할머니가 찾아와 저에게 새 생명을 불어넣어 주셨습니다.

할머니는 아무도 듣지 못하게끔 제 귀에 대고 속삭였습니다. 「자, 이제 기쁜 소식을 전해 줄 터이니 나한테 어떤 선물을 줄 것인가 먼저 생각해 놓게!」 할머니의 이 말은 죽어 가는 제게 놀라운 효력을 발휘했습니다. 저는 자리에서 벌떡 일어나 흥분한 목소리로 대답했습니다. 「그럼요! 당연히 선물을 드려야죠! 그래, 무슨 소식입니까?」 「총각!」 할머니는 다시 입을 열었습니다. 「이제 자네는 죽지 않아도 되네. 내 이야기를 들으면 즉시 건강을 회복하고 나에게 무척 고마워하게 될 걸세. 어제, 그러니까 월요일에 나는 자네가 좋아하는 아가씨의 집에 또 갔었네. 모처럼 기분이 좋아 보이더군. 그래서 난 일부러 처량한 얼굴을 하고 땅이 꺼져라 한숨을 쉬면서 눈물도 똑똑 떨어뜨렸지. 그러니까 그녀가 물었어. 〈할머니! 무슨 일이에요? 무슨 괴로운 일이라도 있나요?〉 그래서 나는 대답했지. 〈아아! 방금 전 나는 일전에 말했던 그 젊은 신사분의 집에 다녀왔다우. 그런데 그 청년은 이제 끝장났더군. 아가씨에 대한 사랑 때문에 생명을 잃으려 하고 있단 말이우. 정말이지 딱하기 짝이 없더군. 그리고 아가씨는 좀 너무하는 것 같수.〉 〈뭐라고요?〉 그녀가 발끈하며 소리치더군. 〈내가 그 사람을 죽게 했다니 그게 무슨 말이죠? 대체 내가 뭘 잘못했다는 거죠?〉 〈모른다고?〉 나는 되물었지. 〈지난번 만났을 때 내가 아가씨에게 다 말했잖수? 일전에 아가씨가 창문을 열고 화분에 물을 주고 있을 때 마침 길 건너편에 그 청년이 앉아 있었다고 말이우. 그때 그는 아가씨가 매일 거울을 통해 보는 그 놀라운 아름다움을 보고 만 거요. 그날부터 그는 병이 들어 비쩍비쩍 말라 가더니만 지금은 차마 눈 뜨고 볼 수 없는 상태가 되었다니까!〉」

여기서 날이 밝은 것을 본 셰에라자드는 이야기를 중단했다. 다음 날 밤, 그녀는 다음과 같이 바그다드 출신 절름발이 청년의 이야기를 계속했다.

백예순번째 밤

폐하! 노파는 상사병 걸린 청년에게 자신과 카디의 딸 사이에 있었던 대화 내용을 계속 들려주었습니다.

「나는 또 말했지. 〈아가씨는 생각나지도 않수? 저번에 내가 아가씨에게 그가 병난 것을 말하고 그를 구하기 위해서라도 한번 만나 보라고 하니까, 내게 얼마나 매몰차게 대했수? 아가씨를 만나고 나서 그 청년 집에 갔더니, 그는 내 얼굴만 보고도 좋은 소식을 가져오지 못했다는 사실을 알아차리고는 금세 병이 악화되어 버린 거라우. 그래서 지금은 거의 오늘내일하고 있는 상태라오. 사실 지금 아가씨가 그를 동정하여 만나 준다 해도 다시 살려 낼 수 있을지도 의문이오.〉

자, 그랬더니 당신이 죽으면 어떻게 하나 겁이 났던지, 그녀의 얼굴빛이 확 달라지더군. 그리고 내게 이렇게 말했어. 〈지금까지 말한 게 모두 사실이에요? 정말로 그 사람은 나 때문에 병이 들었나요?〉 〈아무렴, 너무나도 사실이라오!〉 나는 대답했지. 〈차라리 사실이 아니라면 얼마나 좋을까마는!〉 〈그렇다면 할머니는 그가 나를 만나 얘기할 수만 있다면, 지금의 위험에서 벗어날 거라고 믿으시나요?〉 〈그럴 가능성이 많지! 원한다면 내가 이 치료법을 사용해 보리다.〉 〈그럼 하는 수 없죠.〉 그녀가 한숨을 내쉬며 말했어. 〈가서 나에 대해 희망을 가져도 좋다고 말하세요. 하지만 그가 나와 결혼할 생각이 없고, 아버님의 허락을 얻어 내지 못한다면 더 이상의 것은 바라지 말라고 전해 주세요.〉 이 말에 나는 반색을 하며 외쳤지. 〈아유, 고마우신 우리 아가씨! 내 당장 그 총각에게 달려가 아가씨를 만날 수 있게 되었다고 전해 주리다.〉 〈다음 금요일이 가장 좋겠어요. 정오 기도 시간에 보는 거예요. 아버님께서 모스크에 가려고 집을 나서시면 그가 밖에서 기다리고 있다가 집에 들어오면 돼요. 물론 건강 상태가 허락한다면 말이죠. 나는 창문을 통해 엿보고 있다가 그가 오면 내려와 대문을 열어 주겠어요. 그렇게 기도 시간 동안 얘기를 나누다가 아버님이 돌아오시기 전에 돌아가면 될 거예요.〉」

할머니는 계속 말했습니다. 「오늘이 화요일이니까…… 총각은 금요일까지 원기를 회복하면서 이 만남을 준비하게나!」 할머니의 말을 들으면서 저의 몸은 점점 좋아졌고, 이야기가 다 끝나자 완전히 회복된 걸 느꼈습니다.

「자, 받으세요!」 저는 돈이 두둑하게 든 주머니를 할머니에게 내밀었습니다. 「내가 병이 나은 건 모두 할머니 덕분이에요. 지금까지 숱한 의원들이 왔지만 그들은 저를 괴롭히기만 했을 뿐이죠. 그들에게 쓴 돈을 생각하면 할머니에게 드리는 이 돈은 조금도 아깝지 않아요.」

할머니가 떠나자 저는 자리에서 벌떡 일어났습니다. 제가 그렇게 건강한 모습으로 나타나자 친척들은 몹시 기뻐하며 축하하고, 그들의 집으로 돌아갔습니다.

금요일 아침, 제가 옷장에서 제일 멋진 옷을 꺼내 입고 있는데 할머니가 도착했습니다. 「하하! 그렇게 부산스레 옷을 차려입고 있는 걸 보니 자네 건강 상태를 물어볼 필요도 없겠구먼! 하지만 아가씨를 만나러 가기 전에 목욕을 좀 하면 어떤가?」 「그건 시간이 너무 많이 걸릴 거예요.」 제가 대답했습니다. 「대신 이발사를 불러 머리와 수염을 깎아야겠어요.」 저는 즉시 종에게 솜씨 좋고 빠르기로 소문난 이발사를 한 명 불러오라고 분부했습니다.

그리고 종이 데려온 이발사가 여러분께서 보시는 바로 이 자였습니다. 그는 제게 인사한 후 이렇게 말했습니다. 「손님! 안색이 그다지 좋아 보이지 않으시군요.」 저는 최근까지 병석에 누워 있었다고 말했습니다. 그러자 저자가 이렇게 말하더군요. 「하느님께서 손님을 모든 병에서 해방시켜 주시고, 항상 그분의 은혜와 함께 하시기 바라나이다!」 이에 저는 말했습니다. 「나도 그랬으면 좋겠소. 하여간 그렇게 말해 주니 참으로 고맙소.」 그러자 그는 다시 말했습니다. 「병에서 갓 회복

되셨다 하니, 하느님의 은혜로 계속 건강을 보전하시기 빕니다. 자, 어떻게 해드릴까요? 저는 면도칼과 의료용 메스를 가져왔습니다. 면도를 해드릴까요, 아니면 자락(刺絡)을 해드릴까요?」「벌써 말하지 않았소? 당신을 부른 것은 면도하기 위해서요. 자, 나는 무척 바쁘니 쓸데없는 말로 시간을 허비하지 말고 서둘러 주시오! 정오 정각에 약속이 있단 말이오!」

여기까지 말한 셰에라자드는 날이 밝은 것을 보고 입을 다물었다. 그리고 다음 날 그녀는 다음과 같이 이야기를 계속했다.

백예순한 번째 밤

이발사는 아주 뜸을 들여서 이발 도구들이 들어 있는 케이스를 펼치고 면도칼을 준비했습니다. 그러더니 대야에다 물을 담아 올 생각은 안 하고 도구 케이스에서 번쩍거리는 점성가용 천체 관측기를 하나 꺼내더니, 자못 엄숙한 걸음으로 방을 나서서 내정 한복판까지 걸어가 태양의 고도를 측정하는 것이었습니다. 그는 여전히 엄숙한 표정을 지으며 돌아와 이렇게 말했습니다.「오늘은 우리의 위대한 예언자 무함마드께서 메카에서 메디나로 후퇴하신 지 653년[59]째 되는 해이자, 두 개의 뿔이 난 이스켄더 대제 원년(元年)으로부터 따지자면 7320년 되는 해[60]의 사파르 월[61] 제18일 금요일 되는

---

59 이 653년은 이슬람교도들이 공통으로 사용하고 있는 헤지라〔聖遷〕력에 의한 연도로 서력 1255년에 해당한다. 아마 이 아랍 이야기는 이 무렵에 만들어졌을 것이다 — 원주.
60 여기서 작자는 잘못 계산하고 있다. 헤지라력 653년, 즉 서력 1255년은 알렉산더 대제력과 동일한 아에라력, 혹은 셀레우코스 왕조력으로 따지면 1557년 되는 해이다. 아랍인들은 알렉산더 대제를 〈두 뿔이 달린 이스켄

날이올시다. 그런데 지금 화성과 수성이 교차하고 있는바, 이는 손님께서 면도하기에는 더없이 좋은 길일을 택했다는 것을 뜻합니다. 하지만 다른 한편으로 오늘의 일진은 손님에게 불길할 수도 있음을 알아야 합니다. 천기를 보아하니 오늘 손님에게는 커다란 액운이 기다리고 있습니다. 목숨을 잃을 정도까지는 아니지만 평생 어떤 불편함을 짊어지고 살게 될 위험이 있으니, 오늘 각별히 조심해야 합니다. 내가 이렇게 말해 주는 것을 고맙게 생각해야 합니다. 정말 이 불행이 손님께 닥치지 않았으면 하는 마음뿐입니다.」

여러분, 이런 수다스럽고도 괴상망측한 이발사를 만나게 된 제 기분이 어땠을지 상상해 보십시오! 지금 사랑하는 여인을 처음 만나기 위해 설레는 마음으로 준비하고 있는데, 이게 웬 재수 없는 소리란 말입니까? 머리가 띵할 정도로 부아가 치민 저는 소리쳤습니다. 「당신 의견과 예언에는 아무런 관심도 없소! 점괘를 들으려고 당신을 여기 부른 게 아니란 말이오! 당신은 나를 면도해 주러 여기 온 거요. 자, 면도를 하든지 아니면 빨리 꺼져 주시오! 다른 이발사를 부르게 말이오.」

「손님!」 그는 사람을 환장하게 하는 침착한 태도를 유지하며 대답했습니다. 「대체 왜 화를 내시는 겁니까? 이발사들이 모두 저 같은 줄 압니까? 저는 일부러 찾으려 해도 만나기 힘든 이발사입니다. 손님은 오늘 단지 이발사 한 명을 부르셨죠? 하지만 제가 누구인지 아십니까? 저로 말할 것 같으면 바그다드 제일의 이발사요, 경험 많은 의사요, 지식 깊은 화학자요, 틀리는 법이 없는 점성술사요, 완성된 문법학자요, 완벽한 수사학자요, 절묘한 논리학자요, 기하와 산수와 천문학

더〉라고 부른다 — 원주.
61 이슬람력의 제2월.

과 대수의 모든 분야에 통달한 수학자입니다. 그리고 우주의 모든 왕국의 역사를 알고 있는 역사가이기도 합니다. 뿐만 아니라 철학의 모든 영역을 꿰고 있으며, 우리 문화의 모든 율법과 전승을 외우고 있으며, 시인이자, 건축가이기도 합니다. 휴! 도대체 제가 못하는 게 뭘까요? 이 대자연 가운데 제가 모르는 것이란 없습니다. 작고하신 손님의 부친께서는 — 아아! 그분만 생각하면 눈물이 나옵니다만 — 저의 가치를 잘 알고 계셨습니다. 그분은 저를 진정 아껴 주셨고 어디를 가든, 누구를 만나든 제가 세상에서 제일가는 인물이라고 말해 주셨지요. 저는 그분과의 우정을 생각해서라도 지금 손님을 위협하고 있는 별자리의 불길한 기운으로부터 보호해 드리고 싶습니다.」 이 말에 저는 화도 났지만 하도 어처구니가 없어서 실소를 금할 수 없었습니다. 「도대체 면도를 할 거요 안 할 거요? 이 짜증나는 수다쟁이 같으니라고!」 저는 소리를 질렀습니다. 「면도는 언제 시작할 거냐고!」

여기서 셰에라자드는 날이 밝은 것을 보고 바그다드 출신의 절름발이의 이야기를 중단했다. 하지만 다음 날 밤, 그녀는 다음과 같이 그 뒷부분을 이어 나갔다.

백예순두 번째 밤

폐하! 절름발이 청년은 그의 이야기를 계속했습니다.

「손님!」 이발사가 다시 대꾸했습니다. 「아니, 제가 수다쟁이라니요? 천부당만부당한 말씀이십니다! 오히려 사람들은 제게 〈과묵 남〉이라는 매우 영예로운 칭호를 붙여 주었단 말입니다! 저는 형님이 여섯 분 있는데 그들은 수다쟁이라고 불릴 만합니다. 첫째 형의 이름은 박북이요, 둘째는 박바라, 셋째는 박박, 넷째는 알쿠즈, 다섯째는 알나샤르, 여섯째는 샤카박인데 모두들 짜증나는 수다쟁이들이지요. 하지만 막내인 저의 언어는 엄숙하고도 간결하답니다.」

여러분! 당시의 제 입장으로 들어가서 생각해 보십시오! 이렇게 계속 나를 고문하고 있는 작자와 제가 무얼 할 수 있었겠습니까?「이 사람에게 금화 세 개를 주어라!」저는 집안의 금전을 관리하는 종에게 소리쳤습니다.「그리고 제발 좀 나를 내버려 두고 사라져 달라고 해! 오늘 면도는 하지 않겠다.」「오, 손님!」하지만 이발사는 끈덕지게 달라붙었습니다.「대체 무슨 말씀이십니까? 제가 오늘 여기 오고 싶어서 왔습니까? 손님이 불러서 온 것 아닙니까? 이슬람 신도로서 맹세하건대, 면도를 해드리기 전에는 절대로 여기서 나가지 않을 겁니다. 지금 손님은 저의 진정한 가치를 모르고 계신 거라고요! 돌아가신 부친께서는 달랐습니다. 자락을 할 일이 있을 때마다 저를 부르셔서 곁에 앉히고는, 제가 들려 드리는 이야기를 너무나도 재미나게 들으시곤 했죠. 제 이야기에 매혹되신 그분은 끊임없이 감탄을 발하셨습니다. 그러고는 외치셨죠.〈오오, 자네야말로 마르지 않는 학문의 샘일세! 그 누가 자네의 그 깊은 지식을 따라갈 수 있을까?〉그러면 저는 대답했죠.〈선생님, 과찬의 말씀이십니다. 이처럼 제가 뭔가 의미 있는 것을 말씀드릴 수 있는 것도, 다 선생님께서 호의적으로 귀 기울여 주시는 덕분입니다. 그렇게 열린 마음으로 들어 주시니 선생님 마음에 들 만한 드높은 생각들이 제 머릿속에서 샘솟듯 떠오르는 모양입니다!〉하루는 제가 들려 드린 어떤 놀라운 논설에 감탄한 그분은 이렇게 말씀하셨죠.〈여봐라! 이 사람에게 금화 백 개를 주고, 내 옷 중에서 가장 멋진 것을 골라 입혀 주어라!〉저는 곧바로 이 선물을 받게 되었습죠. 그리고 즉시 답례를 위해 그분의 점괘를 봐드렸습니다. 한데 세상에 그리 좋은 점괘는 처음이더군요! 또 저는 여기에서 그치지 않고 칼 대신 부항기를 사용하여 자락을 해드렸습니다.」

이발사는 이것으로 그치지 않고, 거의 반 시간 동안 온갖 잡설을 늘어놓았습니다. 그 끝없는 말들을 듣고 있자니 완전히 진이 빠져 버릴 뿐 아니라, 귀한 시간만 속절없이 흘러가는 것에 속이 터질 것 같았죠. 저는 고함을 치고 말았습니다. 「그만 좀 하라고! 당신만큼 다른 사람의 화를 치밀게 하는 걸 즐기는 사람은 세상에 또 없을 거요!」

샤리아의 궁실을 밝히기 시작한 아침 빛으로 인해 셰에라자드는 여기서 중단해야 했다. 다음 날 그녀는 다음과 같이 이야기를 계속했다.

백예순세 번째 밤

하지만 곧 저는 차라리 이발사를 살살 달래는 편이 낫겠다는 생각이 들어 이렇게 말했습니다. 「제발 부탁인데 말이요, 당신의 그 멋진 말들일랑 나중에 듣기로 하고 어서 면도나 해주면 어떻겠소? 이미 말했듯이 밖에서 아주 중요한 약속이 있단 말이오!」 제 말을 듣고 그는 웃기 시작했습니다. 「우리 마음이 언제나 한결같고 우리가 항상 현명하고 신중할 수만 있다면 얼마나 좋겠습니까? 하지만 조금 전에 제게 화를 내시는 걸 보니까 병 때문에 감정 상태가 좀 불안해지신 것 같더군요. 바로 그 때문에 지금 손님께서는 약간의 충고가 필요하신 것입니다. 그리고 이 점에 대해서는 손님의 부친과 조부님을 본받는 게 좋으실 겁니다. 그분들은 모든 일에 있어서 제게 조언을 구하곤 하셨죠. 그리고 저 자신을 자랑하려는 건 아니지만, 그분들은 제가 드리는 충고를 매우 칭찬하셨습니다. 손님, 똑똑한 사람의 의견을 듣지 않는 사람은 무슨 일을 하든 결코 성공할 수 없는 법이랍니다. 왜, 속담에도 있지 않습니까? 현명한 사람의 충고를 듣지 아니하면 결코 현명한 사람이 되지 못한다고요. 자, 무슨 일이든지 도와 드릴 준비가 되어 있으니, 말만 하십쇼!」

「도대체 얼마나 말을 해야 알아듣겠소?」 저는 그의 말을 끊고 소리쳤습니다. 「그 쓸데없는 잡소리 좀 집어치우라고 말이오! 지금 내 머리는 터질 것 같고, 잘못하면 중요한 약속에도 못 가게 될 것 같소. 그러니 면도를 하든지, 아니면 당장 꺼지시오!」 저는 분통이 터져 발로 땅을 굴렀습니다.

그는 제가 정말로 화가 난 것을 보고 말했습니다. 「손님! 곧 시작하겠으니 그렇게 화내지 마십쇼.」 그러고 나서 그는 정말로 제 머리를 감기고 면도를 하기 시작했습니다. 그런데 한 네 번이나 면도질을 했을까, 그는 다시 동작을 멈추고 말하는 것이었습니다. 「손님! 그런데 성격이 참 급하시더군요. 평소에 흥분은 자제하시는 게 좋습니다. 그건 다 악마로부터 나오는 것이니까요. 게다가 저 같은 사람은 나이로 보나, 학문으로 보나, 빛나는 미덕들로 보나 존중받아 마땅하지 않습니까?」

「면도나 계속 해요!」 저는 다시금 말을 끊으며 말했습니다. 「그리고 다시는 입을 열지 마시오!」 「오호! 뭔가 급한 용무가 있으신 모양이군요? 내 말이 틀림없죠?」 「벌써 두 시간 전에 말하지 않았소? 면도가 끝났어도 벌써 한참 전에 끝났어야 했소.」 「어허, 너무 서두르지는 마십시오! 가셔서 어떻게 할 것인가는 충분히 생각해 보셨겠지요? 무슨 일이든 급하게 하면 항상 후회하는 법입니다. 그런데 무슨 일이 그리

급하신지 제게 말씀해 보시겠습니까? 그럼 제 의견을 말씀드리죠. 게다가 정오까지는 아직 세 시간이 남아 있으니, 시간도 충분하지 않습니까?」「난 그렇게 생각하지 않소! 명예와 약속을 지키는 사람은 항상 정해진 시간보다 먼저 나가는 법이오. 그런데 이렇게 당신과 따지고 있으려니까 나까지 수다쟁이 이발사들을 닮아 가는 것 같소이다. 빨리 면도나 마쳐 주시오!」

하지만 내가 재촉할수록 그는 더욱 늑장을 부렸습니다. 그는 면도칼을 들었다, 천체 관측기를 들었다 하며 산만하기 이를 데 없었죠…….

셰에라자드는 날이 밝은 것을 보고 입을 다물었다. 다음 날 밤, 그녀는 다음과 같이 이야기를 계속했다.

백예순네 번째 밤

이발사는 다시 면도칼을 내려놓고 천체 관측기를 집더니, 저를 반쯤만 면도한 상태로 놔둔 채 지금이 정확히 몇 시인지 측정하기 위해 밖으로 나갔습니다. 그러고는 돌아와서 말했습니다. 「손님! 제가 생각했던 게 딱 맞군요! 정오까지는 아직도 세 시간 남았습니다. 만일 아니라면 천문학의 모든 법칙들이 잘못된 거지요.」「하느님, 맙소사!」 저는 소리쳤습니다. 인내심이 한계에 이르러 더 이상 참을 수 없었던 것입니다. 「이런 저주받을 이발사! 망할 놈의 이발사! 당신에게 달려들어 그냥 목을 콱 졸라 버리고 싶소!」「어허! 진정하십시오, 손님!」 제가 흥분하는데도 그는 조금도 동요하지 않고 지극히 차분하게 대꾸했습니다. 「다시 병이 나고 싶으십니까? 흥분하지 마십시오. 곧 끝내 드릴 테니까요.」 이렇게 말한

후, 그는 천체 관측기를 케이스에 집어넣고 다시 면도칼을 집어 들더니 허리춤에 매여 있던 가죽띠에 쓱쓱 문질러 날을 세운 다음, 다시 면도해 주기 시작했습니다. 하지만 면도하는 그의 입에서는 또다시 말이 흘러나왔습니다. 「근데 정오에 있다는 볼일이 무엇인지 얘기해 주시지 않겠습니까? 그러면 손님께서 잘 처리할 수 있게끔 제가 몇 가지 충고를 드릴 수 있을 텐데요.」 치근대는 그가 하도 귀찮아서, 저는 친구들이 제가 병이 나은 것을 축하하는 파티를 열어 주기로 했다고 둘러댔습니다.

파티라는 말을 듣더니 그는 갑자기 외쳤습니다. 「아이고! 하느님께서 언제나 손님을 축복하시길! 손님이 아니었으면 깜빡 잊을 뻔했네요! 어제 제 친구 서너 명에게 오늘 우리 집에 먹으러 오라고 초대했었거든요. 근데 이걸 어쩌죠? 완전히 잊어버리고서 아무런 준비도 해놓지 않았어요!」 「걱정 마시오! 나는 비록 밖에서 먹을 거지만, 우리 집 찬장에는 언제나 먹을 것이 가득하다오. 내 거기 있는 모든 것을 선물로 주리다. 또 우리 집 지하실에는 훌륭한 포도주가 있으니 원하는 만큼 주겠소. 그 대신 빨리 면도를 마쳐 주어야 하오. 내 선친께서 당신 이야기를 들은 대가로 선물을 주셨는지는 모르겠지만, 나는 당신의 입을 닫으려고 준다는 사실을 좀 알아주셨으면 하오.」

하지만 이발사는 제 약속만으로 만족하지 않았습니다. 「아이고, 고마우셔라! 하느님께서 손님에게 복을 내리시길! 하지만 찬장 속에 있다는 음식 좀 보여 주세요! 제 친구들을 충분히 먹일 만한 것이 있나 봐야겠어요. 친구들이 우리 집에 와서 제대로 못 먹고 갔다고 말하면 곤란하니까요.」 「지금 내게 새끼 양 한 마리, 거세한 수탉 세 마리, 암탉 열두어 마리는 있으니, 적어도 요리 네 코스는 돌릴 수 있을 거요.」 이렇게 말하고 저는 종에게 이 모든 것들과 포도주 네 항아리를 즉시 가져오라고 시켰습니다. 「흠, 이 정도면 괜찮군요!」 이발사는 다시 말했습니다. 「하지만 과일과 고기 양념할 것도 좀 필요합니다.」 저는 그가 요구하는 것을 내주라고 분부했습니다. 그러자 그는 다시 면도를 멈추고 가져온 것을 하나하나 검토하는 것이었습니다. 그렇게 또 반 시간 동안 꾸물대고 있는 걸 보고 분통이 터진 저는 고래고래 고함치며 욕설을 퍼부었습니다. 하지만 아무리 소리 지르고 욕설을 퍼부어도 이 악당은 조금도 서두르지 않았습니다.

다시 면도칼을 집어 들어 잠시 깨작거리며 면도하는 흉내를 내던 그는 또 갑자기 멈추며 말했습니다. 「손님! 전 손님이 이렇게 너그러우신 분인지 몰랐습니다. 지금 보니까 돌아가신 선친께서 손님 안에서 환생하신 것 같군요. 물론 제가 손님께서 베푸시는 이 모든 은혜를 받을 만한 사람이긴 하죠. 하지만 맹세하건대, 손님에 대한 감사의 마음을 영원히 간직하겠습니다. 사실을 말씀드리자면, 저는 손님처럼 너그러우신 신사분들이 베풀어 주시는 것으로 근근이 살아간답니다. 이런 점에서 저의 직업은 목욕탕에서 때 미는 잔투, 길거리에서 볶은 콩을 파는 살리, 잠두콩을 파는 살루즈, 약초를 파는 아케르샤, 길거리에 물을 뿌려 먼지를 없애는 아부-메카레스, 칼리프의 호위병인 카셈 등과 비슷하다고 할 수 있겠죠. 이런 사람들 옆에 가면 우울한 그림자라곤 찾아볼 수 없습니다. 그들은 사람들과 말다툼하지도 않고 사람들을 짜증나게 하지도 않습니다. 왕궁에 있는 칼리프보다 자신의 운명에 더욱 만족하는 이 사람들은 항상 명랑하며, 언제든 춤추고 노래할 준비가 되어 있습니다. 이 사람들은 저마다의 특유한 춤과 노래를 가지고 있으며, 그것으로 바그다드 전체를 즐겁게 해주죠. 하지만 제가 그들에게서 가장 높이 평가하는 점은, 그들은 결코 시끄러운 수다쟁이가 아니라는 사실입니다. 지금 손님에게 말씀드리고 있는 이 미천한 몸처럼 말입니다. 손님, 저를 좀 보세요! 목욕탕에서 사람들의 때를 밀어 주는 잔투의 춤과 노래를 한번 흉내 내보겠습니다.」

셰에라자드는 날이 밝은 것을 보고 더 이상 말하지 않았다. 다음 날, 그녀는 다음과 같이 이야기를 계속했다.

백예순다섯 번째 밤

이발사는 면도하다 말고 잔투의 노래를 부르고 그의 춤을 추었습니다. 제가 그 광대 짓을 멈추게 해보려고 갖은 애를 썼음에도 불구하고, 그는 아까 말한 작자들의 춤과 노래를 모두 한 번씩 흉내 내고 나서야 비로소 멈췄습니다. 그러고는 이렇게 말했습니다.「손님! 제가 오늘 이 모든 착한 사람들을 집에 초대했답니다. 손님께서도 오시면 어떻겠습니까? 지금 만나러 가신다는 친구들은 분명 목소리만 큰 수다쟁이들일 텐데 거기는 뭐하러 가십니까? 그 지루하기 짝이 없는 말들을 들어 봐야 손님이 지금 막 벗어난 병보다 훨씬 고약한 병을 얻게 될 뿐입니다. 반대로 우리 집에 오시면 즐거움만이 가득할 겁니다.」

저는 화가 나 있었지만 그의 말도 안 되는 소리에 실소를 금할 수 없었습니다. 저는 이렇게 말했습니다.「오늘 일이 없었다면 당신의 초대를 받아들였을 텐데 말이오. 기꺼이 당신 집에 가서 즐겼을 것이오. 하지만 오늘은 너무 바빠 그럴 수 없으니 양해하시오. 다음에 시간이 나면 함께 파티를 합시다. 하지만 빨리 면도를 끝내고 당신은 돌아가 주시오. 당신 친구들이 이미 집에 와 있을지 모르지 않소?」「손님! 부디 제

청을 들어주십시오. 저의 재미있는 친구들과 함께 즐겨 보십시오. 이 사람들과 한 번만 어울려 보면 너무도 만족하신 나머지 손님의 친구들은 생각도 안 날 것입니다.」「그만 얘기합시다! 나는 오늘 당신 파티에 갈 수 없소!」

하지만 제가 부드럽게 대해도 아무 소용없었습니다. 그는 한술 더 떠 이렇게 말하는 것이었습니다. 「우리 집에 가지 않으시려는 것을 보니까, 아마도 제가 손님이 가는 곳으로 함께 가기를 원하시는 모양이군요? 좋습니다! 우선 제게 주신 음식을 집에 가져다가 내 친구들이 먹을 수 있게끔 해놓은 다음, 즉시 돌아오겠습니다. 제가 어찌 무례하게도 손님 같은 분을 혼자 가게 내버려 둘 수 있겠습니까?」「오, 하느님 맙소사!」 저는 비명을 질렀습니다. 「오늘 이 진드기 같은 인간으로부터 도저히 벗어날 수 없단 말인가?」 그러고는 그에게 소리쳤습니다. 「정말 살아 계신 위대한 하느님의 이름으로 부탁하건대, 그 소름 끼칠 정도로 짜증나는 잔소리는 그만 집어치우고 어서 당신 친구들한테 가시오! 가서 신나게 먹고 마시고 즐기시오! 그리고 제발 나는 내 친구들에게 가도록 내버려 두시오! 나는 혼자 가고 싶소. 그 누구와도 함께 가고 싶지 않단 말이오! 그리고 솔직히 말해서 지금 내가 가는 곳은 당신 같은 사람이 올 자리가 못 되오. 나만 들여보내 줄 거란 말이오.」 그러자 다시 그가 말했습니다. 「헤헤, 농담도 잘하십니다. 만일 친구분들이 손님을 파티에 초대한 게 사실이라면, 어떤 이유로 저를 안 데려가시겠다는 겁니까? 오히려 저처럼 사람들을 잘 웃기고 즐겁게 해줄 사람을 데려가면 모두들 환영할 텐데요. 됐습니다! 손님이 어떻게 말씀하시든 이미 제 마음은 결정됐습니다. 저는 손님을 따라가겠습니다.」

이 말에 저는 크게 당황했습니다. 저는 생각했습니다. 〈어떻게 해야 이 저주받을 이발사를 떨쳐 버릴 수 있을까? 이 사람과 말싸움해 봤자 끝이 없을 뿐이다.〉 제 귀에는 이제 정오 기도를 위해 모스크로 출발하라고 알리는 첫 번째 외침 소리가 들려 오고 있었습니다. 하여 저는 그와 더 이상 아무 말도 않고 그의 제의를 받아들이는 체하기로 마음먹었습니다. 드디어 그가 면도를 끝내자 저는 말했습니다. 「하인 몇 사람을 붙여 주겠으니 식재를 집에 갖다 놓으시오. 내 기다리고 있을 터이니 돌아오면 같이 출발합시다.」

그가 나가자 저는 재빨리 옷을 갈아입었습니다. 그리고 정오 기도를 알리는 마지막 외침 소리를 들으면서 집을 나와 출발했습니다. 그런데 간교한 이발사는 제 의중을 눈치채고는, 그의 집이 보이는 곳까지만 가서 하인들에게 물건을 들여놓게 한 다음 잽싸게 돌아왔습니다. 그러고는 골목 한구석에 몸을 숨기고 있다가 몰래 제 뒤를 따라온 것입니다. 제가 아가씨네 집 대문 앞에 이르러 뒤를 돌아보니 골목 끝에 그자의 모습이 보이는 게 아니겠습니까? 정말이지 미칠 것만 같았습니다.

아가씨 집 대문은 반쯤 열려 있었습니다. 들어가 보니 벌써 도착하여 기다리고 있던 할머니가 저를 아가씨 방까지 인도해 주었습니다. 하지만 우리 둘이 막 이야기를 시작하려는 찰나, 거리에서 무슨 소리가 들려왔습니다. 아가씨는 창문에 친 가리개를 통해 그녀의 아버지인 카디가 정오 기도에서 돌아오는 것을 보았습니다. 저 역시 밖을 내다보았더니, 창문 맞은편, 이전에 제가 앉아 있던 자리에 이발사가 앉아 있는 것이 보였습니다.

이로써 저는 걱정거리가 두 개 생긴 셈이었습니다. 한쪽에서는 그녀의 아버지인 카디가 들어오고 있는데, 집 앞에는 시한폭탄과도 같은 이발사가 버티고 있었으니까요. 최소한 첫 번째 걱정에 대해서만큼은 아가씨가 저를 안심시켜 주었습니다. 그녀의 부친은 그녀의 방에 올라오는 일이 거의 없을 뿐 아니라, 그녀는 이미 이런 가능성을 예상하고 저를 안전하게 빠져나가게 할 방법을 생각해 놓았던 것입니다. 하지만 저주받을 주책바가지 이발사의 존재는 저를 심히 불안하게 만들었습니다. 그리고 여러분께서는 저의 이런 불길한 예감이 맞았음을 알게 될 것입니다.

카디는 집에 들어오자마자 직접 몽둥이를 들어 못된 짓을 한 어떤 종을 패기 시작했습니다. 종은 골목이 떠나가라 비명을 질러 댔습니다. 이에 이발사는 누군가 저를 폭행하여 제가 비명을 지르는 것이라고 믿었습니다. 그는 끔찍한 소리를 질러 대며 옷을 갈가리 찢고 온몸에 흙을 뿌려 대더니만 사람 살리라고 외쳤고, 이에 이웃 사람들이 몰려왔습니다. 달려온 사람들이 이유를 묻자 그는 소리를 질렀습니다. 「아이고! 누군가가 우리 주인님을 죽이고 있소! 아이고, 주인님!」 그는 말을 멈추더니 이번에는 저의 집까지 달려가서 똑같은 말을 하고는, 몽둥이를 든 제 하인들과 함께 다시 돌아왔습니다. 그들이 맹렬하게 대문을 두들겨 대자 카디는 종을 보내어 무슨 일인지 알아보게 했습니다. 종은 새파랗게 질린 얼굴로 돌아와 이렇게 말했습니다. 「주인님! 약 만 명은 되어 보이는 사람들이 우리 집 대문을 부수고 들어오려 하고 있습니다!」

그러자 이번에는 카디가 직접 나가 대문을 열고 무엇을 원하느냐고 물었습니다. 하지만 제 하인들은 그의 근엄한 풍채에 조금도 주눅 들지 않고 오히려 무례한 태도로 이렇게 말했습니다. 「망할 놈의 카디, 개 같은 카디 같으니라고! 도대체 왜 우리 주인님을 죽인 거요? 그분이 뭘 어떻게 했기에?」 「여보시게들! 왜 내가 당신들 주인을 죽였겠소? 난 그 사람

을 알지도 못하고 그 사람 역시 내게 아무 잘못도 안 했는데 말이오. 자, 대문을 열어 놓을 테니 들어와서 한번 찾아보시오!」「당신이 그분께 몽둥이찜질을 했잖아!」 이발사가 나서서 말했습니다. 「조금 아까 그분이 지르는 비명을 다 들었단 말이오.」「잠깐만 기다려 보오!」 카디가 그의 말을 막고 말했습니다. 「당신의 말대로 내가 당신 주인을 폭행했다면 대체 그가 내게 무슨 짓을 했기에? 그 사람이 지금 내 집 안에 있소? 만일 여기 있다면, 어떻게 들어왔으며 누가 들여보낸 것이오?」「고약한 카디 같으니라고! 당신이 근엄하게 수염을 늘어뜨리고 있다고 해서 내가 당신 말을 다 믿을 줄 아쇼?」 이발사가 대꾸했습니다. 「난 모든 걸 다 알고 있단 말이오. 당신 딸이 우리 주인님을 좋아해서, 오늘 정오 기도 시간에 이 집에서 만나자고 했던 거요. 아마 당신도 알고 있었을 텐데? 그래서 집에 빨리 돌아와 그를 급습하여 붙잡아, 하인들을 시켜 몽둥이찜질을 한 것 아니오? 하지만 이런 못된 짓을 하고도 무사히 넘어갈 수 있다고는 생각지 마오. 곧 칼리프께서 이 사실을 아실 것이고 신속하고도 공정한 판결을 내려 주실 테니. 당장 그분을 우리에게 돌려주시오. 그렇지 않으면 우리가 직접 들어가 찾아내어 당신에게 망신을 줄 것이오.」「그렇게 장광설을 펼칠 필요도 없소! 당신들의 말이 옳다면 들어와서 찾아보면 될 것 아니오? 자, 허락할 테니 마음대로 찾아보시오!」 카디의 말이 채 끝나기도 전에 이발사와 제 하인들은 꼭 미친놈들처럼 집안으로 뛰어 들어가 구석구석 뒤져 대기 시작했습니다.

여기에서 세에라자드는 날이 밝은 것을 보고 말을 멈추었다. 샤리아는 이발사의 주책맞은 행동이 하도 우스워 껄껄 웃으며 자리에서 일어났다. 그는 방을 나가면서도 이제 카디의 집에서 무슨 일이 일어날지, 청년은 어떻게 해서 절름발이가 되었는지 빨리 알고 싶은 마음뿐이었다. 왕비는 술탄의 궁금증을 다음 날 풀어 주었다. 그녀는 다음과 같이 이야기를 계속했다.

백예순여섯 번째 밤

폐하! 재봉사는 카슈가르 술탄에게 절름발이 청년의 이야기를 계속 들려주었습니다.

이발사가 카디에게 하는 말을 들은 저는 몸을 숨길 만한 장소를 찾았습니다. 주위에 보이는 것이라곤 비어 있는 커다란 궤짝밖에 없기에 그 속으로 뛰어 들어가 뚜껑을 닫았죠. 이발사는 사방을 뒤지더니만 결국 제가 있는 방으로까지 올라왔습니다. 그는 궤짝에 다가와 뚜껑을 열더니 그 속에 제가 있는 것을 보고는, 궤짝을 번쩍 들어 올려 그대로 머리에 이고 방을 뛰쳐나갔습니다. 그러고는 꽤 높은 계단을 내려와 내정을 신속히 가로질러, 마침내 대문 밖으로 나왔습니다. 그런데 그가 이렇게 거리를 지나고 있을 때 재수 없게도 궤짝 뚜껑이 활짝 열려 버리는 게 아닙니까? 저는 뒤쫓아 오는 구경꾼들의 시선과 야유를 견딜 수가 없어서 황급히 길바닥으로 뛰어내렸고, 그 통에 다리를 다치고 말았습니다. 그 바람에 여러분들이 보시는 것처럼 이렇게 평생 절름발이 신세로 살아가게 된 것입니다. 사실 그 순간에는 아픈 것도 몰랐습니다. 깔깔대며 조롱하는 사람들을 피하려 빨리 도망갈 생각밖에는 없었으니까요. 심지어 저는 주머니에 가득했던 금화와 은화를 있는 대로 꺼내 그들에게 뿌렸습니다. 그들이 정신없이 돈을 줍는 틈을 타 고불고불한 골목길로 숨어들기 위해서였죠. 하지만 그 저주받을 이발사는 여전히 제 뒤를 쫓아오면서 큰 소리로 외쳤습니다. 「손님! 거기 서세요! 왜 그리 빨리 달려가는 겁니까? 카디가 손님을 폭행해서 제 마음이 얼마나 아팠는지 아십니까? 손님처럼 관대하신 분을, 저와 제 친구들에게 그토록 큰 은혜를 베풀어 주신 분을 말입니다. 그러게 제가 말씀드리지 않았던가요? 저와 함께 가지 않겠다고 고집부리면 목숨이 위험할 거라고요! 자, 이 모든 게 손님이 자초한 것입니다. 만일 제가 이렇게 끝까지 뒤쫓아 다니며 돌봐 주지 않았더라면, 지금 손님은 어떻게 되었겠습니까? 손님, 대체 어디를 가시는 겁니까? 기다리세요!」

그렇게 망할 놈의 이발사는 길 한가운데서 고래고래 소리를 지르며 제 뒤를 쫓아왔습니다. 그는 카디네 동네에서 저를 끔찍하게 망신 준 것으로도 모자랐던지, 이제는 온 도성을 뛰어다니며 그 수치스러운 사실을 온 세상에 알리는 것이었습니다. 저는 너무나도 부아가 치밀어 생각 같아서는 골목 한구석에서 기다리고 있다가 그가 나타나면 그대로 목을 졸라 죽여 버리고 싶었습니다. 하지만 그래 봐야 일을 한층 꼬이게 할 뿐이라는 생각에 저는 다른 결정을 내렸습니다. 이발사가 질러 대는 고함 소리에 집집마다 사람들이 창문 밖으로 고개를 내밀어 저를 내려다보고 길을 가던 행인들마저 걸음을 멈추고 구경하는 이 망신스러운 상황을 모면하기 위해, 저는 알고 지내는 수위가 있는 어떤 여관으로 뛰어 들어갔습니다. 안 그래도 그 수위는 소란스러운 소리를 듣고 대문 앞에 나와 있었습니다. 「오, 하느님!」 저는 비명을 지르며 수위를 향해 다급하게 말했습니다. 「제발 저 괴상한 인간이 나를 쫓아 들어오지 못하도록 막아 주시오!」 그는 그러겠다고 했습니다. 하지만 그 약속을 지키는 것은 결코 쉬운 일이 아니었습니다. 이 찰거머리 같은 이발사는 수위가 막는데도 기어

코 들어오려 했고, 결국 뜻을 이루지 못하자 온갖 욕설을 퍼부은 다음에야 물러갔던 것입니다. 그는 자기 집에 돌아갈 때까지 만나는 사람마다 붙들고는, 자기가 내게 해주었다고 주장하는 〈큰 봉사〉에 대해 떠벌려 댔습니다.

그렇게 하여 저는 마침내 이 지긋지긋한 인간으로부터 해방될 수 있었던 것입니다. 이발사가 떠나가자 수위는 대관절 무슨 일이냐고 물었습니다. 저는 모든 것을 이야기해 주었죠. 그리고 그에게 회복될 때까지 거처할 만한 방을 하나 마련해 달라고 부탁했습니다. 그러니까 그가 묻더군요. 「아니, 댁에 가시면 더 편히 쉬실 수 있지 않습니까?」 「아니오, 집에는 전혀 들어가고 싶지 않소. 내가 돌아가면 저 끔찍한 이발사가 다시 찾아올 게 뻔하오. 그러면 매일같이 시달릴 테고, 결국 저 작자를 매일 보다가 속이 터져 죽어 버릴 것이오. 게다가 오늘 이런 일을 당하고 나니 더 이상 이 도시에서 살 엄두가 나지 않소. 내 박복한 팔자가 이끄는 대로 다른 곳에 가서 살 작정이오.」 실제로 저는 다리가 낫자마자 여행에 필요한 만큼만 돈을 챙긴 후, 나머지는 친척들에게 나누어 주었습니다.

「여러분! 그렇게 저는 바그다드를 떠나 여기까지 흘러오게 된 것입니다. 고국에서 까마득하게 떨어진 이 나라라면 저 고약한 자를 만나지 않으리라 기대했었죠. 그런데 바로 여기서 보게 되다니요! 그러니 제가 이처럼 황급히 자리를 떠난다고 하여 그리 놀라지는 마십시오. 저를 절름발이로 만들고, 친구들과 친척들과 고국을 멀리 떠나 살 수밖에 없게 만든 저 인간을 보는 것이 얼마나 고통스러울지는 여러분께서도 이제 충분히 이해하시리라 믿습니다.」

이렇게 말하고 절름발이 청년은 자리에서 일어나 떠나 버렸습니다. 이 집의 주인장은 그를 대문에까지 바래다주면서 본의 아니게 그를 힘들게 하여 미안하다고 말했습니다.

청년이 떠나간 후에도 그의 기막힌 이야기에 놀란 우리는 한동안 입을 다물지 못했습니다. 잠시 후 모두의 시선은 일제히 이발사에게 꽂혔습니다. 우리는 방금 들은 이야기가 사실이냐고 그에게 물었습니다. 「여러분!」 이발사는 지금까지 내리깔고 있던 눈을 들더니 대답했습니다. 「청년이 이야기하는 동안 제가 눈을 내리깔고 있었던 것은 그가 한 말을 모두 시인한다는 뜻이었습니다. 하지만 그가 무슨 말을 한대도 저는 해야 할 일을 했을 뿐이며, 누가 옳고 그른지는 여러분께서도 판단하실 수 있을 것입니다. 사실 그는 호랑이 굴에 뛰어들지 않았던가요? 그리고 제가 구해 주지 않았다면 과연 거기서 무사히 빠져나올 수 있었을까요? 오히려 한쪽 다리만 다치고 끝낼 수 있었던 것을 너무나도 다행으로 여겨야 할 겁니다. 저는 위험을 무릅쓰고 그 험악한 집에 들어가 그를 구출해 냈습니다. 그런데 그가 제게 불평하고 욕설까지 퍼부어 대는 것이 과연 옳은 일인가요? 자, 보십시오! 우리가 배은망덕한 사람들을 도와주면 무엇을 얻게 되는지를! 그는 내가 수다쟁이라고 비난하지만 그것은 순전히 모략입니다. 우리 일곱 형제 중에서 저는 가장 말수가 적은 반면 가장 재치 있는 사람입니다. 이것을 증명하기 위해 저는 여러분께 저와 저희 형제들의 이야기를 들려드리려 하오니, 한번 귀 기울여 주시기 바랍니다.」

〈제3권에 계속〉

열린책들 세계문학 137 천일야화 2

옮긴이 임호경 서울대학교 불어교육과를 졸업했다. 파리 제8대학에서 문학 박사학위를 취득했으며, 현재 전문 번역가로 활동하고 있다. 옮긴 책으로는 요나스 요나손의 『킬러 안데르스와 그의 친구 둘』, 『셈을 할 줄 아는 까막눈이 여자』, 『창문 넘어 도망친 100세 노인』, 피에르 르메트르의 『오르부아르』, 스티그 라르손의 〈밀레니엄 시리즈〉, 베르나르 베르베르의 『신』(공역), 『카산드라의 거울』, 아니 에르노의 『남자의 자리』, 조르주 심농의 『갈레 씨, 홀로 죽다』, 『누런 개』, 『센 강의 춤집에서』, 『리버티 바』, 로렌스 베누티의 『번역의 윤리』, 다니엘 살바토레 시페르의 『움베르토 에코 평전』, 파울로 코엘료의 『승자는 혼자다』, 기욤 뮈소의 『7년 후』 등이 있다.

엮은이 앙투안 갈랑 **옮긴이** 임호경 **발행인** 홍지웅·홍예빈
발행처 주식회사 열린책들 **주소** 경기도 파주시 문발로 253 파주출판도시
전화 031-955-4000 **팩스** 031-955-4004 **홈페이지** www.openbooks.co.kr
Copyright (C) 주식회사 열린책들, 2010, *Printed in Korea.*
ISBN 978-89-329-1010-9 04860 **ISBN** 978-89-329-1499-2 (세트)
발행일 2010년 1월 25일 초판 1쇄 2010년 7월 25일 세계문학판 1쇄 2020년 8월 20일 세계문학판 11쇄

이 도서의 국립중앙도서관 출판예정도서목록(CIP)은 서지정보유통지원시스템 홈페이지(http://seoji.nl.go.kr)와 국가자료공동목록시스템(http://www.nl.go.kr/kolisnet)에서 이용하실 수 있습니다.(CIP제어번호:CIP2009003643)